Stefanie Gerstenberger
Marta Martin
Zwei wie Zucker und Zimt

Ebenfalls von den Autorinnen im Arena Verlag erschienen:
Muffins und Marzipan. Vom großen Glück auf den zweiten Blick
Summer Switch ... und plötzlich bin ich du!
Ava & der Junge in Schwarz-weiß

Stefanie Gerstenberger und *Marta Martin*
sind Mutter und Tochter und haben bereits zwei gemeinsame Romane geschrieben.
Stefanie Gerstenberger wurde 1965 in Osnabrück geboren und studierte Deutsch und Sport. Nach Stationen in der Hotelbranche und beim Film und Fernsehen begann sie, selbst zu schreiben. Ihre Italienromane sind hoch erfolgreich.
Marta Martin, geboren 1999 in Köln, ist eine junge Nachwuchsschauspielerin und wurde durch ihre Hauptrolle in »Die Vampirschwestern« bekannt.
Die beiden leben in Köln.

Stefanie Gerstenberger
Marta Martin

Zwei wie Zucker und Zimt

Zurück in die süße Zukunft

Arena

FSC
www.fsc.org
MIX
Papier aus verantwortungsvollen Quellen
FSC® C110508

3. Auflage als Sonderausgabe im Arena-Taschenbuch 2019

Dieses Werk wurde vermittelt durch die Literarische Agentur Thomas Schlück GmbH, 30161 Hannover
Umschlaggestaltung: Petra Hämmerleinova
Umschlagtypografie: KCS GmbH · Verlagsservice & Medienproduktion, Stelle/Hamburg
Gesamtherstellung: Westermann Druck Zwickau GmbH
ISSN: 0518-4002
ISBN 978-3-401-51013-2

1. KAPITEL

4. Mai 2015, nach der Schule

Ich hasste es, wenn Mama so guckte. Diese großen Rehaugen und diese zusammengepressten Lippen. Und wie sie wieder dastand: den Kopf gesenkt, die Hände auf dem Rücken verschränkt. Voll daneben! Wie ein Kind, das ausgeschimpft wird.

Geräuschlos zog ich die Tür hinter mir zu und ging weiter in das Café hinein, um besser zuhören zu können. Die Stimme von DDD war leise, aber durchdringend. Wie eine Kreissäge, gegen deren penetrantes Sirren nicht mal Ohrstöpsel halfen. DDD war übrigens die Abkürzung für Die Doofe Dagmar. Den Namen hatte ich für sie erfunden, als ich acht war. Mittlerweile war ich fünfzehn, aber Mama fand es immer noch nicht gut, wenn ich ihre Schwester so nannte.

»Ich denke nicht, dass das für uns interessant ist«, sagte DDD in diesem Moment.

»Aber es wäre ja nur für ein, zwei Tage … meinst du nicht?«

Wow! Meine Mutter gab DDD tatsächlich mal Widerworte.

Dagmar war nicht nur meine Tante, sondern auch Bestimmerin, Richterin und Herrscherin. Auch über die ewig knappen Finanzen. Kurz: DDD war Gott. In diesem Haus jedenfalls.

Und Mama? War nichts. Dass sie überhaupt protestiert hatte, grenzte schon an ein Wunder.

Ob es an dem Typen lag, der vor den beiden stand, in diesem Moment enttäuscht mit den Schultern zuckte und die Arme ausbreitete? Groß, breites Kreuz und für einen Mitteluralt-Mann noch ziemlich viele blonde Haare auf dem Kopf. So viel konnte ich von hinten erkennen. Und Mamas Augen, die ihn anflehten: Ja! Rette mich, mein cooler Ritter, ich bin's, die gefangene Prinzessin, die dir jeden Wunsch von den Augen abliest, wenn du sie hier rausholst …! Typisch Mama. Wenn ihr einer gefiel, machte sie einen auf scheues Reh. Zu allen anderen war sie frech. Und manchmal witzig und … ach … Ich hatte keine Ahnung, was sie machte, keine Ahnung, wie dieses ganze Ding mit der Liebe funktionierte. In diesem Haus hatte niemand Ahnung davon.

Mama hatte schon seit Jahren keinen festen Freund, sie brachte jedenfalls keinen mit nach Hause. DDD interessierte sich nicht für Männer, aber auch nicht für Frauen, und ich? Ich war seit Januar in Timo verliebt. Jetzt war es schon Anfang Mai, doch er schaute mich nicht mal richtig an. Wie brachte man einen Jungen dazu, zurückzuschauen, zurückzulieben? K. A. Keine Ahnung. Wir waren in diesem alten Café gefangen, eine Ansammlung von Loserinnen, und ich die allergrößte.

»Wir würden pro Tag richtig viel Geld verdienen, Dagmar! Nicht wahr, Herr …«

»Nennen Sie mich Fynn!«

Er sprach mit tiefer Stimme und einem komischen Dialekt. Irgendwie süß klang das. Selbst aus ein paar Metern Entfernung konnte ich sehen, wie sich Mamas Wangen rosarot verfärbten. Sie merkte es wohl auch, es war ihr wahrscheinlich peinlich, denn sie blickte schnell nach unten. Manchmal war sie so tough und dann wieder gar nicht. Ich verstand das einfach nicht.

Nennen-Sie-mich-Fynn redete weiter: »Wir würden Ihr Café nur für zwei Tage für unsere Spielfilm zum Drehen benutzen, ja? Es hat ja immer noch so eine ganz heimeligge Charakter. Wir mussen es mit unsere eigene Möbelen einrichten, ja?«

Unsere eigene Möbelen … Ich wusste, jetzt schmolz meine Mutter endgültig dahin. DDD nicht. Sie war die Unbarmherzige, die Harte, die ständig recht haben musste. Ich schaute mich um.

Café Zimt stand immer noch spiegelverkehrt in geschwungenen Buchstaben auf der Glastür zwischen den beiden Schaufenstervitrinen, die in den flachen Anbau eingefügt waren. Manchmal blieben Leute stehen, um sich diesen Anbau anzusehen, der wie eine *Shell*-Muschel aus unserem Haus herauswuchs. Die Front war rund und die Scheiben natürlich auch. Echt 50er-Jahre eben. Doch das Café gab es schon lange nicht mehr.

Dort, wo früher ovale Tische, kleine Sesselchen und Stühle mit geflochtenen Rückenlehnen gestanden hatten, hatte DDD Plastikregale aufgestellt. Hinter einem von ihnen versteckte ich mich gerade. Sie hatte eine Reste-Rampe aus dem Café gemacht, in der man außer blassen Brötchen und Croissants auch Toaster, Thermoskannen und Strandhandtücher für den kommenden Sommer erstehen konnte, der dann doch immer verregnet war. Und dann gab es noch die Sechserpacks der platten Schokoladenhasen am Stiel, auf die ich es in diesem Moment abgesehen hatte. Die so herrlich im Mund schmolzen und mich zwar nicht glücklicher, aber dicker machen würden. Das alles hatte Tante DDD uns eingebrockt. Und sie war auch noch stolz auf ihr Werk.

»Nein, Herr Fynn«, sagte sie gerade laut, »wir können unseren Betrieb nicht schließen, wir müssen auch an unsere Kunden denken. Das ist viel zu viel Aufwand für uns. Die paar Hundert Euro behalten Sie mal schön für sich!«

Kunden? Wen meint sie denn? Die gehen doch sowieso schon alle in den Supermarkt, um Brot zu kaufen.

»Äh … tja …« Mama lächelte den Blonden entschuldigend an, »wir können ja noch einmal darüber nachdenken.«

»Nein. Ich glaube kaum, dass wir darüber nachdenken«, fuhr Dagmar dazwischen, während ihr angewiderter Blick der Visitenkarte folgte, die der Mann gerade in Mamas Hand wandern ließ. Als ob das kleine Stück Papier eine giftige Kröte wäre. »Und *du* schon mal gar nicht, Marion!«

Ich hatte größte Lust, meiner Tante eine reinzuhauen. Der

Wunsch wiederholte sich in letzter Zeit sehr oft. Ich wurde schon aggressiv, wenn ich nur sah, wie sie morgens um sieben mit Aktentasche und Tee in der Thermoskanne in ihre *AVG-Versicherung* abzog. Dort lehnte sie den ganzen Tag lang Versicherungsansprüche ab. Bis nachmittags um vier klatschte sie den Menschen am Telefon übelste Sprüche um die Ohren und abends machte sie dann mit Mama und mir weiter.

Apropos Mama: Die drehte sich in diesem Moment wortlos um und verschwand im Durchgang zur Backstube. Das kannte ich schon. Wenn es schwierig wurde, verkroch sie sich dort.

Ich biss die Zähne aufeinander, bis ich meinen Kiefer knacken hörte. Warum landete meine Wut auf Tante Dagmar in letzter Zeit so oft bei Mama? Ich wollte ihr nicht wehtun. Und dann wieder doch. Ich atmete hinter meinem Regal tief durch, aber die Wut blieb und plötzlich wurde ich unheimlich traurig. Ich musste an die roten Bänke denken, auf denen ich als kleines Kind herumgeklettert war, und an das glatte Leder, mit dem sie bespannt waren und auf das ich meine Wange gelegt hatte. Vielleicht kamen diese Erinnerungen aber auch nur von den Fotos ... wo war Mamas altes Album eigentlich? Das musste ich unbedingt mal wieder anschauen! Am besten gleich, noch vor den Hausaufgaben.

Ich hasse dich, Dagmar, und sorry ... dich auch, Mama. Dann schlich ich genauso unbemerkt, wie ich gekommen war, rückwärts zur Tür und hinaus.

Ich ging einmal um das Haus und schloss die Haustür auf. Die Scharniere quietschten laut auf, wie immer. Solange ich denken konnte, wohnten wir schon über dem Café – oder über dem, was davon übrig war. Es lag am Ende einer Straße, die auf einem Platz endete. Dem Goetheplatz. Ein großartiger Name für einen von Häusern umstellten Wendekreis, auf dem genervte Autofahrer eine Runde drehten, weil sie sich verfahren hatten. Nicht gerade eine tolle Lage für vorbeilaufende Kunden, die zufällig einen Toaster kaufen wollten.

Ich machte einen kurzen Besuch in der Küche, stand planlos vor dem Kühlschrank und las zum tausendsten Mal die schlauen Magnetsprüche, die Mama an seine Tür gepappt hatte. »Was wäre das Leben, hätten wir nicht den Mut, etwas zu riskieren? (Vincent van Gogh)«. *Na toll, Mama. Keine einzige dieser Weisheiten hast du jemals befolgt.* Dann öffnete ich den Kühlschrank und starrte hinein, schön kalt kam es da raus. Schließlich ging ich nach nebenan ins Wohnzimmer. Warum war Dagmar heute überhaupt so früh dran, fragte ich mich, gab mir aber selbst sofort die Antwort. Es war Montag, da machte sie immer den Papierkram vom Café und nervte uns bereits am frühen Nachmittag mit ihrer Anwesenheit.

Das Zimmer meiner Mutter war nur durch eine Tür vom Wohnzimmer getrennt, eine Schiebetür, die man noch nicht einmal abschließen konnte. Warum quetschten wir uns hier auf dieser Etage zusammen – und Dagmar hatte den ganzen zweiten Stock? Noch so eine ungerechte Scheiße. Ich machte ein kleines Pupsgeräusch mit meinen Lippen. Wie wollte Mama denn jemals einen Typen nach Hause bringen, wenn jeder sie überraschen konnte? Aber das war ihr Problem. Und das mit den Typen wollte ich mir lieber gar nicht näher vorstellen. Das mit meinem Vater hatte sie ja auch nicht hinbekommen. Aber so was von überhaupt nicht! Es gab ihn einfach nicht in meinem Leben. Noch nicht mal besuchen konnte ich ihn. Echt mies.

Wo war das Fotoalbum?

Ich fand es in einem Schrank neben Mamas Ordnern, auf denen *Versicherung, Bank* und lauter langweiliges Zeug stand, und klemmte es mir unter den Arm.

In meinem Zimmer warf ich das Album auf das Bett, das noch genauso unordentlich aussah, wie ich es heute Morgen verlassen hatte. Rucksack und Jacke ließ ich auf den Boden fallen, ich war viel zu warm angezogen für das Sommerwetter da draußen. Schnell zog ich den Rest der Schuluniform aus. Warum trug ich eine Schuluniform, mitten in Deutschland? Dunkelblauer Rock, hellbraune Bluse. Im Winter gehörte noch ein blauer Pullover dazu. Die tollste Farbkombination der Welt, um Teenager in Depressionen zu treiben.

Ohne auch nur einen Blick in den Spiegel schlüpfte ich in meine dünne graue Schlabberhose und ein ebenso graues T-Shirt. Ich biss in das erste von drei Croissants, die ich nebenan in der Küche gefunden hatte. Von gestern. Machte nichts, Hauptsache, mein Mund war schön voll. Ich nahm die Fernbedienung und schaltete den Fernseher ein, stellte MTV so leise, dass es gerade noch zu hören war, klappte den Laptop auf und loggte mich bei *Facebook* ein. Wenn Timo meine Freundschaftsanfrage von gestern beantwortet hätte, wäre ich der glücklichste Mensch der Welt!

Die Seite baute sich auf, *mach schon, mach schon …!*

Yes! Er hatte es tatsächlich getan, ich musste an mich halten, um nicht vor Freude aufzuschreien. Timo, der Schwimmer, der Coole, der hübscheste, süßeste Junge der *Edstone Boarding School,* war jetzt mit mir befreundet! Sein Profilfoto war der Hammer. Auf dem sah er fast noch besser aus als in echt … Seine hellblauen Augen bohrten sich in meine, als ob er mir etwas sagen wollte, und er hatte mich auch gleich eingeladen, *DungeonCity* zu spielen.

Als mein Blick auf die Anzahl seiner Freunde fiel, sank meine Laune schlagartig. 732. Wie konnte man 732 Freunde haben? Ich hatte 26 und sieben von denen kannte ich kaum.

Eifersucht zog wie ein Schwarm Piranhas durch meine Eingeweide. Ich war nur irgendein Mädchen vom Schulhof für ihn. Wie würde er mich seinen 732 Freunden beschreiben, wenn sie nach mir fragten? Nur mal angenommen, sie fragten nach mir. Charlotte Zimt, meinen Namen musste er jetzt ja kennen. Genannt Charles. Kupferrote, ziemlich tolle Haare, richtiger Busen und auch sonst ordentlich was dran. Würde er das wirklich über mich sagen? Jungs teilten uns in andere Kategorien ein als wir Mädchen uns selbst, so viel hatte ich auch schon kapiert. Aber Timo nicht, der war bestimmt nicht so.

Immerhin konnte ich nun ausführlich seine Profilseite durchstöbern, seine Fotos anschauen, seine zahlreichen weiblichen Freunde begutachten, seine letzten Postings durchlesen. Er fand *Greenday* gut? Und *How I Met Your Mother*? Wie witzig war das denn? Aber wer war das Mädchen mit den blonden langen Haaren auf seiner Seite, das sein *duckface* in die Kamera hielt. Sollte wohl verführerisch wirken ... Bei mir sähe die schmollige Schnute, die sie zog, absolut bescheuert aus.

Ich seufzte mit vollen Backen und wischte einige Brösel von der Tastatur, die von meinem Kinn gefallen waren. Timo war so cool, niemals würde ich ihn ansprechen können. In der Pause schlenderte ich immer auf die Rückseite des Schlosses, ja, unsere Angeberschule war in einem ehemaligen Schloss untergebracht. Da, wo der Park anfing, hing er mit den Jungs aus seiner Stufe manchmal auf den Bänken rum. Ab und zu schaute er zu mir hinüber ... und durch mich hindurch. Obwohl ich doch gar nicht so leicht zu übersehen war, mit meinen breiten Schultern, den kräftigen Beinen und dem nicht gerade schlanken Restkörper.

Timo war Stadtmeister über 100 Meter Rücken und Schul-Landesmeister über 200 Meter Butterfly. Er hatte für das *Edstone,* an dem alle Fächer auf Englisch unterrichtet wurden, schon viele Titel gewonnen. Sogar ins Landeskader wollten sie ihn holen. Ich zog den Bauch ein und strich mir über die verbleibende Speckrolle unter meinem Sweatshirt. Hey, ich hatte gerade auf die Schokoladenhasen verzichtet, ganz sicher würde ich das morgen früh auf der Waage schon merken. Ich grinste einen Moment, erst dann fielen mir die Croissants wieder ein … Wenn ich doch wenigstens sportlich wäre, eine Taille, einen flachen Bauch und durchtrainierte Arme und Beine hätte!

Ich zog meinen kleinen Skizzenblock aus den Tiefen meiner Schreibtischschublade und begann, mit einem sehr dünnen schwarzen Filzstift Linien zu ziehen. Mehrere Quadrate, die zu Kacheln wurden. Der Rand eines Schwimmbeckens. Nach nur wenigen Strichen hockte dort eine Charlotte mit einem super Körper. Ihr Kopf wirkte fein und grazil, ein kleiner Schwan, denn ihre großen Ohren hatte ich unter einer Badekappe aus dünnem Gummi verborgen, so wie Leistungsschwimmer sie trugen. Das war ich. Und ich sah toll aus! Nun kam Timo dran. Schön dicht neben Super-Charlotte. Ob er vom Bauchnabel abwärts so eine Linie aus Haaren hatte? Ich zeichnete sie ihm. Aber keine Badekappe. Ich malte ihm nasse Locken. Achtung, nicht zu kringelig. Jungs mit zu kringeligen Locken sahen scheiße aus. Wie er mich wohl nennen würde? »Charlott'«, wisperte ich. Da mein Vater Franzose war, hätte alle Welt mich sehr elegant Charlott' rufen können. Was für eine Chance! Doch angeblich hatte mein Opa behauptet, dass ich dem englischen Thronfolger so ähnlich sähe, und so war Charles daraus geworden. Ich hatte meinen Opa geliebt, aber bitte … Doch nicht Charles! Meine Ohren waren längst unter den Haaren versteckt, Opa war gestorben, als ich vier war, der Name aber war geblieben.

Ich zwang meine Fantasie von dem immer so vertrocknet wirkenden Prinz Charles zurück auf das Papier. Timo und ich lachten miteinander, ich zeichnete seinen Arm um meine Schulter. Arme waren schwierig. Hände auch. Aber ich war gut. Es sah ganz echt aus. Nächstes Bild. Die beiden sollten sich umarmen. In Bild Nummer drei dann knutschen. Die Figuren mussten sich immer sehr ähnlich sehen. Den Trick hatte ich raus. Der ganze Block war schon voller Comic-Zeichnungen, die kein Mensch je gesehen hatte. Besser so. Besser für dich, DDD, besser für die meisten Lehrer und auch die meisten Mädchen aus meiner Klasse. Aber hier, Timo, der sah echt süß aus!

Wenn ich doch bloß irgendwann mit ihm so sitzen könnte! Ich würde die nasse Haut seines nackten Brustkorbs spüren und meine Lippen daraufpressen. Er würde nach Haut und ein bisschen nach Chlor schmecken, perfekt! Er würde mein Kinn mit einem Finger anheben und mit seinem Mund immer näher kommen … So wie auf diesem Bild jetzt …

»Zeichnest du schön? Störe ich?«

Vor Schreck zuckte mein rechtes Knie nach oben und schlug unter die Platte des Schreibtischs, der einmal meiner Mutter gehört hatte. Der Stift flog aus meiner Hand und ich klappte den Block zu. »Spinnst du? Du hast mich total erschreckt!«

Mama lächelte und ihr Kopf mit den kurzen dunklen Haaren schob sich weiter durch den Türspalt. »Wollte ich nicht! Na, war's anstrengend in der Schule?«

Warum musste Mama immer so nett sein, obwohl sie von mir doch gerade angeschrien worden war? Ich schüttelte den Kopf hin und her, das konnte alles bedeuten: ja, nein, frag nicht!

»Willst du nicht ein bisschen rausgehen, ist doch so schönes Wetter!« Ich schnaubte nur durch die Nase. Was sollte ich denn draußen? Ich hatte nichts zum Anziehen und meine Beine hatten am Anfang des Sommers die Farbe von zu hell gebackenen Baguette-Stangen.

»Ach, hast du dir das Album geholt?« Mama schlüpfte ins Zimmer, trat an mein Bett, nahm das Fotoalbum von der Steppdecke und setzte sich damit hin. Ich stand auf und nahm wortlos neben ihr Platz. Wenn ich auch ziemlich oft sauer auf sie war, die alten Bilder angucken ging immer.

Vorsichtig und ohne zu reden, blätterten wir abwechselnd

die Seiten aus schwarzem Fotokarton um. Das Café. Omi und Opa davor. Opa noch mit dunklem Haar unter seiner weißen Bäckerhaube und seinem breiten Schnauzer, auf den er immer so stolz war. Er drehte sich ein wenig zur Seite, damit man es nicht gleich sah, doch ihm fehlte der linke Arm. Der war an der Ostfront geblieben, hatte Mama mir erzählt. Obwohl wir den Zweiten Weltkrieg in Geschichte schon durchgenommen hatten, stellte ich mir die Ostfront seitdem als kleinen Graben vor, der endlose Getreidefelder durchschnitt. Der Graben war leer, nur ein einsamer nackter Arm lag darin. Aber er hatte sich nie beklagt, sondern mich mit dem rechten oft wie einen kleinen Sack Mehl über die Schulter geworfen und durch die Backstube getragen. Daran erinnerte ich mich noch.

»Das war früher dein Lieblingsfoto.« Mama tippte mit dem Finger auf die kleine Dagmar und ihren Roller und auf sich selbst, die noch kleinere Marion. Beide mit identischen, minikurzen Kleidchen, beide in die Sonne blinzelnd. Ja wirklich, ich mochte das Foto immer noch ganz besonders; Dagmar sah noch nicht aus wie DDD und bei Mama konnte man die wollene Unterhose sehen. Vor dem *Café Zimt* stand ein uraltes Auto. *Besuch von Tante Irmgard,* hatte jemand daruntergeschrieben. Wahrscheinlich Omi. Auf dem nächsten Bild sah man einen Tannenbaum, davor Marion, kurz vor dem Losheulen. Dagmar dagegen lächelte, ganz die große Schwester. »Da hat sie dich vorher ganz doll gekniffen.«

Mama nickte und las die Bildunterschrift vor: *»Fröhliche Weihnachten – 1969.«* Sie blätterte weiter. »Und hier, unser Hund, Zucker! Ach, das waren noch Zeiten …«

Ich lächelte über den Golden Retriever, der im Hauseingang lag. Mama wollte keinen Hund mehr. Das sind Familientiere, sagte sie manchmal. Und? Waren wir eine Familie? Eben nicht.

Mama stand auf. »Na ja, ich muss wieder runter. Gab's heute was Besonderes in der Schule?«

»Nö.«

»Hast du viel zu tun, meine Maus?«

Ich zuckte mit den Schultern. Ich hatte echt noch einiges an Hausaufgaben zu erledigen. Und später musste ich noch mal in die Schule. Um fünf fing dieser blöde Kurs an, zu dem mich die Mansky verdonnert hatte.

»Wer war der Typ da unten?«, fragte ich statt einer Antwort. »Wer kommt denn auf die blöde Idee, in Godesbach einen Film zu drehen? Und dann ausgerechnet bei uns ...« Ich griff nach dem dritten Croissant, ließ es dann aber zurück auf den Teller fallen. Wenn ich so weiterfraß, würde das nie was mit Timo.

»Das war ein Finne, der hieß Fynn. Also er heißt immer noch so. Ein Finne, der Fynn heißt.« Sie kicherte leise.

»Toll, Mama, das habe ich auch kapiert.« Es machte mich wahnsinnig, wenn sie so albern und umständlich sprach.

»Er wollte das Café wieder als Café herrichten, ich habe ihm gesagt, dass im Schuppen noch die alten Tische und Sessel stehen.«

»Die sind doch längst verschimmelt ...« Aus den Augenwinkeln sah ich, dass irgendwer mir eine *WhatsApp* geschrieben hatte. Timo konnte es nicht sein, der hatte meine Nummer nicht. Noch nicht. Pfff. Träum weiter, kleine Charlott'. Als ob! Als ob er dich Charlott' nennen würde ... Als ob er dich küssen würde ...

»Ja, aber trotzdem. Es wäre schön gewesen, das Café noch einmal so einzurichten wie früher. Der war nett. Findest du nicht auch?«

»Wer?«, fragte ich, stand auf und trat ans offen stehende Fenster. Von hier aus konnte man in den Garten sehen. Früher war er größer gewesen, doch nun hatte sich von rechts die grau verschalte Halle der *Metzgerei Hein* auf unser Grundstück geschoben und alle verbliebenen Birnenbäume plattgemacht. Auch der hintere Teil war von Dagmar verkauft worden. An die *Spe-*

dition Hammermann, die daraufhin ihren Hof vergrößert hatte. Tag und Nacht fuhren nun die großen Laster donnernd an dem Maschendrahtzaun vorbei.

Der alte Holzschuppen, den Mama erwähnt hatte, stand wie eine verrottete Kiste unter dem Kirschbaum. Früher hatte der Baum massig Früchte getragen, ich war im Sommer oft hineingeklettert, um mir den Bauch mit den dunkelroten, herzförmigen Kirschen vollzuschlagen. Doch damit war es schon lange vorbei. Der Baum starrte zu mir herüber. Total mies drauf. Kein Wunder, er war schließlich der letzte Baum im Garten.

»Der Garten sieht so was von scheiße aus, Mama. Nur weil wir angeblich Geld brauchen.«

»Du hast den Fernseher bekommen und den Laptop hat sie dir auch spendiert.«

Jaja, musste sie mich gerade jetzt daran erinnern? Ich merkte, wie ich rot wurde. »Aber nur, weil mein Zeugnis so gut war. Und ohne vernünftigen Laptop kann ich doch in meiner Schule der Reichen und der Schönen nicht auftauchen. Das weiß mittlerweile sogar DDD.«

»Nenn sie nicht so.«

»Oh Mama, chill mal!« Doch eigentlich hatte Mama mal wieder recht. DDD machte mir ab und zu Überraschungsgeschenke, von denen ich mich, schwach und gierig, wie ich nun mal war, bestechen ließ. Die armen Birnenbäume waren von mir verraten worden. Für einen dummen Flachbildschirm, auf dem gerade ein paar Mädels ihre halb nackten, perfekten Hintern zu dem letzten Song von Pharrell Williams schüttelten.

»Also, ist ja auch egal, aber ich fand den echt nett!«

»Wen?« Von wem redete meine Mutter eigentlich?

»Den Finnen! Ich hatte einen Finnen in der Parallelklasse, Matti hieß der. Wenn er redete, klang es auch so wie bei Fynn. In den war ich mal …«

»*Dieser* Finne hier weiß jetzt, dass du gegen deine beknackte

Schwester keine Chance hast«, unterbrach ich sie. Ich konnte nichts gegen diesen Drang tun, gemein zu ihr zu sein. Wann ging sie endlich wieder nach unten? Musste sie nicht noch aus alten Brötchen Paniermehl herstellen oder hässliche Regale auswischen? Ich wollte endlich wieder auf Facebook und Timos Seite nach seinen Vorlieben durchsuchen. Ob er das blonde Mädchen cool fand? Bestimmt ... sie war hübsch!

»Ach, Dagmar hat ja recht, wir können eben nicht einfach mal so zwei Tage schließen, das hat der schon verstanden.«

Ob ich je eine Chance bei Timo hätte? Ich war eigentlich gar nicht so hässlich. Immer nur bisschen zu dick. Gerade so viel, dass es unmöglich war, die richtigen Klamotten zu finden.

Ich drehte mich um und sah an meiner Mutter hinab. Manche Leute verglichen sie mit Audrey Hepburn. Sie war in eine makellos weiße Konditorjacke gehüllt und ihre schmale Taille wurde von den Bändern einer weißen Schürze betont, die ihr bis zu den Fußknöcheln reichte. Sie sah so fragil und zart aus, neben ihr hätte sich *jede* Frau pummelig gefühlt. Dennoch ärgerte ich mich über ihre Eitelkeit; zum Brötchenverkaufen brauchte sie diese Kluft nun wirklich nicht, da die Dinger im *Café Zimt* noch nicht einmal selbst gebacken wurden, sondern frühmorgens zusammen mit ein paar Brotlaiben angeliefert wurden. Mit Opa waren die Mokkaschneckchen, die Creme-Igel und auch die hellen und dunklen Krokantpilze ausgestorben. Nicht einmal die »Zauberhaften« gab es noch: in feinem Zucker gewälzte Schokoladenkugeln, von denen meine Mutter so herrlich erzählen konnte, dass man dachte, sie würden einem auf der Zunge liegen.

Mein Gott, schon wieder dachte ich ans Essen. »Wann bist du eigentlich so zum Kotzen feige geworden«, blaffte ich Mama an. Ich wusste, das war fies und ungerecht, aber weil ich gegen Dagmar keine Chance hatte, bekam immer öfter Mama ab, was eigentlich für DDD bestimmt war.

»Was sagst du denn da, Charlie?« Mamas Augen sahen auf einmal ganz anders aus. Füllten die sich etwa gerade mit Tränen? »Ich wollte doch nur …«

»Und du schon mal gar nicht«, erwiderte ich scharf, indem ich Dagmars Stimme imitierte. »Du merkst nicht mal, wie sie dich vor allen Leuten runtermacht«, schnaubte ich und wandte mich dabei demonstrativ wieder meinem Laptop zu. Ich hörte, wie meine Mutter nach Luft schnappte, dann aber, ohne etwas zu sagen, die Tür hinter sich schloss. Ich schluckte.

Das machte ich in letzter Zeit ständig, Leute beleidigen, weil ich mich selber unausstehlich fand. Und *Leute* – das war ziemlich oft Mama. Sollte ich runterlaufen, um mich zu entschuldigen? Ich *musste* runterlaufen, um mich zu entschuldigen, und wollte gerade aufspringen, da sah ich mein Englischheft aus meiner Schultasche hervorgucken. Seufzend zog ich es heraus und begann mit der Inhaltsangabe einer Kurzgeschichte. Doch schon nach zwei Sätzen kaute ich ratlos auf meinem Stift. Ich fühlte mich schlecht, weil ich so gemein zu Mama gewesen war, das hatte sie nicht verdient … Um nicht mehr daran denken zu müssen, klickte ich das Videofilmchen an, das Holly-Marie gerade auf *Facebook* gepostet hatte. Zwei Katzen saßen auf ihren Hinterpfoten vor einem Spiegel, klatschten sich gegenseitig mit den Pfoten ab und sangen dazu ein französisches Liedchen. Ich lächelte. Gefällt mir, ließ ich Holly-Marie wissen. Holly-Marie war ganz nett. Ja, vielleicht war sie sogar so etwas wie eine Freundin für mich. Meine richtigen Freundinnen aus der vierten Klasse waren damals alle auf das coole *Schiller-Gymnasium* gegangen, während Dagmar meinte, mich in die *Edstone*-Wüste schicken zu müssen. Innerhalb von drei Jahren hatte ich Flora, Hella und Marú leider immer mehr aus den Augen verloren. Wir sahen uns selten, und wenn, dann bei *Facebook* oder *Instagram*. In meiner neuen Klasse waren die Mädchen dünn und komisch. Ich meine, ich hatte es wirklich probiert! Hatte versucht, mich nicht an diesem verdammten Reichtum zu stören, an ihren Pferden und Hausangestellten, von denen sie erzählten, an ihren Adelstiteln, hässlichen Markenhandtaschen oder ihren ultimativ gepflegten, auf französische Art manikürten Fingernägeln.

Holly-Marie knabberte an ihren Fingernägeln, so wie ich, das war schon mal sympathisch. Allerdings kannte auch sie kein anderes Thema als ihren reichen Vater und wie viel Geld er ihr jeden Monat gab.

Ich musste an meinen Vater denken, den meine Mutter hier in Godesbach kennengelernt hatte. Ganz spießig, auf der Maiwoche. War sogar in sein Atelier gezogen, dann mit ihm zurück in die Bretagne gegangen, um ihn zu unterstützen. Wobei? Etwa beim Bildermalen? Sie fand dort zunächst keine Arbeit, stand dann kurze Zeit in einer Brotfabrik am Band und als sie schwanger wurde, rastete er aus. Muss ein toller Typ gewesen sein. Ich hatte ihn schon oft gegoogelt, aber unter seinem Namen war er nicht aufzufinden. Irgendwie vermisste ich ihn und hätte ihn echt gerne getroffen und mit ihm geredet, nur mal so, obwohl ich das Mama natürlich nie sagte. Wie konnte man jemanden vermissen, den man gar nicht kannte und der wahrscheinlich auch noch, sorry, ein ziemlicher Idiot war? Sie war also mit dickem Bauch nach Godesbach zurückgekommen und tat seitdem so, als habe sie ihn vergessen. Doch das seltsame Bild mit den verschlungenen blauen Gestalten, das er für sie gemalt hatte, hing immer noch über ihrem Bett. Tja. Vergessen sah anders aus.

Ich schickte Mama eine Sprachnachricht auf ihr Handy: »Tut mir leid wegen eben. Kannst du mich gleich zur Schule bringen? Muss da noch mal hin.« Keine Antwort. Sie vergaß manchmal stundenlang, auf ihr Handy zu schauen. Aber wehe, ich hörte ihre Anrufe nicht oder beantwortete nicht sofort ihre SMS, dann wurde sie nervös.

Was machte Timo? Mein Herz klopfte schneller, wenn ich bloß an ihn dachte. Hatte er etwas Neues gepostet? Nein, er war nicht online, aber ich likte ein Klamottenfoto von *Culotté*, das Sydney-Aurelia gepostet hatte. *Sydney-Aurelia gefällt das*, meldete mein Computer und ich freute mich. Doch dann schrieb Stella-Europa etwas unter den Post. »Da willst du reinpassen, Charles? Hallo? Das sind französische Maße!« Und Stella-Europa fügte hinzu: »Sorry, Charlie, aber daraus wird wohl nix.« Immerhin ein Smiley dahinter. Ich spürte, wie sich unter meinem Zwerchfell ein sehr vertrautes schwarzes Loch auftat, das nicht gestopft werden konnte, selbst wenn ich hundert Croissants essen würde.

Ich stopfte den Skizzenblock wieder tief in die Schublade und öffnete stattdessen mein Tagebuch. Nein, mein Tagebuch war kein romantisches Büchlein mit rosa Stoffüberzug, sondern eine ganz normale Datei auf meinem Computer. Mit der Hand schreiben war mir zu anstrengend. *Mathekram* hieß die Datei, da würde ganz bestimmt keiner nachschauen.

Was für ein blöder Tag. Heute hab ich wieder mal einsehen müssen, wie dick ich eigentlich bin und wie perfekt Timo. Wir sind meilenweit voneinander entfernt. Er spielt in einer ganz anderen Liga! Wenn ich nicht so verfressen wäre, könnte ich ja ganz gut aussehen, aber so ... Muss mich ab morgen wieder jeden Tag wiegen und endlich eine Tabelle anlegen. Ach Scheiße!!! Kriege ich sowieso nicht hin ...

Es klopfte an meiner Tür. Schnell klappte ich den Laptop zu und griff wieder nach meinem Stift. Genervt schaute ich auf, wie sollte man diese blöde Inhaltsangabe schaffen, wenn man dauernd gestört wurde?

»Es gibt gleich Essen, ich habe Hühnerfrikassee für dich aufgetaut und dazu einen schönen Salat gemacht«, flüsterte meine Mutter durch den Türspalt.

»Jetzt schon?«, murmelte ich, obwohl wir nie zu einer festen Zeit aßen.

»Es ist schon Viertel nach vier.«

Na toll. Eine Stunde auf *Facebook* und *YouTube* verplempert.

»Hühnerfrikassee? Ich habe gar keinen Hunger«, log ich, obwohl mein Magen schon wieder knurrte. Ich wollte abnehmen, doch ich sehnte mich nach einem sahnigen Milchshake von *McDonald's* und Mama sollte gehen. Langsam klappte ich den Laptop auf.

»Das … das mit eben tut mir leid«, wisperte meine Mutter und streckte den Kopf ins Zimmer.

»Mama!« Meine schlechte Laune kochte erneut in mir hoch. Warum entschuldigte sie sich dauernd? Oh, was war das? Timo war gerade online auf *Facebook!* Ich drehte mich widerwillig zu Mama, deren Augen aussahen, als hätte sie geweint.

»Ich weiß, ich bin nicht gerade gut darin, Dagmar zu widersprechen. Doch heute hat sie es übertrieben.«

»Der Finne?« Jetzt hatte ich doch ziemlich Mitleid mit ihr.

»Sie hat die Karte weggeworfen, die er *mir* gegeben hatte. Ich kann ihn noch nicht mal anrufen.«

Mein Mitleid verdünnisierte sich und ich verdrehte die Augen. *Das hättest du doch sowieso nicht getan.* Mama schlich herein und setzte sich auf das Bett. Sie legte sich das Album auf den Schoß und hielt sich daran fest. »Wir werden gehen! Weg aus Godesbach. Es reicht mir. Ich meine es ernst, Charlott'!«

Nur manchmal sprach Mama meinen Namen französisch aus, und zwar dann, wenn sie etwas super-, superernst meinte. So wie jetzt. Ich wollte teilnahmsvoll klingen, doch ich brachte nur ein Krächzen zustande. »Nee, oder?«

»Doch! In Köln gibt es bei *Lidl* noch Jobs. An der Kasse.«

»*Lidl*?«

»Ja, ich weiß, das hört sich nicht besonders toll an. Aber find mal was als ungelernte Kraft! Trotzdem: Das kann alles nur besser als hier sein!«

»Köln!« Köln war über achtzig Kilometer weg!

»Also nicht direkt Köln. Köln-Porz. Da sind wir ganz nah beim Flughafen, das ist doch praktisch, oder …«

Doch ich hörte schon gar nicht mehr hin. Porz oder Schnorz, völlig egal, was sollte ich da? Was würde aus Timo und mir? Etwas legte sich auf meine Brust, schwerer als ein nasser Teppich.

»Fällt dir nichts anderes ein, als vor Tante Dagmar abzuhauen? Nur weil sie eine dumme Visitenkarte zerrissen hat?«

»Zerrissen und im Klo runtergespült!« Mama schnappte sich ein Kissen und vergrub ihr Gesicht darin. Oh Gott, wer war hier eigentlich die Pubertierende? Ich? Oder diese zwei reifen Frauen, mit denen ich zusammenwohnen musste? Jedenfalls stand das neuerdings auf Mamas Gesichtscreme: *für reife Haut*. Na gut, meine Mutter war erst neunundvierzig, darauf legte sie Wert. Wie auch darauf, dass das glänzende Zartbitter-Schokoladenbraun ihrer Haare immer noch ungefärbt und ohne einen Schimmer von Grau war. Sie hob ihren Kopf. »Welcher normale Mensch macht denn so etwas …«

Ich fand Mama in diesem Moment wunderschön, sagte aber stattdessen: »Das ist doch bescheuert. Ich möchte echt mal gerne wissen, was in eurer Kindheit abgegangen ist, dass du so ängstlich geworden bist.«

Mama warf mir einen anklagenden Blick zu. Gelegentlich behauptete sie, das Einzige, was sie je in ihrem Leben richtig gemacht habe, sei, mich bekommen zu haben. Doch im Augenblick schien sie eher das Gegenteil zu denken. Ihre Augenbrauen zogen sich zusammen. »Ich muss hier weg! Hilfst du mir, Charlott'? Zusammen schaffen wir das.« Natürlich, jetzt war ich wieder Charlott'. »Oh nee, Mama. Echt nich'. Sorry, hab zu tun. Es ist schließlich *deine* Schwester, die will, dass ich auf diese scheiß Snobby-Schule gehe!«

»Sag das nicht immer. Dagmar bezahlt alles!«

»Ja. Und sie sorgt dafür, dass wir es keinen Tag vergessen!«

2. KAPITEL

immer noch 4. Mai, nachmittags

Der Bus hatte Verspätung, na super, das wäre ein guter Start, zu diesem blöden Kurs auch noch zu spät zu kommen, sodass alle mich beim Eintreten anstarren würden. Vielleicht hätte ich Mama doch überreden sollen, mich zu bringen. Manchmal träumte ich von einem Roller, den man mit sechzehn fahren durfte, so einem pastellfarbenen Ding, wie die meisten Mädchen aus den höheren Klassen sie besaßen. In drei Monaten, Ende Juli, würde ich sechzehn. Aber wir hatten sowieso nicht so viel Geld. Und wenn Tante Dagmar …? Die hatte mir immerhin gleich das neueste iPhone geschenkt, sobald es raus war. »Damit du mithalten kannst. Ich weiß doch, wie das ist.« DDD anbetteln? Pfff. Ein bisschen Stolz hatte ich ja nun doch. Ich musste wieder an den traurigen Kirschbaum denken, durch Tante Dagmars Geldgier seiner Baumkollegen beraubt …

Endlich bog der Bus um die Ecke, gondelte durch ganz Godesbach und erklomm dann die lange Auffahrt zum Internat. *Edstone is your Future!* und für die ganz Dummen auch auf Deutsch: Edstone ist Deine Zukunft! Die Sprüche hingen noch vom letzten Infotag auf goldenen Werbebannern über der Straße, um den Eltern, die ihre Kinder hier parkten, das schlechte Gewissen zu nehmen. Ich hatte keine Ahnung, was meine Zukunft war. Vielleicht die zweite Portion Hühnerfrikassee, die ich heute Abend in mich hineinschlingen würde?

Die Schule war in einem alten Schlossgemäuer untergebracht. Akkurat getrimmte Hecken und Lorbeerbäumchen in der Auffahrt, ein imposanter Torbogen zu einem romantischen Innenhof mit Tischtennisplatten. Hinter dem Schloss hatten

sie eine moderne Schwimmhalle gebaut und einen Hockeyplatz angelegt. Außerdem gab es den Park mit den Bänken, die nur interessant wurden, wenn Timo darauf saß.
Ich fand den Kurs auf Anhieb. Mit mir drückten sich noch zehn andere Schüler auf dem Flur vor der Tür zu Raum A202 herum. Ich sprach mit keinem von ihnen, ich kannte die meisten zwar vom Sehen, aber was hätte ich denn mit ihnen reden sollen?

»Willkommen zum Streitschlichter-Kurs«, begrüßte uns Frau Mansky auf Englisch, nachdem wir uns in einem Sitzkreis niedergelassen hatten. Ich hasste Sitzkreise, die waren aus dem Kindergarten und außerdem konnte man sich darin so verdammt schlecht verstecken.

»Ich habe euch ausgewählt und eingeladen, weil ich der Meinung bin, dass ihr besonders geeignet seid, um auf unserer Schule bei kleineren Konflikten unter Schülern zu vermitteln. Oder Mobbingopfer zu unterstützen.« Ihr Blick verharrte auf mir, nun nickte sie mir sogar zu. *Na danke, jetzt wissen alle, dass ich auch schon mal fertiggemacht worden bin*. Ich versuchte, meine Füße ruhig zu halten, die unbedingt wie Hühnerkrallen auf dem Boden scharren wollten.

Der Kurs war öde. Wir mussten uns schlecht gezeichnete, *sehr* schlecht gezeichnete, Comic-Bilder anschauen, entscheiden, ob es sich um eine Konfliktsituation handelte, und spontan sagen, ob und wie wir eingreifen würden. Ich hätte die Comics besser hinbekommen, aber für das, was die Mansky von mir wollte, war ich bestimmt nicht geeignet. Wer würde schon auf mich hören? »Nein, Sydney-Aurelia, Stella-Europas Schuhe kosten vielleicht nicht 600 Euro, so wie deine, aber es ist kein Grund, deswegen nicht mehr mit ihr zu sprechen ...« Mit einem falschen Lächeln auf dem Gesicht überstand ich die Stunde.
Draußen vor dem Torbogen hielt ich Ausschau nach Timo. Er

wohnte hier, war also einer von den Internen. Aber ich traf nur Laura, eines der wenigen Mädchen in meiner Klasse, das keinen Doppelnamen oder Adelstitel trug. »Heiiiiiiijjjiii«, rief sie mir entgegen und riss dabei übertrieben Augen und Mund auf. »Was machst du denn hier?« Laura wohnte wie Timo im Internat. Ihr Vater war mit Lebkuchen steinreich geworden. Wir küssten uns rechts und links, das gehörte einfach dazu. Dabei bohrte sich ihre riesige Handtasche in meine Rippen. Gucci. Über tausend Euro. Leider nicht mal schön, für den Preis. Laura erwartete keine Antwort auf ihre Frage, wie auch für den nächsten Satz nicht: »Und? Irgendwas los bei dir?«

»Nee. Nichts Besonderes. Ach, na ja, die wollen bei uns im Café einen Film drehen.«

»Echt? Krass. Ist das so groß oder was?«

Laura war noch nie bei mir gewesen. Besser so. Mama, DDD und die Reste-Rampe eigneten sich nun wirklich nicht zum Herzeigen. »Nein. Aber sie wollen es wieder einrichten wie in den 50er-Jahren.«

»Cool. Amerikanische Produktion?«

»Nein. Finnische.« *Shit, was erzähle ich denn da?*

»Echt? Krass. Ist bestimmt 'ne coole Location für 'ne Party.«

»Klar. Vielleicht mache ich mal eine …«

»Mmmh«, machte Laura, doch ihr Blick meinte eher: Niemals. »Kommst du am Samstag mit shoppen?«

Ich dankte dem Universum für Lauras schnelles Vergessen.

»Äh, ich weiß nicht …« Ich konnte nicht shoppen, denn ich hatte keine Ahnung, was mir stand, hatte nicht mal eine Idee, welcher Stil mir gefiel. Schon wenn es darum ging, etwas ganz Banales, *irgendetwas,* für mich auszusuchen, fühlte ich mich wie gelähmt. Wollte ich Erdbeer oder Vanille? Den Platz am Fenster oder am Gang? Pferdeschwanz oder offenes Haar? Woher wussten die anderen das immer so genau?

»Ganz ehrlich, Charles? Du könntest schon mal einen anderen Look gebrauchen«, sagte Laura jetzt und nahm mich dabei mit zusammengekniffenen Augen ins Visier. »Ich hole mir auf jeden Fall die neuen Hosen, diese … ach wie heißen die, die oben so …? Weißt du nicht? Die hatte Kiesza in ihrem letzten Video an! Total geil!«

Ich schüttelte den Kopf. Die Hosen von Kiesza interessierten mich kein bisschen. Trotzdem fühlte ich mich unwissend und blöd. »Ich hatte meiner Mum versprochen, am Samstag mit ihr …«

Doch Laura hörte mir gar nicht zu, sondern tippte mit beiden Daumen etwas in ihr Handy, um den Markennamen der Hose herauszufinden.

»Ich sage meiner Mum ab und schick dir gleich 'ne SMS.« Wieder hauchten wir uns gegenseitig Küsschen neben die Wangen. Nie im Leben würde ich freiwillig vor einer Umkleidekabine stehen und Lauras Auswahl an hautengen T-Shirts, stretchigen Hosen und Dessous begutachten, geschweige denn selbst etwas anprobieren. Natürlich war das verlogen, aber ich freute mich, dass ich nicht mehr ausgeschlossen war, wie noch vor ein paar Monaten, als mir keins von den Mädchen die Wange hingehalten hätte.

Im Bus schaute mich niemand an, als ich mich durch den Mittelgang schob; alle hatten ihre Blicke auf ihre Handys gerichtet und tippten darauf herum. Ich setzte mich auf einen freien Platz und tippte ebenfalls. »Sorry, meine Mum hat mich schon für Samstag fest eingeplant. Keller ausräumen und so …«, lautete die Nachricht an Laura. Daneben ein Smiley mit heruntergezogenem Mund. »Für den Dreh«, schickte ich noch hinterher und hätte mich gleich dafür schlagen können. Es war so peinlich, dass ich vor Leuten wie Laura versuchte, etwas Besonderes zu sein.

Am Neumarkt musste ich umsteigen. Direkt an der Haltestelle lag das *Schiller-Gymnasium*. Ich schaute über den leeren Schulhof zu dem aus flachen Quadern zusammengesetzten Schulgebäude. Manchmal traf ich hier Flora und Marú, wenn sie spät nach ihrer Theater-AG herauskamen. Der Bau sah typisch nach 70er-Jahre aus, doch irgendwie cool. Es schien, als ob jemand ein paar unterschiedlich große Pakete nachlässig zu einem Turm gestapelt hätte. Die Fassade bestand aus braunen Betonplatten mit dicken Kieseln an der Oberfläche, die großen Fenster waren von roten Rahmen umgeben. Am *Schiller* hatten sie neben vielen Theaterprojekten auch einen Musikzweig. Wie gerne wäre ich dort hingegangen! Vielleicht hätte ich ja sogar die Aufnahmeprüfung dafür geschafft. Auf dem *Edstone* gab es ja nur Volleyball, Hockey und den völlig überflüssigen Debattierklub. Und Schwimmen … Timo fiel mir wieder ein und machte sich als warme Welle in meinem Magen breit. Wo der wohl gerade war? Ich wünschte mir ganz fest, dass er die Straße entlanggelaufen käme, jetzt! Ich machte sogar die Augen zu. Drei, zwei, eins … Aber das nützte nichts. Nur ein Zehnjähriger mit einem knallgelben Kopfhörer um den Hals kam mir entgegen. *Du wärst sowieso zu feige gewesen, ihn anzusprechen, sei doch ehrlich*. Weder Flora noch die anderen waren zu sehen, nur mein Gesicht, das sich in der Glaswand des Haltestellenhäuschens spiegelte. *Du bist fünfzehn und hast noch nie in deinem Leben jemanden geküsst. Und wer würde das schon wollen*? Mein Bus kam.

Später, ich lag schon im Bett, fiel mir auf, dass mein Computer noch an war. Ich schlich zum Schreibtisch, schaute schnell auf *Facebook* vorbei und unterdrückte einen Freudensprung. Timo hatte Stella-Europas fiesen Kommentar kommentiert!

»Hey Mädels, seid doch nicht so gemein! :-D«

Er hatte mich verteidigt! Wow! Der coolste Typ der Schule hatte mich verteidigt! Ich war *doch* nicht nur Luft für ihn! Und er hatte mich zu diesem Spiel eingeladen, das war ja schon fast, fast … fast wie ein Date! Ich grinste glücklich vor mich hin und schaltete den Laptop aus. Ab morgen würde ich abnehmen! Und mit dem Fingernägelkauen aufhören! Ganz bestimmt. Und dann …

Ich kroch zurück ins Bett, starrte durch das offen stehende Fenster in den Nachthimmel, vor dem sich die gelichtete Krone des Kirschbaums wie ein Scherenschnitt abhob, und versuchte, den Timo-und-ich-im-Schwimmbad-Tagtraum von diesem Nachmittag noch einmal aufleben zu lassen. Wir standen nicht mehr am Beckenrand, sondern superschlank (ich) und mit breiten Schultern (er) eng umschlungen (wir beide) auf der Schulparty, als plötzlich Dagmars Kreissägen-Stimme durch den Flur schnarrte: »Dein Benehmen finde ich unmöglich, Marion!«

»Ist mir egal! Hier ist doch sowieso nichts mehr für mich zu tun«, rief meine Mutter zurück. »Ich gehe weg, nach Köln. Dann bist du mich los und kannst den Laden endlich schließen!«

Ich presste den Kopf auf das Kissen. *Oh shit,* Mama hatte immer noch diese bescheuerte Köln-Idee im Kopf! Draußen ging die Streiterei weiter: »Ich kann den Laden auch *mit dir* schließen! Und weißt du, was? Auch mir reicht es. Wir verkaufen. Wir verscherbeln alles an Dümpelmann, dann kannst du gehen, wohin du willst!«

»Dümpelmann? Aber …« Mamas Stimme wurde klein. »… haben wir uns Jahre gegen den gewehrt, um nun …?«

»Tja. Haben wir. Aber weißt du, was? Es ist mir scheißegal! Der liegt mir ja schon dauernd in den Ohren. Der hat seine Cafés ja nur gegründet, um mir eins auszuwischen.« Meine Tante schien direkt vor meiner Tür zu stehen, so deutlich hörte ich sie.

»Das glaubst du schon seit dreißig Jahren …«

»Es ist so!«

»Na klar, du hast wie immer recht, Dagmar. Dann ist es so.«

Mama holte wieder auf, sie drehte hoch. »Aber um mit deinen Worten zu reden: Es ist auch *mir* scheißegal!«

»Das war es ja schon immer.«

DDD, hör verdammt noch mal auf zu kreischen. Alle beide sollt ihr aufhören!

»Vati und Mutti haben sich bucklig geschuftet für uns!«

»Und wennschon. Du glaubst, ich schaffe das nicht, aber ich werde es tun! Ich kann sehr wohl für Charles und mich sorgen ...«

»Ha!« So gemein lachen wie Dagmar konnte niemand sonst, den ich kannte. »Du hast doch noch nie etwas durchgezogen, Marion! Schule abgebrochen, Lehre gar nicht erst angefangen, dabei hat Vati dir einen so schönen Platz bei Dietmar Schauenberg besorgt.«

»Dietmar Schauenberg, dieser Widerling, hat mich gleich am ersten Tag am Teigmischkessel angegrapscht. Wie oft soll ich das noch sagen?«

»Nichts hast du zu Ende geführt. Und dann musstest du ja unbedingt diesem Kerl nach Frankreich folgen.«

»Sag nichts gegen Alain! Du kennst ihn nicht!«

Ja, und ich auch nicht, Mama. Danke für ein Leben ohne einen Vater! Alle anderen haben einen, wenigstens ab und zu, nur ich nicht.

»Du bist eben nicht besonders schlau, und wenn ich Charlottes Schule nicht zahlen würde, wäre sie schon längst auf demselben Weg wie du!«

Was für eine Unverschämtheit! Die spinnt doch.

»Du hast dein Studium doch auch nicht zu Ende gebracht ...« Mamas Stimme klang kläglich und schon fiel Dagmar ihr schrill ins Wort:

»Ich bin wegen euch zurückgekommen!«

»Was?«, schrie jetzt Mama. Ich zuckte zusammen, denn so laut wurde sie sonst nie: »Du hast heulend in deinem Studentenzimmer gelegen! Vati musste dich nach Hause holen.«

»Das ist eine Lüge! Ich hätte das erste Staatsexamen garantiert beim zweiten Anlauf geschafft. Dann wäre ich heute ganz woanders, nicht bei der AVG, sondern ... Ich hab das für euch und das Café getan!«

Nach diesem Satz war es auf einmal still. Ich spürte, wie verkrampft ich auf meiner Matratze lag. *War's das jetzt? Gib dich doch jetzt nicht geschlagen, Mama.* Und als ob sie meine Gedanken gehört hätte, sagte sie auf einmal: »Ich habe dich nicht darum gebeten.« Wieder Stille. Bevor Mama anfügte: »Egal. Wen interessieren diese alten Kamellen schon. Wir verkaufen und ich werde gehen! So schnell wie möglich. Am besten schon nächsten Monat.«

Was? Ich sprang aus dem Bett. Das konnte doch nicht ihr Ernst sein! Wie stellte sie sich das vor? Godesbach verlassen? Nur um in einem Supermarkt an der Kasse zu sitzen, während die Flugzeuge über ihren Kopf hinwegdonnerten? Ich riss die Tür auf, um einfach irgendwas zu tun.

»Vergiss es, Mama, ich gehe nirgendwo mit hin!« Ich knallte die Tür wieder zu. Mein Herz klopfte. Die ganze Welt war so ungerecht!

Wütend schaute ich mich um und griff nach der alten Armbanduhr auf dem Schreibtisch, die Mama mir vor ein paar Jahren zum Geburtstag geschenkt hatte. Die kam noch aus ihrer eigenen Kindheit und sie hing sehr daran. Die kleine Uhr war alt, das sah man, das runde Zifferblatt war gelblich angelaufen, die Zahlen darauf winzig und kaum erkennbar. Mit dem blauen Lederarmband wirkte sie unspektakulär und nicht gerade wertvoll. In meiner Schule würde sie nicht einmal unter den angesagten Vintage-Style fallen. Darum trug ich sie auch nie. Mama hatte mich gebeten, vorsichtig mit der Uhr umzugehen, aber das konnte sie vergessen, ich war immer noch sauer auf sie, sehr sauer. Ich drehte grob an dem Aufzieh-Rädchen an der Seite, vielleicht ging das blöde alte Ding dadurch ja endlich kaputt. *Fuck you!* Schon fühlte ich mich besser, ich knallte die Uhr zurück auf den Schreibtisch, schlüpfte ins Bett und zog mir die Steppdecke über den Kopf und hörte meinem heftigen Atem zu.

Ich musste einige Stunden geschlafen haben, als ich mit einem Ruck aufwachte. Es war dunkel. Was hatte mich geweckt? Ich lauschte. Nichts. Selbst auf dem Hof der Spedition war noch Ruhe und die fingen schon um sechs Uhr an, ihre Lastwagen hin und her zu rangieren. Ich setzte mich auf. 05.04 Uhr zeigte die Digitalanzeige meines Weckers. Ohne Licht zu machen, schaute ich aus dem offenen Fenster. Es war immer noch sommerlich warm, selbst jetzt, kurz vor Sonnenaufgang. Der Kirschbaum trug keine einzige Kirsche dieses Jahr. Sogar die Blätter waren ihm alle ausgegangen – wie einem alten Mann die Haare. Fast hatte ich Mitleid mit ihm.

Ich schlurfte in die Küche, trank im Dunkeln einen Schluck Wasser und tapste wieder zurück in mein Zimmer. Meine Augen hatten sich an die Dunkelheit gewöhnt, ich sah die Uhr auf dem Schreibtisch neben meinem Handy liegen und nahm sie in die Hand. Mamas bescheuerter Plan, nach Köln-Schnorz oder -Porz oder wie das hieß, zu ziehen, fiel mir wieder ein. Niemals! In hohem Bogen warf ich die Uhr aus dem Fenster. Sie landete ohne ein Geräusch irgendwo auf dem kurz geschorenen Rasen vor dem Kirschbaum. Sollte sie dort unten doch vergammeln!

3. Kapitel

5. Mai, morgens

Als ich aufwachte, war es furchtbar hell im Zimmer. Das Fenster stand immer noch offen, ich konnte Vogelgezwitscher hören. Die Sonne stand hoch über dem Kirschbaum, dessen Kirschen als unzählige hellrote Tupfen durch das volle Laub schimmerten. *Hä? Blätter? Über Nacht? Und gestern hatte er doch keine einzige …* Wie viel Uhr war es überhaupt, warum hatte mein Wecker nicht geklingelt? Ich war zu müde, um den Kopf zu drehen. Die Bettdecke lag schwer auf mir und fühlte sich ungewohnt rau an und mein Körper war komplett … Moment mal? Plötzlich war ich hellwach … Komplett nackt!

Komisch, ich schlief nie nackt, doch in den vergangenen Stunden schien ich mich offenbar im Schlaf ausgezogen zu haben. Und wo waren meine Poster von Rihanna und Lady Gaga? Wer hatte sie abgenommen und stattdessen dieses komische Bild aus Pappe über mein Bett gehängt? Es zeigte zwei alte Typen, die hintereinanderstanden, der eine trug einen Schal, den anderen sah man gar nicht richtig. *Simon & Garfunkel* stand darüber. Voll depressiv die beiden. Daneben prangte ein überdimensionaler Atomkraft-nein-danke-Aufkleber, so groß wie ein Kürbis, und ein ebenso großes Frauenzeichen in blassem Lila.

Krass. Die Möbel sind nicht von mir, die Tapete ist der Horror und die kindische Lampe an der Decke habe ich auch noch nie gesehen. Anscheinend habe ich woanders übernachtet und das total vergessen … Na sicher, schon bei den vielen halb reifen Kirschen da draußen hätte ich skeptisch werden müssen! Ich schaute mich um. Doch das Fenster sah aus wie bei mir zu Hause und war an der richtigen Stelle, das Bett und die Zimmertür auch. Ein himmlischer Geruch nach geschmolzener Schokolade durchzog das

Zimmer, das mit ungefähr zwölf Quadratmetern so klein war wie mein eigenes. Wo war ich?

Ich überlegte. Nackt konnte ich unmöglich unter der Decke hervorkommen. Ich lauschte. Irgendetwas fehlte. Dann wusste ich mit einem Mal, was: Die Laster von der Spedition rumpelten nicht wie sonst über den Hof. War vielleicht Sonntag? Hatte ich einfach nur zu lange gepennt? Oder nach einem Sturz auf den Kopf ein Jahr im Koma gelegen? Aber ich war nicht gestürzt … oder doch?

Über dem Stuhl hing ein hellblauer Bademantel, der sah sauber aus. Ich beschloss, ihn überzustreifen, und dann würde ich herausfinden, wo ich gelandet war. Ich warf die Decke zurück, huschte in gebückter Haltung hinüber zu dem Frotteemantel, schlüpfte hinein und schaute mich weiter neugierig um. Kein Flachbildschirm mehr, keine Poster, bis auf die braven Daddys da oben auf ihrem Pappdeckel. Wenn ich es mir genau überlegte, sah der Schreibtisch doch so aus wie mein eigener, war aber merkwürdig aufgeräumt. Kaum etwas lag darauf, kein Laptop, kein Handy, kein iPod, nur ein paar Hefte, Stifte und eine olle Schreibtischunterlage von *Die Patisserie*. Halt, die Firma kannte ich irgendwoher. Den Schreibtisch kannte ich. Ich war also doch zu Hause in meinem Zimmer, nur hatte jemand über Nacht alles umdekoriert und meine Sachen verschwinden lassen. Gab es nicht eine Fernsehsendung, in der sie so etwas machten?

Im Regal stand kein einziger von meinen bunten Fantasy-Romanen mehr, sondern nur noch grüne, gleich große Bücher. Goethe. Thomas Mann. Fontane. Oh Gott, was war das denn? Schulliteratur. Dazu einige langweilig aussehende Romane und viele gelbe *Reclam*-Heftchen. Vorsichtig öffnete ich den unbekannten dunkelbraunen Kleiderschrank, meiner war weiß und von IKEA, und betrachtete die Klamotten, die auf den Bügeln hingen. Karierte Blusen, gestrickte Westen, seltsame Kleider aus grob gewebtem Stoff und – Latzhosen! Drei Latzhosen in Orange, Gelb und Rot. Wer, um Himmels willen, sollte das tragen? In den Fächern lagen T-Shirts, Socken. Das Zeug war zwar nicht hübsch, sah aber einigermaßen neutral aus. Doch dann besah ich mir die Unterwäsche. Weiße Rippunterhemden und weiße Unterhosen mit verwaschenen Blümchen darauf, keine BHs, sosehr ich auch wühlte …

Ich nahm mit spitzen Fingern eine der weißen Unterhosen und ein T-Shirt und begann, mich anzuziehen. »Was soll der Blödsinn …«, murmelte ich halblaut. Ich hatte keinen Spaß an solchen Spielchen. Vielleicht waren ja Kameras versteckt, ich schaute mich um und wunderte mich im selben Moment über mich. Dachte ich etwa wirklich, ich wäre in dieser Sendung für asoziale Jugendliche, bei *Die strengsten Eltern der Welt?* Ich war ja schon völlig durchgeknallt. Ich tat so, als ob alles in Ordnung sei, nahm die gelbe Latzhose vom Bügel und stieg hinein. Das Teil war erstaunlich bequem, trotz der schrecklichen Farbe. Als ich mich im Spiegel sah, musste ich unwillkürlich lachen. Ich sah aus wie ein Handwerker, ein Malerlehrling oder so. Ich schlang meine rotbraunen Haare im Nacken zu einem unordentlichen Knoten zusammen, nahm einen Bleistift vom Schreibtisch, steckte ihn hindurch, das würde halten, und stellte mich dann ans Fenster.

Auch unser Garten sah an diesem Morgen anders aus, definitiv! Bäume überall, dazwischen mein guter alter Kirschbaum, aber plötzlich in voller Pracht. Der kleine Holzschuppen glänzte, so neu waren seine Bretter. Das Gras war anscheinend schon lange nicht gemäht worden, denn unter mir lag eine Wiese mit weißen und rosa Kleeblüten und jeder Menge anderer Blumen. Ein paar zitronengelbe Schmetterlinge flatterten darüber. Ein Bild wie aus einem kitschigen Zeichentrickfilm. Gleich würde wahrscheinlich Biene Maja um die Ecke gebrummt kommen.

Ich merkte, wie mir der Mund offen stand, und klappte ihn zu. Und wieder zog mir der Schokoladengeruch in die Nase. Irgendetwas lief hier ganz komisch, ich war in einem anderen Film und musste herausfinden, was passiert war.

Leise öffnete ich die Tür und ging die Treppe hinunter. Mama!, wollte ich rufen, doch es war so still, dass ich mich nicht traute. Barfuß rannte ich die Stufen hinab, meine Mutter würde hinter dem Tresen stehen oder in der Backstube Kartons mit Topflappen oder Küchenrollenhaltern auspacken. Sie würde wissen, was los war. Die schwere Tür war nur angelehnt, vorsichtig stieß ich sie auf. Die Backstube war leer und viel wärmer als sonst. Es standen keine Kartons mehr zwischen den Öfen, die alle in Betrieb schienen. Nur einen älteren Mann konnte ich sehen, er stand mit dem Rücken zu mir. Er trug eine weiße Haube auf dem Kopf und Bäckerkleidung und kam mir sehr vertraut vor, selbst von hinten. Jetzt drehte er sich und ich sah die leere Hülle seines linken Ärmels, säuberlich aufgerollt und mit einer Sicherheitsnadel an seiner Schulter befestigt.

Ich schluckte, mein Hals war plötzlich ganz trocken. Unbemerkt schlich ich hinter ihm entlang, ging zwischen komischen Rühr- und Knetmaschinen hindurch, vorbei an den unzähligen Blechen aus Aluminium, auf denen Pralinés lagen. Waren das die Mokkaschneckchen von früher? Die Creme-Igel und Krokantpilze? Und das da mussten die »Zauberhaften« sein. Ich erkannte sie an dem feinen Zucker, mit dem sie wie von silbrigem Staub überzogen waren. Ich schüttelte den Kopf und rieb mir die Stirn. Die Mokkaschneckchen von früher, der Kirschbaum wie früher, wenn jetzt auch das Café wieder so eingerichtet wäre, wie ich es von den Fotos kannte, würde ich ausrasten!

Ich beeilte mich, hinter die Ladentheke zu kommen, um nachzuschauen. Beinahe wäre ich mit einer kleinen rundlichen Person zusammengestoßen, die in diesem Moment mit Schwung um die Ecke kam, ein leeres Blech in den Händen.

»Verlaufen?«, fragte die Person freundlich. Ihr rötlicher, von grauen Strähnen durchzogener Haarknoten wippte auf ihrem Kopf. »Die Toilette ist dort vorne!« Sie ging lächelnd an mir vorbei.

Ich blieb stehen, mein Magen überlegte offenbar, ob er sich übergeben wollte, und am liebsten hätte ich mich irgendwo hingesetzt, denn meine zitternden Beine hielten mich kaum noch. Meine Omi hatte mich gerade zur Toilette geschickt! Meine Omi war seit über zehn Jahren tot!

Mit unsicherem Schritt schleppte ich mich hinter der Kuchenvitrine hervor. Genau wie ich es vermutet hatte: Auch das Café sah aus wie früher. Die Wände waren mit einer samtig roten Stofftapete bespannt, die kleinen Barocksessel fein gestreift und an den Wänden standen wieder die dunkelroten Lederbänke, auf denen ich als kleines Kind so gerne herumgeturnt war.

Ein paar vereinzelte Damen saßen an den Tischen und tranken Kaffee, jede von ihnen hatte einen Hut auf und ein Stück Torte vor sich. Am frühen Morgen! Oder wie spät war es eigentlich? Sie plauderten quer durch den Raum miteinander. Manche rauchten. Das war doch nicht erlaubt! Oder doch?

Vor dem Verkaufstresen standen ein paar Kunden, geduldig darauf wartend, dass sie bedient wurden. Manche musterten mich; ein alter Mann mit einem Stock grüßte mich sogar. Ich grüßte zurück und hoffte, dass niemand meine nackten Füße bemerken würde. Schnell setzte ich mich an das Ende einer Lederbank, von wo aus ich alles beobachten konnte, vom Tresen aber nicht gut gesehen wurde.

Ich hätte am liebsten geheult, so sehr vermisste ich meine Großeltern plötzlich, obwohl sie doch zum Greifen nah waren.

Da war sie wieder – Omi kam mit einem vollen Blech zurück, sie legte Schweineöhrchen auf weiße Papiertabletts, gab

Wechselgeld heraus, schichtete die Pralinen aus der Vitrine vorsichtig in durchsichtige Tütchen, verzierte diese liebevoll mit grünen Schleifchen und reichte sie ihren Kunden. Wie schön! Wie schade. Warum hatten wir diese grünen Schleifen nicht mehr? Warum hatten wir das *alles* nicht mehr …?

Ich schaute durch die Glastür. Der Schriftzug, den ich gestern noch angestarrt hatte, war derselbe: *Café Zimt,* in Spiegelschrift. Doch draußen breitete ein großer Baum seine Krone schützend über den Vorplatz. War das etwa der Baum, durch den Omi und Opa damals ums Leben gekommen waren? Der sie während eines Sturms mit einem seiner großen Äste erschlagen hatte? In ihrem Auto. Oh Gott! Da stand er.

Ich hatte ganz offenbar einen Zeitsprung gemacht, wie Marty McFly aus *Zurück in die Zukunft,* das war klar. Jetzt musste ich nur noch herausfinden, in welches Jahr ich zurückgereist war. Wie irre das alles klang! Konnte das denn wirklich sein? So was passierte doch nur in Filmen.

An der Wand gegenüber hing ein Kalender, ich kniff die Augen zusammen, um zu erkennen, um was für einen Monat es sich bei dem Kalenderblatt mit der Rosenblüte handelte. Mai, es war Mai, wie auch gestern noch, als ich nichts ahnend ins Bett gegangen war. Das Jahr konnte ich nicht genau erkennen. Irgendwas mit einer Neunzehn am Anfang. Einer Neunzehn! Also Neunzehnhundert…, ich erhob mich und ging darauf zu. 1980! Der 5. Mai 1980. Oh Gott, ich war über Nacht – ich rechnete im Kopf – fünfunddreißig Jahre weit in die Vergangenheit zurückgeschlittert. Mama müsste also wie alt sein? Ich rechnete wieder, während mein Magen immer noch verrückt spielte. Fünfzehn! So wie ich. Im August würde sie sechzehn werden. Jetzt drehte sich auch mein Kopf, denn ich verstand das alles nicht! Wie war ich hierhergekommen? Ich hatte doch nichts Besonderes gemacht! *Jetzt reiß dich zusammen und überleg! Du hast im Bett gelegen, als du Dagmar und Mama streiten hörtest.*

Dann hast du Mama angeschrien und hast dich wieder schlafen gelegt. Mehr war nicht.

Na super, wie sollte ich je wieder zurück in meine eigene Zeit kommen? Ich musste sofort ... irgendetwas tun ... aber was eigentlich?

Obwohl ... Wenn ich jetzt schon mal hier war: Wäre es nicht genial, noch einen schnellen Blick auf Mama als Teenager zu werfen? Und Dagmar erst? Wie die wohl aussah? Ich schaute an mir hinunter und musste lächeln. Die gelbe Latzhose war unmöglich. Ob meine Mutter auch so eine trug?

Erst jetzt bemerkte ich den großen Hund, der unter der Bank aus dunklen Augen zu mir emporschaute. Sein wuscheliger, goldblonder Kopf lag dicht neben meinem nackten Fuß, es sah so aus, als ob er lächelte. Na klar, der Hund von den Fotos!

»Das ist Zucker, unser Café-Hund, der tut nichts.« Meine Omi stand plötzlich neben mir. »Kann ich Ihnen etwas bringen?« Meine Omi siezte mich.

»Äh, nein. Ich warte auf ... Marion!« Es war komisch, Mamas Vornamen auszusprechen. Vor Verlegenheit tätschelte ich Zucker, der daraufhin mit dem Schwanz auf den Boden klopfte und ein paar Zentimeter unter der Bank hervorgerobbt kam. Ob Omi die eigene Ähnlichkeit mit ihrer Enkelin auffiel? Immerhin hatte ich nicht nur die roten Haare von ihr geerbt, sondern auch die hellbraunen Augen, und den Dickschädel gleich dazu, wie Mama behauptete.

»Die muss jeden Moment kommen, aber seid ihr denn verabredet? Montags nach der Schule hilft sie ihrem Vater immer mit den Petit Fours.«

»Mit wem?«

»Na, bei den Pralinen.«

»Ach ja? Kann sie das denn?« Ich wurde rot. »Wie schön! Wir ... wir schreiben ein Referat zusammen, über ... über Kinderarbeit.« Ich lächelte, biss aber gleichzeitig die Zähne zusammen.

Na toll, was anderes fällt dir nicht ein, beschimpfte ich mich. Omi Elsa guckte schon alarmiert. »Nein, war Spaß. Wir schreiben … Na ja, über die Berufe unserer Eltern.« Mist, was war los? Leichtes Abändern der Wahrheit und Improvisieren gegenüber Respektspersonen fiel mir sonst leichter.

»Schon gut, da kommt sie ja!«

Ein dünnes Mädchen lief hinter der Verkaufsvitrine hervor, sie hatte eine Papiermütze über die kurzen dunklen Haare gestülpt und band sich im Laufen eine weiße Schürze auf dem Rücken zu. Darunter konnte ich den Blick auf eine weitere Latzhose erhaschen, eine lilafarbene, viel zu groß für sie, und, oh Gott, wie schrecklich war das denn? Um den Hals trug das Mädchen ein gebatiktes Tuch, in Knallgrün. Sie stürmte auf Omi zu und gab ihr einen Kuss auf die Wange, den diese etwas starr entgegennahm und auch nicht erwiderte.

»Bin spät dran, musste Anne noch mit ihrem Fahrrad helfen. Kette war abgesprungen. Aber jetzt bin ich da! Vati und ich probieren heute noch mal die Türmchen mit der Bitterorangenmarmelade, ich glaube, mit dem neuen Rezept für den Biskuitteig kriegen wir die besser hin …«

Ich wandte meine Augen keine Sekunde von dem Mädchen ab. Das … war … Mama! Sie war so … so unglaublich jung. Und ihre Haut fein und glatt, vor allen Dingen am Hals, der von dem fürchterlichen Tuch an einigen Stellen frei gelassen wurde. Sie redete über Biskuitteig und hatte im ganzen Gesicht keinen einzigen Pickel. Wie machte sie das nur? Nun sah sie wirklich aus wie die junge Audrey Hepburn, deren Filme sie heute so liebte. Allerdings waren da die breiten, wild wuchernden Brauen, die sich wie zwei schwarze Raupen über ihren Augen ausruhten und zusammen mit der Latzhose und dem restlichen Ökofreak-Outfit den elfenhaften Eindruck gewaltig störten.

»Marion, deine Freundin hier wartet schon.« Omis Stimme

riss mich aus meinen Beobachtungen. »Wenn sie mit in die Backstube geht, muss sie aber auch Haube und Schürze anziehen, und sie darf nichts anfassen, das weißt du ja. Diese Haare dürfen nicht …« Omi sah aus, als ob sie mir gleich über den Kopf streichen wollte. »Diese Haare sind so wunderschön! So wild! Früher, als kleines Mädchen, hatten meine dieselbe Farbe … Jaja, ich komme ja schon!« Sie eilte zum Nebentisch, an dem eine der Hut-Damen ungeduldig winkte.

Erstaunt starrte Marion mich an. »Meine Freundin?«

»Psst!« Ich legte den Zeigefinger auf meinen Mund. Mama liebte Geheimnisse, hoffentlich auch schon damals, mit fünfzehn … »Keine Freundin, aber ich brauche dringend deine Hilfe! Können wir nach oben gehen? In dein Zimmer?«

Sie musterte mich misstrauisch: »Und die Petit Fours?! Vati macht den Biskuit immer anders als ich, also, er nimmt …«

Oh Gott, Mama war nicht nur ein Öko-Freak, sondern auch noch begriffsstutzig. »Dazu kommen wir gleich«, unterbrach ich sie eilig. Ich wollte jetzt bestimmt nicht über Biskuitteig reden, der Marion anscheinend brennend interessierte.

»Pfff. Na gut, wenn du mir eben noch verraten würdest, wer du bist … Zucker, du kommst mit. Wenn das Mädchen böse ist, beißt du es, okay?« Marion lachte. Ihre Zähne waren viel weißer, als sie in ein paar Jahrzehnten sein würden, doch der rechte Eckzahn hatte schon die kleine abgeschlagene Ecke. »Wir gehen außen rum, Zucker darf nicht durch die Backstube!«

Wir gingen hinaus. Ich blieb stehen und schaute mich um. Die *Metzgerei Hein* gab es noch nicht, das ganze Haus fehlte.

»Das ist so krass schön hier, das Café und die Backstube und auch draußen! Ist ja viel mehr Platz hier, da ist heute nur noch ein …« Schmaler Durchgang, hatte ich sagen wollen, doch das würde Marion nicht verstehen. Der Goetheplatz war ein kleines Rondell am Ende einer Sackgasse, abgetrennt durch ein paar Steinbänke, eingerahmt von den Vorgärten der umstehenden Häuser. Dazwischen gab es Lücken, schmale, unbebaute Grundstücke mit kleinen Wäldchen aus jungen Bäumen und Büschen. Mit offenem Mund starrte ich in den riesigen Ahornbaum, durch dessen Blätter das Sonnenlicht in kleinen Sprenkeln auf das Pflaster vor dem Café fiel. Der *Killerbaum!* Nach dem Sturm war er gefällt worden. Zu spät. Heute gab es von ihm nur noch einen breiten Stumpf, aus dem in jedem Frühjahr neue Triebe sprossen. Dagmar sägte sie regelmäßig mit einem Brotmesser ab.

»Echt schön!«, murmelte ich. »Aber den Baum müsste man am besten jetzt schon fällen …«

»Hä? Fällen? Wer würde denn auf *die* Idee kommen?« Marion zog die Augenbrauen hoch. »Schon mal was von Umweltschutz gehört?«

»Nein, ich sagte, der Baum ge-fällt mir!«

Durch den Eingang an der Seite betraten wir das Haus wieder. Die Tür knarzte laut in ihren Angeln. Wenigstens daran hatte sich in der Zukunft nichts geändert. Zucker lief voraus.

»Sag mal, das ist doch meine Latzhose, die du da anhast«, sagte Marion, als sie hinter mir die Treppe in den ersten Stock hinaufging. »Den Fleck da kenne ich. Beim Färben ist das Gelb am Hintern nämlich etwas unregelmäßig geworden.«

»Ja, sitzt 'n bisschen enger bei mir als bei dir … Aber was hätte ich denn sonst anziehen sollen?«, erwiderte ich, als wir auf mein Zimmer zusteuerten, das jetzt natürlich noch Mamas Zimmer war. »Was anderes habe ich in deinem Monsterschrank leider nicht gefunden! Wusste gar nicht, dass du solche Sachen angezogen hast. Voll retro!«

»Voll was?!«

»Vergiss es.« Ich wusste, dass meine Sätze unverständlich für sie sein mussten, doch ich war total aufgeregt, es war so krass, fünfunddreißig Jahre früher durch unser Haus zu gehen.

Zucker war als Erster im Raum, er drehte sich ein paarmal um sich selbst, dann ließ er sich auf dem weißen Flokati-Teppich zwischen Bett und kleinem Sofa nieder und legte den Kopf zwischen die Pfoten. Marion machte die Tür hinter uns zu und stemmte die Hände in die Seiten: »Du bist hier also eingebrochen.«

»Eingebrochen? Sag mal, tickst du jetzt total?«

»Na ja«, Marions Stimme wurde leiser, fast drohend fuhr sie fort, »mein Zimmer und meinen Kleiderschrank kennst du offensichtlich schon!«

Ich zog die Luft durch meine Nasenlöcher und atmete genießerisch aus, der Schokoladenduft sammelte sich selbst bei offenem Fenster ganz besonders konzentriert in diesem Raum. »Boah, das riecht hier so genial!« Ich ließ mich auf die Knie neben Zucker fallen und streichelte ihm über den Kopf, woraufhin er die Augen schloss. »Und jetzt sehe ich endlich euern tollen Hund! Wie cool ist das denn?«

Marions Blick sagte, dass sie mich für verrückt oder Schlimmeres hielt. Ich musste langsam mit einer Erklärung herausrücken.

»Sorry! Ich kann dir alles erklären.«

»Das glaub ich kaum!« Sie verschränkte die Arme vor der Brust.

Ich schaute zu ihr hoch. Jetzt siehst du aus wie Mama, hatte ich sagen wollen, doch das erschien mir nicht besonders schlau. »Stimmt. Ich kann dir gar nichts erklären, ich weiß nämlich auch nicht, wie ich hier hingeraten bin.«

In Marions glattem Gesicht regte sich nichts, sie wartete ab. Voll wie Mama, wenn sie innerlich kochte.

»Ich verstehe es ja selber nicht! Gestern Abend war noch alles ganz normal. Na ja, wir haben gestritten und ich bin eingeschlafen. Ach so, und morgens bin ich mal kurz aufgewacht, aber da war es noch dunkel und ich bin in die Küche gegangen und habe Wasser getrunken, und, keine Ahnung … da war nichts Besonderes. Und dann mache ich, zack, die Augen wieder auf und bin hier! Und du bist fünfzehn, so alt wie ich, und alles ist so was von *strange* …« Ich hob die Arme. Es klang völlig verrückt. Es *war* völlig verrückt. Marion runzelte die Stirn, sagte aber immer noch nichts.

»Ich meine, ich schlafe und werde wach und noch ist alles normal und dann habe ich noch auf die Uhr geschaut ... deine ... Mensch, das isses: deine Uhr!«, rief ich, sprang auf und stürzte zum Fenster. Zucker sprang auch auf und bellte. »Vielleicht hat das was mit der Uhr zu tun!«, rief ich über das Hundegebell.

»Zucker! Aus! Platz!« Zucker legte sich wieder hin, den Blick auf Marion.

»Da unten in der Wiese muss die Uhr liegen. Also bei uns ist das nur noch ein Stück Rasen, das Dagmar immer wie eine Besessene mit dem Rasenmäher bearbeitet, und wehe, jedes einzelne Hälmchen ist nicht millimeterkurz.« Ich drehte mich zu ihr, natürlich würde sie mein Gestammel nicht verstehen. Marion streckte den Kopf vor: »Du kennst Dagmar? Wie lange beobachtest du uns denn schon?«

Marion bewegte sich schrittweise rückwärts auf die Tür zu, ihre Hände suchten nach dem Griff.

»Euch beobachten? Tss, mein ganzes Leben schon«, sagte ich lachend, hob dann aber beruhigend die Hände: »Ich bin wie Marty McFly, verstehst du?« Sie sah mich völlig entgeistert an. »Der aus dem Film, Mann! Der den Zeitsprung macht und seinen eigenen Eltern bei ihrem ersten Date zusieht. *Zurück in die Zukunft!*«

Marion schüttelte verständnislos den Kopf. »Du heißt Marty? Und was ist ein Date?«

Ich atmete laut aus. »O Mann, sag jetzt nicht, du kennst *Zurück in die Zukunft* nicht!«

»Nein! Müsste ich?«

»Dann ist der Film wahrscheinlich noch nicht rausgekommen ...«, murmelte ich.

»Marty? Kann es sein, dass du irgendwo abgehauen bist, dass sie dich jetzt suchen?«

»Was? Nein! Niemand sucht mich, und ich heiße nicht Marty, sondern Charlotte, den Namen hast *du* übrigens ausgesucht!«

»Ich?«

»Ja, im Jahr 2000 gefiel der dir anscheinend sehr gut ... aber du nennst mich Charles, den Namen hat Opa mir gegeben, weil meine Ohren damals, als ich noch nicht so viele Haare hatte, angeblich den abstehenden Mega-Ohren von Prince Charles ähnlich sahen ... Prince Charles? Ist dir bekannt? Schon jahrelang Thronfolger von England.«

Marion nickte langsam und ich seufzte erleichtert. Na also, wenigstens Prince Charles gab es schon. »Er wird es aber kaum jemals werden, weil William ... ach, so weit sind wir ja noch nicht.« Ich winkte ab. »Ich hole eben schnell die Uhr und dann siehst du, dass ich nicht total *crazy* bin.«

»Du *bist* total *crazy!*«

Ich überhörte diesen Einwurf. »Es ist die Uhr, glaub mir!«

»Welche Uhr meinst du denn?« Marion tastete verwundert an ihrem Handgelenk herum. Keine Uhr.

»Deine kleine Lieblingsuhr, die du am 8. August zum achten Geburtstag geschenkt bekommen hast. Opa, also dein Vater, hat dich morgens um acht geweckt und sie dir als allerersten Geburtstagsgeschenk überreicht. Das Armband war weinrot damals.«

»Hellrot«, wisperte Marion, »es ist hellrot, aber der Rest stimmt!«

»Mir hast du immer etwas von weinrot erzählt ... egal, glaubst du mir jetzt?«

»Was?«

»Dass ich aus der Zukunft komme, dass ich deine Tochter bin!«

Aber Marion starrte mich nur an. Ich überlegte fieberhaft. Was konnte ich meiner Mutter noch erzählen, von dem nur ich allein wusste?

»Die Ecke von deinem Zahn vorne, die hast du dir an der Fensterbank im Badezimmer abgebrochen. Das tat sehr weh und deine Lippe hat stark geblutet, Dagmar hat dich geschubst, zwar nur ein bisschen, aber sie war's. Niemand glaubte dir.«

Marions Mund öffnete sich. Selbstvergessen berührte sie mit einem Finger den betroffenen Schneidezahn und nickte. »Das ist die Härte! Aber ich schnall's immer noch nicht ...«

»Echt krass, oder?« Ich lächelte das Mädchen an, das verrückterweise irgendwann einmal meine Mutter werden sollte.

»Und du bist meine ... Tochter?«

Jetzt war es an mir zu nicken.

»Also, ich weiß nicht ... vielleicht hast du auch nur in meinen Tagebüchern gelesen.« Ihr Blick irrte durch den Raum. »Ich habe die so gut vor Dagmar versteckt, dass ich schon selber nicht mehr weiß, wo sie sind.«

»Aber es stimmt! Wirklich!«

»Dann erzähl mir mal von meiner Zukunft! Mit wem bin ich verheiratet? Wie sieht er aus? Er ist hoffentlich kein Bäcker! Haben wir immer noch einen Hund, so toll wie Zucker?« Marions Augen funkelten mich provozierend an. »Na, was ist los mit dir, Marty-zurück-aus-der-Zukunft, da hast du wohl keine Antwort drauf!«

»Ist ziemlich *abgedreht,* oder?«, antwortete ich, um Zeit zu gewinnen.

»Ja, so abgedreht, dass ich mir überlege, ob ich die Polizei rufe.« Jetzt versuchte sie, einen auf streng zu machen, das kannte ich schon von ihr. »Oder besser die Psychiatrie. Aus Schloss Edstein laufen öfter mal Patienten weg. Diese Irren hauen aus der Geschlossenen ab und tauchen dann bei uns im Garten auf.«

»Aus dem Schloss Edstein?«

»Ja, tu doch bitte nicht so! Du weißt wahrscheinlich so gut wie ich, dass die Klinik in einem alten Schloss untergebracht ist.«

»Die Klinik? Wie krass, das ist heute meine Schule, 'ne englische Privatschule, und nennt sich *Edstone Boardingschool.* Haben die das Ding einfach auf Englisch umbenannt ..., ich glaub's ja nicht, ich wusste gar nicht, dass da früher … uns erzählen sie immer was von einem ganz normalen Krankenhaus.«

Marion schüttelte wieder den Kopf, nun wahrscheinlich noch überzeugter von meiner geistigen Verwirrtheit. »Wie war das mit meiner Uhr?«, fragte sie sanft, so wie man mit gefährlichen Irren redet. »Die hast du also für deine Zeitreise benutzt?«

»Na ja, *benutzt* stimmt nicht ganz, ich habe sie aus dem Fenster geschmissen, nachdem ich sauer auf dich war. Wir sollten sie aber auf jeden Fall suchen gehen, die brauche ich nämlich, um wieder zurückzukommen. Also, in Filmen ist das immer so …«

Ich sah, wie Marion unter ihren dicken Brauen mit den Augen rollte, sie glaubte mir also immer noch nicht.

»Was hast du jetzt vor?« Sie räusperte sich.

»*Ich*? Ich möchte eigentlich so schnell wie möglich zurück, aber vorher gucke ich mir erst einmal unsere Wohnung an, ich bin nämlich neugierig! Und Dagmar, die will ich auch sehen!«

Schon drängte ich mich an Marion vorbei und öffnete die Tür. Marion lachte künstlich, als ob sie auf einer Bühne stände: »Tja, was wird eigentlich aus Dagmar? Sie wird doch nicht etwa auch Kinder haben, die tun mir jetzt schon leid!«

»Nein, keine Kinder. Sie hat studiert …«

»Natürlich, bei dem Abitur, das sie gerade gemacht hat. Ein Notendurchschnitt von 1,3.« Marion stöhnte. »Sie ist so schlau … das schaffe ich nie!«

Ich schluckte. Stimmt, wollte ich sagen. Doch wenn ich schon mal hier war, konnte ich doch endlich herausfinden, woran es lag, dass Mama sich bei jeder Gelegenheit vor Dagmar duckte wie ein Hund, der Prügel erwartete. »Sie wird keine Konditorin, so viel kann ich dir jedenfalls verraten …«

»Natürlich nicht«, sagte eine Stimme aus einer dunklen Ecke des Flurs. Dagmar! Ihre schemenhafte Figur löste sich von der Wand und stieß eine andere Tür auf. Ich beeilte mich, um hinter ihr in die helle Küche zu kommen. Ich wollte Dagmars Gesicht sehen!

Ich versuchte, nicht zu starren, als ich Haare, Augen, Mund des achtzehnjährigen Mädchens abscannte. Dass DDD jemals so jung gewesen war! Echt interessant. Auch ohne Faltenkranz um die blauen Augen und die welke Haut an ihren Wangen war in diesem Gesicht doch unverkennbar die mürrische Tante angelegt, die ich allzu gut kannte. Schon zog sie die Oberlippe skeptisch über die Vorderzähne zurück, wie sie es immer tat. Die Haut auf ihrem breiten Nasenrücken kräuselte sich dabei.

»Hallo, Dagmar!« Mein ganzes Leben hatte ich vor meiner Tante gezittert oder mir von ihr gegen gute Noten teure Laptops bezahlen lassen, doch nun konnte ich mir das Lachen kaum mehr verbeißen. »Schönes Hemd!« Ich zeigte auf das Jeanshemd mit dem Riesenkragen, das sich großzügig um Dagmars hageren Oberkörper legte, ihren breiten Hintern aber nicht gänzlich verdeckte. »Da hast du Glück.«

»Wieso?« Wie immer witterte sie Negatives in einem Kompliment.

»Wenn das in fünfunddreißig Jahren mal wieder modern wird, hast du es schon.« Das Kichern wollte einfach aus mir hinaus.

»Wer ist *die* denn?«, kam es gelangweilt von Dagmar. Schon mit achtzehn war sie so verdammt selbstsicher, warum nur?

»Das ist Charles«, erklärte Marion, »Charles, wie der englische Prinz! Sie ist … sie ist hier … weil …«, mit einer hilflosen Geste gab sie das Wort an mich weiter:

»Weil ich euer Leben besser kennenlernen möchte! Fremde Sitten und Gebräuche, fremde Welten, Länder … äh und so weiter.«

»Schüleraustausch«, fiel Marion noch ein. Ich warf meiner zukünftigen Mutter einen anerkennenden Blick zu.

»Aus welchem fremden Land denn?« Dagmar hatte diesen Verhör-Ton offenbar schon immer an sich gehabt.

»England. Ich bin dort geboren, aber meine Eltern sind Deutsche.« Meinen französischen Vater zu erwähnen, würde jetzt nur verwirren. Lieber England. Die Sprache konnte ich ja wirklich recht gut.

»Aha! Wie lange bleibt sie?«

»Sie bleibt nur kurz, du kannst sie aber auch gerne selber fragen«, erwiderte ich.

»Wissen Mutti und Vati davon?«

»Nein, Marion ist aber so lieb und fragt gleich eure Eltern. Ich sollte eigentlich während des Austauschs bei einem anderen Mädchen wohnen, bei der ... wie hieß die noch?«

»Bei ... bei Manuela Hövelkamp«, sprang Marion ein.

»Da ist aber jemand krank geworden. War es der kleine Bruder? Verdacht auf ...?«

»Meningitis. Ansteckende Hirnhautentzündung.«

Na bitte, ohne dass Dagmar es sehen konnte, zeigte ich Marion den hochgestreckten Daumen und flüsterte: *»Like!«* Dabei würde die Welt noch mindestens fünfundzwanzig Jahre auf *Facebook* und den *Gefällt-mir*-Daumen warten müssen.

»Komm, wir gehen.« Marion zog mich davon. Gemeinsam machten wir uns auf den Weg in den Garten.

»Also, ich will dir ja glauben, aber ich kann es nicht!« Marion nahm die Schürze ab, faltete sie ordentlich zusammen und legte sie über den tief hängenden Ast eines Birnbaums, dann erst setzte sie sich auf die Wiese.

»Ich kapier es ja selber kaum«, seufzte ich. »Und weiß immer noch nicht, wie ich es dir beweisen kann, aber es stimmt! Vorsicht, vielleicht sitzt du auf der Uhr!«

Marion erhob sich und fing an, wie ich auf Knien die langen Gräser zu durchsuchen.

»Also gut, ich tu jetzt einfach mal so, als ob ich daran glaube. Habe ich das Café übernommen? Ach, natürlich habe ich das Café übernommen«, antwortete sie sich. »Wer denn sonst? Dagmar etwa?« Sie lachte auf, doch es klang nicht überzeugt.

»Jetzt sag doch mal, wann werde ich meinen zukünftigen Mann kennenlernen? Oder kenne ich ihn schon? Aber es wird nicht Matti aus der B sein?«, fragte sie mit einem kleinen, albernen Lacher, dass es mir das Herz in der Brust zusammenzog. »Ich weiß nicht, wieso, aber ich verlieb mich natürlich immer in die, die nichts von mir wollen.«

Oje. Dieser Typ aus der B war für meine kleine Audrey-Hepburn-Mama hier so hoffnungslos weit weg wie für mich Timo. Verlegen zuckte ich mit den Schultern, während ich den Blick gesenkt hielt und mit beiden Händen die hoch stehenden Halme auseinanderbog. Moment mal, Matti? Der Name kam mir doch bekannt vor, hatte sie den nicht am Abend zuvor erwähnt? Der Finne aus der Parallelklasse? Ich wollte gerade antworten, doch jetzt war Marion in Fahrt: »Hey, du Zukunftsorakel! Liebt er mich wirklich und ehrlich? Erich Fromm schreibt, dass die Liebe für manche Leute nur die Antwort auf das Problem der menschlichen Existenz bedeutet. Oder so ähnlich. Aber er dein *Vater* …?« Ihre Mundwinkel verzogen sich plötzlich nach unten. »Au weia, das ist echt voll irre. Wie sieht er aus? Und wie ist er?«

Tja, das würde ich auch gerne wissen! Aber du hast immer behauptet, wir bräuchten ihn nicht. Pfff. Du vielleicht nicht …

»Ich hoffe, er engagiert sich politisch. Gegen Atomkraft wird er ja sowieso sein, aber wir haben nicht geheiratet, oder? Ich will nicht heiraten! Wozu denn auch? Hatte ich etwa ein Kleid an? Aber garantiert nicht so ’n weißes Spitzengewand, oder? Komm, sag schon! Bitte.«

Ich tat weiterhin so, als ob ich mich aufs Suchen konzentrierte. Meine Güte, wie sollte ich Mama, also diesem dünnen Anti-Atomkraft-Teenie-Mädchen mit der zerfransten Kurzhaarfrisur, das alles bloß erklären? Dass der Traummann erst megaspät vorbeigeritten kam, als das Anti-Atomkraft-Teenie-Mädchen schon über dreißig war? Dass es schon nach einem Jahr wieder nach Hause geflüchtet war? Dazu noch schwanger. Und sich der Traummann seitdem nie mehr gemeldet hatte?

Als ich Marion endlich antwortete, klang meine Stimme gepresst: »Weißt du, Marion, glaub es oder nicht, aber ich tu nicht nur so, ich bin wirklich deine Tochter! Und darum ist es besser, wenn du nicht zu viel über das weißt, was passieren wird. Vielleicht wartest du sonst auf irgendetwas und triffst die falschen Entscheidungen und ich werde gar nicht mehr gezeugt oder so.« Es war lebensgefährlich, am Ende nicht gezeugt zu werden, ich musste also höllisch aufpassen.

»Gezeugt, oh Gott, jemand muss dich ja mit mir zeugen!«

»Ja klar, der Mann, den du sehr geliebt … also liebst.« Ich lächelte, obwohl meine Mundwinkel sich wie eingefroren anfühlten. *Na ja, eben dieser Alain, der Maler aus Frankreich, der mich angeblich nicht haben wollte. Der Grund für deine überstürzte Rückkehr ins langweilige Godesbach, dem du immer noch hinterhertrauerst. Und den ich nie kennenlernen durfte.* Nein, das war ganz bestimmt nicht die richtige Vorbereitung auf ein tolles Liebesleben für diese Fünfzehnjährige, die Strickwesten und Latzhosen trug und anscheinend lieber komisches Zeug las und stundenlang Biskuitteig rührte, als einem Jungen zu nahe zu kommen. »Willst du nicht mal das Tuch abnehmen? Ist doch so heiß.«

»Nö. Ist übrigens 'ne gebatikte Windel.«

»Windel? In die kleine Babys …?«

»Genau. In die hier haben Dagmar und ich früher ordentlich Aa reingemacht.«

Hallooo? O Gott, das war ja ekelhaft. Ich bekam das Bild nicht mehr aus meinem Kopf. Doch Marion kicherte nur und zog sich das Teil noch fester um den Hals. »Heute gibt es ja Plastikwindeln. Doch früher gab es nur die hier. Aber keine Sorge, die wurden ja ausgekocht …«

»Es färbt ab«, sagte ich. »Ich hoffe zumindest, dass das nur Farbe ist, was deinen Hals so grün färbt.«

»Na und? Sag, wann bekomme ich dich denn?«

»Also ... Moment, da muss ich rechnen ... mit vierunddreißig.«

»Was? So spät? So lange muss ich noch warten? Das sind ja noch fast zwanzig Jahre!« Marion schaute anklagend in den Kirschbaum hinauf.

»Na ja, in denen übst du eben schon mal ...« Ich kicherte los, doch Marion blieb ernst.

»Und was, wenn ich vorher schon schwanger werde?« Sie zuckte mit den Schultern, sodass die Verschlüsse ihrer Latzhose klirrten. »Diese schäumenden *Patentex*-Zäpfchen sind doch mehr als ekelig. Hab echt keinen Bock auf die ... Aber so lange warten?«

»Was für Zäpfchen?« *Du willst mir doch nicht sagen, dass du es schon gemacht hast.*

»Verhütung.« *Doch schon gemacht. Mit fünfzehn. Na toll.*

»Habe ich aus Dagmars Schreibtisch geklaut.« *Dagmar?*

»Ha, da ist sie ja!«, rief Marion, bevor ich nachhaken konnte, und griff nach der Armbanduhr, die zwischen langstieligen Kleeblättern lag. »Mein Ührchen! Aber das Armband ist blau, gestern war es doch noch rot ... Wie kommt das denn?«

»Sage ich doch, ich habe es mitgebracht. Aus der Zukunft! Und deshalb weiß ich auch, dass Opa es dir zum achten Geburtstag geschenkt hat. – Sag mal, du weißt nicht zufällig, woher er die Uhr hat?«, fragte ich.

»Nein. Aber sie war schon damals nicht neu, das konnte man sehen.«

Wir gingen nach oben.

»Und was machen wir jetzt? Schicken wir dich zurück, oder wie?«

»Natürlich, ich muss unbedingt zurück! Wer weiß, vielleicht suchen die mich schon. Also du. Und dann machst du dir Sorgen. Und dann wirst du echt unangenehm ...«

»Tut mir leid. Heute Abend versuchen wir es, okay? Es muss ja wohl im Schlaf passieren.«

»Ich denke schon. Aber vorher will ich noch Omi und Opa ein bisschen mehr kennenlernen. Ich war vier, als sie … leider …«

»Sie sterben?«

Ich zuckte mit den Schultern. »Natürlich sterben sie, jeder stirbt irgendwann.« Der Satz klang härter, als ich beabsichtigt hatte. Aber es stimmte nun mal. *Wenn es so überraschend geht wie bei Omi und Opa damals, umso besser. Sie waren beide sofort tot, als der Ast durch das Autodach brach. Und ich war vier und lag mit Keuchhusten im Krankenhaus.*

»Aber sie haben nicht gelitten.« Wenn man mir selber in diesem Moment eröffnete, wann Mama sterben würde, wäre das schrecklich … Das da war Mama! Ich stöhnte leise, es würde eine Zeit dauern, mich an diesen Umstand zu gewöhnen.

Marion hatte sich noch nicht beruhigt: »O nein, wenn du vier bist, dann bin ich … Moment, lass mich rechnen …«

»Siehst du, zu viel Wissen über die Zukunft ist scheiße, das habe ich dir eben schon zu erklären versucht.«

»Ja, aber … warum denn? Und alle beide? Zugleich?«

»Beide zugleich, sie haben es gar nicht richtig mitgekriegt. Aber mehr erzähle ich dir jetzt nicht. Und sie sind ja schon recht alt gewesen, sie haben euch doch so spät bekommen.«

»Weil Vati erst spät aus der Kriegsgefangenschaft kam. Und dann noch zehn Jahre brauchte, um Mutti zu treffen und kennenzulernen.« Marions Blick wurde ganz weich. »Und wo? Na!«

»Im Zug, um nach Köln zu fahren!«

»Wo kam er her?«

»Aus Essen. Seiner Heimatstadt.«

»Wo hat er gearbeitet?«

»In Buxtehude, bei einem Imker.« Ich war dankbar, dass meine Mutter mir die Geschichte der Großeltern immer wieder erzählt hatte. »Weiß ich alles von dir!«

»Und mit einem Fünf-Pfund-Eimerchen …«, begann Marion.

»… voller Honig«, setzte ich den Satz fort, »kam er in das Abteil, in dem sie saß!«

Marion lächelte zum ersten Mal. »Und Omi beachtete ihn gar nicht. Ihr Verlobter war an Tuberkulose gestorben und sie wollte jahrelang keinen anderen.«

»Genau! Das war der schöne Anton. Und er sah aus wie Burt Lancaster. Ich hab mal Fotos von diesem Burt gesehen. Also soo gut aussehend war der nun auch wieder nicht.«

»Der schöne Anton! Dass du das weißt! Sie redet nicht oft von ihm. Sie redet überhaupt nicht oft von der Zeit nach dem Krieg und vom Krieg selber schon gar nicht.«

»Aber Opa Heinrich hat sich in ihre roten Haare verliebt.« Ich griff nach einer Strähne meines Haares und hielt sie hoch, falls Marion die Ähnlichkeit zwischen dem Haar ihrer Mutter und meinem noch nicht aufgefallen war. »Und hat sie überzeugt.«

»Und mit dem Honig hat sie für ihn die ersten Lebkuchen gebacken und sie haben in einem winzigen ehemaligen Milchladen das *Café Zimt* eröffnet. Und dann haben sie viele Schulden gemacht, um dieses Haus kaufen zu können. Das war mal ein Tanzcafé. Der Besitzer war pleite.« Ich hob die Hände. Wollte sie noch mehr wissen? Hatte ich sie jetzt endlich überzeugt?

»Ja, Schulden … Das Haus gehört der Bank, sagt Vati immer.«

Und bald gehört es der Bäckerei Dümpelmann, *wenn DDD es wirklich an diesen Typ verkauft.*

»Vati und Mutti haben sich bucklig geschuftet für uns«, zitierte ich Dagmars ständigen Satz, der alles rechtfertigte und der immer wieder aufkam, wenn es um die Zukunft des Cafés ging. *Damit ist jetzt Schluss. Es wird verkauft.*

Marion sah mir in die Augen und schüttelte dabei den Kopf. »Unglaublich«, wisperte sie, »echt unglaublich. Meine Tochter besucht mich … bist du mein einziges Kind?«

»Ja, du bekommst nur mich!«

»Ob ich mich später daran erinnern werde, dass du hier warst?«

Ich zuckte mit den Schultern. »Du wahrscheinlich schon. Aber ich vielleicht nicht. Keine Ahnung. Mir passiert das ja zum ersten Mal. Vor allem hab ich Schiss, dass ich nie zurückkommen werde. Stell dir vor, ich bin mit fünfzehn auf einmal weg. Spurlos verschwunden. Und du …«

»Nee, glaube ich nicht. Wir haben doch die Uhr! Du musst dich nur genau erinnern, wie das war, und alles wiederholen. Das habe ich mal in einer Geschichte gelesen, da ist ein Mädchen mit einem Papagei auf der Schulter durch einen Tunnel gefahren und kam in der Vergangenheit wieder raus. Auf der Rückreise musste sie es dann genauso machen.«

»Okay. Aber wo bekomme ich den Papagei her?«

»Der Papagei ist bei uns die Uhr, verstehst du?«

Ich stieß die Luft aus. Ich hatte sie ein bisschen verarschen wollen, doch sie kapierte meine Witze einfach nicht. So langsam hatte ich keine Lust mehr auf diese Retro-Vorstellung hier.

»Ich kann das immer noch nicht wirklich glauben … Aber jetzt gehen wir erst mal runter, stellen dich meinen Eltern vor und essen Kuchen.« Marion hielt inne und packte mich am Arm: »Eine Frage habe ich aber noch. Deine Geburt … tat die sehr weh? Also, äh, mir?«

»Die Geburt war okay, glaube ich …«, murmelte ich leise. Es war sehr seltsam, über die eigene Geburt zu sprechen. Vor allen Dingen mit der Person, die mich erst in ferner Zukunft zur Welt bringen würde.

4. KAPITEL
immer noch der 5. Mai, aber krasserweise 1980

Der Abendbrottisch wurde in dem Zimmer gedeckt, das heute unser Wohnzimmer war. Aber was war eigentlich *heute*? Immer wieder fragte ich mich, ob die Zeit, in die ich gehörte, in diesem Moment ohne mich stattfand oder einfach anhielt, bis ich wieder zurückkam. O Mann, hätte ich mal auf Mama gehört und das Buch über diesen Zeitreisenden gelesen, das sie so toll fand. Vielleicht hätte ich dann einen Schimmer, wie ich mit dieser bizarren Situation umgehen sollte.

Aber ich war eben lieber auf *Facebook*, guckte *YouTube*-Videos oder glotzte, statt zu lesen. Apropos glotzen, hatten die eigentlich auch einen Fernseher? Ich sah mich im Wohnzimmer um und entdeckte ihn hinter den Schiebetüren eines braunen Holzkastens. Unglaublich, wie dick der nach hinten raus war. Bis zum Flachbildschirm hatten die noch ein paar Jahre Tüftelarbeit vor sich. An der Wand hing ein riesenhaftes graues Telefon. Ich steckte den Zeigefinger in die Wählscheibe, wählte zum Spaß ein paarmal und musste über dieses schnarrende Geräusch lachen.

»Wow, ein echter *turntable*«, rief ich kurz darauf, ohne zu überlegen, und machte mit dem Mund ein paar scratchende Geräusche.

Marion lachte nervös: »Plattenspieler heißt das bei uns!«

Ich spürte Dagmars Blicke auf mir und war froh, dass meine Neugier und meine Unwissenheit als typisch für ein englisches Mädchen ausgelegt werden konnten. Sich vor Dagmar England als Heimat auszudenken, war naheliegend gewesen, doch ich kannte das Land nicht, der Austausch mit der Partnerschule aus

Wales sollte erst nach den Sommerferien stattfinden. Oh Gott, ob ich überhaupt dabei sein würde? In meinem Bauch begann es vor Nervosität zu kribbeln, mir war etwas flau und meine Hände zitterten, wie damals bei dieser dämlichen Ein-hartgekochtes-Ei-pro-Tag-Diät, die sowieso nichts gebracht hatte. Hier rannte ich in meinem altmodisch eingerichteten Zuhause herum, zwischen jüngeren beziehungsweise schon längst gestorbenen Personen! Ich atmete tief durch. Ganz ruhig, einfach weitermachen und sich nichts anmerken lassen.

Während Dagmar und Marion, sich pausenlos zankend, den Tisch deckten, setzte ich meine Erkundungstour fort. Im Wohnzimmer hinter der geöffneten Schiebetür standen keine Bücher, wie heute bei Mama, dafür aber eine zwölfbändige Ausgabe von *Der Neue Brockhaus*. Ansonsten waren die Regale bis auf ein paar Kerzenhalter und eine gläserne Rehfamilie leer.

»Abendbrot!«

Verlegen grinsend setzte ich mich an den Tisch und starrte auf das blaue Geschirr mit den hellen Punkten, dessen Überreste sich heute in den Tiefen unserer Schränke stapelten. Es gab belegte Brote, eingelegte Silberzwiebelchen und Omi Elsas berühmten Möhrensalat, an dem sich Mama ab und zu versuchte, den sie aber noch nie so lecker hinbekommen hatte wie diesen hier.

»Und für wie viele Tage soll das jetzt sein, mit diesem Austausch?«, brummte Opa. »Du hast uns ja gar nichts gesagt, Marion.«

»Die sagt doch nie, was in der Schule los ist.« Dagmar. Konnte einfach nicht die Klappe halten.

Marion packte die Geschichte von Manuela Hövelkamps kleinem Bruder aus. Der mit der Hirnhautentzündung. Ich entschuldigte mich bei ihm im Stillen für unsere Flunkerei und hoffte, dass er niemals daran erkranken würde.

»Ich leg euch Bettwäsche raus«, sagte Omi. Damit schien die Sache zunächst erledigt. »Kann die kleine Engländerin denn mal was auf Englisch sagen?«, bat sie kurz darauf. »Ihr Deutsch ist ja ganz ohne Akzent!«

Ich dankte meiner Tante das erste Mal in meinem Leben für deren Schulauswahl. »Ich bin so froh, dass ich gezwungen wurde, diese Sprache zu lernen, und manch einer mich jetzt nicht versteht«, sagte ich in fließendem Englisch und imitierte dabei den schlurrigen Akzent von Mr Cook, unserem Mathelehrer.

»*Lucky you!*«, gab Dagmar ungerührt zurück. Sie hatte mein Genuschel offenbar verstanden.

»Ja, unsere Dagmar, die ist sprachbegabt«, sagte Omi und tat mir ungefragt einen weiteren Klacks Möhrensalat auf den Teller. »Hier, gut für die Augen!«

»Einser-Abitur«, setzte Opa Heinrich hinzu.

Ich beschloss, noch eins obendrauf zu setzen, und fragte meine Tante, was sie studieren wolle, dabei sprach ich so schnell und unverständlich wie Mrs Salmon. Dagmar zuckte mit den Schultern und gab mit gekräuselter Nase zu, den letzten Teil des Satzes nicht verstanden zu haben. Ich grinste auf meinen Teller und wurde sicherer. Ohne Mühe erfand ich ein paar coole deutsche Künstlereltern für mich und ein rotes Backsteinhaus in Londons reichem Süden, in dem wir alle äußerst happy miteinander wohnten. Dagmars misstrauischem Blick begegnete ich mit einem, wie ich hoffte, entwaffnenden Lächeln. Doch immer wieder ertappte ich mich dabei, wie ich Omi und Opa in die Gesichter schaute. Plötzlich machte mir das Jahr 1980 wieder Spaß und ich lachte auf. Was für eine krasse Chance hatte ich da erwischt, die beiden live und lebendig zu erleben?

»Ist der Tommy denn auch nett zu euch Deutschen da drüben?«, fragte Opa Heinrich.

»Welcher Tommy?«

Dagmar kicherte, aber Opa hatte meine Frage anscheinend nicht gehört, er redete weiter: »Wäre damals lieber bei denen in Gefangenschaft geraten, aber es musste ja der Iwan sein.«

»Nein, der Tommy ist *all right.*« Ich versuchte, eine kleine Zwiebel auf meine Gabel zu spießen, und fragte mich dabei, wer wohl dieser Tommy sei. Er schien auf jeden Fall netter zu sein als der Iwan. Aber woher kannte Opa Heinrich diese beiden denn? Das war alles sehr verwirrend. Opas Kriegsgefangenschaft durfte nur er selber erwähnen, wusste ich von meiner Mutter. Eine Granate hatte ihm den Arm abgerissen, er hatte monatelang im Gefangenenlazarett gelegen und zu viel gehungert, um jemals wieder mit den Russen auf gutem Fuße zu stehen. Von der kleinen Pellkartoffel, die er im vierten Jahr der Gefangenschaft zu seinem Geburtstag von den Kameraden geschenkt bekam, hatte ich natürlich auch schon gehört.

»Und deine Eltern, kennt man die? Was malen die genau? Können sie davon leben?«, wechselte Dagmar das Thema. Sie hatte ihr Kinn auf die gefalteten Hände gestützt. Ihre blassblauen Augen bohrten sich in meine. Mist, was konnte ich ihr jetzt erzählen? Ich hätte in Kunst besser aufpassen sollen.

»Modern. Angelehnt an den Kubismus, aber ungegenständlich. Mein Vater nennt sich Harry Potter, das können die Engländer gut aussprechen, und meine *Mum* Hermine Granger.« Ich musste mich zusammenreißen, um nicht laut über meinen Einfall loszulachen. Diese Namen würde ich mir garantiert für meine Eltern merken können, falls später noch mal jemand nach ihnen fragen sollte.

»Sie stellen in den großen Galerien Londons aus. *Hayward Gallery*, *Gagosian* in King's Cross oder im *White Cube*, da waren sie erst kürzlich.« Ich zog triumphierend die Augenbrauen hoch. Uff, wie gut, dass wir neulich in Englischer Landeskunde diesen trockenen Text über die blöden Galerien durchgenommen hatten.

Oder hatte ich es übertrieben, war das zu viel gewesen? Spätestens, wenn Dagmar die beiden Namen googeln würde … Ich sah, wie der Blick meiner Tante zu den zwölf wuchtigen Bänden des Lexikons huschte. Ein Sieges-Gefühl breitete sich wie eine warme Woge in meinem Bauch aus. Googeln? Im Jahre 1980 wurde noch nichts gegoogelt. Das Wort war ja noch nicht mal erfunden! Und Harry Potter war noch nicht geschrieben. Ich konnte hier erzählen, was ich wollte.

»Ich weiß nicht, ob sie schon im *Der Neue Brockhaus* stehen.«

»Jaja, im *Der Neue Brockhaus*«, ahmte Dagmar meine Tonlage nach und lachte ihr gemeines Lachen.

»Unsere Dagmar schmökert da ja dauernd drin!«, sagte Omi, die von den leichten Anfeindungen anscheinend nichts mitbekommen hatte.

Nun verdrehte Marion die Augen. Ich lächelte sie an. Diese Latzhosenträgerin war meine Mutter. Und das war äußerst komisch. Aber sie war auch gegen DDD und das machte sie schon zu einer halben Freundin.

Als wir nach dem Essen nach oben gingen, lief Zucker eilig voraus, sein Schwanz wedelte lustig vor mir her. Doch mein Kichern galt noch immer Harry Potter.

»Bist du öfter so gut gestimmt?«, fragte Marion, als sie die Tür hinter uns geschlossen hatte. *Gut gestimmt. Schmökern*. Die redeten echt komisch in dieser Zeit.

»Nö. Nicht wirklich. Aber eine Sache ist echt cool!« Hastig erzählte ich Marion, wie einfach es gewesen war, Dagmar etwas vorzulügen. »Wären wir jetzt im Jahr 2015, hätte sie innerhalb von zwei Minuten herausgefunden, dass ich nicht die Wahrheit sage. Es wäre so einfach nachzuprüfen. Sie müsste nur die Namen meiner erfundenen Eltern googeln und schon wären wir am Ar... wüsste sie, was los wäre.« Ich schluckte. Irgendwie kam es mir unangemessen vor, bestimmte Wörter vor meiner Mutter zu gebrauchen. Selbst wenn wir gleich alt waren. Marion schaute mich fragend an: »Was ist denn bitte schön *guuugeln*?! Hört sich an wie Gugelhupf.«

»Tja, schwierig zu erklären.« Ich gab einen kleinen Seufzer von mir. »Na ja … gibt es bei euch schon Computer?«

»Klar. Bei der NASA stehen riesige Hallen voller Rechner.«

»Also in der Raumfahrt? Mehr nicht?«

»Hab mal eine Reklame gesehen für etwas, das *Commodore* heißt. Weiß aber nicht genau, was das ist. Frag doch das Einser-Abitur, *unsere Dagmar!*«

Ich winkte ab. »Bloß nicht! Also, stell dir eine digitale Plattform vor …«

»Eine Plattform? So wie auf einem Aussichtsturm?«

»Nein.« *Aussichtsturm? Geht's noch?* »Ein riesiges Netz von Daten, und jeder kann sich dort Informationen holen wie in einem gigantischen Buch.«

»Und das steht dann im Computer?«

»Ja, du gehst zum Beispiel auf *Wikipedia,* das ist eine Art Lexikon wie euer total hipper *Brockhaus* da unten, oder *Guuugel,* frag mich nicht, warum das so heißt. Das ist eine Suchmaschine und da gibst du ein paar Wörter ein oder sogar nur eins und schon hast du Hunderte von Einträgen.«

»Und wer hat die geschrieben?«

»Keine Ahnung, irgendwer eben.«

»Ja, aber dann weißt du doch gar nicht, ob das stimmt. Bei unserm *Brockhaus* kann man sich darauf verlassen.«

Ich biss die Zähne aufeinander, wie immer, wenn ich vermeiden wollte, vor Ungeduld auszurasten. »Mann, du bist ja wie unsere Deutschlehrerin, die will auch nie, dass wir im Internet aus unbekannten Quellen abschreiben.« Ich konnte Marions skeptischen Blick nicht ertragen.

»Und wie blättert man dieses riesige Buch um?«, fragte sie.

Hallo? Marion war ja vielleicht ganz lieb, aber irgendwie nicht besonders schnell im Gehirn. »Na, mit der Tastatur.«

»Hat etwa jeder so einen Computer? Bei sich zu Hause?«

»Jeder!«

»Ehrlich? Wer will denn so ein Ding im Haus haben?«

»Glaub mir, *jeder* will so ein Ding im Haus haben. Und nicht nur eines! Die werden immer kleiner, dünner, leichter. Sie heißen Laptop oder, wenn sie noch kleiner sind, Tablet. Und man kann Filme schauen, immer, zu jeder Zeit. Wie viele Programme habt ihr eigentlich in euer Monster-Fernseh-Kiste?«

»Drei.«

»Drei!? Wow. In Schwarz-Weiß?«

»Farbe«, sagte Marion knapp.

»Na immerhin. Gibt es schon Videorekorder? Wo man Filme aufnehmen und abspielen kann?«

»Äh ... Justus von Möller, der hat angeblich einen. Seine Familie ist reich, aber bei dem war ich noch nie zu Hause. Dieser technische Kram interessiert mich übrigens auch nicht.«

Ich schüttelte ungläubig den Kopf: »Bei mir liegen noch so alte Kassettendinger im Schrank. Riesige schwarze Plastikteile. Aber heute gibt's DVDs, das sind kleine silberne Scheiben.«

»Kleine silberne Scheiben?« Marion schaute mich an, als ob ich von Ufos über Godesbach erzählen würde.

»Na ja, vergiss es. Also im Internet, da kann man alles sehen, Kinotrailer, *vines,* was man will. Und man kann sich Fotos schicken und eigene Videos, einfach alles. Hach, ich würde dir so gerne meinen *Facebook*-Account zeigen. Da sind alle meine Freunde drin.«

»Warum sind die da drin? Ist das so 'ne Art Poesie-Album?«

»Nein.« Langsam bekam ich Kopfschmerzen von Marions umständlicher Fragerei. »Oder vielleicht doch. Jeder hat da eine Seite, auf der postet man die Sachen, die einem so auffallen. Und die anderen machen dann Kommentare, sagen, dass es ihnen gefällt. Mit so 'nem ausgestreckten Daumen, weißt du? *I like!*« Ich machte Marion den Daumen vor und kam mir unsäglich albern dabei vor. *Der Daumen ist albern.* »Und man kann natürlich auch *chatten,* also miteinander reden.«

»Und das ganz ohne Papier?«

»Ganz ohne Papier.«

»Danke für die Erklärung«, sagte Marion ernst.

Ich musste mich zusammenreißen, um nicht darüber zu lachen. »Aber ich versteh so vieles nicht, weil du alle Begriffe auf Englisch sagst. Was ist übrigens *posten?*« Sie schien weder sauer zu sein noch nervös. »Und gibt's diese Leppstopp-Dinger auch mit Windenergie betrieben? Das wäre wieder mal typisch, nur für so einen kleinen Spaß unsere Umwelt zu belasten und zu verschmutzen!« Nun wurde sie lauter, mit der Umwelt war es ihr anscheinend bitterernst.

»Das ist nicht nur ein kleiner Spaß. Damit wird alles gemacht, es gibt ganz viele Berufe, die es nur im Netz gibt. Oder auch Läden, Online-Shops, die versenden ihr Zeug nur noch übers Internet.«

Marion zuckte nur mit den Schultern.

»Ich habe übrigens auch einen Blog, in dem veröffentliche ich jede Woche meine Comic-Strips, die ich zeichne. Habe schon ganz viele Follower. Ich meine, das sehen sich ganz viele Leute an.« *In your wildest dreams, Charlotte. Na und? Kann sie ja sowieso nicht kontrollieren.* Ich schaute mich um. Es war so leer und still, instinktiv suchte ich nach einem Bildschirm, und sei er auch so klein wie der auf meinem Handy. Aber das war ja albern, mein Handy war nicht da, es lag in der Zukunft, und zwar genau auf diesem Schreibtisch. Hoffnungslos.

Marion setzte sich auf ihr Bett und schwieg immer noch. *Was für ein Albtraum, es gibt echt kein Internet!* Natürlich hatte ich von dieser Zeit gehört, es mir aber nie wirklich vorstellen können. Und jetzt saß ich mittendrin in diesem schwarzen Loch, ohne jegliche Informationen. Was für ein Mist! Wie hielten die das bloß aus? Es gab nichts zu sehen, nichts zu hören, nichts zu tun. Was würde ich jetzt im Jahr 2015 mit meiner Zeit machen? Was tat ich, wenn ich sauer, traurig, deprimiert, verzweifelt war? Ich ging an den Kühlschrank oder gleich hinunter in die Backstube, wo es immer Süßigkeiten gab, die mich beruhigten. Manchmal schrieb ich dann auch noch ein paar Zeilen in mein *Mathekram*-Tagebuch. Oder ich setzte mir Kopfhörer auf und legte mich mit Musik in den Ohren ins Bett. Decke über'n Kopf. Fertig. »Wenn ich jetzt Musik hören möchte, wie mache ich das?«

»Na ja, unten im Esszimmer steht unser Plattenspieler. Hast du ja gesehen. Tut mir leid, ich habe noch keinen eigenen. Habe mir einen zum Geburtstag gewünscht, der ist aber erst im August.«

»Am Achten, ich weiß!«

»Paar LPs habe ich schon!« Sie kniete sich hin und holte einen Stapel unter dem Bett hervor.

»LPs?«

»Na Langspielplatten. Sag nicht, dass ihr die nicht mehr habt?«

»Äh? CDs? Silberne Scheiben?«

»Das ist ja wie in *Raumschiff Enterprise*. Hier, *Fleetwood Mac* zum Beispiel oder die Neue von *Police* und was von *Simon and Garfunkel* … Die Hülle hängt da. Wie findest du das?«

Die olle Papphülle überm Bett. Ich hatte noch nie etwas von den beiden gehört und musste meinen gesamten guten Willen aufbieten, um Marions Dekorationsversuch gebührend zu würdigen. »Nice. Cool!«

Marion strahlte und rückte den Plattenstapel wieder gerade. »Und hey, es ist Mittwoch, wir können *Mal Sondock* im Radio hören, gleich fängt seine *Diskothek im WDR* an, um fünf nach sieben. Wir können Dagmars Radiorekorder von oben klauen, mit dem nehme ich die Lieder immer auf.« Sie wedelte mit einem Gegenstand vor meinen Augen herum. *Agfa Superchrom* stand darauf und es sollte wohl eine alte Musikkassette sein. So ein Ding hatte Kyra-Melissa als Handyschoner. Ich verdrehte die Augen und spielte die Begeisterte: »Meine Güte! Die klappert ja richtig lustig!«

»Ja. Manchmal gibt es aber auch Bandsalat, das ist dann nervig.«

Okay, sie verstand meinen Witz schon wieder nicht. Ernüchtert ließ ich mich auf den Stuhl vor dem Schreibtisch fallen und begann, ein Mädchen auf die Schreibtischunterlage aus Papier zu zeichnen. Es saß mitten im Nichts, hatte hängende Mundwinkel und riesige, enttäuschte Augen und sah mir verdammt ähnlich.

»Stark! Das ist ja die absolute Härte! Woher kannst du das?« Marion stand plötzlich neben mir. »Mal mich noch daneben! Bitte!«

Ich zeichnete sie in einer mega-unförmigen Latzhose, fröhlich mit ihren Plattenhüllen jonglierend. Sie lachte: »Du hast aus mir ein Zuckerpüppchen gemacht, ich sehe aus wie Audrey Hepburn in einer zu großen Latzhose.«

Du bist ein Audrey-Hepburn-Zuckerpüppchen in einer zu großen Latzhose … Aber ich sagte: »Was können wir denn sonst noch tun? Was machst du abends immer so?«

»Hausaufgaben. Lesen. Oder jetzt im Sommer rausgehen, mit dem Fahrrad rumfahren. Ich darf draußen bleiben, bis es dunkel wird. Na ja, und am Wochenende fernsehen. Mit jemandem am Telefon quatschen, Anne zum Beispiel.«

»Das Telefon hängt doch mitten in eurem Esszimmer, da hört ja jeder mit …«

»Ja, ich setz mich dann drunter an die Wand und halte den Hörer zu. Aber Vati mag es nicht, wenn ich die Leitung zu lange blockiere.«

»Dann ist telefonieren ja für'n Arsch!« Mir war es mittlerweile egal, dass Marion irgendwann mal meine Mutter werden würde. »Was für ein Katastrophen-Leben!«

»Wieso? Ich sehe Anne ja sowieso morgen in der Schule.«

»Echt? Glückwunsch!« Ich bekam Atemnot von all dieser Langsamkeit, ich musste hier dringend weg! Marion sagte nichts mehr, sie stellte sich an ihr Bücherregal und fing an, die vielen gelben *Reclam*-Heftchen darin neu zu sortieren. Ich sah ihr dabei eine Zeit lang zu. »Hast du den *Schimmelreiter* schon?«

»Ja klar!«

»Den wirst du mir später mal für den Deutschunterricht leihen.« *In dem habe ich allerdings total herumgekritzelt und ihn dir deswegen auch nicht mehr zurückgegeben.*

»Ach wirklich? Ich liebe die Geschichte. Die ist so …«

»Mega-geil?«

»Äh? Nein!«

»Was sagt man denn bei euch, wenn man etwas so richtig gut findet, so richtig toll?«

»*Richtig toll*, sagt man da. Oder *gut, stark, prima, dufte*«, erklärte mir Marion.

Okay, sie kann ja nichts dafür, aber wenn ich noch länger hierbleiben muss, platze ich vor Ungeduld. »Marion?«

»Ja?«

»Sorry, ist jetzt echt nicht böse gemeint, aber ich glaube, ich will ganz schnell wieder zurück. Es ist alles so kompliziert hier.« *So öde, so bescheuert, so langweilig.* »Weil alles so … so einfach ist. Es gibt ja nichts zu tun. Kein Internet, kein ordentliches Fernsehen und ich vermisse mein Handy!« Ich schaute in den Garten, der im sommerlichen Abendlicht lag. Mehr zu mir sagte ich: »Wer weiß, wer mir heute alles schon 'ne SMS geschrieben hat, und wenn man nicht antwortet, ist man schnell out … also in meiner Schule jedenfalls.«

»Entschuldige, dass ich dir vielleicht dumm vorkomme, aber was ist ein *Hähndi*?«

»Entschuldige dich doch nicht dauernd!« Ich verdrehte die Augen. Sie machte mich wahnsinnig.

»Klingt wie Hähnchen auf Bayerisch.« Marion kicherte.

»So ein *Hähndi* wirst du eines Tages auch haben.« *Wie man sich Apps runterlädt, weißt du aber immer noch nicht.* Obwohl ich so genervt war, musste ich grinsen, weil ich Mamas panischen Gesichtsausdruck vor mir sah und ihre hektischen Bewegungen, mit denen sie ab und zu ihr Handy malträtierte. »Das ist ein kleines Telefon. Ohne Schnur, ohne Wählscheibe, mit einem kleinen Bildschirm. Ungefähr so groß wie eine Zigarettenschachtel, nur viel dünner. Das hat man immer und überall dabei.«

»Nee! Ein Telefon, das man in die Hosentasche stecken kann? Und da drin klingelt es dann?« Sie kicherte schon wieder.

»Hosentasche, Handtasche, wie du willst!«

»Echt? Wie die Kommunikatoren in *Raumschiff Enterprise*?« Marion schaute mich ungläubig an. »Mit denen kann man auch sprechen.«

Ich atmete tief ein und wieder aus.

»Und was ist eine *ess emm ess*?«

»Eine kurze Nachricht, die tippt man ein, wie ...« Ich sah mich um. »Wie auf einer Schreibmaschine«, sagte ich und zeigte auf das klobige Ding, das auf einer Kommode neben dem Schreibtisch stand.

»Ach, das ist nur der Anfang von meinem Referat«, antwortete Marion, zog das darin eingespannte Blatt heraus und zerknüllte es. »Den muss ich noch mal neu schreiben ... Aber warum schreibt man, wenn man doch anrufen kann?«

Ich wandte mich um, hob die Arme und rief: »Keine Ahnung! Warum gibt's hier kein Fernsehen mit ordentlichen Programmen? Warum ist dein Zimmer so kahl? Warum trägst du so komische Klamotten? So überhaupt nicht cool oder wenigstens vintage. Warum bin ich hier und nicht in meiner Zeit?«

»Entschul...«, setzte Marion an, besann sich dann aber. »Weiß *ich* doch nicht! Außerdem würde ich gerne mal sehen, was du sonst so anziehst, wahrscheinlich bist du so 'ne oberflächliche Mode-Schnalle.«

Ich schnaubte nur verächtlich. »Wenn du wüsstest ...«, murmelte ich, mittlerweile extrem angenervt.

»Wenn ich *was* wüsste, Charlotte Zimt? So heißt du doch, oder? Sag mir jetzt bloß nicht, dass ich den Namen meines Mannes angenommen habe!«

O Mann, wenn das deine einzige Sorge ist ... Ich schüttelte den Kopf. *Nö, ohne Ehemann ist das mit dem Namen-Annehmen auch bisschen schwierig.*

»Ich finde dich auch nicht gerade ... nicht gerade toll!« Marion schmetterte den Papierball, der mal ihr Referat-Anfang war, mit aller Wucht in den Papierkorb. Wow, sie konnte ja echt böse werden! Wir verschränkten gleichzeitig die Arme vor der Brust und starrten uns feindselig an. Zucker schaute ratlos zwischen uns hin und her.

»Na los, dann hilf mir wenigstens mit dem Gästebett«, blaffte Marion schließlich. Ohne zu reden, bezogen wir das schmale Sofa an der gegenüberliegenden Wand mit einem Laken. »Dieses Zimmer ist einfach zu *fucking* klein«, sagte ich zu Zucker, als ich über ihn stieg.

»Ohne gewisse Leute war's für uns immer groß genug, nicht wahr, Zucker?«, erwiderte Marion. »Und wenn Dagmar zum Studieren geht, bekomme *ich* sowieso ihres.«

Wer's glaubt. Ich schaute Marion kopfschüttelnd an, daraus würde nichts werden, garantiert nicht. »Ich befürchte, ich muss heute in deinem Bett schlafen. Damit alles so wie in der Nacht vor dem Zeitsprung ist!«

Marion schnalzte genervt mit der Zunge, atmete dann laut aus. »Na, okay, morgen wirst du ja nicht mehr da sein.«

»*Hoffentlich* nicht mehr da sein, hast du vergessen zu sagen.«

»Habe ich nicht!«

»Aber gedacht!«

»Kann es sein, dass du so eine Besserwisser-Tante bist?«

Ich schnaubte verächtlich. »Los, gib die Uhr her!«

»Damit Frau Wichtig in ihre *mega-geile* Zukunft mit ihren superdünnen Lepps und Topps und Tabbletts zurückkommt!«

»Ja, und zwar je schneller, desto besser.«

»Und wenn ich sie dir nicht gebe?« Sie hielt die Uhr in ihrer zusammengeballten Faust fest an die Brust gepresst. Sehr wenig Brust übrigens.

»Ey, mach jetzt kein' Scheiß!« In der Zukunft war sie zu lieb und zu nett und konnte sich gegen DDD nicht durchsetzen – und ausgerechnet in diesem Moment zickte sie rum? War sie jetzt völlig durchgeknallt? Ich riss das Fenster auf. »Was soll das? Gib her!«

Zögernd gab sie mir die Uhr. Mein Herz klopfte laut, aber nicht nur aus Wut. *Alles muss absolut gleich sein, alles muss richtig sein, jetzt kommt es gleich drauf an …*

Ich nahm die Uhr und drehte grob an dem Rädchen herum. Was hatte ich gedacht in dem Moment? Ich war sauer auf meine Mutter gewesen und hatte keine Lust mehr auf gar nichts gehabt, hatte die ganze Welt zum Kotzen gefunden … Kein Problem, in diesem Gefühlszustand befand ich mich bereits. Ich pfefferte die kleine Uhr in hohem Bogen hinaus.

»Und jetzt …?«, fragte Marion. Zusammengesunken saß sie auf dem Schlafsofa und streichelte Zucker. Schon tat es mir leid, sie so angeschrien zu haben. Ich suchte ihren Blick, doch sie schaute mich nicht an.

»… muss ich nur noch schlafen gehen und wenn ich morgen aufwache, liege ich zwar am selben Platz, aber in meinem Bett!«

»Woher willst du das eigentlich wissen?« Endlich schaute sie hoch. »War das bei diesem Marty so?«

»Nein, der ist freiwillig durch die Zeit gereist, in einem umgebauten Auto.« Ich versuchte, mich an möglichst viele Filme zu erinnern. »Manchmal bekommen die Menschen einen Blitzschlag, der sie dann in eine andere Zeit katapultiert, oder irgendwelches Wunschpulver rieselt ihnen auf den Kopf, während sie einschlafen. Und dann sind sie plötzlich dreißig.« Ich ließ mich auf das Bett fallen. »Entweder sie setzen sich auf getarnte Zeitmaschinen, Sofas oder Motorräder oder sie wachen einfach immer wieder am selben Tag auf, wie in *Und täglich grüßt das Murmeltier.* Super Film übrigens!« Ich lächelte zaghaft, in den letzten Minuten meines Ausflugs ins Jahr 1980 wollte ich unbedingt ein bisschen netter zu meiner Mutter sein. »Den musst du sehen, wenn er rauskommt! Ich weiß nicht, wann das sein wird, irgendwann in den Neunzigern, glaube ich. Die Dauerwelle von Andie MacDowell und ihre Klamotten sehen zumindest danach aus.« Doch dann fiel mir etwas ein. »Oh Gott, stell dir vor, ich hänge wie Bill Murray in einer Zeitschleife fest ... Dann lerne ich dich jeden Tag wieder kennen.«

»Das wäre ja zu blöd«, sagte Marion. Nicht gerade sehr besorgt. *Na gut, dann nicht. Wird echt Zeit, hier abzuhauen.*

»Ich brauche übrigens auch noch eine Zahnbürste!«

»Mutti hat bestimmt eine für dich. Die hortet gerne. Waschpulver, Lebensmittel, Zahnbürsten. Das hat sie noch aus der Zeit, als es nichts zu essen gab, nach dem Krieg.«

»Krieg? Ich höre immer nur Krieg. Dabei ist der doch schon 'ne ganze Zeit vorbei, oder? Äh, Moment ... fünfunddreißig Jahre, um genau zu sein.«

Marion winkte stöhnend ab. »Wir nehmen in der Schule nichts anderes durch: Das Dritte Reich, das Dritte Reich. Die Nazis. Das Dritte Reich. Aber Mutti oder Vati darfst du damit nicht kommen. Die erzählen nichts von dem, was sie erlebt haben. Also kaum was.« Marion starrte auf den Boden. »Und dann werden sie immer ganz ... ganz anders. Als ob da was hochkommt, das sie schnell wieder runterdrücken müssen.« Sie verzog das Gesicht, als ob sie in etwas Bitteres gebissen hätte.

Eine halbe Stunde später schlüpfte ich mit geputzten Zähnen in Marions Bett, während sie sich auf dem schmalen Sofa unter ihre Decke begab. »Puh, ist das hart!«, stöhnte sie. »Entschuldigung, ich weiß ja, dass du da drüben liegen musst ...«

Ich hielt die Luft an, schon wieder entschuldigte Marion sich. Was würde ich darum geben, sie mal ordentlich durchschütteln und dadurch ändern zu können! Aber das würde ich heute Abend nicht mehr hinbekommen. Ich zog die Decke fester um mich und starrte an die Zimmerdecke. In diesem Moment blieb mir einfach nichts anderes übrig, als fest daran zu glauben, morgen zurück in meinem Leben zu sein. Endlich wieder mein eigenes, richtiges Leben, mit Internet und Handy! *Eigenes, richtiges Leben? Das sieht gerade ziemlich mies aus, schon vergessen? Was, wenn Dagmar, die uralte Dagmar, den jetzigen Schrotthaufen von einem Café tatsächlich an diesen Dümpelmann verkauft? Und Mama mit mir wegzieht? Sie hatten beide verdammt ernst geklungen.* Auch wenn alles klappte, ich würde raus aus dem einen Albtraum, rein in den nächsten springen. Na, stark! Na, dufte! Ich seufzte tief. O Mann, das durfte einfach nicht passieren!

»Du? Charly?«

Charles. Aber egal. »Was?«

»Ich bin ganz sicher, du schaffst es! Morgen früh bist du weg, ganz bestimmt! Und da ich dich dann ein paar Jahre lang nicht sehen werde, wollte ich dir noch sagen: Ich fand es doch ganz schön, dich kennengelernt zu haben.«

Plötzlich sah ich ihren Schatten vor mir, an meinem Bett. Ich setzte mich auf, erhob mich dann ganz. Vorsichtig umarmten wir uns. Sie war so warm, so zart.

»Also bis bald. Wir sehen uns ...« Meine fünfzehnjährige Mutter klang, als ob sie gleich weinen würde.

»... in der Zukunft!«, antwortete ich. Wie dumm, jetzt stiegen mir doch tatsächlich auch ein paar Tränen in die Augen. O Mann, was für ein krasser Tag war das gewesen ... Schnell schlüpfte ich zurück unter die Decke, auf einmal happy. Wir würden die Uhr am nächsten Morgen nicht wieder aus dem taunassen Gras fischen müssen, nein, ganz bestimmt nicht!

5. KAPITEL
6. Mai ????, morgens

Meine Nase wusste es, noch bevor ich vollständig erwacht war. Verdammt! Den köstlichen Schokoladenduft, der in dicken Schwaden durch das Zimmer zog, konnte ich jetzt gar nicht gebrauchen. Was für ein Mist! Bitte, mach, dass das nicht wahr ist, bat ich irgendwen, während ich mit der Hand zum Rand des Bettes tastete. Da war sie: Zuckers warme, feuchte Schnauze. Scheiße, Scheiße, Scheiße! Warum hatte es nicht funktioniert!?

Ich schlug die Augen auf. Das Fenster stand offen und die unreifen Kirschen schimmerten abermals als hellrote Tupfen durch das volle Laub. *Timo! Timo, ich sitze hier fest! Eine einzige Katastrophe ist das … Eine Riesenkatastrophe!* Fuck, hing ich etwa auf ewig in einer Zeitschleife und musste den gestrigen Tag wieder und wieder erleben?

Na ja, wenigstens das blieb mir erspart: Da war schon Marion, die mit dem Rücken zu mir vor dem Kleiderschrank stand und sich wahrscheinlich nicht zwischen stylischer Latzhose und hippem Wallekleid aus grobem Leinen entscheiden konnte.

Aber dass die Zeit weiterging, war genauso schlimm! Ich war dazu verdammt, hierzubleiben, in einem Leben zwischen grauen Wandtelefonen, gläsernen Rehfamilien und Silberzwiebelchen. Die Großeltern waren viel brummiger und strenger als in meiner Erinnerung, und Marion … war seltsam und peinlich und gleichzeitig dann doch wieder ganz süß, aber ich musste doch unbedingt zurück in meine Zeit! Timo würde nicht ewig auf mich warten … er wartet *gar nicht* auf dich, du Loser!, beschimpfte ich mich. Ein Ächzen verließ meinen Mund, ohne dass ich es verhindern konnte.

In diesem Moment wandte Marion sich um: »Hallo! Endlich wach? Hast du's bemerkt, du bist immer noch da. Na, dufte!«

Ich schloss die Augen wieder. Marion nervte tierisch. Aber echt.

»Also, ich muss zur Schule, was ist mit dir?«

»Was mit mir ist?!« Ich setzte mich auf. »Alles dufte. Ich hänge nur in deinem verdammten Leben fest!«

»Oh! Das tut mir leid. Aber ich bin nicht dafür verantwortlich. Oder?« O Mann, jetzt klang sie schon verdammt nach einer Mutter. Ich drehte mich zur Wand. *Bittebittebitte, irgendjemand soll machen, dass das hier aufhört! Was soll ich denn noch tun, außer die Uhr hinauszuwerfen und auf den Morgen zu hoffen?* Ich zog mir die Decke über den Kopf. Vielleicht hatte ich nicht das Richtige gedacht, nicht die richtige Bewegung gemacht, es könnte Jahre dauern, bis ich das herausfinden würde. Ich war ein weiblicher Robinson Crusoe, gestrandet in einer fremden Zeit …

»Also kommst du jetzt mit?«, kam es von draußen.

»Nein!«

»Und was sage ich Mutti und Vati?«

Mutti und Vati. Booah. Das klang so panne, spießig, uralt. Ich war in einem 80er-Jahre-Robinson-Crusoe-Film gefangen, es kotzte mich an.

»Sag ihnen, ich bin krank«, nuschelte ich unter der Decke hervor.

»Wie du willst«, sagte Marion leichthin, »ich hol mal lieber mein Ührchen aus dem Garten. Komm, Zucker!« Sie verschwand durch die Tür.

Zucker legte seinen Kopf auf die Bettkante. »Ührchen«, schnaubte ich. »Mein Ührchen aus dem Garten!« Zucker schaute mich mit seinen braunen Augen aufmerksam an. »Ja, du bist der Beste hier«, flüsterte ich und strich behutsam über die kurzen weichen Haare auf seiner goldblonden Stirn. »Bleib! Bleib du wenigstens bei mir!« Zucker machte einen kleinen Schnaufer, leckte mir über die Hand und folgte dann Marion.

Die Stunden zogen sich dahin. Ich drehte die Uhr in den Händen, die Marion nach oben gebracht hatte. Aber statt mit mir gemeinsam zu überlegen, wie ich bitte schön zurückkommen sollte, war sie einfach abgehauen und hatte mich allein in ihrem peinlichen Öko-Zimmer sitzen lassen. Ich musste das irgendwem erzählen, irgendwo loswerden … sonst platzte ich noch. Wo war Papier, wo konnte ich meine Gedanken ausbreiten? Aus dem Papierkorb ragte ein altes Matheheft mit einem schwarzen Umschlag. Ach, guck mal, die machten gerade Kurvendiskussion, genau wie wir. Hinten im Heft waren sogar noch ein paar Seiten frei. Ich angelte einen Kuli vom Schreibtisch und begann hastig zu schreiben:

6. Mai 1980!!!. Oh Gott, kann mir mal einer sagen, dass das hier nur ein beschissen realer Albtraum ist? Nein? Habe meine Mutter getroffen. Marion ist jung! Jung! Sie ist durchgeknallt und öko und hat von nichts 'ne Ahnung, na ja, wie soll sie auch ... Außerdem benutzt sie super altmodische Worte. Tut sie heute ja noch.

Omi Elsa kam herein und brachte der kranken kleinen Engländerin einen Kamillentee. Sie stopfte die Bettdecke ringsum fest, obwohl die Außentemperatur mindestens 25 Grad betrug. Ich bedankte mich trotzdem, schniefte ein bisschen und hustete zweimal. Als sie gegangen war, schrieb ich weiter, ungewohnt, so mit der Hand, aber besser als nichts. *Und wenn alles gar nicht wahr ist, wenn mein Gehirn mir einen Streich spielt? Vielleicht liege ich im Koma und kämpfe mich durch einen Horroralbtraum? Vielleicht sitzt Mama gerade in diesem Moment an meinem Bett im Krankenhaus und wartet auf ein Zeichen von mir. Auf ein Augenzucken, eine Bewegung der Hand, einen kleinen Seufzer. Oder ich bin in der Matrix! Shit, shit, shit.*

Ich legte den Stift weg und klappte das Heft zu. Und wenn ich wirklich in einer düsteren Zukunftsversion feststeckte?

Aber nein, der Kamillentee dampfte ganz real vor sich hin,

ich schwitzte sehr echt unter der Decke und unter meinen Armen roch es nicht besonders frisch. Ich seufzte. Auch in der Vergangenheit musste man wohl ab und zu duschen.

Als Zuckers Kopf plötzlich durch den Türspalt schaute, begann ich gegen meinen Willen zu lachen. »Okay, was soll's. Gehen wir raus!«, sagte ich zu dem Hund, doch dann hielt ich inne. Musste ich etwa wieder diese dämliche Latzhose anziehen? Tja, das ging wohl nicht anders, wenn ich auf eine genauere Erkundung von Marions Kleiderschrank verzichten wollte. Ich schlug das Heft auf und machte einen weiteren Eintrag: *Was für unterirdische Klamotten sie trägt. Sie, die irgendwann mal meine Mutter werden wird ... Egal. Bleibe ich dem Jahr 1980 eben als unförmige Tonne in Erinnerung.* Seufzend stieg ich in die gelbe Latzhose.

Ich lief in die Küche, keiner da. Hier hatte sich nichts verändert, der schöne alte Küchenschrank, die Eckbank aus dunklem Holz, der Tisch mit der karierten Decke, die Mama heute noch manchmal auflegte. Nur der Herd und der Kühlschrank waren viel ältere Modelle als in meiner Zeit. Ich lauschte. Wo war Dagmar? Die war ja fertig mit dem ganzen Schulkram. Jetzt stand nur noch die Abifeier bevor, bei der sie als Beste des Jahrgangs die Schüler-Rede halten würde. Auf einmal kam mir ein Gedanke: Vielleicht konnte man das ja verhindern? Dann würde ich mir nicht noch fünfunddreißig Jahre später die Lobeshymnen darauf anhören müssen.

Schlagartig besserte sich meine Laune. Ich schlich die Treppe hoch, hinauf zu Dagmars Zimmer. In der heutigen Zeit belegte DDD die ganze Etage, natürlich mit dem größeren Balkon und dem besseren Badezimmer. Das Badezimmer, mal sehen, wie es darin aussah.

Holy shit, alles in Popel-Grün! Badewanne, Klo und dann noch aufgemalte Gräser auf den ebenso grünen Popel-Kacheln, wie hässlich. Ich untersuchte den Spiegelschrank, der über dem – wie könnte es anders sein – grünen Waschbecken hing. Ein paar Zahnbürsten, eine blaue Vorratsdose *Nivea*-Creme, Hairspray.

Bei Dagmar war die Tür angelehnt, ich zögerte einen Moment, bevor ich klopfte. Keine Antwort. »*Good morning*«, sagte ich leise und stieß sie auf. Keine Dagmar. Was für ein Glück. Der Raum war groß. Wie bei Marion standen eine Menge Bücher herum, aber hier war es lateinisches Zeug, Physik, Chemie, Mathe und Nachschlagewerke. Die junge Dagmar liebte anscheinend Nachschlagewerke.

In den oberen Fächern stapelten sich blaue flache Schachteln. *Fi-scher-tech-nik,* las ich. Auf den Abbildungen waren Rennwagen und Mondraketen zu sehen. Dagmar hatte sich an einem Riesenrad versucht, es stand auf den Kästen und fing mit seinen kleinen Gondeln den Staub ein. Daneben spannte sich die Golden Gate Bridge über drei weitere Kästen. *Gar nicht mal so schlecht, Tante Dagmar. Ich hatte ja keine Ahnung, dass du auf so einen technischen Kram stehst ... Aber woran erkennt man, dass hier ein achtzehnjähriges Mädchen wohnt?* Ich schüttelte den Kopf. *Überhaupt nicht.*

Der Bettüberwurf war dunkelblau, die Vorhänge auch, es gab keine Blumen, keine Herzen, keine Handtaschen oder Halsketten, keinen Spiegel, keine Kosmetik. Voll die Horrorkammer. Ich blies die Wangen auf, ließ die Luft geräuschvoll durch meine Lippen entweichen und ging zum Fenster. *1980, du fuckst mich ab!*

Die Sonne stand oben am Himmel und schickte grelles Licht. Auch von hier oben konnte man hinunter auf den Kirschbaum sehen und weit hinein in den Garten. Dahinter stand eine einsame Zeile Einfamilienhäuser und dann begannen auch schon die Felder. Unser Café lag ja noch richtig am Stadtrand. *1980, wie genial bist du denn?!* Unser Café ... In meinem Bauch begann es zu ziehen, wenn ich an die Gegenwart dachte. DDD würde es verkaufen, denn Mama wollte lieber bei *Lidl* an der Kasse sitzen. Und Timo? Den würde ich nie ...

»Was machst du denn hier?«

Ich fuhr herum. Dagmar schenkte mir nicht einmal einen halben Seitenblick, sondern ging an mir vorbei und begann hektisch in den Schubladen ihres Schreibtischs zu kramen.

»Ich schaue mir nur dein Zimmer an, sorry ...«

»Suchst du dir Sachen zum Anziehen zusammen und checkst mal, ob du bei mir etwas finden kannst?«

»Nein, ich schaue mir nur dein Zimmer an, sorry ...« Es machte DDD rasend, wenn man sich wiederholte.

»Du bist 'n echter Heuler, weißt du das? Denkst du, mir wäre nicht aufgefallen, dass du kein Gepäck bei dir hast?«

»Ach so ... Na ja, mein schöner dunkelgrüner Koffer ist verloren gegangen. Also, besser gesagt, er steht noch in Heathrow.« Beim Lügen musste man immer ins Detail gehen, dann klang es umso glaubwürdiger.

Dagmar nickte, doch sie war alles andere als überzeugt: »Irgendwas ist faul an dir, du komisches *Mädchen aus England*. Und ich werde noch herausbekommen, was das ist. Verlass dich drauf!«

»Okay«, ich grinste, »sag mir dann, was du gefunden hast, könnte mich auch interessieren.«

Dagmars Zeigefinger wies zur Tür. »Verfazz dich.«

»Und warum soll ich mich *verfazzen*?« Ich prustete los. Was für ein dämliches Wort.

»Weil es Leute gibt, die Wichtigeres zu tun haben, als den ganzen Vormittag im Bett zu liegen. Ich muss in die Bücherei, um meine Rede mit Zitaten zu untermauern.«

»Oh, dann beeil dich mal lieber, das stelle ich mir sehr zeitaufwendig vor.« Dagmar mochte es auch nicht, wenn man Partei für sie ergriff oder vorgab, ihre Probleme zu verstehen. Grinsend lief ich die Treppe hinunter, doch das ungute Gefühl im Bauch wollte nicht vergehen. Ich musste zurück! Zwar nur in unsere traurige Reste-Rampe, aber ich musste zurück in meine Zeit. Wie sollte ich das bloß anstellen? Langsam lief ich durch die verlassene Backstube. Im Vorbeigehen schnappte ich mir verstohlen ein Schokohütchen von einem Blech. Auch vorne im Café war alles leer, niemand saß an den Tischen, nur ein Hauch von Zigarettenrauch hing noch in der Luft. Ich strich über die altmodischen Tischdecken, schob eine Zuckerdose etwas mehr in die Mitte eines Tischchens und befühlte eine Rosenblüte in der Vase. Sie war echt. Es war still, das helle Mittagslicht fiel durch die Vorhänge in Streifen auf den Parkettboden. Es war wunderschön!

»Charlotte, wie geht es dir? Besser, ja?« Omi Elsa kam von hinten mit einem großen Schlüsselbund und schloss die Eingangstür ab.

»Ja, danke.« Ich hüstelte ein wenig. »Kamillentee vollbringt bei mir immer Wunder. Wo sind denn alle?«

»Zwischen eins und drei ist Mittagspause, irgendwann will der Mensch ja auch mal etwas anderes essen als Torte oder Konfekt, nicht wahr? Wenn es dir so viel besser geht, kannst du mir in der Küche beim Kartoffelschälen helfen. Heute gibt es Königsberger Klopse, wenn Marion nach Hause kommt und Dagmar aus der Bücherei wieder da ist.«

Ich folgte Omi in die Küche. Ich hatte noch nie wirklich erfolgreich einen Kartoffelschäler benutzt, traute mich aber nicht, das zuzugeben. Mama schälte immer alles für mich, und wenn ich es bei einer Karotte selber versuchte, nahm sie mir den Turboschäler mit einem »Ich mach das schon« sofort aus der Hand. Natürlich hatte ich nie protestiert. Das war nun die Rache.

Omi Elsa schüttete mit einem dumpfen Laut einen Haufen Kartoffeln in das Spülbecken und ließ Wasser darüberlaufen. Mit einer sanften Handbewegung drückte sie mir einen Schäler in die Hand, den sie wahrscheinlich aus dem Krieg gerettet hatte. Der Holzgriff war ehemals grün gewesen, nur ein paar Farbsplitter zeugten noch davon. Die Klinge war krumm und dunkel angelaufen.

»In England sehen die anders aus«, sagte ich schwach. Jetzt würde Omi wahrscheinlich gleich etwas wie *Nur zu! Das ist ganz einfach,* sagen. Ich versuchte es. Ich versuchte es wirklich. Doch das Ding verkantete sich auf unheimliche Weise in der Kartoffel und rührte sich nicht mehr. Nach zwei Minuten waren drei winzige Schalenstückchen im Spülbecken gelandet und Omi nahm mir den Schäler wieder aus der Hand. »Ich mach das schon.« Mamas Spruch.

»Ja, ich gehe lieber wieder hoch, fühle mich doch noch nicht so toll«, murmelte ich.

Als Marion mir später einen Teller Königsberger Klopse mit dampfenden, mehlig auseinanderfallenden Kartoffeln ans Bett brachte, musste ich die Zähne aufeinanderpressen, sonst hätte ich angefangen zu heulen. Ich konnte noch nicht mal Kartoffeln schälen und doch waren alle so nett zu mir und das Essen roch fantastisch. Natürlich kamen sie in diesem Moment doch, die Tränen. Marion gab mir ein Taschentuch. Eins aus Stoff. Gebügelt!

»Weiß auch nicht, was mit mir los ist. Ich bin total durcheinander«, sagte ich, als ich wieder reden konnte.

»Das ist doch klar. Du willst eben zurück!«

»Ich … ich weiß nicht. Zurück ja, aber …« Jetzt bekam ich auch noch einen blöden Schluckauf. *Ich kann dir ja nicht verraten, in was für einer Scheiße ich landen werde, wenn ich überhaupt jemals landen werde …*

»Du brauchst Beschäftigung! Was machst du denn gerne?« Marion legte ihre warme Hand auf meine Schulter, so lieb und fürsorglich wie später als Mutter. Ich schniefte. Ich hickste. Um ein Haar wäre ich wieder in Tränen ausgebrochen, während ich die appetitlich in der Soße schwimmenden Kapern und Klopse betrachtete.

Am liebsten sitze ich an meinem Schreibtisch, esse und schaue mir Videos auf YouTube *an oder Serien auf* Netflix *… das lenkt mich von allem ab. Du hast ja keine Ahnung, wie beschissen unsere Zukunft ist: DDD will das Café verkaufen und du willst dich irgendwo weit weg von Godesbach in einem Billigsupermarkt an die Kasse setzen …*

»Jetzt iss erst mal. Ich muss Vati gleich nach seinem Mittagsschlaf ein bisschen in der Backstube helfen. Manche Sachen kann er mit seinem Arm einfach nicht.«

Verdammt, andere Menschen haben nur einen Arm und beschweren sich nicht, also hör auf, in Selbstmitleid zu baden. Ich hob den Kopf: »Oh, da würde ich total gerne zuschauen. Meinst du, das geht?«

Marion lachte. Das erste Mal, seitdem ich hier so unvermutet in ihr Leben geplatzt war, lachte sie richtig.

»Echt? Das interessiert dich?«

»Brennend!« Ich stieß meine Gabel in einen der Klopse.

Zucker blieb brav auf der Schwelle zur Backstube liegen, er wusste, dass er keinen Zutritt hatte. Opa Heinrich schob gerade ein Blech in den Ofen. *Wie macht er das alles nur mit einer Hand?*

»Wieder gesund?«, fragte er. »Setz dich dort drüben hin und nimm dir eins von den Mandelhörnchen, aber Vorsicht, erst abkühlen lassen, die kommen frisch aus dem Ofen!«

Ich setzte mich wie befohlen auf einen Hocker und schaute Opa zu, während ich das warme, in Mandelsplittern gewälzte Hörnchen auf meiner Zunge zergehen ließ. Warum gab es die nicht mehr bei uns? So etwas Köstliches fand man in keiner

Bäckerei in ganz Godesbach. Auch nicht bei dem Großkotz Dümpelmann mit seinen drei Filialen. Hatte Mama denn alles vergessen? Mama, zurzeit noch besser bekannt als Marion, hatte sich umgezogen. Aha, daher also heute noch die Vorliebe für Konditorjacken und lange weiße Schürzen. Sie sah so zart und rein aus wie eine Nonne. Eine sehr beschäftigte Nonne, die in diesem Moment mit religiösem Eifer eine dickbauchige silberne Metallschüssel herbeiholte und eine Palette mit Eiern. Sie begann, die Eier mit beiden Händen am Rand der Schüssel aufzuschlagen, ließ ein bisschen Wasser in die Schüssel plätschern und begann, die Eier mit einem gigantisch großen Schneebesen schaumig zu rühren. Über den Lärm hinweg, den der Besen an der Schüsselwand machte, diskutierte sie mit ihrem Vater das Rezept. Das heißt, Heinrich nickte nur ab und an. »Wenn wir mehr Stärke nehmen, wird der Teig fester, Vati!«, rief Marion. »Und wenn wir mal anderes Gelee nehmen? Was meinst du?«

Sie gab Puderzucker dazu, mischte Stärke, Mehl und Backpulver und siebte alles in die Eiermasse. Dann strich sie den fertigen Teig mit einem Gummischaber von den Wänden der Schüssel und ließ ihn auf ein Backblech fließen, auf dem schon Pergamentpapier lag. Ich schaute wie gebannt auf ihre Hände. Marion war so alt wie ich, doch all ihre Handgriffe wirkten leicht, wie schon hundertmal gemacht. Warum hast du damit aufgehört?, wollte ich rufen. Was ist mit dir passiert!? Doch das Mädchen vor mir konnte die Antwort nicht wissen.

Der Teig roch köstlich, als er nach wenigen Minuten aus dem Ofen kam und auf ein Gitter gestürzt wurde. Opa wartete, bis die Teigplatte ausgekühlt war, und halbierte sie quer. Damit sie nicht wegrutschte, hatte er sie mit einem Metallgestell fixiert, das nach Marke Eigenbau aussah. *Vielleicht sollte DDD hier unten mal mit ihrer* Fischertechnik *eingreifen.*

»Das ist Nugat«, erklärte Marion mir. Sie teilte mit einem Messer kleine Stücke von dem großen Block ab, auf den ich schon gierig geschaut hatte. »Und das nennt man die *Bain-Marie,* die kennst du ja bestimmt schon.«

»Ich kenne nur die Holly-Marie aus meiner Klasse ...«

Marion lächelte kopfschüttelnd und rührte in dem von vielen Schokoladenschichten überzogenen Topf, der in einem heißen Wasserbad hing. »So kann der Nugat schmelzen, ohne anzubrennen.« Marion wischte sich über die Stirn: »Und nun das Gelee ... ich finde, wir sollten diesmal das weniger süße nehmen. Wie wäre es mit der Bitterorangenmarmelade? Wenn wir die Orangenschalenstreifen aussieben, müsste es gehen, oder Vati?« Opa Heinrich schaute nicht auf, sondern fuhr fort, die Biskuitteigplatte mit dem geschmolzenen Nugat zu bestreichen. »Die Kunden wollen es süß«, brummte er. »Nimm die andere. Nimm Johannisbeer.«

Marion rollte mit den Augen und presste die Lippen zusammen, holte aber ein anderes Glas mit Marmelade und erwärmte sie. Dann verknetete sie rohes Marzipan mit Puderzucker und rollte die Masse aus. Ich bekam ein paar von den leckeren Stückchen ab. Mit Schwung zog Opa die zweite Teigschicht auf die erste und drückte sie etwas an. Marion verstrich das Johannisbeergelee auf der Fläche und mit drei Händen hoben sie vorsichtig die Marzipanplatte darauf. Nun musste alles für dreißig Minuten im Kühlschrank fest werden.

Was für ein Aufwand! Ich ließ noch einen Brocken der weichen Nugatschokolade in meinem Mund zergehen. An Marions Stelle hätte ich schon jetzt kribbelige Finger und keine Lust mehr, diese komischen Petit Fours herzustellen. Wahrscheinlich hätte ich stattdessen längst alle Zutaten einzeln gegessen. Außer zum Naschen war ich zu nichts zu gebrauchen. Marion dagegen rührte wie eine Weltmeisterin. Sie rührte Puderzucker in heiße Milch, sie rührte Gelee und sie rührte Kuvertüre in dem Töpfchen, das noch immer im Wasserbad hing. Opa Heinrich machte sich daran, die Teigplatte, die wieder aus dem

Kühlschrank geholt worden war, in kleine Würfel zu schneiden. Dann bestrich er sie vorsichtig mit Zuckerguss oder dunkler Kuvertüre und ließ sie auf dem Kuchengitter trocknen. Mir lief das Wasser im Mund zusammen, obwohl mir eigentlich auch schon ein bisschen schlecht war.

»Hast du Lust mitzumachen?«

Ich schüttelte den Kopf. Ob meine Augen noch verheult waren?

»Ich schaue dir so gerne zu!« Marion verzierte jedes einzelne Türmchen mit Silberperlen, kleinen Blüten aus Zucker oder ein paar zarten Kuvertüre-Fäden. Meine kleine Mama hatte es echt drauf, ich hatte ja keine Ahnung davon gehabt.

»Wie sollen wir die nennen, Vati?«, rief sie Opa Heinrich zu, der in diesem Moment das Mehl-Silo an der Wand auffüllte. »Wie wär's mit *Little Tower,* kleine Türmchen? Wo doch Charlotte aus England gerade hier ist?«

»*Little Tower*? Die kauft doch keiner. Nein, nein. Sie heißen, wie sie heißen!«

Seine tiefe Stimme klang angenehm in meinen Ohren, doch ich sah in Marions Gesicht die Enttäuschung wachsen. Opa hielt mir ein Tellerchen vor die Nase. Ein weißes, ein rosafarbenes und eins mit Schokolade lagen darauf. »Wie heißen sie denn nun?«, fragte ich.

»Türmchen.«

Hinter ihm wischte Marion sich über die Stirn. »Türmchen«, wiederholten ihre verächtlich hochgezogenen Lippen und ihr Kopf wackelte auf ihrem Hals, doch dann straffte sie die Schultern und räumte weiter auf.

Ich lächelte Opa an und musste an das Lied von den zwei Königskindern denken, das er mir vorgesungen hatte, während ich auf seinen ausgestreckten Beinen geritten war. Noch heute war ich nicht in der Lage, es zu hören, ohne dass mir die Tränen kamen. Würde ich die Kalorien in die Zukunft mitnehmen? Keine Ahnung. Keine Ahnung, wie ich je wieder in meine Zeit gelangen sollte. Irgendetwas musste ich heute Abend beim Uhrenschmeißen anders machen. Aber was? Ich zuckte mit den Schultern und griff zu. Die Türmchen wollten jedenfalls in der Gegenwart von mir gegessen werden.

Als wir uns unter dem Kirschbaum auf einer Decke ausstreckten, seufzte ich vor Behagen. Ich lag am helllichten Tage im Gras, es gab nichts anderes zu tun, als nach der Hitze am Ofen die klare, kühle Luft zu atmen und den Schokoladenmarzipangeschmack zu genießen, der sich immer noch in meinem Mund ausbreitete.

»Es war so krass, dir da eben zuzuschauen. Du hast das ja so was von drauf – wie so ein Profi-Fernseh-Koch!«

Marion legte ihr Kinn auf ihre angezogenen Knie. »Es macht mir eben Freude, Vati zu helfen. Obwohl er mich ja nichts Neues machen lässt …« Allerdings. Das war mir auch aufgefallen. Marion schwieg eine Weile nachdenklich vor sich hin, als sie mich auf einmal erschrocken anstieß. »Sag mal, wieso bist du eigentlich so beeindruckt? Das klingt so, als ob du mich zum ersten Mal beim Backen siehst. Werde ich das in der Zukunft nicht auch machen? Backen und so?«

Ich biss die Zähne zusammen. Da lag ich nun, vollgestopft mit Schokolade, Biskuitteig und Marzipanmasse, und hatte keine Ahnung, wie ich aus der Nummer wieder rauskommen sollte.

»Doch …«

»Was mache ich denn genau? Also eher Pralinen? Oder mehr so Größeres? Was ich gar nicht mag, sind diese ollen Hochzeitstorten mit Buttercreme und so … Immer derselbe Teig, immer Rosen aus Marzipan …« Ihre Stimme erstarb. »Was guckst du denn so?«

»Na ja … Ich kann dir das jetzt nicht erklären. Alles wird gut, vertrau mir!«

»Alles wird gut?« Oh Mann, dieser Blick von ihr! »Was ist denn *das* für ein unpolitischer und oberflächlicher Spruch? Als ob jemals alles gut werden würde!«

»Sorry. War wirklich ein dummer Spruch.«

»Allein die Mittelstreckenraketen, die die USA jetzt in Europa stationiert, die bedrohen uns alle, und dann der Holocaust. Das wird nie wieder gut! Hast du den Film gesehen? Ich durfte den Film im Fernsehen sehen, wir haben in der Schule darüber diskutiert …«

Marions Interesse für Politik und den ganzen Kram war offensichtlich stark ausgeprägt, fünfunddreißig Jahre später merkte man allerdings nicht mehr viel davon. Aber ging es nicht gerade um etwas anderes?

»Es ist nur so«, ich stammelte und wusste immer noch nicht, was ich eigentlich sagen wollte. »Dass … dass … Dagmar!« Ja genau! Vor Erleichterung atmete ich tief aus und setzte mich auf in den Schneidersitz. »Dagmar will alles kaputt machen. Sie will den Laden verkaufen. Das Café.«

Das Café war »unser Erbe«, »unser Vermächtnis«, war »Muttis Lebenswerk« (DDD), war »Vatis Leben« (Mama) oder einfach nur »der Familienbesitz«. Bis gestern war es für mich nur eine schöne Erinnerung und gleichzeitig ein Klotz am Bein, ein Ding, für das ich mich manchmal sogar geschämt hatte, doch jetzt hatte ich mit eigenen Augen gesehen, was für ein wundervoller Platz es wirklich war …

»Unser schönes Café!« Und dann weinte ich schon wieder. Saß diesmal mitten im Garten im Gras und weinte über einfach alles …

Über unsere hässliche Reste-Rampe, für die ich mich schämte, über den Baumstumpf vor dem Haus, mein einsames Zimmer, Mamas grässliches aufgetautes Hühnerfrikassee, den kahlen alten Kirschbaum, über eine dicke unbekannte Frau im blauen Kittel an der Kasse von *Lidl*, über meine lächerlichen sechsundzwanzig Freunde bei *Facebook*, natürlich auch über Timo, der mich in meinem langweiligen Außenseiterleben nie nach meiner Handynummer fragen würde und den ich nie wiedersehen würde, weil ich für immer in der Vergangenheit festsaß. Meine Nase lief und zusammen mit den Tränen vermischte sich alles zu einer verrotzten Nässe, die ich mit dem Handrücken unwillig abwischte. »Sorry, aber mich kotzt das alles einfach nur an«, heulte ich auf meine Knie herab. Eine Hand mit einem Stofftaschentuch tauchte unter meiner Nase auf. »Was ist denn das Schlimmste? Wo tut es denn am meisten weh?«

Ich schluckte und putzte mir dankbar die Nase. Mein Gott, genau diese beiden Sätze hatte sie mich als Kind auch manchmal gefragt, wenn ich hingefallen war und weinte. »Das Café! Das Café ist weg. Soll weg!« Ich hatte es nicht gewusst, doch nun, als ich es aussprach, merkte ich, dass es richtig war. Das Schlimmste. Das Allerschlimmste war passiert. Irgendwann, in vergangener Zeit.

»Nein, das würde ich doch nie zulassen!«

Hast du eine Ahnung, meine kleine Konditorin. Irgendetwas geht da ganz böse schief in deinem Leben. Und ich habe keine Ahnung, wie ich dir aus etwas raushelfen soll, in das du noch nicht mal reingeschlittert bist …

Doch, nickte ich.

»Das kann nicht sein! Beruhig dich und erklär mir alles ganz genau.«

»Da gibt es nicht viel zu erklären. DDD will es verkaufen!«

Marion sah mich ungläubig an, dann fing sie an zu lachen. »Wer ist DDD?«

»Die doofe Dagmar. So nenne ich sie.« Ich schniefte und lachte auch ein bisschen. Gleich fühlte ich mich besser.

»Das passt. Und *DDD* verkauft *unser* Café?« Ihre Stimme war immer lauter geworden. »Warum? Sie ist doch keine Konditorin geworden, hast du gesagt. Und steht auch nicht im Geschäft, oder? Wie kommt sie also dazu?!«

»Ja, das ist kompliziert. Da gibt es so 'ne Backwaren-Kette. Die haben allein in Godesbach drei Filialen. Einen Riesenladen direkt im Zentrum. Cafés dabei. Alles.«

»Nie im Leben! Drei Filialen? Für Godesbach? Bisschen übertrieben, oder? Außer uns gibt es doch nur noch die *Konditorei Schwarz* in der Krahnenstraße. Sind wir denn pleite?« Marion sah mich empört an.

O Mann! Immer schon. »Nein! Wir ... es *ist* eben so. DDD sagt, der Typ, dem die Filialen gehören, hat es schon immer darauf angelegt, ihr zu schaden. Also uns.«

»Wir dürfen das nicht zulassen! Charles! Wir müssen das unbedingt verhindern!« Sie rüttelte an meinem Arm. »Sag, dass du mir hilfst!«

Oh Gott. Ich will doch eigentlich nur ganz schnell wieder weg.

»Ich helfe dir! Natürlich helfe ich dir.«

»Dazu musst du aber noch hierbleiben! Bitte!«

»Ich bleibe.« *Ha, leicht gesagt. Weißt ja sowieso nicht, wie du zurückkommen sollst. Verdammt.*

»Schlag ein!« Sie reichte mir ihre schmale Hand. »Versprochen?«

Ich schlug ein.

»Versprochen!«

Als ich hochschaute, sah ich gerade noch einen aschblonden Kopf, der sich blitzschnell in eine der Fensteröffnungen zurückzog.

6. KAPITEL

6. Mai 1980, nachmittags

Dagmar!«, flüsterte Marion. »Hat die uns etwa belauscht?«

»Shit! Kann man aus dem zweiten Stock hören, was unter dem Kirschbaum gesprochen wird?«

»Ich glaube nicht … aber …«

»Marion!« Es klang laut. Streng. Durchdringend. Opa Heinrich.

»Oh, nee! Musst du unbedingt wieder helfen …? Wir haben doch so viel zu besprechen!«, sagte ich.

»Ich weiß. Aber ich kann Vati doch mit seinem Arm nicht im Stich lassen!« Schon lief Marion über die Wiese.

»Mann, kannst du denn nicht einfach mal *Nein* sagen«, brummte ich, doch ich folgte ihr ins Café.

Omi lächelte etwas besorgt, als sie mich sah. »Mal sehen, ob sich etwas Leichtes für dich finden lässt.« Sie hatte die Kartoffelschäl-Aktion anscheinend noch nicht vergessen.

Es dauerte eine Stunde, bis ich aus dem kleinen Kabuff, genannt Spülkammer, wieder hervorkam. Ich stöhnte und wischte mir den Schweiß von der Stirn. Ich hatte nicht nur meine Finger an tausend Kaffeekännchen schrumpelig gespült, sondern auch eine ganze Schublade mit Teebeuteln sortiert, Kaffeebohnen und Zuckerdosen aufgefüllt und pfundweise kleine Löffel abgetrocknet.

Doch auch danach fanden wir keine Zeit, um weitere Pläne zu schmieden, denn Marion half oben in der Küche bei der Zubereitung des Abendessens. Seelenruhig dekorierte sie die Schnittchen hübsch mit Mayonnaiseklecksen und geschnitzten Radieschen-Röschen. In mir kribbelte alles vor Ungeduld und ich knallte die Teller auf den Tisch, Messer und Gabel daneben. »Und Dagmar? Muss die gar nicht helfen?«

»Schon. Aber Marion ist eben das fleißige Lieschen im Haus«, antwortete Omi, »unsere Dagmar kann andere Dinge.«

Bitte? Omi nannte diese begnadete kleine Konditorin, die ohne Ausbildung schon so viel konnte, ein fleißiges Lieschen? Jetzt würde sie gleich explodieren, oder? Doch Marion nickte nur zufrieden vor sich hin. Nicht zu fassen!

»Nach dem Abendbrot erzählst du mir alles, was du weißt, und wir machen einen Plan«, sagte sie leise, bevor wir uns setzten. »Und Obacht vor Dagmar!« *Obacht ... na klar, volle Obacht!*

Es gab also wieder belegte Brote und wieder Möhrensalat, als Bonus diesmal aber keine Silberzwiebeln, sondern saure Gürkchen.

»Na, was macht die Schule?«, fragte Opa in die Runde und goss sich ein Bier ein.

»Wir haben heute mit Frau Buntrock in Deutsch den *Pole Poppenspäler* interpretiert«, erzählte Marion, »das hat richtig Spaß gemacht! Und dann ...«

»Tja, Gabriele ist halt die Beste«, fiel Dagmar ihr ins Wort. »Mit unserem Deutsch-Kurs konnte sie immer wissenschaftlich arbeiten. Genau wie an der Uni, hat sie gesagt.«

»*Wie* heißt die Deutschlehrerin?« Ich griff nach dem nächsten Brot, einfach weil die Schnittchen so appetitlich dalagen.

»Buntrock«, schnappte Dagmar, »und da gibt es auch nichts zu lachen drüber, Gabriele ist stolz auf ihren Namen. Der ist schon uralt.«

»Und du darfst sie duzen?«, fragte ich mit vollem Mund.

»Natürlich. Die guten Lehrer dürfen *uns* duzen. Und dann duzen wir sie.« Ende der Diskussion, kurz und arrogant wie immer. Die doofe Dagmar. Ich zeichnete mit den Zinken meiner Gabel drei große D's in die Tischdecke. Marion zwinkerte mir zu und malte ihrerseits ein Herz. »Big Buntrock-Love«, flüsterte sie und verdrehte die Augen. Mein Gott, die Härchen zwischen ihren Augenbrauen, also direkt über der Nase, waren wirklich verdammt dicht, stellte ich fest, blinzelte aber lächelnd zurück.

Doch Dagmar führte weiter das Wort. »Ich werde übrigens in diesem Jahr die Abi-Rede halten. Gabriele hat in unserem Deutschkurs demokratisch wählen lassen und ich hab das Rennen gemacht!«

»Na, das ist ja fein!« Omi arrangierte die restlichen Schnittchen auf dem Teller neu.

»Alle Achtung, nicht schlecht, und das als Mädchen! Haben wir noch Gurken?«, fragte Opa. Omi stand auf, um mehr Gurken zu holen.

Dagmar blies ihre Pausbacken auf: »Was soll das denn heißen, als Mädchen? Also Vati!« Sie schaute ihn an, als habe sie gerade auf eins der halben Pfefferkörner gebissen, mit denen die Salami gespickt war.

Marion lächelte ungläubig: »Und die haben *dich* gewählt?«

»Ja! Wieso nicht? Und von den anderen wollte sowieso keiner so richtig«, antwortete Dagmar. »Nur Thorsten, dieser, dieser … ach, der! Der wollte unbedingt auch, aber dem habe ich Bescheid gesagt. Thorsten, habe ich gesagt, du bist doch dazu gar nicht in der Lage …«

Marion stieß mich unter dem Tisch an. »Erzählt die später immer noch so ödes Zeug?«, flüsterte sie. Ich nickte stumm vor mich hin, die Augen schon wieder auf dem Teller mit den Schnittchen.

»Gabriele meinte auch, da können wir keine Rücksicht drauf nehmen«, fuhr Dagmar fort, »… ach, ich zeig euch mal den Hosenanzug, den ich dabei tragen werde!« Sie sprang vom Tisch auf und kam in einem scheußlichen Ding aus hellbraunem Cord wieder herein, das mir verdammt bekannt vorkam. Aber ich wusste im Moment nicht, woher. Die Jacke hatte breite Aufschläge, zu viel Stoff an den Schultern und sah irgendwie zu kurz aus. Die Hose saß eng um Dagmars breite Hüften, dafür schlackerten die Hosenbeine mit großer Spannweite um ihre Füße. Die Schuhe aber waren der Hammer: blaue Klein-Mädchen-Sandalen mit runden Kappen und plumpem Blockabsatz. Grottenhässlich.

»Ich weiß nicht, warum, aber ich muss wieder die Bluse darüberhängen lassen, die Hose ist immer noch zu eng!« Sie lupfte die zottelige weiße Gardine, die aus der Jacke hing, und drehte sich um sich selbst, um einen Blick auf ihr Hinterteil zu erhaschen.

»Aber das verstehe ich nicht, die Frau Mattuschke hat doch extra den Keil eingenäht.« Omi Elsa sprang auf und zuppelte jetzt gemeinsam mit Dagmar an der Hose herum, deren Reißverschluss sich anscheinend nicht mehr schließen ließ.

»Was für 'n Keil?«, wisperte ich.

»Hinten an ihrer Hose, die Schneiderin hat ein Dreieck aus Stoff eingelassen, aber mein Schwesterchen ist anscheinend schon wieder zu fett«, war Marions Antwort. Ihrem Mund sah ich an, dass sie sich bemühte, nicht loszulachen.

Dagmar hatte derweil wieder ihre Bluse über die offen stehende Hose fallen lassen und stolzierte auf und ab. Sie schwenkte ein paar auf der Schreibmaschine getippte Blätter, um zu demonstrieren, wie sie hinter dem Rednerpult wirken würde. »Und da unten sitzen sie dann alle!« Sie zeigte auf ein imaginäres Publikum.

»Da hält unsere Tochter eine Rede …«, sagte Opa Heinrich, bei dem die Message langsam anzukommen schien, denn nun klang seine Stimme ergriffen. »Wir können das ja nicht! Mehr als die Arbeit unserer Hände haben wir euch nicht zu bieten.«

»Ich habe letzte Woche ein Referat in Geschichte gehalten. War 'ne gute Zwei«, sagte Marion.

»Wie schön«, erwiderte Opa, ohne die Augen von Dagmar abzuwenden, die immer weiterredete.

»Die Rede ist schon fast fertig, also, die eine Stelle, die lese ich euch mal vor …«

»Oh nee, bitte nicht«, murmelte Marion.

»Wäre das nicht geil, wenn wir ein paar kleine Veränderungen reinbringen könnten«, flüsterte ich in ihr Ohr, »die sie abliest, und erst später merkt sie, was sie da vorgetragen hat?«

»Warum sollten wir das tun?«, flüsterte Marion zurück.

»Na, weil sie sich damit lächerlich macht. Sie scheint sowieso nicht sonderlich beliebt zu sein und nach einer fetten Blamage wird sie dann vielleicht für immer den Mund halten und uns in unserem zukünftigen Leben nicht mehr jahrelang mit ihrer tollen Abi-Rede nerven können.«

»Wir müssen das Café retten! Das ist viel wichtiger.«

»Das gehört alles dazu. Du bist doch sicher gut in Deutsch, weil du so viel liest, du kannst das!«

»Nein«, wisperte Marion, »so gut bin ich gar nicht in Deutsch. Dagmar ist viel besser. Obwohl … das könnte Jux machen.«

»Das könnte so was von *Jux* machen! Wenn *Jux* das ist, was ich mir vorstelle«, sagte ich Marion ins Ohr und angelte nach einem weiteren Schinkenbrot. »Nicht nur wir, auch der ganze Abi-Jahrgang, inklusive Gabriele Buntrock, wird es dir danken und sich noch lange daran erinnern!«

Marion kicherte. »Aber wie soll das gehen?«

»Wer flüstert, der lügt«, sagte Dagmar und ließ das Blatt, von dem sie abgelesen hatte, sinken.

»Ich habe Charles nur erzählt, dass du bald zum Studieren nach Köln gehst und ich dann vielleicht dein Zimmer bekomme.«

»Mein Zimmer wird niemand bekommen und du schon mal gar nicht!« Dagmar kam zum Tisch und ließ die saure Gurke auf ihrem leeren Teller wie einen Propeller drehen.

»Mit dem Essen spielt man nicht, Dagmar!«

Immerhin verteilte Omi Elsa ihr Lob und ihr Gemecker gerecht auf ihre Töchter.

»Ja aber, wenn Dagmar weg ist, dann …«

»Darüber reden wir noch, jetzt iss du dein Brot mal auf. Kinder, seid froh, dass wir so viel zu essen haben. Und Dagmar zieht den Anzug jetzt wieder aus. Nicht dass da noch was drankommt!«

Meine Augäpfel bewegten sich von rechts nach links wie bei einem Tennismatch. So lief das also, wenn Marion etwas wollte. Das große, leer stehende Zimmer von Dagmar zum Beispiel.

»Apropos Anzug ausziehen, ich werde zum Abi-Ball aber keinen Rock anziehen! Gabriele hat auch nie einen an! Nie!«

»Obwohl sie Buntrock heißt«, murmelte Marion.

»Aber Kind, du kannst da doch nicht in Hosen auftauchen«, warf Omi nun ein. Ich schüttelte unmerklich den Kopf. Natürlich würde Dagmar sich durchsetzen, ich wusste nun wieder, woher ich den schrecklichen Anzug kannte. Auf den Fotos vom Abi-Ball war Dagmar damit bekleidet, von oben herab grinsend stand sie zwischen ihren Eltern. Der großartige Abi-Ball … Noch fünfunddreißig Jahre später schwärmte Dagmar von diesem Ereignis. Bis zwei Uhr hätten sie sich alle amüsiert, Vati und Mutti hätten getanzt, Runde um Runde, auch als die Musik dann »flotter« wurde.

»Dagmar hat jemandem absichtlich Persiko aufs Hemd geschüttet und zu viel getrunken!« Das war das, was Mama zum Abi-Ball von Tante Dagmar einfiel. »Das Hemd hatte dieselbe Farbe, ich musste es einfach tun«, erläuterte Dagmar dann gerne. Oh Mann, ich hatte diese alten Stories immer gehasst, doch nun, wo ich mittendrin steckte, wurden sie äußerst interessant. Vielleicht konnten sie dazu beitragen, uns das üble Chaos in der Zukunft zu erklären. Aber würden wir es verhindern können?

»Oh, der Abi-Ball! Da laufen eure Jungs dann alle mit Krawatten rum. Oder Fliegen!« Marion machte eine Bewegung, als ob sie sich übergeben müsste, aber erst nachdem sie sich vergewissert hatte, dass Omi gerade nicht herschaute. »Das wird bestimmt phä-no-me-nal! Kann ich mit? Bitte, bitte!« Sie klatschte ihre Handflächen mit winzig kleinen Bewegungen aneinander.

»Was? Da hat niemand außer dem Abschlussjahrgang etwas zu suchen«, kam es von Dagmar, die Marions ironischen Ton überhört hatte. »Und *du* schon mal gar nicht«, setzte sie prompt hinzu. *Danke, ich hatte den Spruch schon vermisst.*

»Was wirst du denn studieren«, fragte ich Dagmar und bedauerte wieder einmal, dass ich nie richtig aufgepasst hatte, wenn es um DDDs grandiose Karriere ging.

»Jura«, antwortete Opa Heinrich stolz.

»Ich kann mir das ja noch gar nicht vorstellen«, sagte Omi versonnen, »unsere Dagmar wird Rechtsanwältin!«

»Oder Notarin«, sagte Dagmar.

»Oder Richterin!« Opa klopfte mit dem Messer wie mit einem Hammer auf den Tisch. *Klock. Klock.* »Meine Damen und Herren, Richterin Zimt betritt den Gerichtssaal, bitte erheben Sie sich!«

»Und ich werde mal eine berühmte Konditorin!«, rief Marion, aber niemand beachtete sie.

»Was schüttelst du eigentlich dauernd den Kopf?«, fuhr Dagmar mich plötzlich an.

»O nein … tue ich das? War keine Absicht!« Ich starrte angestrengt auf meinen Teller. Gott sei Dank stand Omi Elsa auf, um den Tisch abzuräumen.

Nichts von dem wirst du werden, Dagmar. Du wirst dein Geld in der Rechtsabteilung einer blöden Versicherung verdienen und jeden Morgen darüber motzen … Ich weiß nur, dass Opa dich nach Hause geholt hat, ich glaube, du warst unglücklich und die hatten irgendwie Angst um dich. Dein Zimmer in dem Studentenwohnheim war sehr weit oben, im 30. Stock, hat Mama mal erzählt. Mist, warum weiß ich nicht mehr darüber? Aber wie soll ich etwas herausfinden, das erst in der Zukunft liegt?

»Also. Wo war ich stehen geblieben? Ach ja. Nur weil Thorsten Dümpelmann bei der Abstimmung gegen mich verloren hat, hackt der auf mir rum! Macht doofe Bemerkungen übers Tanzen auf dem Ball. Und meine großen Füße. Ich glaube, der hasst mich …«

»*WIE* heißt der?! Nein!«

Alle am Tisch schreckten gehörig zusammen und Omi ließ etwas in die Spüle fallen, das klirrend zerbrach.

»Gott bewahre!« Dagmar griff sich an die Stirn. »Jetzt ist das komische Mädchen aus England völlig verrückt geworden!«

»Dümpelmann? Doch nicht *der* Dümpelmann?« Mein Schrei verhallte. »Sorry! 'schuldigung.« Vier Augenpaare schauten mich verstört an. »Ich hoffe, das war kein kostbarer Teller«, sagte ich zu Omi, die eine große Scherbe hochhielt. Immer noch lautes Schweigen. Ich wagte ein kleines Lachen, hörte aber sofort wieder auf.

»Also diese Namen …«, stotterte ich, »Buntrock, Dümpelmann … Ich glaube, das ist mir alles *too much!* Aua!«

Marion hatte mich unter dem Tisch getreten. Hat der Name was mit dem Café zu tun?, sollte ihr auffällig unauffälliges Gestikulieren und der Seitenblick auf DDD wohl bedeuten. Ich nickte und krümmte mich zusammen, um mir den Knöchel zu reiben.

»Oh, Entschuldigung!« Sie strahlte und zeigte mir unter dem Tisch den hochgereckten Daumen.

7. KAPITEL

6. Mai 1980, abends

»Dümpelmann! Ich fasse es nicht, das kann doch kein Zufall sein!« Ich ging auf dem Flokati auf und ab. »Kennst du ihn?«

»Kennen wäre übertrieben. Der ging jahrelang in Dagmars Klasse. Ich habe ihn schon mal in der Schule rumstehen sehen. Unauffälliger, dünner Typ, Brille, immer karierte Hemden. So einer, mit dem du nie freiwillig reden würdest, der aber gut in Mathe und Physik ist und dich abschreiben lässt.«

»DDD hat behauptet, dass dieser Dümpelmann seine Cafés nur gegründet hat, um ihr eins auszuwischen!«

»Nein! Echt? Wann hat sie das gesagt?«

»Bei der Streiterei am letzten Abend, bevor ich den Zeitsprung gemacht habe. Ich konnte es gut hören, sie stand direkt vor meiner Zimmertür.« *Und du standst zwei Meter weiter. Aber das tut jetzt nichts zur Sache …*

»Was hast du gesagt, wie viele Cafés hat der? Drei? Unglaublich!«

»Ja, der hat ein ganzes Café-Imperium aufgebaut.«

»Dass einer wegen einer Frau so etwas macht, lasse ich mir ja noch gefallen. Aber wegen *unserer* Dagmar?« Marion machte ein Geräusch, als ob sie würgen müsste. »Was, um Himmels willen, muss die ihm angetan haben, dass er in der Zukunft so sauer auf sie ist?«

»Das frage ich mich auch. Eine Abi-Rede, die er wegen DDD nicht halten konnte, reicht da nicht aus. Wir müssen unbedingt herausfinden, womit sie ihn noch gedisst hat.«

Marion hob fragend die Augenbrauen.

»Na ja, wie sagt man das bei euch? Gedemütigt hat? Denn dass sie das getan hat, ist ja wohl klar!«

Wir setzten uns auf unsere Betten und starrten uns ratlos an.

»Am besten, der wäre einfach weg …«, sagte Marion leise.

Ich nickte und dachte nach. Was konnten wir mit Thorsten Dümpelmann anstellen, damit er uns in der Zukunft in Ruhe ließ? Mein Blick war anscheinend recht blutrünstig, denn Marion fragte: »Du willst ihn doch nicht etwa umbringen?«

Einen kurzen Moment lang sah ich einen Betonklotz auf eine glatte Wasseroberfläche platschen. *Zu oft Mafia-Filme gesehen, Charles …*

»Nein, natürlich nicht. Aber vielleicht ist das ja doch ein anderer Dümpelmann? Bist du dir sicher, dass bis jetzt in Godesbach noch kein *Café Dümpelmann* oder eine Bäckerei mit diesem Namen existiert?«

Marion nickte. »Ganz sicher! Warte …!«

Sie sprang auf, rannte aus dem Zimmer und kam mit einem dicken gelben Buch zurück. »*Da, De, Dierkes, Dü, Dürrkamp*, nee, zu weit.« Marion fuhr mit dem Zeigefinger die Spalten der Einträge hinab. »Sag bloß, es gibt in fünfunddreißig Jahren auch keine Telefonbücher mehr?«, fragte sie.

»Doch, gibt es noch. Benutzt aber keiner mehr.«

»Hier! *Dümpelmann, Heinz. Am Markt 24.* Das ist der einzige Eintrag.«

»Am Markt, krass! Genau da, wo die heute ihre größte Bäckerei haben! Er ist es! Ich fasse es nicht!«

»Ich glaube, die führen so 'ne Art Kiosk oder so. Steht aber nicht drin.« Marion ließ das Telefonbuch mit einem dumpfen Knall auf den Teppich fallen. »Was nun?«

»Das Allerwichtigste herausfinden. Was verbindet unser Hass-Pärchen DDD und Dümpelmann?«

»Keine Ahnung.«

»Ich auch nicht.«

»Dagmar zu fragen, wäre wohl irgendwie bescheuert.«

»Stimmt. Aber was immer uns auch einfällt, vorher muss ich

Opa Heinrich wegen der Uhr hier befragen.« Ich schaute auf die Armbanduhr an meinem linken Handgelenk. »Bevor ich nicht weiß, wie ich zurückkomme, kann ich mich auf nichts konzentrieren.«

»Aber du wirfst sie heute Abend nicht mehr, du bleibst doch, oder?« Marion griff nach meinem Arm. Ich zögerte, einerseits wollte ich schnell wieder zurück, um Timo wiederzusehen, doch auf mein sonstiges Loser-Leben hatte ich überhaupt keine Lust! Aber so gar keine! »Klar. Hab doch versprochen, dir zu helfen!«

»Super! Danke! Wir müssen also sowohl Dagmars Vorleben als auch die Zeitreise-Situation noch einmal aufrollen und richtig logisch analysieren!«

»Pfff. Da haben sich ja zwei exzellente Logikerinnen zusammengefunden!« Ich kicherte meine Angst vor der Zukunft weg und steckte Marion damit an.

Der Schlaf ließ auf sich warten. Tausend Gedanken gingen mir durch den Kopf. Ich nahm eine kleine Taschenlampe von Marions Schreibtisch und holte das Matheheft zwischen Matratze und Wand hervor. Ich würde es nicht mitnehmen können, aber vielleicht fiel mir ja eine geniale Lösung ein, wenn ich meine verwirrten Gedanken niederschrieb. Innen steckte der Kuli. Tief unter der Decke knipste ich die Lampe an und begann zu schreiben:

Er ist es! Dagmars Feind aus 2015 gibt es auch schon 1980: Thorsten Dümpelmann! Der wird alles zerstören. Aber ist er wirklich die Lösung? Vielleicht schalten wir ihn irgendwie aus, doch das Schicksal sucht sich einen anderen Weg, um uns zu verarschen? Ich lande 2015 in einer anderen Zukunft und wir sind trotzdem pleite. Oder krank. Oder tot. Versuchen müssen wir es aber. Unbedingt!!! Seit heute weiß ich nämlich, was wirklich Horror ist: Dass wir das Einzige, was toll und lecker und wunderschön war, nämlich unser Café, verloren haben! Und heftig ist es auch zu sehen, wie Mama mal als Marion war! Wann ist ihr bloß dieser Ehrgeiz, die tollsten Petit-Fours-Dinger der Welt herzustellen, verloren gegangen? Warum kämpft sie später, ich strich »später« durch, *also heute, nicht mal mehr gegen DDD an?*

Warum ist Mama 2015 so unglücklich? Und planlos? Und männerlos? Mann, ich bringe es immer noch nicht zusammen. Wie ist aus diesem frechen Mädchen meine stille, zurückhaltende Mutter geworden?

Ob Mama sich manchmal wünscht, sie hätte mich nicht bekommen, und dafür einen anderen Mann statt diesem unfähigen französischen Assi-Typen? Darüber nachzudenken, ist echt krass.

Unter der Decke wurde der Sauerstoff knapp. Ich knipste die Taschenlampe aus und kam darunter hervor. Immer noch war an Schlaf nicht zu denken. *Timo, ach Timo, wie komme ich nur wieder zurück zu dir? Du hast mich eingeladen,* DungeonCity *zu spielen. Tja, seit zwei Tagen wartest du nun schon auf meine Antwort.* Ich seufzte lautlos. *Wenn es wenigstens so wäre …* Die Gedanken kreisten in meinem Kopf. Ob ich einfach wieder zurück zu dem Zeitpunkt switchen würde, von dem aus ich gestartet war? Aber in was für eine Zukunft würde ich eigentlich zurückkommen? Hoffentlich in eine andere als die, aus der ich losgesprungen war. Durften wir denn daran überhaupt herumpfuschen? Aus ein paar Science-Fiction-Filmen, die ich gesehen hatte, wusste ich, dass es verschiedene Theorien in Bezug auf Zeitreisen gab. Entweder gab es nur einen einzigen Zeitstrang – dann ließ sich die Zukunft überhaupt nicht verändern. Mist! Oder es gab unendlich viele parallele Zeitstränge – dann würde ich bei meiner Rückkehr hoffentlich in einem besseren landen! Vielleicht machte ich mir aber auch umsonst so viele Sorgen, denn war es nicht auch möglich, dass ich bis in alle Ewigkeit im Jahr 1980 festhing? Ich stopfte das Heft unter das Kissen. Plötzlich fiel mir etwas ein. »Marion?«

»Mmmmh«, kam es von der anderen Seite.
»Schläfst du schon?«
»Mmmmh.«
»Schreibt Dagmar eigentlich Tagebuch?«

8. KAPITEL

7. Mai, natürlich in fucking 1980

Noch bevor Marions Wecker klingelte, roch ich den betörenden Schokoladenduft. Und da war auch schon Zuckers nasse, warme Hundeschnauze an meiner Hand. Oh no, die Chance, dass alles nur ein wirrer Traum gewesen sein könnte, war gerade wie ein Stück Nugat in der Bain-Marie zerschmolzen. Ich stand auf, schloss das Fenster, presste meine Stirn an die Scheibe und trommelte leicht mit den Fingern dagegen.

»Findest du es plötzlich ganz furchtbar, dass du immer noch hier bist?«, fragte ein dünnes Stimmchen hinter mir.

Irgendwie schon, aber dann auch wieder nicht … Keine Ahnung, ich kann mich nicht entscheiden. Ich wandte mich zu Marion um. »Du hast gestern gesagt, Dagmar besäße ein Tagebuch. Wir müssen es möglichst schnell finden und auf Hinweise durchschauen. Vielleicht können wir so die ganze Katastrophe aufhalten!« Ich fuhr mir mit den Fingern durch meine Haare, die wahrscheinlich nach allen Seiten abstanden, und begann, den Kleiderschrank nach passenden Sachen für mich zu durchwühlen. »Schön wäre es natürlich, heute mal latzhosenfrei durch den Tag zu kommen!«

Marion bewegte sich unter ihrer Decke: »Das heißt, du bleibst heute zu Hause und durchsuchst Dagmars Zimmer?«

Ich zuckte mit den Schultern. »Ich würde ja gerne! Aber vielleicht ist es zu auffällig, wenn ich *wieder* nicht mit dir zur Schule gehe. DDD hat mich sowieso auf dem Kieker.« Ich hielt einen violetten Strickschlauch ans Licht. Ein Schal? Ein Kleid? »Wie findest du das, Zucker?« Zucker gähnte vor Verlegenheit. *Horror? Ganz meine Meinung.* »Wahrscheinlich sitzt sie den ganzen Tag an ihrer Abi-Rede.«

»Aber was sollen wir in der Schule erzählen?«

»Na, dass ich aus England komme und … für ein paar Tage am Unterricht teilnehmen werde. Ein Projekt der Europäischen Kommission. Das Schulamt hat es bereits genehmigt, die endgültige Zulassung ist in Arbeit!«

»Europäische Kommission? Gibt es die wirklich? Hört sich jedenfalls voll echt an! Dass du am frühen Morgen schon so locker lügen kannst.«

»Tja, irgendwas muss ich ja können …«, schnaubte ich leise und hängte eine furchterregend gestreifte Bluse schnell wieder in den Schrank zurück. Dann griff ich beherzt nach drei Sachen, die ich anziehen würde. Ein Gutes hatte die grottige Auswahl in Marions Kleiderschrank: Selbst eine Charlotte Zimt war in der Lage, sich zu entscheiden.

Ich konnte nicht mehr warten. Noch vor dem Frühstück schlüpfte ich in die Backstube. Hier war es schön warm, fast zu warm, doch der Duft nach geschmolzener Schokolade war himmlisch. Mit den Händen auf dem Rücken stand ich an der Tür und beobachtete Opa eine Weile. Mit ruhiger Konzentration malte er aus flüssiger Schokolade, die er von einem Löffel laufen ließ, Ornamente auf Pergamentpapier. Ich machte einen kleinen Schritt auf ihn zu: »Wofür machst du das?« Wir hatten uns beim gestrigen Abendessen auf das Du geeinigt, angeblich weil mir das formelle Sie auf Deutsch so schwerfiel.

»Die kommen gleich in den Kühlschrank und dann auf die Torten. Dann weiß jeder, die sind aus der *Konditorei Zimt!*« Mit einer Kopfbewegung zeigte er auf den Hocker an der Wand. »Gehst du nicht mit Marion zur Schule?«

»Gleich!« *Es sei denn, ich bekomme die Chance, in Ruhe das Zimmer deiner Tochter Dagmar zu durchwühlen, dann bleibe ich natürlich hier …* Ich wagte mich über die Schwelle und setzte mich auf den mir zugewiesenen Platz. Wie sollte ich anfangen? Aber

Opa war an diesem Morgen offenbar richtig kontaktfreudig, er drehte sich um und fragte: »Und? Wann geht's zurück?«

Ja, das ist ja eben das Problem. »Äh … In zwei Wochen.« *Oder nie, wenn's schlecht läuft.* Mir fiel das Atmen in der Wärme plötzlich schwer.

Opa schaute wohlwollend an mir herab, der Schokoladenlöffel schwebte in der Luft, sein langer, schmaler Mund lächelte unter dem Schnurrbart. Täuschte ich mich oder blieb sein Blick an der Uhr hängen? Aber er sagte nichts, sondern wandte sich wieder seinen Schokoladenkreationen zu. Ich lachte verlegen. »Marions Uhr nehme ich aber vorher wieder ab. Die hat sie ja von dir bekommen!«

Keine Reaktion, also stand ich auf und stellte mich neben ihn. Mit dem Zeigefinger strich ich über das gewölbte Glas des Zifferblatts an meinem Handgelenk. »Wo hast du sie her? Sie ist schon alt, oder?«

»Ach, richtig alt ist die, glaube ich, nicht.« Mehr wollte er offenbar dazu nicht sagen, mit lockerer Hand malte er mit dem Schokoladenfaden ein weiteres geschwungenes Z auf das Papier und umrandete es.

»Und wo kommt sie her?« Ich hielt die Uhr und mein Handgelenk umklammert. *Ich muss das einfach wissen! Sag was!*

»Die hat mir mal eine Frau gegeben, sie hatte kein Geld, na ja, das hatten damals viele nicht. Ich habe ihr ein kleines Glas Honig geschenkt und dafür vom Imkermeister ordentlich Ärger bekommen. Ich war schon erwachsen, sonst hätte der mir wahrscheinlich 'ne Tracht Prügel verabreicht.«

»Und wo war das?«

»In Buxtehude, im Alten Land.«

»Wo so viele Apfelbäume stehen!«

»Richtig. Bringen sie euch das in England in der Schule bei?«

Nein, das sind meine dürftigen Kenntnisse der Familiengeschichte. Schnell die nächste Frage: »Was war das für eine Frau?«

»Ich weiß es nicht. Arm. Flüchtling. Hatte schon einen weiten Weg hinter sich. Die sah man ja Jahre später noch, versprengt vom Krieg. Oft kamen sie auch aus den Ostgebieten, aus Pommern oder Oberschlesien, wo Elsas Heimat liegt.«

»War irgendetwas besonders an ihr?«

»Ich weiß nicht«, wiederholte er. »Ich kann mich noch an ihren langen Rock erinnern und ihre Augen waren uralt, dabei war sie höchstens Ende zwanzig, vielleicht dreißig. Diese Augen hatten wahrscheinlich schon eine Menge Elend gesehen.«

»Und sie gab dir die Uhr. Als Bezahlung.« Ich hatte das Ührchen abgenommen, hielt es jetzt in der Hand.

»Sie gab sie mir wie ein Geschenk. Ich wollte das erst gar nicht annehmen.« Opa Heinrich stellte den Topf mit der Schokolade zurück ins Wasserbad. »Doch sie drängte sie mir auf, legte sie in die Hand, die mir noch verblieben war, und sagte: ›Damit wirst du immer sicher durch die Zeit kommen!‹ Oder so ähnlich jedenfalls.«

Ich erstarrte. Sicher durch die Zeit kommen! Das leise Ticken der Uhr schien lauter zu werden.

»Gut, wenn du meinst, habe ich gesagt, und sie angenommen.« Er zog das Pergamentpapier vorsichtig auf ein Tablett und stellte es in den großen Kühlschrank am Ende des Raums. Irgendwie merkte man gar nicht, dass er nur einen Arm hatte.

»Wann war das?«

»Das kann ich dir allerdings genau sagen, das war am 8. August 1958. Und als an diesem Datum sieben Jahre später meine Tochter Marion geboren wurde, habe ich mich daran erinnert. Und habe ihr die Uhr dann zum achten Geburtstag geschenkt …«

Ich starrte ihn nur an.

»Na? Alles in Ordnung?« Er brummelte etwas in seinen Schnauzbart.

»Oh ja, ja, in … in Ordnung«, stammelte ich und rannte aus der Backstube. Erst auf der Treppe merkte ich, wie unhöflich

ich mich benommen hatte, und kehrte um. »Das war eine wundervolle Geschichte!«, rief ich in der offenen Tür. »Ich sage Marion, sie soll immer gut auf die Uhr achten!« Schon rannte ich die Treppe wieder hinauf. »Immer langsam mit den jungen Pferden ...«, hörte ich seine tiefe Stimme von unten. Ich grinste.

»Marion!« Ich stolperte ins Zimmer. »Ich weiß es, ich weiß es jetzt. Die *Zeit!* Es ist die *Zeit!*«

»Pschscht!« Marion funkelte mich an, ihr Daumen zeigte auf die Wand. *Dagmar sitzt nebenan in der Küche,* sollte das wohl bedeuten. »Du hast Opa also schon gefragt«, flüsterte sie.

»Ja, und er hat mir erzählt, wie die Uhr zu ihm gekommen ist.« Ausführlich berichtete ich Marion, was ich erfahren hatte.

Mit offenem Mund hörte sie mir zu, ihre Wangen röteten sich: »Oh, Charles, wie aufregend, vielleicht war die Frau eine Hexe? Oder eine Fee oder jemand aus einem anderen Leben ... Die alten Augen! Hat er wirklich ›uralte Augen‹ gesagt?«

»Hör auf, du machst mir eine Gänsehaut!«

»Die habe ich schon, seitdem du angefangen hast zu erzählen.« Marion schaute sich verschwörerisch um. »Also! Wie könnte es gehen?«

»Es hat mit der Uhr zu tun, ganz klar, aber auch mit dem Zeitpunkt, wann, an welchem Tag sie geworfen wird! Überleg doch mal, sie hat ihm die Uhr am 8. August gegeben und ich bin am 5.5. bei euch gelandet.«

»Wie viel Uhr war es an diesem Morgen, als du sie das erste Mal geworfen hast?«

»Ich weiß es nicht genau. Aber es war noch dunkel und es muss vor sechs gewesen sein, weil die Laster noch nicht fuhren.« Ich zeigte aus dem Fenster. »Dort drüben, hinter den Birnbäumen, werden die Dinger bald megalaut entlangdonnern.«

»Vielleicht hast du sie an diesem 5.5. ja zufällig um Punkt fünf rausgeworfen«, schlug Marion vor.

»Nein! Um fünf Uhr fünf!« Ich war stehen geblieben und

schrie so laut, dass Marion mit den Armen wedelte und zischend in die Knie ging. »Leise!«

»Ich Depp habe ja sogar kurz vorher noch auf die Uhr geschaut! Da war es vier Minuten nach«, flüsterte ich, so leise ich konnte. Mann, war das krass!

»Wir haben es!« Marion fasste mich an den Schultern und starrte mich mit weit aufgerissenen Augen an. »Wir wissen jetzt, wann wir dich wieder zurückschicken können!«

Beide hielten wir inne: »Am 6.6. Um sechs Uhr sechs!«

»Ey, die Abiturienten haben's echt gut. Nix mehr zu tun bis zur Abschlussfeier«, sagte Marion, während sie mir Haferflocken in eine Schüssel schüttete.

»Von wegen!« Dagmar schnaubte. »Ich werde heute den ganzen Morgen arbeiten und heute Mittag muss ich noch mal in die Bücherei.«

Bingo. Ich zeigte Marion heimlich den Daumen.

Als wir eine Viertelstunde später mit den Fahrrädern über den schmalen Feldweg fuhren, atmete ich tief ein und stieß einen Freudenschrei aus! »Yeeeaaah! Ich weiß, wie ich wieder zurückkomme!« Prompt verlor ich die Kontrolle und fuhr mit dem Vorderrad zwischen blühendem Klatschmohn und Kornblumen den Feldrain hinab und in die grünen Ähren hinein. »Ich kann wieder zurück! Und das Geilste ist: Wir haben vier Wochen, um alles auf die richtige Spur bringen zu können.«

»Ja, das ist wirklich toll, aber komm mal lieber aus der Gerste raus, der Bauer wird sauer, wenn er uns erwischt!«

»Woher weißt du, dass das Gerste ist?«

»Keine Ahnung, so was weiß man eben!«

»Der 6. Juni«, sagte ich atemlos, während ich das Fahrrad zurück auf den Weg hievte, »genug Zeit, um Dümpelmanns und Dagmars Geheimnis zu lüften!«

Als wir das Schultor erreichten, taten mir die Oberschenkel weh. War ich verrückt, am frühen Morgen drei Kilometer weit in die Pedalen zu treten? Niemals würde ich mir das zu Hause zumuten. *Und den steilen Berg zum* Edstone *hoch schon mal gar nicht!* Dagmars Sprache färbte bereits auf mich ab. Wir schoben die Räder zum Fahrradstand. Wie ich Marion beneidete! Das *Schiller-Gymnasium!* Die Schule, auf die ich immer hatte gehen wollen. Ich hätte liebend gerne auch Theater gespielt, wie Flora, Hella und Marú, oder den Musikzweig gemacht, doch DDD hatte bei mir auf einer klassischen Schulbildung bestanden. Ihr hätte der ganze moderne Quatsch ja nichts gebracht. Und Marion … da war es wieder: »… schon mal gar nicht«. Leider hatte Dagmar recht. Marion würde nach dieser Klasse abgehen und das mit der Konditorlehre würde auch nicht klappen. Aber nun war *ich* ja hier. Um das alles zu verhindern.

Ich schaute mich um. Der Schulhof und das Gebäude hatten sich in den letzten dreißig Jahren kaum verändert. Bis auf die Bäume – deren Stämme waren in diesem Mai noch verdammt dünn.

Marion schubste mich sanft nach links: »Komm, wir gehen in die Raucherecke.« Auf meinen erstaunten Blick hin erklärte sie: »Na ja, ich steh zwar nicht so auf Rauchen, aber da sind nun mal die interessanteren Menschen.«

»Jungs, meinst du.« Keine Antwort. Ich atmete tief ein, instinktiv tastete ich mit der freien Hand nach meinem Handy. Natürlich Fehlanzeige. Wie gerne hätte ich jetzt ein Selfie von mir zwischen diesen seltsamen Gestalten gemacht, an denen ich von Marion vorbeigezogen wurde. Rote Cordhosen, enge karierte Hemden mit abartig langen Kragen, Dauerwellen, die an mutierte Pudel erinnerten; es gab Jeansjacken mit aufgekrempelten Ärmeln, Ponchos und gebatikte Halstücher, jede Menge Latzhosen und altmodische Schulranzen … Sehr *nice!*

Die würden den besten *post* des Tages abgeben: Leute, Schulranzen auf dem Gymnasium!

Und erst die Jungs mit ihren Ponyfrisuren, mit denen sie wie zu groß geratene Kindergartenkinder aussahen. Manche von ihnen schleppten Aktenkoffer mit sich herum.

Aber posten, liken und auf Kommentare warten ging ja alles nicht. Niemand schien etwas zu vermissen, weil sich niemand mitteilen wollte. Wie denn auch? Eine Postkarte schreiben? Mit Kreide auf die Straße oder die Litfaßsäulen kritzeln? Auf was für eine beschissen langsame Zeit hatte ich mich da eingelassen. Ich seufzte aus tiefstem Herzen und sah an mir herab. Insgesamt war ich recht zufrieden mit meinem Look, den ich mir nach der Sichtung des Kleiderschranks innerhalb von Sekunden zusammengestellt hatte. Ich trug eine schwarze Gymnastikhose, die als Leggings durchging, ein eng anliegendes Unterhemd als notdürftigen BH-Ersatz, darüber ein langes weißes T-Shirt. Um die Hüften hatte ich mir ein kariertes Hemd gebunden, die nackten Füße steckten in altmodischen dunkelblauen Turnschuhen, die ein bisschen wie moderne Chucks aussahen.

»Willst du zum Sport?«, hatte Marion dann auch verwundert gefragt. «Nö. Wieso? So ungefähr läuft man bei uns rum.«

»Wie in der Turnstunde?« Marion hatte erfolglos versucht, ein Kichern zu unterdrücken, was mich ebenfalls zum Lachen gebracht hatte.

Ich war neugierig. *Mal sehen, wie sich die junge Ausgabe meiner Mutter in ihrer Schule so benimmt.* Es gongte. *Sieh an, die junge Ausgabe meiner Mutter tut nichts, um sich mitsamt ihrer Latzhose in den Unterricht zu begeben, sondern unterhält sich mit zwei Freundinnen, die genauso unbeschäftigt wie sie selbst herumstehen und den Jungs beim Rauchen zugucken.* Auf dem Schulgelände rauchen, das gab es bei uns nicht. War auch nicht mehr wirklich cool. Schüler ab sechzehn, die auf ihre Zigarette nicht verzichten wollten, wurden am *Edstone* vor das Schultor verbannt.

Aber ich war nun mal im Jahr 1980 gelandet, in dem man anscheinend noch nicht wusste, wie ungesund das Einatmen von diesem Qualm war. Und Passivrauchen auch.

»Ach übrigens: Das ist Charlotte aus England«, riss Marions Stimme mich aus meinen Gedanken. »Sie wohnt für ein paar Tage bei uns.«

Ein zurückhaltender Händedruck von Anne und ein ehrfürchtiger Blick von Claudia. Fast hätte sie noch einen Knicks gemacht. »England? Oh, dann hast du bestimmt so einen süßen Akzent wie Chris Norman, den habe ich neulich im Radio mal Deutsch reden hören. Also nur einen Satz …«

»Nee, meine Eltern sind Deutsche.«

»Schade!« Überall enttäuschte Gesichter.

»Aber ein bisschen hört man es doch, finde ich!« Claudia lächelte mich an.

Ich beschloss, doch ein bisschen Akzent an den Tag zu legen.

»Na ja. Ich höre ja *English* in de Schule und überall!« Marions Blick war das, was man erstaunt nennen würde.

»Ach, du kennst bestimmt die *Bay City Rollers!*«

»Yjjep«, sagte ich knapp. Ich hatte keine Ahnung, wer das sein sollte.

»Au weia, Claudia, die sind doch Schnee von gestern«, sagte Anne.

Yjjep, und deine Ausdrucksweise auch. Doch dann dämmerte es mir. Anne? Das hier vor mir war doch nicht etwa Anne Frings, Mamas beste Freundin, die erfolgreiche Rechtsanwältin? Meine Blicke huschten unauffällig über Annes Gesicht. Was für eine Veränderung! Ihr Haar war glatt und dunkelbraun und nicht grieselig grau und auch ihre Wangen sahen noch nicht wie die Schalen von angeschrumpelten Äpfeln aus. Unter ihrem Pony leuchteten zwei sehr wache knallblaue Augen, ohne tausend

Knitterfältchen, ihr Mund war groß und längst nicht so schmal wie heute.

Um mir den Schock über die verjüngte Anne nicht anmerken zu lassen, lächelte ich fröhlich in die Runde. »Welcher is' denn jetzt hier die coolste Junge? Der, der oder der dahinten mit dem *funny* Ding zwischen die Beine?« Ich zeigte mit dem Finger auf einen blassen Jungen, der sich gerade eine Zigarette drehte und dabei einen weinroten Aktenkoffer zwischen die langen Oberschenkel klemmte. Wahrscheinlich wollte er das kostbare Stück nicht auf den Boden zwischen all die platt getretenen Kaugummis und Kippen stellen. Die Mädchen rissen die Augen auf und wedelten mit den Händen.

»Nicht! Oh Gott, doch nicht da hinzeigen!!« Marion verbarg ihren Kopf für einen Moment an Annes Schulter, dann zischte sie: »Ich fasse es nicht, Charles, du bist unmöglich … gerade den!«

»Wen?« Jetzt flüsterte ich auch und beugte mich zu den drei Mädchen. *»The funny* Aktenkoffer?«

»Nein, der Popper doch nicht, der daneben!«

»Aha!« Aus irgendwelchen Gründen fiel mir Marions hoffnungsvolle Frage aus dem Garten ein. »Matti aus der B, nehme ich an. *The finnish guy!*« Mein Akzent gefiel mir richtig gut! Und auch, dass die Mädchen mich so fasziniert anstarrten, während ich sprach.

»Du kennst ihn«, kam es im Chor aus allen drei Mündern.

»Er ist neu. Er sieht so toll aus«, quietschte Claudia. Ich zuckte mit den Schultern: »Wenn man es genau nimmt, bin ich wegen eine *good looking* Finne hier!« Marion warf mir einen fragenden Blick zu. Es gongte zum zweiten Mal. Aha, im *Schiller* bereitete man die Schüler sanft auf den Unterrichtsbeginn vor. Mal sehen, ob es noch eine dritte Aufforderung gab, *ding-dang-dong* wie im Theater. »Aber ihr redet mit keinem von die?«, fragte ich.

»Mit den geistig Minderbemittelten wollen wir nicht, mit den Angesagten trauen wir uns nicht«, gab Anne Auskunft. »Generell kann man sagen, wir stehen auf die, die uns nicht beachten.« Ehrlich, direkt und eine gewählte Ausdrucksweise, so wie auch heute noch. Marion guckte auf den Boden und zupfte an ihrer Batikwindel.

»Dann ... wird das nie was«, stellte ich leichthin fest. Ich, die Beziehungsexpertin.

»Kommt, wir müssen rein.« Claudia nahm ihren gehäkelten Beutel von der rechten auf die linke Schulter. »Erste Stunde Mathe bei Hirschfelder. Der versteht keinen Spaß, wenn man zu spät kommt.«

Die Mathestunde erwies sich als wunderbare Nachhilfe in genau dem, womit wir uns im *Edstone* auch gerade herumquälten. Hirschfelder, »*Doktor* Hirschfelder bitte! So viel Zeit muss sein«, hatte die Klasse im Griff. Er sprang an der Tafel herum, lachte, verteilte abwechselnd Kreidestaub auf seinem dunkelblauen Hemd und seinem schwarzen Backenbart und fasste den englischen Wirrwarr der Kurvendiskussion in klare deutsche Worte. Das erste Mal im Leben verstand ich wirklich, worum es ging, und meldete mich sogar einmal freiwillig. Meine Anwesenheit und Marions Erklärung waren nur mit einem kurzen Kopfnicken zur Kenntnis genommen worden.

»Morgen schreiben wir die Arbeit, letzte Chance für so manche«, sagte Hirschfelder und ließ seine Augen besonders lange auf Marion ruhen.

»Wie stehst du denn in Mathe?«, fragte ich sie leise.

»Fünf. Wieso? Is' mir doch egal. Sorg lieber dafür, dass du deinen blöden Akzent durchhältst«, zischte sie zurück. »Was sollte das überhaupt?!«

Ich stöhnte. Meine Mutter hatte den Ernst der Lage noch nicht kapiert. Wie auch? Ich hatte ihr bis jetzt verheimlicht, wie öde ihre Zukunft aussah. Und würde auch die Letzte sein, die sie darüber informierte.

Auch die Klassenlehrerin, Frau Kleeberg, schluckte Marions Erklärung über meine Herkunft ohne Nachfrage. Bei ihr sahen wir in Biologie einen Film über Zellteilung. Der Projektor kam offenbar aus einem Museum und der Film war bestimmt vor dem Krieg gedreht worden. Das Bild war körnig und noch nicht mal in Farbe, und der Sprecher rollte das R, wobei er klang, als ob er eine Anklage vorlese. Außer mir schien das aber niemandem aufzufallen.

Ich sehnte mich nach der Pause, denn mein Magen knurrte bereits seit der ersten Stunde. Vielleicht konnte ich am Kiosk etwas anderes kaufen als Schwarzbrotschnitten mit Käse, die Omi Elsa mir an diesem Morgen in einer grau angelaufenen Butterbrotdose aufgedrängt hatte.

Außerdem hoffte ich, Matti noch einmal zu sehen, der war ja wirklich ganz hübsch. Es gongte wieder, ich drängte mich in den Pulk der Hinausgehenden, begierig, ein paar Sätze aufzuschnappen. Über was wollten die sich denn bloß unterhalten, die Ärmsten? Bei den drei Programmen bestand ja kaum eine Chance, am Abend vorher einen tollen Film gesehen zu haben oder wenigstens eine witzige Show. Kein *Dschungelcamp,* kein *Topmodel*. Nichts. Ich lauschte angestrengt auf die Satzfetzen, die mir zu Ohren kamen:

Ich habe für Heike ’nen Mixtape aufgenommen! – Nächsten Samstag fährt mein großer Bruder zur Demo. – Was für ’ne Demo? – Gegen den NATO-Doppelbeschluss. – Meine Eltern lassen mich nicht mit. – Da schnallste ab! – Oh Gott. Ich schnallte auch gerade ab.

Am Kiosk des Hausmeisters entdeckte ich neben dreieckigen Milch- und Kakaotüten die vertraute *Capri-Sonne*. Ein zwischen zwei Brötchenhälften zusammengequetschter Schokokuss wurde als »Negerkußbrötchen« angepriesen. Nicht nur voll rassistisch, sondern auch noch falsch geschrieben. Das Gebilde sollte dafür aber nur fünfzig Pfennig kosten. Pfennig! Das hörte sich sehr wenig an und klang so altmodisch wie D-Mark. Die Scheine mit den fremden Köpfen, die ich gestern neugierig aus Marions Spardose gezogen hatte, waren mir wie Spielgeld vorgekommen. Und diese komischen Markstücke erst.

Ich brauchte unbedingt Nervennahrung, also versuchte ich, mir von Marion ein bisschen Geld zu leihen. Nur fünfzig Pfennig!

»Und was ist mit deinen Broten? Vollkornbrot ist gesund!« *Jaja, und Möhrensalat ist gut für die Augen* … Dann eben keine Brötchen. Verdrossen biss ich in mein Käsebrot. Schmeckte zusammen mit dem Apfel, den Claudia mir anbot, gar nicht mal so schlecht.

Wir schlenderten zu viert über den Schulhof, ich blinzelte gegen die Sonne. Es schien ein heißer Tag zu werden. Viel zu warm für Anfang Mai.

»Noch sechs Wochen bis zu den Sommerferien«, stöhnte Anne, »und wir fahren wieder nicht weg!«

»Wir auch nicht«, kam es von Marion.

»Ich gehe mit dem Jugendchor zelten.«

»Du und singen, Claudia?«

»Völlig egal, unser Chorleiter hat kein' Schnall, dass die Jungs abends rüberkommen, da geht nachts immer die Post ab.«

»Das klingt ja megageil …«, prustete ich, dann bemerkte ich die zusammengezogenen Augenbrauen in den erstarrten Gesichtern um mich herum. »Nee, *great,* meine ich, *great!* Also meine Mutter, also«, ein schneller Seitenblick zu Marion, »meine Eltern sparen das ganze Jahr für die *holidays,* weil sie wollen, dass ich die Welt sehe. Italien, Griechenland. Mallorca.«

»Deine *Eltern* sind toll!« Marion strahlte. »Meine stehen immer nur im Café.«

»Ja, meine Mutter ist *quite okay*, was das angeht«, sagte ich und merkte, dass ich das in diesem Moment wirklich so meinte.

»Was machen sie denn beruflich?« Anne wischte Claudia mit einer liebevollen Handbewegung einige Brotkrümel von der Wange.

»Die sind echte Künstler«, antwortet Marion schnell. »Die malen Bilder.«

»Und meine *Mum* kann richtig geile Torten backen«, setzte ich hinzu und sah Marion einen Moment lang direkt in die Augen. Irgendwie würde ich sie schon dazu bringen, in der Zukunft richtig geile Torten zu backen.

»Geile Torten?« Claudia und Anne fingen laut an zu lachen. »Wie immer die aussehen, das wäre doch was für dich, Marion!«

»Wir sind schon verabredet, nächste *summer* kommt Marion zu mir. *To London.*« Puuh, dieses gebrochene Deutsch war doch anstrengender als gedacht.

»Und backt mit Charlys Tante geile Torten!«

»Charlys Mutter«, berichtigte ich und lächelte, als würde ich den Witz verstehen.

Nach der Pause hatten wir Französisch, zu allem Überfluss auch noch eine Doppelstunde. Die Klasse stöhnte. Bücher raus, Hefte raus, Beispielsätze von der Tafel abschreiben, vorlesen, eigene Sätze zum *plus-que-parfait* bilden. Dann wurden schlecht kopierte Blätter mit viel schwarzem Staub verteilt, als ob jemand gemahlene Kohle ins Gerät geschüttet hätte. Lesen, übersetzen, Konversation. Bisschen langweilig. Im *Edstone* war der Unterricht viel abwechslungsreicher, da wir eine Menge am Computer machten. Wir machten mit Excel rum, designten *Powerpoint*-Präsentationen und waren es gewohnt, uns innerhalb von Sekunden mit der ganzen Welt zu vernetzen. Das konnte man in diesem vorsintflutlichen Laden natürlich vergessen.

Als wir später zu unseren Rädern gingen, überlegten wir, wo Dagmar ihr Tagebuch wohl versteckt haben könnte. »Wo bewahrst du deins denn auf?«, fragte Marion mich.

»In meinem Computer. Und du?«

»Hinter meinen Büchern, unter meinem Bett, auf dem Kleiderschrank, im Kleiderschrank. Ich weiß manchmal echt nicht mehr, wo, und suche es stundenlang, wenn ich ein paar Tage nicht geschrieben habe.«

»Hoffen wir, dass Dagmar wenigstens beim Schreiben ein fleißiges Lieschen ist!«

Plötzlich verlangsamte Marion ihren Schritt. »Da vorne ist er.«

»Wer?« Aber ich wusste natürlich, wer gemeint war. Ich drehte mich unauffällig um. »Ach so, Matti. Bist du verknallt?« Ich durfte das fragen, schließlich war sie meine Mutter und außerdem wusste ich es schon längst. Keine Antwort. Neuer Versuch: »Weiß er, dass es dich gibt?«

»Charles! Untersteh dich!«, zischte Marion drohend. Ich grinste. Woher wusste sie, was ich vorhatte?

»Da höre ich aber schon viel mütterliche Strenge in deiner Stimme!«, sagte ich lachend, während ich das Fahrrad aufschloss, das DDD mir an diesem Morgen gnädigerweise geliehen hatte. »Ist doch bloß 'n Typ!« Ich fühlte mich gerade ziemlich großartig, aber nur, weil hier alle so grässlich aussahen mit ihren Bundfaltenhosen, Öko-Freak-Klamotten und den zu langen Haaren.

Mattis Haare waren blond und kürzer als die der anderen. Und: *No* Pony! Gott sei Dank! Dafür hatte er einen hübschen Mund und ganz annehmbare Klamotten an. Zumindest waren seine Jeans nicht wie bei manch anderen bis zum Bauchnabel hochgezogen, dafür musste man ja schon dankbar sein. Dazu trug er ein einfaches hellblaues Shirt und von Weitem waren in seinem Gesicht auch keine Pickel zu sehen. Glück gehabt, Marion.

»Wie kommen wir an den ran?«

»Er trainiert dreimal die Woche beim *TuS Godesbach*. Schwimmen. Aber sprich ihn *bitte* nicht an, hörst du?«

Ausgerechnet Schwimmen. »Wieso? Ist doch nicht so schlimm. Ein kleines Date sollte doch drin sein.«

»Was ist ein Date?«

»Ein Treffen.«

Marion winkte ab. «Nee! Echt nicht.« Sie zupfte an ihrer Windel, die sie um den Hals trug. Man konnte meinen, sie hätte einen Knutschfleck zu verbergen.

»Man könnte meinen, du hättest einen Knutschfleck zu verbergen.«

Ein hastiger Griff zum Hals. *Ha, sehr verdächtig.* »Hör jetzt auf!«

»Kein Grund zur Panik. Und außerdem, vergiss nicht: Gezeugt werde ich von einem anderen ...!«

Marion schnaubte verächtlich. »Is' ja schön, dass du mich hier verkuppeln willst, aber spar dir die Energie lieber für Dagmar und den Dümpelmann.« Sie setzte sich auf ihr Fahrrad, ohne auch nur einen Blick an Matti zu verschwenden. »Los, wir fahren jetzt nach Hause. Wir haben was zu tun und Mutti wartet mit dem Mittagessen.« Sie raste ohne mich davon.

»Hey, warte«, rief ich, »die ganze Sache fängt gerade an, mir Spaß zu machen!«

Matti drehte sich zu mir um, ich sah ihm direkt in die Augen, lachte und zuckte mit den Schultern, während ich gleichzeitig hinter Marion herzeigte. »Sie ist unglaublich!« Zufrieden sah ich, wie Mattis Augen vor Erstaunen größer wurden, aber er nickte. »Bis morgen, *maybe*«, grüßte ich etwas weniger laut, stieg aufs Rad, ohne mich dabei hinzulegen, oh Wunder. Mann, war ich cool! Ich grinste, während ich vom Schulhof fuhr. Warum bekam ich das in meiner Zeit, zu Hause mit Timo nicht hin?

Ich trat kräftig in die Pedalen, um Marion zu folgen. Sie machte keine Anstalten, auf mich zu warten, sondern bog in diesem Moment am Ende der Straße rechts ab, um die Abkürzung über die Felder zu nehmen. Durch die Begegnung mit Matti merkte ich, wie dringend ich Timo wiedersehen wollte. In meinem Bauch wurde es ganz warm und ich musste mich an einem Seufzer hindern, der wie jedes Mal, wenn ich an ihn dachte, aus mir herauswollte. Aber nun, da wir das Geheimnis der Uhr so gut wie geknackt hatten, konnte ich nur noch warten, bis ich ihn wiedersah. Volle vier Wochen! Und wenn unsere Idee mit dem Datum doch falsch war? »*No, no, no,* da will ich gar nicht drüber nachdenken!«, rief ich laut, nahm die Füße von den Pedalen, streckte die Beine nach rechts und links und ließ mir den warmen Wind ins Gesicht wehen. »Außerdem haben wir genug zu tun!« Jetzt, auf dem Rückweg, fiel mir erst auf, wie anders die Stadt aussah. Ich sah eine orangefarbene *Ente* und mehrere *Käfer,* die anderen Autos hatten auch komische Formen und Farben, kein Wunder, das waren ja alles schon Oldtimer. Und überall gelbe Telefonzellen und Kaugummiautomaten. Die ganze Stadt war voll von ihnen.

»Mist, sie ist immer noch zu Hause!«, war Marions Begrüßung, als ich in ihr Zimmer kam.

»Oh, wie blöd ist das denn? Ich würde am liebsten sofort alles durchsuchen und danach losrennen, um den verdächtigen Dümpelmann in Augenschein zu nehmen!«

»Hände waschen und Essen kommen!«, schallte es durch den Flur.

»Sofort«, antworteten wir im Chor und mussten lachen.

»Auch das noch. Ich will jetzt dieses Tagebuch haben!« Doch ich hatte Hunger und aus der Küche roch es wunderbar. Außerdem war es angenehm, sich nicht selbst etwas aus dem Kühlschrank suchen zu müssen, sondern sich an einen gedeckten

Tisch setzen zu können. Mama stand mittags im Laden. DDD hielt es für nötig, unseren Brötchen-Verkauf-mit-Reste-Rampe von morgens acht bis abends um sieben offen zu halten.

»Ich habe gedeckt, also müsst ihr gleich abräumen«, keifte die jüngere Version von DDD, als wir eintraten. Wir setzten uns.

»Kannst du mir ein Buch aus der Bücherei mitbringen?«, fragte Marion, während sie die Schüssel mit Omis selbst gemachtem Hühnerfrikassee an Dagmar weiterreichte.

»Nein.«

»Aber du gehst doch sowieso hin.«

»Keine Zeit.« Dagmar warf den Kopf zurück und fixierte mich mit geblähten Nasenlöchern: »Na, Koffer immer noch nicht da?«

Ich biss mir auf die Lippen und versuchte, gleichzeitig cool auszusehen. »Keine Ahnung. Das dauert.«

»Mutti!«, beschwerte Marion sich, »kannst du Dagmar nicht sagen, dass …«

»Ach, Marion, nun lass es gut sein.« Omi brachte den Reis. Opa Heinrich legte die Zeitung beiseite. »Du hörst doch, die Dagmar hat viel zu tun.«

»Eben. Ich bin da mindestens drei Stunden beschäftigt!« Dagmar nickte auf ihre einzigartige, selbstgerechte Art.

»Nimm doch deine englische Freundin mit und zeig ihr alles. Dann holst du dir dein Buch einfach selber.« Omi lächelte mir zu und ich grinste mit vollen Backen zurück.

Nach dem Essen vertrieben wir uns die Zeit mit Abtrocknen und warteten, bis Dagmar endlich aus dem Haus war. Auf Zehenspitzen schlichen wir in die obere Etage. »Wo sollen wir anfangen?« Marion stand mit hängenden Armen mitten im Raum.

»Keine Ahnung. Vielleicht versteckt sie es in der *Fischertechnik.*« Ich starrte von unten auf die blauen Kästen.

»Bisschen umständlich.« Marion zog die Schreibtischschublade auf. »Hier lagen neulich diese Schaumzäpfchen rum. Scheinen aber nicht mehr da zu sein. Ha, da isses ja schon! Geschenk von ihrer Patentante zu Weihnachten.« Sie hielt ein kleines Buch mit einem lila Einband hoch. »Bisschen mehr Einsatz hätte ich schon von dir erwartet, Dagmar ...« Sie warf einen schnellen Blick zur Tür, fing an zu blättern, schaute dann auf. Unsere Augen trafen sich. »Irgendwie fies, oder?« Sie seufzte. »Ich hab mir zwar zwei von den *Patentex*-Dingern gemopst ... Aber in fremden Tagebücher habe ich bisher noch nie gelesen.«

»Wir tun es doch nur für das Café. Für die Zukunft! Den Rest müssen wir ja nicht lesen.« *Ich würde noch ganz andere Dinge tun, um unser Café wieder so hinzubekommen, wie es hier und heute ist ...* »Guck, ob du seinen Namen findest.«

»Na gut. Es fängt gleich nach Weihnachten an und jeder Tag hat ein eigenes Blatt. Mmmh. *Bin zu fett. Habe Pickel.* Schule, Lehrer, bla bla bla.« Sie blätterte. »Oh Gott, hör mal, an Silvester versucht sie sich sogar an Lyrik: *Das möchte ich einmal, alle Masken fallen lassen, nicht Theater spielen müssen, ohne Keep-smiling, ohne Make-up.* ... Pff! Dagmar und Make-up ... niemals. Ey, nee, ich kann das nicht, das ist so furchtbar peinlich.«

Marion reichte mir das Buch. Ich blätterte und scannte Dagmars klare blaue Tintenschrift ab. *Du bist mal wieder so weit, daß du dich nach einem sehnst, der dich gerne hat, der dich streichelt und bewundert ...* uuhrgs. Dagmar wollte gestreichelt werden? Wie unangenehm. Ich versuchte, den Text nicht zu lesen, sondern nur das eine Wort zu entdecken. Thorsten. Aber ich fand seinen Namen nicht. Im Januar nicht, auch im Februar nicht.

»Hier gibt es verdammt viele leere Seiten, und wenn, schreibt sie nur über die Schule: »*Konnte mich heute im Mathe-LK überhaupt nicht konzentrieren*.«

»Wenn sie sich nicht konzentrieren kann, ist sie vielleicht verliebt?«

»Möglich. Hier, ein Tag später: *Muss immer zu ihm hinschauen.*«

»Na siehste! So geht's doch meistens los ...«

»*Im Kino gewesen.* Kramer gegen Kramer. *Kein Wunder, daß dieses Beziehungsdrama so viele Oscars bekommen hat ...* Bla bla bla.«

»Mit wem war sie drin?«, flüsterte Marion. Sie öffnete die Zimmertür einen Spalt und lauschte in den Flur.

»Steht hier nicht. Nur 'ne ausführliche Analyse über den Film. Hat sie denn eigentlich so was wie 'ne beste Freundin?«

»Nö. Eigentlich nicht. Die ist nicht gerade beliebt und immer ziemlich allein.«

»Ha!« Ich schrie leise auf. »Am 12. März wird er das erste Mal erwähnt!«

»Lies vor!« Marion schloss die Tür.

»*Thorsten also. Ist er es? Ich weiß es wirklich nicht. Bin mal gespannt, wer von uns den Mut dazu hat. Ich lasse den Samstag auf mich zukommen.* Okay ...? Wer von uns den Mut dazu hat! Jetzt wird's interessant!« Ich blätterte weiter.

»Die hatten was miteinander?« Marion sah aus, als ob sie in etwas Saures gebissen hätte. »Der ist auch mit auf der Kursfahrt nach Prag gewesen. Zeig her, was ist am Samstag passiert?« Sie las über meine Schulter mit. »*Fete bei Ralf. Sind uns nähergekommen.*« Wir prusteten los. »Ach du grüne Neune, Dagmar!«, stöhnte Marion. »Sind uns nähergekommen! Und aus die Maus. Kannst du's für uns mal'n bisschen genauer beschreiben?«

»Leere Seiten, leere Seiten. Mann, wieso schreibt die in der Zwischenzeit nichts?«

»Ich glaube, da waren sie mitten im Abitur.«

»Ah, erst wieder am 7. April: *Wenn du mich verlässt oder ich dich verlasse, wird einer von uns verlieren. Aber wir werden beide in jener Zeit gewonnen haben. An Erfahrung und Erkenntnissen.*« *Oh shit, wie romantisch, Dagmar.*

»Also sind sie ab da zusammen?«

»Offensichtlich. Dann ist es aber jetzt wohl vorbei.«

»Ich will jetzt endlich wissen, ob sie es getan haben!« Marion sprang wieder zur Tür. Flur-Kontrolle. »Wozu sonst die fiesen Schaumzäpfchen in ihrem Schreibtisch?«

»Na und ich erst!« Ich überflog die nächsten Zeilen und ließ das Buch sinken.

»Marion«, hauchte ich. Sie drehte sich zu mir, ihre Augen waren riesig. »Sie hat ihm das Schrecklichste angetan, was eine Frau mit einem Mann machen kann.«

Marions Gesicht war ein einziges Fragezeichen. »Was hat sie getan?«

»Sie hat gelacht!«

»Aber das ist doch gut!«

»Über sein … du weißt schon, was.«

»Oh Gott!«

Wieder in Marions Zimmer, schaffte ich es nicht, mich zu setzen. »Ich will mir diesen Thorsten Dümpelmann ansehen! Jetzt sofort. Los, wir fahren am Markt vorbei. Hausnummer 24. Vielleicht ist er ja zu Hause …«

»Gut, ich brauche sowieso noch einen neuen Tintentöter.« Marion saß an ihrem Schreibtisch und spielte mit ihrem Federmäppchen. Wie konnte sie nur so pragmatisch sein …

»Und dann?« Jetzt kaute sie an einem Bleistift.

»Schauen wir, was er für ein Gesicht macht, wenn wir Dagmars Namen erwähnen.«

»Und was sagen wir? Tach, wir wissen Bescheid? Das erste Mal ist nie so toll, aber versucht's doch ruhig noch einmal?«

Ich schnalzte mit der Zunge und stieß die Luft aus. Marion hatte recht. »Also, fassen wir zusammen. Sie verabreden sich, er spielt ihr seine gesamte Plattensammlung vor, sie besorgt Verhütung aus der Apotheke, sie tun's.«

»In seinem Zimmer. Während seine Mutter über ihnen im Laden herumschlurft.«

»Es schäumt und brennt.«

»Auch bei ihm.«

»Sie sieht sein plötzlich geschrumpftes Teil und kann sich nicht mehr halten.«

»*Es sah so herzzerreißend, weich und erbärmlich aus*«, zitierte Marion kichernd, «*ich wollte es nicht, doch ich musste lachen wie noch nie in meinem Leben! Er ist rausgerannt. Und ich habe in seinem Bett weitergelacht. Minutenlang. Ich bin ein schlechter Mensch!*«

»Er kam nicht wieder zurück.«

»Und redet seitdem nicht mehr mit ihr.«

»Sie schreibt ihm einen halben Entschuldigungsbrief. Den sie aber nicht abschickt.«

»Sondern hinten in ihrem Tagebuch verwahrt.« Marion schüttelte den Kopf. »So ein schöner Brief … aber so nützt er natürlich keinem was.«

»Wahrscheinlich ist *er* es auch, dem sie Persiko aufs Hemd schütten wird«, sagte ich.

»Hä? Was ist das denn für ’ne Geschichte?«

»Dagmar hat beim Abi-Ball jemandem ein Glas Persiko auf sein orangefarbenes Hemd geschüttet. Angeblich weil die Farben so schön zusammenpassten. Die Story wird heute immer noch von ihr erzählt.«

»Aber bestimmt ohne die Vorgeschichte … Die ja offenbar an allem Schuld hat.«

»Und die von uns dringend verhindert werden muss!«

»Und wie?«

»Keine Ahnung. Irgendwie! Wir improvisieren!«

9. KAPITEL

7. Mai 1980, nachmittags

Weil Dagmar mit ihrem Fahrrad unterwegs war, musste ich Omis alte Tretmühle nehmen. Noch unförmiger, die Pedalen noch schwergängiger, der Sattel aus brüchigem Leder, hart wie ein Stück Holz. Außerdem hatte ich noch keine Idee, wie ich bei Thorsten, dem Feind auf Lebenszeit, vorgehen wollte. 1980 ging mir mal wieder auf den Geist.

»Komisch, diese gelben Telefonzellen, bei denen man die Tür zumachen kann«, rief ich Marion keuchend über die Schulter zu, als wir durch Godesbach fuhren. »Die sind heute alle weg!«

»Warum das denn?«, rief Marion zurück. »Ach so, weil jeder mit seinem *Hähndi* spazieren fährt. Hat sich sonst viel verändert?«

»Die vielen Mofas! Fährt in fünfunddreißig Jahren keiner mehr. Nur bunte Motorroller oder Motorräder.«

»Fliegende Autos gibt es demnach also noch nicht.«

»Nö. Aber krass, wie viele Männer mit dem Bus fahren, und überall lesen die Leute Zeitung. Aus echtem Papier!«

»Was sollen sie denn sonst tun, wenn sie warten?«

Marion verteidigte ihre olle Zeit immer noch mit Händen und Füßen, das nervte.

Die meisten Leute lasen wirklich nur. Der Rest schaute stumm in der Gegend herum. Keiner, der sein Handy ans Ohr hielt und redete, niemand, der den Nacken beugte und mit zwei Daumen tippte. Auch keine Kopfhörer, keine MP3-Player. Die ganze Welt war auf das angewiesen, was gerade im Moment stattfand, und es gab keine Chance, diesem ereignislosen Jetzt zu entkommen.

Wir betraten den kleinen Kiosk. Niemand war zu sehen. Nur Regale mit Süßigkeiten, Zigarrenkistchen und Zigaretten. Neben der Kasse lag eine brennende Zigarette in einem Aschenbecher und schickte ihre Rauchfahne in die blau verqualmte Luft.

»Was für 'n altmodisches Zeug esst ihr denn so?« Ich suchte die Regale ab. »Ha! Diese Brausetütchen gibt es bei uns immer noch. Und die Schleckmuscheln. Und hier die *Smarties* sowieso. Aber was sind diese runden Dinger denn? 'ne Art Pfefferminz? Tut mir leid, *Antjes,* ihr habt es nicht bis in die Zukunft geschafft.«

»He, jetzt hör auf, auch noch die Süßigkeiten schlechtzumachen. Fang lieber an mit deinem Improvisieren.« Schritte waren zu hören, Marions Mimik änderte sich augenblicklich von ärgerlich-nervös auf freundlich-brav: »Guten Tag!«

Die ältere Frau, die jetzt hinter einem braunen Vorhang auftauchte, griff nach der Zigarette und sah uns aus zusammengekniffenen Augen an. »Tag.«

»Wir wollen zu Thorsten. Wegen der Schule«, sagte Marion. Die Miene der Frau erhellte sich. »Ja, der ist unten, in seinem Zimmer«, sagte sie, während sie den Rauch ausstieß. »Kommt doch hier durch. Ihr findet sicher alleine runter ... Und nehmt ihm das bitte mit.« Sie gab Marion ein in steifes Plastik eingepacktes Oberhemd. Wir sahen uns an. Es war knallorange. Persiko-Orange. »Er soll die Nadeln nur alle rausziehen.«

»Danke, Frau Dümpelmann!«, sagte Marion betont fröhlich. »So. Genug improvisiert«, raunte sie mir zu, während wir hinter der Kasse eine kaum erleuchtete Treppe hinuntergingen. »Den Rest machst du.«

»Hier hat der sein Zimmer? Im Keller?«, wunderte ich mich, doch Marion klopfte schon an eine Tür und öffnete sie. Wir standen in einem kleinen Raum mit niedriger Decke. Vollgestopfte Bücherregale, ein Schreibtisch und ein schmales Bett, in dem es anscheinend passiert war ... Alles unterlegt von einem alten Perserteppich und Kelleraroma. Bei näherem Hinsehen entdeckte ich einen Plattenspieler, drei Globusse, ein

Schaltpult mit blinkenden Lämpchen und einen krummen, karierten Rücken, der sich über den Schreibtisch beugte. Durch ein winziges, offen stehendes Fenster fiel ein wenig Licht, von einem Gitterrost in Streifen geschnitten. Erst jetzt sah ich, dass mehrere dicke Drähte vom Boden bis zum Fenster gespannt waren. Was sollte das? Voll der Technik-Freak.

»Was'n jetzt schon wieder, Mutter?« Der karierte Rücken drehte sich um. Nein, wir waren nicht »Mutter«. Vor Überraschung stand er auf. Oha. Ein harter Fall. Dünne braune Haare, die ihm bis auf den Kragen fielen. Brille. Oberlippenbärtchen, das er vermutlich ohne Brille nicht gesehen und deswegen stehen gelassen hatte. Kariertes Hemd und eine schwarze Cordhose, die vorne zu eng und an den Beinen zu kurz war. Das war der Dümpelmann? Der mit Dagmar geschlafen hatte, der uns aufkaufen würde?

»Was wollt ihr denn?«, sagte er zu meinem Busen. Ich brachte kein Wort über die Lippen. Marion streckte ihm wortlos das Hemd hin.

»Kommt ihr wegen der Nachhilfe?« Thorsten Dümpelmann nahm das Hemd, starrte aber weiterhin auf meine Brust.

»Nein!«, sagte Marion.

»Ja«, sagte ich. *Nachhilfe ist eine super Idee, Mr Superlover, aber bitte glotz nicht so.* »Na ja, eigentlich kommen wir wegen der Party.« Ich verschränkte die Arme vor der Brust. »Wir wollten fragen, ob du uns deine …« Mein Blick schweifte im Zimmer umher. Die drei Globusse oder Globuli oder wie auch immer die Mehrzahl hieß, würden wir nicht brauchen können. »… Boxen leihst … und die Kabel und was man so braucht. Für die Musik und so.«

Marion blieb stumm, stieß mich aber mit dem Ellenbogen hinter dem Rücken an.

»Das hier ist übrigens Marion, die Schwester von Dagmar, aus deiner Stufe«, sagte ich, während ich sein Gesicht beobachtete.

Er verzog keine Miene. »Dagmar sagt, du kennst dich so toll mit Musik aus.« Er zuckte mit den Schultern und zwängte seine Hände in die Taschen seiner Cordhose. Mein Gott, wenn er sich dabei sein *trauriges weiches und erbärmliches* Ding mal nicht ganz abklemmte …

»Das sind astreine Boxen, die haben ein duales System und der Verstärker ist von *Kenwood.*«

»Das ist ja stark«, sagte ich, um ihn zu ermutigen. »Dufte!« Ich hasste dieses Wort. »Wir wissen noch nicht genau, wann, aber auf jeden Fall findet die Party bei ihr zu Hause im *Café Zimt* statt!« Ich lächelte und zeigte noch mal auf Marion. »Wir sagen dann noch Bescheid.« Na also, so einfach war das.

»Nein.« Thorsten schüttelte den Kopf.

»Nein?«

»Wie komme ich dazu?«

Mist, Dagmar hatte ihn auf ewig verletzt mit ihrer blöden Lacherei.

»Na ja. Wir dachten …«

Plötzlich maunzte es hinter dem Schreibtisch und eine rote Katze schlich über den Perserteppich. Irgendwas war mit ihren Hinterbeinen nicht in Ordnung. Ohne uns eines Blickes zu würdigen, hinkte sie zu einem Hamsterkäfig auf dem Boden, bei dem man eine Seite entfernt hatte. Sie ging hinein, drehte und setzte sich und schaute mit ordentlich nebeneinandergestellten Vorderpfoten nach oben. »Was ist das denn?«, flüsterte Marion. Thorsten drückte auf einen Knopf, es brummte, die Drahtseile bewegten sich gegeneinander und der Käfig wurde langsam in die Höhe gehoben. »Nein«, jubelte Marion.

»Wie genial«, entfuhr es mir, obwohl ich Thorsten bis zu diesem Zeitpunkt als absoluten Nerd betrachtet hatte. »Sag nicht, das hast *du* gebaut?«

»Wie heißt sie?« Marion strahlte abwechselnd Thorsten und die Katze an.

»Günter Netzer. Wie der Fußballspieler. Der fährt auch lieber, als dass er läuft.« Günter Netzer schwebte durch den Raum auf das offen stehende Kellerfenster zu.

»Ich habe ihn vor unserer Terrassentür gefunden, angefahren, vermute ich.« Die Katze in ihrer Käfiggondel verschwand in der Höhe. »Oben gibt es einen automatischen Stopp. Dann kann er bequem aussteigen.«

Ooooh. Wie süß. Ich sah, dass auch Marion so dachte. »So was kannst du?«

»Na ja, vielleicht geht es doch.«

»Das mit der Musik?«

»Habe den Wagen von meinem alten Herrn in Ordnung gebracht. Hab ja seit letzter Woche den Lappen. Damit kann ich alles transportieren.« Er reckte sein Kinn in die Höhe und schniefte zweimal, um seinen Stolz zu verbergen.

»Meinst du echt? Das wäre ja genial.« Ich machte einen Schritt auf ihn zu. Was war mit mir los? Wollte ich Dagmars Entjungferer oder Fast-Entjungferer etwa umarmen? Er streckte mir förmlich die Hand hin, die ich kräftig schüttelte.

»Danke, Thorsten«, meldete sich nun auch Marion zu Wort. »Und schöne Grüße an Günter!«

»Ach ja, das mit der Abi-Rede tut Dagmar leid. Das ist wohl irgendwie falsch rübergekommen. Sie wird 'n Satz reinschreiben – extra für dich.« Meine rechte Hand war feucht von den Absonderungen seiner Handfläche. *Du wirst sie nicht abwischen, nein, du wirst sie nicht abwischen … reiß dich zusammen, Charlotte!*

Das fusselige Bärtchen verzog sich leicht abfällig. »Schon okay.«

Wir verließen den Raum, wir rannten die Treppe hoch, schossen durch den Laden an seiner Mutter vorbei und hinaus auf die Straße.

»Günter Netzer«, prustete ich. »Das war ja obercool!«

»Ja schon. Aber Scheiße! Was sollte denn das mit der Rede? Und auch noch 'ne Party?

»Ja!«

»Sag bloß, du hast so was wie einen Plan?«

»Wir müssen ihm den Brief schicken, der hinten in Dagmars Tagebuch steckt. Und natürlich noch eine fette Entschuldigung hineinschreiben. Er liest ihn, er verzeiht ihr, sie erwähnt ihn in ihrer Rede, die sie ihm ja offensichtlich aus Rache ganz fies weggeschnappt hat, und dann kommen sie sich auf unserer Party näher!«

»Und wenn er sie auf die Entschuldigung im Brief anspricht?«

»Ich schreib das so, dass er das nicht tut. Keine Angst, ich kann Handschriften unheimlich gut nachmachen. Vielleicht schaffen wir das noch, bevor DDD wieder aus der Bibliothek zurück ist.« Ich schwang mich auf das alte Damenrad, um Marion davonzufahren. Irgendwie sah die alte Gurke richtig cool aus. Retro-Style. Manchmal machte 1980 richtig Spaß.

Dagmars kreischende Stimme war schon zu hören, sobald wir die Haustür aufschlossen. »Shit, von wegen drei Stunden, leider ist sie schon zurück. Das mit dem Brief machen wir bei der nächsten Gelegenheit!«, raunte ich.

»Ich schaue mal, ob Vati mich braucht«, sagte Marion und wollte in der Backstube verschwinden. Doch ich hielt sie zurück. »Und was ist mit Mathe morgen?«

»Oh, nee, kein Bock jetzt!«

»Oh doch, mein Fräulein!« Hey, ich konnte das so gut wie Mama in der Zukunft.

»Na gut. Aber Zucker muss mitkommen!« Gemeinsam stiegen wir die Treppe hoch. In ihrem Zimmer versuchte ich, meine neuen Erkenntnisse, die ich an diesem Morgen bei Herrn Hirschfelder, pardon, Herrn Dr. Hirschfelder – so viel Zeit muss sein –, gesammelt hatte, an Marion weiterzugeben. Ganzrationale Funktionen einzeichnen, binomische Formeln anwenden, f (x) für unendlich und gegen null ausrechnen, von der Scheitelpunktform in die Normalform umwandeln. Doch Marions Bereitschaft zu üben war nicht gerade überschäumend. Erst sortierte sie endlos ihre Stifte, spitzte dann noch einen Bleistift, legte alles ordentlich auf den Tisch, war aber unkonzentriert. Zweimal fiel ihr der Füller vom Tisch, einmal sogar das Federmäppchen. Während ich ihr etwas erklärte, streichelte sie Zucker ausgiebig, daraufhin malte sie die Ziffern der Gleichungen in aller Ruhe von meinem Zettel ab.

»Mensch, Charles, wir haben ja genau dieselbe Schrift«, sagte sie kichernd, um anschließend mit einer ganz dummen Frage wieder von vorne mit dem Thema anzufangen. *Mensch, Marion, du bist noch schlechter, als ich dachte,* brummelte ich lautlos vor mich hin, während ich den Kopf schüttelte. »Was hast du bis jetzt an Noten geschrieben?«

»Fünf. Fünf.«

»Also brauchst du mindestens ’ne Zwei, um noch auf eine Vier im Zeugnis zu kommen.«

»Schaffe ich eh nicht.«

Das Telefon klingelte und Marion wurde gerufen. »Anne ist dran!«

Es dauerte endlos, bis sie zurückkam. Ich war wütend. Nach einer weiteren Stunde des Übens gab ich auf.

10. KAPITEL

8. Mai 1980, morgens

Ich schreckte hoch. »Zucker!«

Zuckers Kopf war direkt vor meinem Gesicht, hechelnd blies er seinen Hundekuchen-Atem in meine Nase. Ich schaute mich um, das Herz hämmerte in meiner Kehle, ich hatte irgendeinen Mist von einem schwarzen Loch geträumt, durch das ich durch die Zeit fiel. Doch der Himmel war unschuldig blau, die Vögel zwitscherten ungerührt und eine unversehrte Marion huschte in diesem Moment zum Schrank, um ihr morgendliches Latzhosen-Auswahl-Ritual zu begehen.

Ich stützte meinen Ellbogen auf, strich Zucker über den Kopf und atmete ein paarmal tief ein und aus. Mein Herzschlag beruhigte sich langsam. »Ja, du bist ein feiner Hund, ein feiner Zuckerhund …!« Ich befand mich zwar immer noch im Jahr 1980, aber es gab eine reelle Chance, dass ich bald zurückkehren würde und bis dahin ein paar ziemlich wichtige Sachen in Angriff genommen hätte. Doch vor allem: Ich lebte! Marion schaute mir lächelnd zu. »Schlecht geträumt? Du hast mit den Zähnen geknirscht und dann geschrien …! Zucker ist sofort aufgesprungen, bereit, dich zu retten.« Sie sah blass aus.

»Wie süß von dir, Zucker, aber jetzt mach Platz, ich muss mich beeilen.« Mit diesen Worten verschwand ich über den Flur in das kleine piefige Bad, das ich mir auch heute noch mit Mama teilte. Immerhin hatten die Kacheln in meiner Zeit keine Blümchenapplikationen mehr.

Als ich wieder zurückkam, schlüpfte Marion gerade in ein rosagraues T-Shirt-Kleid, das einen beträchtlichen Teil ihrer leicht gebräunten Oberschenkel sehen ließ.

»Hey hey, das sieht doch endlich mal *heiß* aus!« Ich zog die Augenbrauen hoch und schaute genauer hin. »Seltsame Farbe, passt aber gut zu deinen dunklen Haaren.«

»Das war eigentlich mal rot, als ich es gefärbt habe, ist aber durch das viele Waschen ein bisschen ausgebleicht. Ich nenne die Farbe Asche-der-Rosen, wie in dem Buch *Die Dornenvögel.* Meggie trug auch immer Kleider in dieser Asche-der-Rosen-Farbe.«

»Kenne ich nicht. Aber willst du ohne BH gehen? Man sieht ja alles durch.«

»Echt? Mein Busen ist doch so klein. Guckt da überhaupt einer hin?«

»Hallooo? Natürlich!«

»Ach je! Mich stört das nicht besonders. Außerdem habe ich gar keinen Büstenhalter, allein das Wort ist grässlich! Ich ziehe ein Unterhemd drunter.«

»Hat das was mit diesem komischen Aufkleber über deinem Bett zu tun?«

»Ja, das ist das Zeichen für Frauenpower. Gegen die Unterdrückung durch den Mann und das Patriarchat!«

»Aha. Aber wenn ›der Mann‹ alles zu sehen bekommt, dann guckt er doch erst recht!«

»Soll ich mich als Frau nur deswegen einengen, damit er nicht glotzen muss? Oder soll ich etwa gleich Reizwäsche tragen? Als emanzipierte Frau muss ich das ablehnen!«

Ich konnte mir ein Grinsen nicht verkneifen. *Heute hast du ganze Schubladen voller ›Reizwäsche‹. Strings und Slips und Push-ups, in Schwarz und Rot. So 'n kleiner Push-up würde dir übrigens auch nicht schaden, aber der ist bestimmt noch nicht erfunden …*

»Na, ich mein ja nur, ich jedenfalls würde mich ohne BH nicht aus dem Haus trauen«, wiederholte ich.

»Mmmh«, machte Marion, sie stand prüfend vor dem Spiegel.

»Auf jeden Fall solltest du öfter so was Kurzes anziehen, bei deinen Beinen! Echt der Hammer!« Ich grinste.

Marion war ein bisschen rot geworden und kramte in den Tiefen des Kleiderschrankes herum, wahrscheinlich, um mich nicht ansehen zu müssen. »Ach, das ist doch nur ein altes Herrennachthemd, was ich da trage, habe ich auf dem Flohmarkt gekauft und dann gefärbt. Gleich zwei Stück, hier, wenn du magst.« Sie kam wieder hervor und hielt mir ein zweites Nachthemd in Hellgrün hin.

»Nee, lass mal, bei meinen weißen Stampfern.« Zum Beweis haute ich mir auf meine Oberschenkel, die neben denen von Marion noch untrainierter als sonst wirkten. »Ich bleibe lieber bei der Gymnastikhose von gestern.«

»Ach, so schlimm sind die überhaupt nicht, du hast eben schwere Knochen«, sagte Marion leichthin.

»Schwere Knochen?«, kam es hämisch von der Tür.

»Dagmar, du Blöde … lass uns in Ruhe!«

»*Es sah so herzzerreißend, weich und gleichzeitig erbärmlich aus*«, flüsterte ich mit trauriger Stimme, sodass Marion schallend auflachte.

»Mann«, sagte sie, als sie wieder zu Atem kam. »Die kann echt gemein sein! Allein das Teil *Es* zu nennen …«

»Aber sie hat ja recht, schwerere Knochen als du habe ich wirklich nicht. Guck!« Ich hielt mein Handgelenk neben ihres. »Und hier, an den Fesseln!« Wir verglichen den Umfang unserer Beine auf Höhe der Fußknöchel. »Fast kein Unterschied«, gab Marion zu.

»Aber bei uns *muss* man dünn sein und sportlich! Und ich mache keinen Sport, fahre nicht mal Fahrrad und esse so gerne. Hast du ja beim Abendessen gesehen und vorgestern in der Backstube … Wie schaffst du das eigentlich, beim Backen nicht dauernd zu naschen?«

»Weil ich dann glücklich bin, da brauche ich nichts anderes als alle Zutaten um mich herum und meine Ideen im Kopf!«

Ich glaubte ihr sofort.

»Ich esse ja eigentlich nicht wenig, aber ich weiß, warum ich so dünn bin.« Der Glanz aus Marions Augen war verschwunden und ein bedrückter Ausdruck machte sich stattdessen darin breit. »Ich übergebe mich …«

»Nein! Das glaube ich jetzt nicht! Du steckst dir den Finger in den Hals?« Ich ging einen Schritt auf Marion zu. »Das ist echt nicht *funny*, Marion. Skinny-Charlene und Sydney-Aurelia aus meiner Klasse machen das, die sind echt krank!«

Marion schüttelte den Kopf. »Sydney-Aurelia«, flüsterte sie vor sich hin. »Ach du grüne Neune.«

»Macht sie aber auch nicht netter«, murmelte ich. »Aber jetzt noch mal zu deiner Kotzerei, das ist ja echt Horror!«

»Ich mache das nicht absichtlich, was denkst du denn? Kurz bevor ich morgens zur Schule losgehe, muss ich mich eben manchmal übergeben … also oft. Und jetzt ist mir auch schon wieder schlecht. Mutti sagt, ich hätte momentan einen nervösen Magen.« Sie legte die Hand in Höhe des Zwerchfells auf ihr sexy Minikleid.

»Was ist am Wochenende, am Samstag, am Sonntag? Passiert dir das da auch?«

»Nein.«

»Siehst du. Das ist wegen Mathe heute! Pure Angst!«

»Boah. Erinner mich nicht an Mathe!« Sie legte eine Hand auf den Magen. »In der Orientierungsstufe ging es ja noch, aber seit der siebten Klasse werden meine Noten immer schlechter. Wenn ich vor einer Arbeit sitze, herrscht totale Finsternis in meinem Kopf. Ich bin eben dumm und so schlau wie Dagmar werde ich sowieso nicht mehr. Reicht ja, wenn eine in der Familie die Schlaue ist!«

»Die Schlaue … Pah, so ein Quatsch! Du tust ja auch nicht wirklich was für die Schule!«

»Aber ich lerne doch fast jeden Nachmittag!«

»Ja, aber wie … Von der ganzen Schönschrift scheint in deinem Kopf nicht viel hängen zu bleiben. Sorry!«

»Pff. Lass mich doch meinen eigenen Kram machen!«

Ja, das haben wir ja gesehen, was dabei herauskommt. Da wird der Film deines Lebens gedreht, und du weigerst dich, die Hauptrolle zu spielen.

Plötzlich fiel mir etwas ein. »Sag mal, wenn ich die Arbeit heute mitschreibe, brauche ich dann nicht noch ein Heft?«

»Nein, der Hirschfelder liefert das Papier immer gleich mit, so karierte Bögen, die wir dann nachher in eine Mappe heften. Der will das so.«

»Umso besser …«

»Scheiß-Kurvendiskussion. Das braucht doch keiner! Werde ich später jemals sagen: Oh, lass mich eben schnell diese Kurve bestimmen, dann wissen wir mehr? Wohl kaum. Wenn ich sitzen bleibe, werde ich einfach abgehen, habe ich beschlossen. Hab's den Eltern zwar noch nicht gesagt, aber ich übernehme den Laden ja sowieso. Je eher, desto besser, oder? Und jetzt macht es ja noch mehr Sinn, wenn wir den Dümpelmann vom Aufkaufen abhalten.«

»Ha, LOL!«

»Wie ›Loll!‹? Was soll das schon wieder bedeuten?«

Ich atmete geräuschvoll aus. »Das ist eine Abkürzung und steht für: *Laughing out loud.* Heißt frei übersetzt so ungefähr: Ich bepiss mich gleich vor Lachen.« Mit Genugtuung sah ich, wie Marion zusammenzuckte.

»Nicht? Ich übernehme den Laden *nicht?*« Ihre Augen wurden riesig und natürlich kamen sofort die Tränen. Sollte ich jetzt Mitleid mit ihr haben? Nein, sie brauchte Ehrgeiz, und zwar an der richtigen Stelle!

»Hallo? Wie wär's mit 'nem kleinen bisschen Nachdenken ab und zu? Wenn du sitzen bleibst und abgehst, hast du nur einen Hauptschulabschluss!« *Den Dagmar dir auf ewig unter die Nase reibt.*

»Ja, aber ich will doch sowieso nach Paris.« Schon wühlte sie mit leuchtenden Augen in der Schreibtischschublade, in der ich im Jahr 2015 meine Comic-Zeichnungen versteckte.

»Wirklich? Das schaffst du aber nicht, wenn du so weitermachst …«

»Hier.« Marion hielt mir einen säuberlich ausgeschnittenen Zeitungsartikel unter die Nase.

»Meister der Schokolade«, las ich laut. Schnell überflog ich den Text.

Der Franzose Gaston Gerardine (52) hat der staunenden Fachwelt am gestrigen Dienstag in Aachen einige Neuigkeiten aus dem Bereich des Konditorwesens präsentiert. In den Räumen der Handelskammer stellte er an mehreren Ständen sein Können zur Schau. Innungschef Lammers *(Café Ebert)*: »Gerardine nimmt uns die schwere Buttercreme und ersetzt diese durch leichtere Zutaten und frische Früchte.« 1969 eröffnete Gerardine seine Versuchsküche in Argenteuil, einem Vorort von Paris. An der von ihm gegründeten *École Gerardine* bildet er seit 1971 auch Konditoren aus dem Ausland in der Fein- und Zuckerbäckerei aus. Die Ausstellung in der Handelskammer ist noch bis Samstag, den 12. Januar geöffnet.

»Und? Wie findest du das? Ach, ich würde soo gerne auf diese Schule gehen, Charles!«

»Ich finde das 'ne supertolle Idee!«

»Meinst du!?« Sie kicherte überrascht.

»Dazu brauchst du aber gutes Französisch, Madame! Und denk bloß nicht, dass du das Geschäft hier eine Etage unter uns ohne Grundrechenarten, Prozentrechnen, Buchführung und den ganzen Kram führen kannst. Willst du Dagmar etwa diesen wichtigen Teil deines Lebens überlassen? Willst du sie um Geld anbetteln müssen, weil du zu faul zum Lernen bist?«

»Ach, bitte verrat mir noch mehr über die Zukunft, Charly,

das ist sonst gemein!« Marion hopste auf der Stelle. »Mir ist auch gar nicht mehr schlecht.«

»Mensch Marion, du bist doch nicht doof! Warum versuchst du nicht, noch drei Jahre durchzuhalten und einen guten Schulabschluss zu machen? Mit deinem Hauptschulabschluss wirst du dich immer minderwertig fühlen, ganz besonders vor Leuten wie Dagmar, *so viel* verrate ich dir gerne!«

»Ich gehe nach Paris …«

Mist, wenn sie nach Paris abhaute, würde sie womöglich niemals den französischen Maler in Godesbach treffen. Und mein Vater würde nicht mein Vater. Plötzlich merkte ich, wie sehr ich ihn immer vermisst hatte. Vielleicht bekam Marion die ganze Sache mit der Liebe nach meinem Besuch ja besser hin. Oder hatten wir schon zu viel verändert? Mein Gott, ich musste ihr unbedingt die verregnete Maiwoche im Jahr 1999 ans Herz legen …

»Ja, kann sein. Aber nur, wenn du lernst.«

Marion lächelte mich schüchtern an und zog die Nase hoch. »Wir machen einen Vertrag: Du zeigst mir, wie ich lernen soll, und ich halte dich vom übermäßigen Futtern ab.«

»Na, nenn es ruhig übermäßiges Fressen!«

»Wir können auch zusammen auf den Trimm-dich-Pfad gehen! Haben sie jetzt angelegt, hinten am Stadtgarten! ›Ein Schlauer trimmt die Ausdauer.‹ Da gibt es sogar so Karten zum Ausfüllen und als Belohnung Anstecknadeln!«

»Mega! Das hört sich absolut verlockend an!«

»Ja, nicht?«

»Oh Mann, ich krieg voll die Krise, wenn das am 6.6. nicht mit dem Sprung klappt! Aber abgesehen davon: Damit du meinen Humor verstehst, müsste ich mindestens drei weitere Jahre bleiben.«

Marion rollte mit den Augen, doch sie lächelte.

11. KAPITEL

8. Mai, immer noch morgens

»Heute kannst du dir das mit dem Kotzengehen sparen«, sagte ich, während ich mich an den Frühstückstisch setzte. Marion warf mir einen leidenden Blick zu und mümmelte an ihren trockenen Haferflocken.

»Ich weiß, dass du mindestens eine Drei schreiben wirst. Du musst nur machen, was ich dir sage!« Wenn ich sie zu früh in meinen Plan einweihte, wäre er nicht mehr durchführbar. Also schmierte ich mir ein Brot und tat so, als läse ich die Beschriftung der Haferflockenpackung, die ich schon auswendig kannte. Seufzend dachte ich an die süßen Crunchy-Nut-Cornflakes, die ich morgens so liebend gerne aß. Manchmal gleich zwei Portionen. Oder drei. Egal. Der viele Zucker machte fett. Aber dieses Schwarzbrot hier in meiner Hand, mit einem Hauch Butter und Honig, war auch sehr lecker. Zwanzig vor acht. In ein paar Minuten mussten wir los.

»Du musst nur machen, was ich dir sage!«, wiederholte ich. Marion schaute nicht einmal auf. »Versprich mir das! Und kein Rumgezicke!«, flüsterte ich, weil Dagmar in diesem Moment erschien und mich mit einem argwöhnischen Blick durchbohrte, bevor sie sich mit ihrem ganzen Gewicht auf die Eckbank plumpsen ließ. »Hallo, mein Zucker-Hund«, säuselte sie, streichelte dem Hund zärtlich über den Kopf und goss sich Tee ein. Sehr gut! Schnell stopfte ich mir den Rest der Brotscheibe in den Mund, rannte nach oben in Dagmars Zimmer und nahm den Brief aus dem Tagebuch an mich. *Oh, DDD, wer hätte gedacht, dass ich mich irgendwann so dafür einsetzen würde, dass du ein zufriedenstellendes Liebesleben hast …*

»Und wie schreibe ich jetzt keine Fünf?« Marion beobachtete, wie der Stapel Arbeitsblätter von Bank zu Bank weitergereicht wurde und sich uns langsam näherte. Ihr Blick war angsterfüllt, als ob sie gleich in Ohnmacht fallen wollte. Jeder Schüler hatte bereits einen karierten leeren Bogen auf dem Tisch vor sich.

»Scheiße, ich kann das nicht. Die Fünf in Mathe wäre dann die zweite in meinem Zeugnis.« Sie schniefte, kurz vor dem Heulen. »Dann habe ich nicht mal den Realschulabschluss.«

So, jetzt war der richtige Zeitpunkt gekommen: »Also«, sagte ich leise, ohne Marion dabei anzuschauen, »du schreibst heute unter meinem englischen Namen, als Charlotte Potter, und dann gibst du einfach ab. Los geht's!«

Verzweifelt schaute sie zwischen mir und dem kleinen dicken Doktor hin und her, der alles von seinem Pult aus überwachte.

»Fürs bessere Zeugnis«, sagte ich halblaut, lächelte Herrn Dr. Hirschfelder zu und machte mich über die erste Aufgabe her. Aus den Augenwinkeln sah ich, dass auch Marion anfing zu schreiben. *Geht doch.*

Eine halbe Stunde später war ich fertig. Wie *easy* war das denn? Nachdem ich dreimal alles gegengecheckt hatte, drehte ich mich um. Der Rest der Klasse hielt die Köpfe über die Hefte gebeugt oder stützte die Stirn verzweifelt in den offenen Handflächen auf.

Alle, bis auf Willi, abgeleitet von »armer Willi«, ein hochbegabter Außenseiter mit immergrünem Pullunder und eng stehenden Augen. Der war offensichtlich auch schon fertig. Ohne mich wirklich zu sehen, starrte er mir ins Gesicht, während er mit fliegenden Fingern die Partituren in seinem Kopf spielte. Auf seinem Pult. Ich grinste ihm zu. Ein Nerd. Ein Mathe- und Klavier-Nerd.

Ich scannte den Rest der Jungen. Sie ließen sich in drei Kategorien aufteilen: Die erste war ein seichter Abklatsch vom armen Willi. Sie waren so brav angezogen, dass ich schlechte

Laune bekam, als ich sie der Reihe nach musterte. Bis auf den letzten Knopf geschlossene Hemden, nur ab und zu mal ein T-Shirt. Ihre Jeansjacken sahen allesamt aus wie von *kik* oder *Primark*, den billigsten Klamottenläden aller Zeiten.

Die zweite Kategorie bildeten Konrad und seine Jungs. Konrad war einer dieser Typen, die immer zwei, drei Leute um sich herum brauchten, um sich großartig zu fühlen. Bei ihm waren es »der Tennisspieler«, der nur weiße *Lacoste*-Hemden trug, »der Mitläufer«, der Konrad die Stichworte gab, und der stolze Besitzer eines dunkelroten Aktenkoffers, der bei mir »der Aktenkoffer« hieß. Sie unterschieden sich klamottenmäßig nicht wirklich von den Braven, dissten sich untereinander aber ausdauernd und mit viel Einfallsreichtum. An diesem Morgen hatte ich beobachtet, dass es unter ihnen kein Abklatschen, kein Faust an Faust, kein freundschaftliches, kurzes Schulterrempeln gab, wie es bei den Jungs aus meiner Klasse üblich war. Dafür stießen sie sich heftig herum, hauten einander Schultaschen oder Aktenkoffer gegen die Köpfe oder nahmen sich in den Schwitzkasten. Was hatten die für Probleme? Die Schwitzkastenzeit war bei unseren Jungs schon nach der fünften Klasse vorbei gewesen.

Die dritte Gruppe war wesentlich kleiner als die erste, doch genauso unattraktiv. Das waren »die Alternativen«, wie Marion sie nannte. Heute würde man vielleicht Hippies oder Ökofreaks sagen. Sie prügelten sich nicht, sondern umarmten sich minutenlang oder hockten an den unmöglichsten Stellen in der Schule im Schneidersitz auf dem Boden herum. Ihre Zigaretten waren selbst gedreht, den Tabak bewahrten sie mit Vorliebe in kleinen Ledersäckchen auf, die sie am Gürtel trugen. Ein Duft nach Räucherstäbchen und Patschuli umgab sie, sie trugen weiße Schlabberhemden, darüber lange gestrickte Westen und schlangen sich gerne Holzperlen oder Yin-und-Yang-Anhänger an Lederbändern um den Hals. Ihre Schuhe waren die mit den runden Kappen, die es auch heute noch in streng geführten Ökoläden gab. Die Schuhe nahmen den Alternativen endgültig ihre männliche Würde.

»So, kommt zum Ende!« Allgemeines Gemurmel brandete auf. Der kleine Hirschfelder strich selbstzufrieden über seinen struppigen Bart und schlenderte zum Lehrerpult. Marion schüttelte den Kopf, während sie an ihrem blauen *Geha*-Füller kaute, der am Ende schon ganz grau und eingekerbt war. Schließlich schmiss sie ihn auf den Tisch.

»Ich verstehe das nicht, wie kannst du nur so ruhig sein? Das war Betrug! Und ich habe auch noch mitgemacht …«

Marion lief auf dem Schulhof hin und her und raufte sich die kurzen Haare, bis wirklich alle nach oben standen.

»Bisschen tricksen müssen wir schon! Das war eine kleine Maßnahme, die große Auswirkungen auf dein weiteres Leben haben wird!« Ich grinste zufrieden. Das, was ich da gerade im Namen von Marion Zimt abgeliefert hatte, würde mindestens eine Zwei werden, da war ich ziemlich sicher. Die Arbeit war fair gewesen. Wenn unser Mr Cook doch auch so ticken würde wie Hirschfelder. Aber nein, der baute immer ganz fiese Haken rein, meistens schon bei Aufgabe zwei. »Und das ist erst der Anfang! Am besten, wir schreiben zu Hause gleich eine *to do list.* Erstens: Marion muss in der Schule besser werden. Zweitens: Dagmar und Dümpelmann zusammenbringen. O Mann, es gibt so viele Sachen, die wir bedenken müssen!«

»Hört sich gut an. Ich liebe Listen.« Marion blieb stehen. »Aber wie stellst du dir das mit dem Dümpelmann vor? Du willst doch nicht wirklich diese Party machen?«

Ich zeigte auf ihr verrutschtes Halstuch und das freigelegte Stück Hals darunter. »Das ist ja wohl ein Knutschfleck, gib's zu!«

Sie grinste.

»Von wem? Sag! Doch nicht Matti?«

Sie schüttelte den Kopf, grinste aber immer noch.

Nee, nee, nee, meine Mutter, was für eine kleine … bitch *würde man bei uns sagen.* Doch ich musste lachen. »Um deine Frage zu beantworten: Klar werden wir die Party machen. Und zwar so, dass Dagmar mit Dümpelmann eine zweite Chance bekommt. Und wo geht das besser als zu Hause, im eigenen Zimmer?«

»Oh nee. Vergiss das mit der Party!«

»Das wird dufte!«

Marion warf entnervt den Kopf in den Nacken. »Sonst noch was?«

Ich tätschelte Marion, aber nur an der Schulter: »Jetzt chill mal! Dein Zeugnis ist so gut wie gerettet, ganz easy. Und Thorsten und sein Kater sind ein bisschen *strange*, aber doch gar nicht so schlimm.«

Mir knurrte der Magen. 1980 machte hungrig. »Geht ihr manchmal auch zu Mc's?«, fragte ich Marion.

»Meckes? Wer soll das denn sein?«

»*McDonald's*? Hamburger, Pommes, McNuggets?«

»Kenne ich nicht.«

Ich unterdrückte einen Seufzer, einen großen Seufzer.

»Ach doch, warte. Ich glaube, in Köln gibt es jetzt so einen Laden. Aber dieses amerikanische Zeug werde ich niemals essen!«

Nein … natürlich nicht! Fast jeden Tag holst du dir dort einen abgepackten Salat. Wieder wurde mir klar, dass ich in einer verdammten Zeit festhing, in der ein tröstender Vanille-Milchshake Lichtjahre entfernt war.

»Komm, wir gehen mal zu den Jungs rüber«, sagte ich zu Marion, als wir dreimal im Kreis gelaufen waren und ich vergeblich nach Matti Ausschau gehalten hatte. Warum interessierte der mich eigentlich so? Und Marion scheinbar gar nicht.

»Zu denen rübergehen? Nee. Muss das sein?«, fragte Marion, die nach ihrem Kindermädchen Anne suchte. Die beiden hatten nicht nur am Telefon, sondern auch in der Schule dauernd etwas miteinander zu bereden. Na ja, meistens flüsterten sie miteinander, was mir auf die Nerven ging. »Ich mach das schon. Relax und hör zu!«

»Haha, hör zu! So heißt unsere Fernsehzeitschrift.«

»Es gibt 'ne extra Fernsehzeitschrift? Für die drei Programme?«

»Das ganze Radioprogramm ist da auch drin!«

»Ach so, das ganze *Radioprogramm* ist da auch drin! Deswegen … Wow!«

Marion stieß mir unsanft in die Seite, als ich losjubelte, doch sie lachte dabei. »Blöde, arrogante Kuh!«

»Danke! Bei uns würde man jetzt einfach nur *bitch!* sagen.« Wenn ich ein Handy gehabt hätte, hätte ich es in diesem Moment hervorgezogen, um mit Marion ein Selfie zu machen. Wir beide mit rausgestreckter Zunge und irgendwelchen Grimassen. Aber kein Handy, kein Selfie.

»Sei ruhig«, zischte Marion, doch ich zog sie gnadenlos an ihrem Handgelenk hinter mir her und steuerte auf Andreas Killerhahn zu, der mit zwei anderen Jungen unter einem der Bäume stand und an seinem Brot kaute. Nicht zu fassen, die aßen tatsächlich die Brote, die ihnen jemand zu Hause schmierte. Das war so uncool, dass es fast schon wieder niedlich war. Wieder fiel mir auf, über was man alles nicht reden konnte. *YouTube*-Videos, lustige *Vines,* irgendein Schrott von *Facebook*. Fiel alles weg! Hier vergingen Jahre, bis man endlich wusste, was cool oder megageil war. Und auch bis man wusste, was totale Scheiße oder schon wieder out war. Wahrscheinlich waren die deswegen so total entspannt. Krass.

Ich wandte mich Andreas Killerhahn zu. Den Namen hatte ich mir merken können. Er hatte einen unglaublich großen Mund, in dem sich viel zu viele Zähne wie Zuckerwürfel aneinanderreihten. In der Zukunft hätte er damit wahrscheinlich ein erfolgreicher Comedian werden können. Im Jahr 1980 trug diese Kombination ihm nur den Namen »Killerzahn« ein. Ich begann auf Englisch, um meinen Status als faszinierende Engländerin etwas auszubauen: *»Sorry, hope not to bother you!* Äääh m, ich würde gerne wissen: Wir machen bald eine Party und wollten fragen, ob ihr habt Zeit?« Okay, vielleicht etwas weniger Akzent … ich hörte mich ja an wie Bruce Darnell.

»Eine Fête?«, fragten die drei im Chor.

Marion verdrehte die Augen und schaute mich anklagend an. *Hey, bisschen mehr Dankbarkeit! Das mache ich alles nur, um dein Leben in Ordnung zu bringen.*

»Ja, eine Fete, *a party, as you like it.* Wir haben da aber eine kleine Problem, einige der Mädchen wollen nur kommen, wenn ihr auch kommen, äh kommt!«

Marions Augen wurden immer größer, sie drehte sich schnaufend weg von den Jungs und ich sah, wie sie ihre Hand auf den Bauch legte und sich vorbeugte, als ob sie sich gleich übergeben müsste.

»Und wann soll die Party steigen?«, fragte Andreas und zeigte viel Zahn.

»Steigen? Äh, also, in *any case* vor de Sommerferien, wenn de Stress mit de Zensuren ist vorbei, aber noch keiner ins Zeltlager zum Singen muss.« Die Jungs lachten und starrten mich an. Fanden die mich jetzt cool? Scheißegal, doch mein Einfall mit der Party für Dagmar und Dümpelmann machte mir gerade richtig Spaß.

»Aber eine Sache ihr müsst noch wissen …« Die drei streckten die Hälse vor wie neugierige Lämmchen, selbst Marion hatte sich umgedreht und war wieder bei uns.

»… das ist alles *top secret*. Geheimer Ort, nur die coolste Leute, Musik, Getränke, aber eben nicht für alle! Sagt es also nicht weiter, *and wait for more information!«*

Die Jungs nickten beeindruckt. »Das bleibt *top secret!* Ich hab's gerafft!«, sagte Killerzahn. Auch die anderen beiden beteuerten, alles geheim zu halten.

»All right, see you!« Mit einem, wie ich hoffte, grandiosen Lächeln warf ich meine Haare über die Schulter und wandte mich zum Gehen. Marion kam hinter mir hergelaufen, ich tat, als bemerkte ich sie nicht, sondern schaute geradeaus. Hinten am Schultor hatte Konrad gerade den dicken Ecki in der Zange und schleifte ihn hinter sich her. Angeblich waren Konrads Eltern streng katholisch und er der einzige Sohn, auf dem alle Hoffnungen lagen. Deswegen war er so *aggro*, und er brauchte die Pausen, um sich abzureagieren. Jetzt schaute er auch noch rüber zu mir und grinste dreckig. Na, wenn das nicht ein typischer Fall für mich, die angehende Streitschlichterin, war. *Los, hin, Charlotte, worauf wartest du noch? Nein danke, Frau Mansky. Nicht in 1980.*

Er starrte mich immer noch an, Ecki hatte jede Gegenwehr eingestellt. Ein dicker Brummer in einer fleischfressenden Pflanze. Ich drehte mich um und entdeckte Matti am Fahrradstand. Hatte der etwa schon aus? Marion sah ich nicht mehr, war wahrscheinlich eingeschnappt. Das bedeutete freie Bahn.

Mein Herz klopfte völlig albern und völlig laut, dennoch fummelte ich in gebeugter Haltung an meinem Fahrradschloss herum, bis Matti mit seinem Fahrrad dicht an mir vorbeiging.

»*How does this work, damned shit?*«, sagte ich halblaut vor mich hin, kam hoch, drehte mich um und blickte mit ratloser Miene voll in seine Augen.

Er stoppte und sah mich fragend an. »Was?«

»Oh sorry, ich habe mich gerade gefragt, wo ich richtig professionell kann schwimmen lernen«, antwortete ich mit ernstem Gesicht, »ich brauche unbedingt eine gute *style* und Kondition, wie sie haben die Leistungsschwimmer!«

»Warum so dringend?«

»Um einen Jungen in England zu beeindrucken! Einen duften Jungen. So sagt man das? Oder?« Jetzt lächelte ich und raffte meine Haare zu einem Knoten zusammen, nur um sie dann wieder fallen zu lassen. Das hatte ich Mila Kunis abgeschaut, bei der wirkte das immer unheimlich sexy. Ich kam mir überhaupt nicht blöd dabei vor, sie zu imitieren. Lag wohl an dem Zeitsprung.

»Wir trainieren immer montags und freitags.« Er nannte mir die genauen Trainingszeiten, mit unnachahmlichem finnischen Akzent und einem kleinen Lachen in den Augen. Ich verstand schon, warum Marion ihn toll fand. *Ach Timo, ich hab dich doch nicht vergessen, ich tue das nur für dich!* »Vielleicht schaue ich am Freitag gleich vorbei.«

Er winkte zum Abschied und schwang sich auf sein Rad.

Wie auf Befehl gongte es zur fünften Stunde, als Marion neben mir auftauchte und explodierte: »Sag mal, wir haben noch gar nichts geplant und du lädst hier schon die Leute ein! Bist du vom Wahnsinn umjubelt? Wie wäre es, mich auch mal vorher zu fragen?«

Ich atmete auf, sie hatte mich nicht mit Matti gesehen. Nicht dass ich was von ihm wollte … Ich setzte nun doch mein Streitschlichter-Gesicht auf, das ich mir gerade ausgedacht hatte: »Diesen bescheuerten Vom-Wahnsinn-umjubelt-Ausdruck benutzt du heute noch!«

Doch Marion war anscheinend nicht gut drauf, sie schubste mich die Treppe hoch und zog mich dann in das Mädchenklo. Kaum hatte sie die Tür hinter sich geschlossen und durch ein kurzes In-die-Hocke-Gehen kontrolliert, ob niemand außer uns im Raum war, legte sie los: »Ich will aber keine Party machen! Und schon gar nicht bei uns zu Hause.«

»Mein Gott, nun chill mal! Warum denn nicht? Wir tun das, um Dagmar zu verkuppeln und das Café zu retten. Unser Café! Schon vergessen? Und ein bisschen Spaß könnten wir doch trotzdem haben. Indem wir verbreiten, dass das ein Geheimnis ist, wird es sich rumsprechen wie *eine laufende Feuer* …!« Ich grinste über meinen herrlich blöden Ausdruck mit perfekt englischem Akzent.

Marion schüttelte den Kopf. »Und wer soll dir eigentlich dieses bekloppte Englisch-Deutsch abnehmen?«

Ich lachte: »Du wirst sehen, das wird der Hammer! *Yeah!*«

»Ich weiß, dass wir alles so gut wie möglich für Dagmar und diesen schrecklichen Thorsten vorbereiten müssen.«

»Hey, was er für Günter Netzer gebaut hat, war toll!«

»Stimmt«, gab Marion missmutig zu und betrachtete ihre Raupen-Augenbrauen in einem der Spiegel über den Waschbecken.

»Sie mögen beide diesen Technikkram, sie sind gut in Deutsch. Wahrscheinlich passen sie wirklich genial zueinander.«

»Oh Gott. Ich muss kotzen.«

»Marion!« Ich schnalzte mit der Zunge und lachte. *»Language!«* Das sagte unsere Englischlehrerin immer, wenn einem von uns ein *fuck* im Unterricht herausrutschte.

»Ja, is' ja alles richtig. Aber muss die Party ausgerechnet im Café sein? Das erlaubt Mutti nie!«

»Das heißt, Opa schon?«

»Nee, der auch nicht! Meine Güte, Charles, ich habe noch nie eine Party gemacht! Du etwa?«

Nein. Am liebsten hätte ich sofort alles wieder zurückgenommen. *Aber hallo? Charlotte? Du bist im Jahr 1980. Niemand kennt dich.*

Statt einer Antwort winkelte ich meine Ellenbogen an, ballte meine Fäuste vor der Brust, bewegte sie schnell vor und zurück und machte ein paar ultraschnelle Hüftbewegungen, wie in dem Beyoncé-Video, die ich zu Hause vor dem Spiegel einstudiert hatte.

»Na klar! Mehrere. Wir schaffen das! Dümpelmann darf Dagmar auf keinen Fall weiterhin zum Kotzen finden! Und nun lass uns gehen, wir wollen doch nicht zu spät zu Französisch kommen!«

»Doch, wollen wir!« Marion lief vor den Waschbecken auf und ab. »Eine Party bei uns zu Hause, unter den Augen von Dagmar, Vati, Mutti … Ich werde mich bis aufs Hemd blamieren!«, jammerte sie vor sich hin.

»Ha! Apropos Hemd! Wir müssen ihn zu einem anderen Hemd überreden. Die demütigende Persiko-Nummer darf nicht stattfinden! Aber hey!« Ich hielt Marion mit beiden Händen sanft an den Oberarmen fest und schaute ihr in die Augen. »Diese Party wird Dagmars und deinem Leben die ultimative Wendung geben.«

Außerdem habe ich immer schon mal eine Party machen wollen, mich aber nie getraut, weil ich immer nur auf meinem Hintern vor dem Laptop gesessen habe. Wenn also nicht jetzt, wann dann?

»Ich wollte die zu Hause eigentlich immer aus meinem Leben raushalten«, sagte Marion.

»Aber warum? Die sollen doch wissen, was dir Spaß macht.« *Weiß Mama, was mir Spaß macht, was ich denke, fühle oder mir wünsche? Nein. Definitiv nicht … aber das wirst du sofort ändern, wenn du zurück bist!* »Keine Angst, ich organisiere das alles. Nur mit DDD und Dümpelmann musst du mir helfen. Aber der Rest wird ganz easy, ganz nett, ganz super. Und absolut dufte. Matti wird kommen und noch ein paar richtig coole Leute aus der Oberstufe!«

»Matti …«

»Also, läuft da jetzt was mit ihm oder nicht?«

»Vielleicht?«

Nee, ne? Ich durchschaute meine Mutter nicht. Zu Hause spielte sie das brave Mädchen, doch sie nahm Verhütungsmittel, von denen ich noch nie gehört hatte, und hatte ominöse Knutschflecken am Hals …

»Und übrigens Oberstufe. Ey, das schaffst du nie, die wollen doch nichts mit denen aus der Zehnten zu tun haben …« Marion lächelte verhalten den gekachelten Fußboden an.

»Wetten?«

»Okay.« Endlich schaute sie mir wieder in die Augen. »Aber nicht im Café!«

»Aber sehr wohl im Café! Dort haben wir Dagmars Zimmer parat, als Trumpf, sozusagen. Das richten wir noch 'n bisschen nett und romantisch ein, so mit Kerzen und so. Muss sie ja nicht mitkriegen. Da können sich die beiden zurückziehen und sie zeigt ihm dann ihre *Fischertechnik*-Baukästen …« Ich streichelte ihr schnell über die Schulter. »Ach übrigens: Was ist denn eine gute Party für dich?«

»Na ja …«, sie druckste ein bisschen herum, doch dann zählte sie auf: »Es muss dunkel sein und auf keinen Fall dürfen Eltern oder so was reinkommen. Es muss getanzt werden, ab irgendeiner Zeit dann nur noch Blues, klar. Und auf den Matratzen am Boden ist immer was los …« Sie grinste.

Ich stieß geräuschvoll die Luft aus. Sie war fünfzehn, so wie ich, und sie würde mal meine Mutter werden; das war aber auch schon alles, was ich über diese Person hier neben mir wusste. »Krass.«

»Oder *cool*, das würde doch jetzt auch passen, oder nicht?«

»Genau.« Sie lernte schnell, meine frühreife Mutter.

Wir verließen die Toilette und schlüpften zwei Sekunden vor Madame Dupont in den Klassenraum.

12. KAPITEL

8. Mai 1980, noch vor dem Mittagessen ...

Noch vor dem Mittagessen setzte ich mich an Marions Schreibtisch, nahm einen Zettel und schrieb in dicken Lettern LISTE darauf.

1. *Marion muss besser in der Schule werden!*
2. *DDD und D zusammenbringen!*

Falls Dagmar die Liste je in die Hände bekam, durfte sie nicht erkennen, was wir vorhatten.

3. *Brief an D schreiben!*
4. *Brief an D abschicken!*
5. *Rede schreiben!*
6. *Party organisieren!*

So, mehr fiel mir nicht ein. Schnell machte ich mich an die Abschrift des Briefes. Je eher er wieder in DDDs Tagebuch lag, desto besser.

Lieber Thorsten!, malte ich ein paarmal zur Probe auf einen Schmierzettel, dann hatte ich ihre Schrift ganz gut drauf.

Lieber Thorsten! Ich schreibe dir, weil ich mich selber hasse. Ich sitze hier und höre schon zum dritten Mal die neue Platte von Manfred Mann's Earth Band. Und habe keine Illusionen mehr. Ich habe dich verloren.

Du hattest Schritt für Schritt von mir Besitz ergriffen, alles, mein Handeln, mein Denken, Reden, alles beeinflusst du immer noch durch deine Kraft. Du hast so viel in mich investiert. An dieser Stelle musste ich lachen. War sie ein Aktienfonds oder was? *Ich fühlte mich so wohl mit dir. Wir haben geredet und diskutiert. Und sind uns nähergekommen.* Einen anderen Ausdruck hatte DDD anscheinend nicht dafür. *Und dann habe ich alles zerstört. Können wir nicht noch mal von vorne anfangen?* Gute Idee, Dagmar! *Ich wollte dich nicht verletzen. Ich war bloß so verdammt unsicher.*

Hier brach der Brief ab. Doch ich schrieb weiter. *Thorsten, kannst du mir verzeihen? Wenn nicht, werde ich meinen dämlichen Heiterkeits-Ausbruch mein Leben lang bereuen. Bitte sprich mich nicht auf diesen Brief an. Lache mich einfach an, lach mich aus, grins mich nieder, wenn wir uns das nächste Mal sehen. Ich wäre die glücklichste Frau der Welt. D.*

Wow, ich lehnte mich zurück. Was für ein geiler Brief!

Ich nahm die Liste und strich Punkt vier genüsslich wieder durch. Wie Marion liebte ich To-do-Listen – und das Abhaken der Punkte noch viel mehr.

Das Gulasch zerfiel auf der Gabel, so zart war das Fleisch, die Spätzle waren handgeschabt und zum Nachtisch gab es süßen Quark-Grieß-Auflauf mit eingemachten Kirschen aus dem Garten.

»Brief liegt schon wieder an seinem Platz«, sagte ich leise zu Marion.

»Ich trockne ab!«, rief ich, als wir fertig waren, und schnappte mir ein Geschirrhandtuch. Omi bedachte mich mit einem kurzen Lächeln. Gut so. Irgendwann würde ich sie um Erlaubnis für die Party fragen müssen. »Und du machst gefälligst Hausaufgaben«, raunte ich Marion zu. Ach, ziemlich genial, der eigenen Mutter so einen Satz reinzudrücken. Obwohl … richtig lustig war das in Anbetracht von Marions Zeugnis nicht.

»Schon unterwegs.«

Ich nickte, richtige Antwort. Opa Heinrich verabschiedete sich mit seinem einen Arm winkend durch die Schiebetür, bereit für sein Mittagsschläfchen auf dem Sofa.

»Ob ich das auch lernen kann, so ein Gulasch zu kochen? Wenn ich wieder in England bin, muss ich sonst wieder das schreckliche englische Essen ertragen.« Ich brauchte mir nur einen Moment den breiigen Zucchini-Auflauf aus unserer Schulkantine vorzustellen, um meiner Stimme einen überzeugenden Klang zu geben. Die Internatsschule war teuer, doch die Ausgaben für das Essen, das dort serviert wurde, konnten nicht der Grund sein.

»Aber natürlich! Hol dir was zu schreiben.«

Ich rannte nach nebenan und fischte das Matheheft aus dem Papierkorb.

»Du brauchst ein Stück gutes Rindfleisch, am besten aus der Wade, sonst aus der Schulter, sagen wir … ein klein wenig mehr als ein Kilo, für vier hungrige Leute …«

Zwischen dem Abtrocknen der Gläser und des Bestecks kritzelte ich ein kariertes Blatt nach dem anderen voll. Gulasch. Möhrensalat. Spätzle. Warum hatte Marion nicht vernünftig Kochen gelernt, wo doch eine Wundertüte voller Rezepte in Form von Omi Elsa in der Nähe war? Ich rieb mir über die Stirn. Meine Mutter ernährte sich nur von Salat, für mich kamen die meisten Sachen aus der Dose oder dem Tiefkühlfach …

Wir waren gerade bei den Königsberger Klopsen angekommen, als mir einfiel, dass ich das kleine Heft mit dem schwarzen Umschlag ja kaum in die Zukunft mitnehmen können würde. Um mein Tagebuchgelaber tat es mir nicht leid, um die Rezepte schon. Wirklich schade.

»Wäre es nicht toll, wenn noch deine Enkel wüssten, wie man das alles macht, Omi?« Sofort stockte mir der Atem. Verdammt!

»Oh no, sorry«, stotterte ich, »Mutti! Ich verwechsele die Worte immer!«

Omi lachte. »Ach, nicht schlimm, ich habe mich doch schon daran gewöhnt, dass du mich wie die Mädchen ›Mutti‹ nennst!«

Ich atmete erleichtert auf und trocknete ein paar Teller ab. Man konnte bei dieser gemeinsamen Arbeit wunderbar miteinander reden, stellte ich fest. »Wenn du die besten Rezepte in einem Buch aufschreiben würdest, könnte ein Mädchen, das vom Kochen keinen Plan hat, die Gerichte Schritt für Schritt nachkochen. Oder ein Junge.«

»Ein Junge!« Elsa schüttelte ihren grau-rot melierten Kopf. »Na, also weißt du!«

»Ach, eine ganze Generation! Vielleicht werden in der Zukunft viele Männer Spitzenköche, nur weil sie dein Kochbuch gelesen haben! *Kochen wie bei Mutti! Über 500.000-mal verkauft! Jetzt auch als E-Book und als App …*«

Omi lachte ungläubig und stellte den letzten Topf zurück in den Schrank.

Ich saß am Küchentisch und zeichnete die kleine gedrungene Omi vor der Spüle, an der sie mit zehn Armen gleichzeitig herumwischte. Die alte Küchenuhr über der Eckbank tickte laut. Die hing heute noch dort. Ich riss das Blatt heraus und schenkte es Omi. »Ach, das bin ja ich! Na, also weißt du …« Kopfschüttelnd legte sie das Blatt beiseite. Doch sie freute sich, das sah ich an ihrem Lächeln.

Ich machte einen kurzen Eintrag hinter die Königsberger Klopse: *Der Brief ist fertig und wartet nur darauf, in die richtigen Hände zu geraten. Yeah. Das ist schon mal megageil, aber ist das Zusammenbringen von DDD und Dümpelmann wirklich alles, was ich tun kann, um Marion vor dem Leben, das auf sie wartet, zu bewahren? Bei uns ist es so leer, so traurig irgendwie. Und sie so allein … Das merke ich jetzt erst, wo ich hier bei Omi in der Küche sitze. In meiner Zeit säße ich in diesem Moment oben an meinem Computer und wäre längst auf Facebook – und sie (Mama) würde unten in der Backstube hocken. Topflappen und Plastikzeug aus China sortieren. Warum hat sie eigentlich keinen Freund? Wo sie doch mit fünfzehn schon alles gemacht zu haben scheint …*

Ich klappte das Heft zu, klemmte es unter den Arm und ging nach nebenan zu Marion. Unauffällig schob ich es zwischen Matratze und Wand. Es durfte nie in Marions Hände geraten.

Und in Dagmars auch nicht. Bevor ich in die Zukunft zurückkehrte, würde ich es vernichten müssen, doch momentan stellte es keine Gefahr dar, denn Marions Interesse am Inhalt alter Mathehefte war mehr als gering.

Ich fragte sie französische Vokabeln ab, doch das klappte nicht wirklich gut. Jedes zweite Wort wusste sie nicht. Aber dann, nach drei *fails*, fiel ihr plötzlich die richtige Futur-Form für ›Ich werde tanzen‹ ein. *Je vais danser.*

»Korrekt. Setzen. Eins«, sagte ich aus Spaß. Und dann legte sie lachend los: *Je vais baiser. Je vais coucher. Je vais faire l'amour.* Ich werde vögeln, ich werde bumsen, ich werde Liebe machen … Ich werde küssen, ich werde mir einen Typen aufreißen … Die nächsten Ausdrücke konnte ich gar nicht übersetzen, aber es hörte sich perfekt an und war bestimmt auch was Versautes.

»Marion«, rief ich, echt schockiert. »Wer bringt dir solche Sachen bei?«

»Keine Ahnung. So was weiß man doch!«

»Nee, so was weiß man nicht!«

»Und überhaupt, lass uns rausgehen.«

»Ich finde, wir sollten weiterlernen«, warf ich ein. »Wir haben zwar noch das Wochenende zum Üben, aber es wird trotzdem knapp.«

»Ach komm. Lass uns den Brief bei Thorsten einwerfen. Dein Ende ist wirklich spitzenmäßig!«

»Vielleicht ist es besser, wenn er ihn erst kurz vor der Abi-Feier bekommt.«

»Stimmt! Damit er ihr ganz frisch ins Gesicht lachen kann«, sagte sie und sprang auf. »Ich brauche Sonne! Und Luft!«

Ich schlug seufzend das Buch zu. »Okay, dann lass uns aber draußen noch mehr Pläne für DDD und ihren D machen. Den Anfang der Liste habe ich schon geschrieben. Zeige ich dir gleich.«

»*Je t'embrasse*«, sang Marion und war schon aus der Tür.

»Wer bist du?«, murmelte ich. Doch ich folgte ihr.

13. KAPITEL

8. Mai 1980, nachmittags

Zucker lief mit mir hinunter in den Garten. »Wie gut, dass deine Hüften noch in Ordnung sind, Zucker. So eine Seilbahn für dich zu bauen, wäre etwas komplizierter als für Günter Netzer …« Unter dem Kirschbaum wollte ich stehen bleiben, doch Marion lief an mir vorbei. »Wir müssen echt aufpassen«, rief sie mir über die Schulter zu. Weit hinten, bei den Birnenbäumen, blieb sie endlich stehen. »Komm, lass uns ein bisschen herumstreifen. Dann kann uns keiner belauschen und beim Gehen kann man besser denken«, sagte sie.

Ich verschränkte die Arme. Ich hatte eigentlich keine große Lust, mich zu bewegen, aber sie hatte recht, unser Vorhaben durfte keinesfalls herauskommen. Ich tastete an meiner Seite entlang. Der Zettel mit der To-do-Liste klebte sicher zwischen Unterhosenbund und Hüftspeck. Ein besseres Versteck war mir nicht eingefallen.

»Auf zum Kleinen See!«

Na gut. Hauptsache, ich musste nicht schon wieder Fahrrad fahren, die Muskeln in meinen Oberschenkeln zogen immer noch bei jedem Schritt. »Okay. Kann man da zu Fuß hin?«

»Ja klar, der ist doch gleich hinter dem Kiefernwäldchen. Ich hole eben meinen Badeanzug. Soll ich dir einen alten von Dagmar mitbringen?«

Nicht noch mehr Bewegung heute. »Nee, lass mal, ich werde ganz bestimmt nicht ins Wasser gehen! Aber beeil dich!«, rief ich ungeduldig hinter ihr her. *Pff, vor zwei Minuten haut sie noch im Sekundentakt perverse Ausdrücke raus, jetzt ist sie wieder ganz das liebe Mädchen.* Zucker legte sich mit einem Schnaufer ins Gras.

Ein paar Minuten später war Marion wieder da und zeigte mir ein paar kleine, runde Birnen in ihrer Tasche. »Mutti hat mich in der Küche festgehalten und wollte mir die unbedingt mitgeben, die gab es auf dem Markt.«

»Hast du Bescheid gesagt, wohin wir gehen?«

»Nö. Warum?«

Wie im Zwang tastete ich nach meinem Handy, eine Geste, die ich wahrscheinlich niemals würde ablegen können. Mama machte sich sofort Sorgen, wenn ich vergaß, mich bei ihr abzumelden, oder nicht ständig erreichbar war. Sie konnte dann sehr wütend werden. Aber im Moment stand sie ja neben mir ...

»Um sieben Uhr müssen wir wieder da sein.«

Es war gerade mal drei. »Wie genial ist das denn!« Vier Stunden, in denen wir komplett abtauchen konnten. Ich grinste Marion an. Wir verließen das Grundstück durch eine verwunschene Holzpforte, die von einer blühenden Schlingpflanze überzogen war.

»Schade«, sagte ich. »Heute ... also in Zukunft kommt man hier nicht mehr raus, wir haben nur noch diesen blöden Gitterzaun, der uns von der *Spedition Hammermann* trennt. Wie im Knast fühlt man sich da.«

Ich blieb kurz auf dem breiten Streifen Brachland stehen, den wir überqueren mussten, um in die Heinkenstraße zu gelangen. Die Fassaden der Häuserreihe leuchteten hellgelb in der Nachmittagssonne. Mann, war das schön hier ohne diese hässlichen Garagen und die Halle der Spedition ... Die hatten uns die Zukunft total verbaut. *Wir* hatten uns die Zukunft total verbaut. Und damit das nicht passierte, mussten wir uns jetzt konzentrieren!

Wie schon auf unserem Schulweg ging es durch die Felder.

»Wow, das ist immer wieder cool. Kaum geht man fünf Minuten, schon steht man mitten in der *Caro-Kaffee*-Reklame!«, rief ich, während ich mich einmal um mich selber drehte.

»*Caro-Kaffee* gibt es demnach also immer noch. Ist ja lustig.«

Ich stoppte, mir war schwindelig. Wir liefen weiter. Dort vorne lag schon das Kiefernwäldchen, von dem Marion gesprochen hatte. »Jedenfalls ist das heute alles zugebaut, alles!«

»Mit was?«

»K. A.!«

»Bitte?«

»K. A. steht für: keine Ahnung. Mit Häusern eben. Hier ungefähr ist der *Aldi*, glaube ich, und da vorne müsste mein alter Kindergarten liegen, das Ganze nennt sich Weißensee-Siedlung. Mit Einkaufszentrum und sogar 'nem Altenheim. Nicht viel Grün, sondern schön viel Beton, der mittlerweile ziemlich gammelig aussieht.«

»Ist ja grauenhaft! Wenn wir jetzt nichts tun, dann …« Marion hielt inne. »Aber egal, *was* wir tun. Es wird ja offenbar genauso verheerend, wie die Umweltschützer es voraussagen …«

Ich zuckte mit den Schultern und kam mir irgendwie schuldig vor.

Wir durchquerten schweigend das Wäldchen, einige der Bäume waren umgekippt, wurden aber von den anderen noch halbwegs aufrecht gehalten. Die Sonne schien auf den von Nadeln gepolsterten Weg, unsere Schritte waren kaum noch zu hören. Es roch nach Kiefernharz und Holz, das in der Wärme süßlich vor sich hin faulte. Zucker jagte einem kleinen Tier durch die niedrigen Büsche nach. Das Laufen tat gut, ich fühlte mich so wohl wie lange nicht.

»Charly? Ich habe dich noch gar nicht gefragt … Wie bist du eigentlich so in deiner Zeit? Also, was machst du gerne, außer tolle Comic-Bildchen zu malen? Ich habe deine Zeichnung von Omi mit den tausend Armen oben in der Küche gesehen. Und die veröffentlichst du auf dieser Block-Plattform?«

»In meinem Blog«, murmelte ich, nicht in der Lage, sie anzuschauen. Warum hatte ich bloß mit etwas angegeben, wozu ich in Wahrheit nie den Mut gehabt hatte?

»Sag ich doch. Ich glaube, du bist total beliebt, oder? Schmeißt dauernd Partys, und wie die Jungs dich heute auf dem Schulhof angeschaut haben … Wie einen Schlagerstar. Echt cool, wie du immer sagst!« Bevor ich mir eine Antwort ausdenken konnte, fuhr sie fort: »Und du kannst furchtbar gut tanzen!«

»Ich und tanzen? Wie kommst du darauf?«

»Schon vergessen? In der Schule? Auf der Mädchentoilette?«

»Ach …« Ich winkte ab. *Das bin doch nicht ich, das kopiere ich nur.*

Wir traten aus dem Wäldchen. Vor uns öffnete sich eine kreisrunde dunkle Wasserfläche, es gab einen leicht abfallenden Strand mit hellem Sand zwischen struppigen Gräsern. Der Rest des Sees war von steilen Abhängen aus felsigem Stein umgeben, auf denen sich junge Kiefern Halt suchend festkrallten. Hier und da sah man schwarze Kreise am Ufer. Wahrscheinlich von alten Lagerfeuern.

Ein Windstoß trug den Geruch nach stehendem Wasser und feuchten Steinen mit sich. Zucker lief hinunter zum See und trank mit laut schlabbernder Zunge. Dann kehrte er wieder zu uns zurück.

»Oh, ist das schön hier«, seufzte ich zum wiederholten Male an diesem Tag. »Ist das etwa der Weißensee, nach dem die Siedlung benannt ist?«

»K. A.!«

»Hey, du lernst schnell.« Ich stupste Marion in die Seite.

»Ich weiß nur, dass das mal ein Steinbruch war, sieht man an den Seiten ja auch noch. Bei uns heißt der nur Kleiner See.«

»Aber den habe ich noch nie gesehen!«

»Gibt es den etwa nicht mehr? Das kann doch nicht sein!«

»Ich fürchte doch.« Ich zermarterte mir den Kopf, was heute an dieser Stelle war. Wie weit waren wir gelaufen, in welche

Richtung? Aber die Sonne schien zu heiß auf meinen Kopf, ich merkte, wie mir ein Tropfen Schweiß unter meinem T-Shirt herunterlief, schnell gab ich auf. »Und hier ist ja kein Mensch!«

»Ach, die kommen noch. Ich treffe hier eigentlich immer jemanden.«

Unter einem großen *Baden-verboten*-Schild ließ Marion ihre Tasche auf ein Fleckchen Sand fallen. Zucker legte sich sofort brav daneben.

»Mein Stammplatz.«

Ich machte es Zucker nach und streckte mich aus, meinen Kopf gemütlich an seinen Rücken gelehnt. Der Sand war fein und weich und wärmte meine Schultern.

»Der Brief ist schön. Hätte gar nicht gedacht, dass das Dreier-D zu solchen Worten fähig ist, um das Einer-D zurückzuerobern«, sagte Marion, während sie neben mir eine Decke ausbreitete und ihren Badeanzug, Handtücher und ein grünes, ausgeleiertes Teil daraufwarf, das vermutlich einmal Dagmar gehört hatte. *Danke für deine Fürsorge, Marion.*

»Das Dreier-D ist gut …« Ich lachte. »Aber sie hatte nicht den Mut, ihn abzuschicken.«

»Na, das werden wir ja jetzt für sie tun. In drei Wochen.«

»Da fällt mir noch was für unsere Liste ein.« Ich tastete nach dem Zettel und zog ihn hervor. »Beide selbstsicherer machen.«

»Oje«, sagte Marion nur, doch sie gab mir einen Stift und sah mir über die Schulter, als ich Punkt sieben hinzufügte. »Starke Liste. Aber bis jetzt haben wir ja noch nicht viel erledigt.«

Ich überhörte ihren Einwurf. »Vielleicht können wir Thorsten Dümpelmanns Styling ein bisschen pimpen, damit er mehr Selbstvertrauen ausstrahlt. Das wird 'ne echte *challenge.*«

»Bitte noch mal auf Deutsch!«

»Es wird eine Herausforderung, seine Klamotten etwas aufzu…peppen. Aber wir sollten es probieren. Denn, wie schon gesagt, Dagmar hat ihm dann wohl auch noch aus Frust über das abrupte Ende der Sache ein Glas Persiko auf sein orangefarbenes Hemd geschüttet.«

Marion zog sich aus und saß ganz gemütlich mit nacktem Oberkörper herum. »Da kann man mal sehen«, fuhr sie fort und zog sich auch noch die Unterhose aus.

Mein Gott, war das hier ein FKK-Strand, oder was?

»Nur weil einer ein weißes Hemd anzieht statt eines orangefarbenen, kauft er vielleicht fünfunddreißig Jahre später nicht ein Café auf. Noch viel besser: Er gründet erst gar kein eigenes Café, um der Frau, die ihn verschmäht hat, Konkurrenz zu machen.«

Endlich hatte sie ihren Badeanzug an.

»Na ja, wichtiger als das Hemd ist ja die zweite Chance für ihn. Wer lässt schon gerne sein bestes Stück auslachen?«, sagte ich.

»Richtig. Wenn wir das wirklich wieder geradebiegen können, also ich meine …« Sie kicherte. »Wenn wir es schaffen, dass er und Dagmar noch mal, na du weißt schon …«

»Und deswegen brauchen wir die Abi-Rede und die Party! Punkt fünf und sechs der Liste …« Ich legte die Liste auf meinen Knien zurecht und unterstrich beides. In diesem Moment fuhren ein paar Jungs johlend das Ufer hinunter, gerieten mit ihren Rädern auf Sand, schlingerten, kippten um, beschimpften sich lachend.

»Die kenne ich, die gehen auch aufs *Schiller*. In die Oberstufe«, raunte Marion leise.

Schön, dass du wenigstens nicht mehr splitternackt bist. Ich legte mich auf die Decke, schloss die Augen und döste einen Moment lang vor mich hin. Da lag ich also. Freiwillig. Draußen. An einem See. In der verräterisch hellen Nachmittagssonne. Undenkbar in meiner eigenen Zeit. Aber hier? Würde ich mich vielleicht sogar unter einem Handtuch verrenken, um Dagmars Badeanzug anzuziehen, und mit meinem gut sichtbaren Taillenring in das dunkle Wasser waten? Am Morgen des 6. Juni um sechs Uhr und sechs Minuten würde ich meine Rückreise antreten, es konnte mir also völlig egal sein, was jemand über mich dachte. Und das erste Mal in meinem Leben war es das auch.

»Da wird es gleich tief und kalt«, rief Marion ein paar Minuten später, »kannst du überhaupt schwimmen?«

Ich stand schon bis zu den Knien im Wasser, der Grund war steinig. Tapfer ignorierte ich den schlabbrigen Badeanzug, der an mir herunterhing, und drehte mich lachend zu ihr. »Klar! Hast *du* mir doch beigebracht!« Nach Luft schnappend ließ ich mich in das kalte Wasser gleiten.

Als wir anschließend platt wie Flundern auf der Decke lagen und uns die Sonne auf den Rücken scheinen ließen, murmelte Marion: »Ich kann aber jetzt nicht jeden Nachmittag mit dir kommen, dienstags, freitags und samstags helfe ich Vati immer von drei bis fünf im Café.«

»Darum hast du nicht genügend Zeit für die Schule …«

»Soll er das alles etwa alleine machen?« Sie klang empört.

»Nee, natürlich nicht. Obwohl das echt cool ist, wie gut er mit seinem einen Arm zurechtkommt …«

»Na, und es sind ja auch nur drei Tage. Manchmal gehe ich dafür gleich nach dem Mittagessen raus, um mich noch mit den anderen zu treffen. Im Sommer hier oder im Freibad. Oder ich gehe nach fünf noch mal. Da trifft man auch immer noch Leute, wenn man draußen rumfährt.«

»Mit dem Fahrrad?«

»Ja klar. Hauptsache, ich bin um sieben wieder zu Hause. Dann gibt's Essen!«

Ich nickte, Neid breitete sich in mir aus. Trotz ihrer Mitarbeit im Café war Marion frei. Kein Anruf, keine SMS kontrollierte sie, die Leine, an der wir (ich und alle, die ich kannte) uns durchs Leben bewegten, war noch nicht erfunden.

»Und Dagmar? Wann ist die denn mit Helfen dran?«

»Na ja. Die hatte bis jetzt ja immer mehr mit der Schule zu tun. Und ich liebe es ja!«

»Du solltest aber auch mehr mit der Schule zu tun haben! Hallooo!« Ich stützte mich auf den rechten Ellenbogen und schaute auf meine zukünftige Mutter. Klein und zart lag sie da, die braun angehauchten Schulterblätter ragten wie knochige Flügelchen in die Luft. Ihre Oberarme waren dünn und sehnig, ihre Beine auch. Ihr kurz geschnittenes Haar stand strubbelig von ihrem Hinterkopf ab.

»Zahlen sie dir eigentlich was?«

»Bezahlt werden? Von Mutti und Vati? Natürlich nicht.«

Ich ließ ein bisschen Sand durch meine Hand rieseln und blickte über den See, um besser nachdenken zu können. Genug Leidenschaft für Pralinés und Biskuit besaß Marion schon. Nun musste sie nur noch gut in der Schule werden und ganz viel Neues lernen, erst dann wäre sie selbstbewusst genug, um sich gegen Opa Heinrich und Dagmar durchzusetzen und das Café alleine zu übernehmen. Ich ballte die Faust, hielt den Sand darin ganz fest. Außerdem mussten wir die doofe Dagmar von ihrem Jurastudium abbringen. Ich klopfte den Sand von den Händen und notierte diesen weiteren Punkt auf der Liste. Sie würde eh durch das erste Staatsexamen fliegen. Warum hatte sie es nicht ein zweites Mal probiert? Das schlaue Supermädchen war irgendwann von Opa aus ihrer Studentenbude abgeholt worden wie aus der Kinderaufbewahrung von IKEA. Was war da los gewesen? Warum hatte sie nach der Jura-Pleite nicht einfach etwas anderes studiert? Mit ihrem Einser-Abi war das doch kein Problem. Warum hing sie immer noch zu Hause herum, obwohl die Eltern schon lange tot waren? Wie war das mit diesem Schmetterlingseffekt? In China fällt ein Sack Reis um und bei uns kommt der Lufthauch, der dabei entsteht, als Wirbelsturm an. Einzig und allein, weil DDD über Thorstens

Weichteil gelacht hatte, wollte der fünfunddreißig Jahre später unser Cafè aufkaufen und DDD tyrannisiert immer noch ihre kleine Schwester und deren Tochter. Also mich. Ich setzte mich ganz auf. Es war so viel zu tun!

»Ach du grüne Neune, Marion, wir haben schon acht Punkte auf der Liste! Keine Zeit, hier rumzuhängen!« Ich grinste, weil sich ihre komischen Ausdrücke aus meinem Mund noch seltsamer anhörten. »Komm, wir gehen nach Hause!«, rief ich Zucker zu.

»Jetzt schon?«, fragte Marion. »Auch gut, da kann ich Vati ja doch noch helfen!«

»Nein, wir machen etwas anderes. Punkt fünf: die Abi-Rede schreiben.«

»Ich kapier das nicht. Wie willst du Dagmar eigentlich 'ne komplett andere Rede unterjubeln? Noch dazu mit einem Entschuldigungssatz für Thorsten D.?«

»Och, der Satz für Thorsten wird das kleinste Problem. Ich denke da an irgendwas Neutrales und gleichzeitig Persönliches, was er auf sich beziehen muss.«

Ich versuchte, sie von der Decke hochzuziehen.

»Mein ganz besonderer Dank gilt Thorsten, dem Katzenretter?«

»Dem Kellergrufti!«, schlug ich vor.

»Grufti? Gefällt mir.«

»Für die beste Hamsterkäfig-Seilbahn!«

»Für das karierteste Hemd!«

»Für den perversesten Oberlippenbart!« Wir grölten und warfen uns noch einige Ideen an den Kopf, bis ich über ihr auf der Decke vor Lachen zusammenbrach. Die Jungs schauten schon rüber. Mit nass zurückgekämmten Haaren sahen die drei einigermaßen gut aus.

»Die laden wir auch ein! Das wird die beste Verkuppelungs-Party *ever!*«

Ich hätte explodieren können. Kaum dass wir die Haustür geöffnet hatten, wurde Marion von Opa in die Backstube gerufen, und Omi bat mich wie schon vor ein paar Tagen, »nur ein paar Kannen« für sie auszuspülen. »Am Donnerstagnachmittag ist meistens viel los.« Ich presste die Zähne zusammen. *Na okay, aber danach frage ich gleich, ob wir die Party machen dürfen …*

Etwa dreißigtausend Kannen später schlüpfte ich zu Marion in die Backstube und beobachtete, wie sie Opa half, das Mehlsilo an der Wand aufzufüllen. Sie sah toll aus in ihrer Konditorkluft.

»Siehst du«, flüsterte sie mir zwischendurch zu, »so geht das immer. Ich nehme mir was vor und komme dann hier nicht weg. Weil es ja auch Spaß macht.«

Ich kehrte zu Oma zurück, und als wir abends um sechs die Tür des Cafés abschlossen, war ich so hundemüde, dass ich ganz vergaß, sie um die Party-Erlaubnis zu fragen.

Doch der Tag war noch nicht zu Ende. Marion hatte sich auf die Suche begeben und als ich in ihr Zimmer kam, lagen auf dem Schreibtisch mehrere eng mit Schreibmaschine beschriebene Bögen. Dagmars Rede. Ich ließ mich aufs Bett fallen und überflog die ersten Zeilen:

Liebe Eltern, sehr geehrte Lehrerinnen und Lehrer, meine Damen und Herren, liebe Freunde und Verwandte, liebe Jahrgangsstufe! Mein Name ist Dagmar Zimt, und ich habe die Ehre, Ihnen heute, an diesem schönen 30. Mai, die Rede des Abitur-Jahrgangs 1980 zu halten. Ich stehe hier stellvertretend für 82 langjährige Mitschüler, und darum ist es mehr als selbstverständlich, daß meine Ausführungen nicht immer und in jedem Punkt den Erfahrungen und Meinungen aller Abiturienten entsprechen. Trotz dieses Umstands …

»Oh Gott, Dagmar, deine Zuhörer werden schon nach den ersten Sekunden einschlafen! Gut, dass wir den Text jetzt noch ein bisschen aufmotzen. Fragt sich nur, wie? Ohne Computer, Drucker und Scanner … Marion! Hilf mir mal!«

»Na, ist doch logo, in der Stadt gibt es einen neuen Laden

für Fotokopien, wir gehen dorthin und vervielfältigen die Rede für uns, arbeiten sie handschriftlich um und schreiben sie dann wieder mit der Schreibmaschine ab. Ja, ich weiß, mit eurer Plattform geht das wahrscheinlich alles automatisch und ihr braucht auch kein Papier mehr und keine Maschine, wahrscheinlich wird es gleich in euer Hirn gedruckt …«

»So ungefähr. Aber keine Panik. Hab mich schon fast an die altmodische Tour gewöhnt. Was guckst du denn immer noch so?«

»Zwischendurch denke ich manchmal, ich spinne, und dann muss ich mich echt kneifen. Meine Tochter sitzt mir gegenüber und quatscht mit mir … Wie abgefahren! Trotzdem wissen wir immer noch nicht, was wir schreiben sollen. Pff, und dann auch noch einen Satz für Thorsten Dümpelmann …«

Ich las weiter und lachte laut auf. »Oh, das hier ist voll der Scheiß, hör mal, hör mal! *Nun habe ich mein Ziel erreicht, und es ist für mich erfreulich, daß meine Mühen mit einem recht ansprechenden Abschluß belohnt worden sind …*«

Marion prustete los: »Du kannst sie so toll nachmachen! Vielleicht solltest *du* den braunen Anzug anziehen und dich als Dagmar hinters Rednerpult stellen!«

Ich nickte und drehte die beschriebenen Blätter in den Händen. Was für Sätze sollte ich in den Text hineinschmuggeln? Lustige? Bedeutende? In meiner Zeit würde ich ›die geilsten Abitur-Reden‹ googeln und auf einen Schlag bestimmt 100.453 Einträge finden, doch das war jetzt keine große Hilfe.

»Lass uns die Seiten schnell an ihren Platz zurücklegen. Ich muss noch nachdenken«, sagte ich zu Marion. »Meinst du, sie wird die Rede frei halten?«

»Niemals! Sie konnte sich ja nicht mal ihren Konfirmanden-Spruch merken und der bestand aus einer Zeile! Sie hat ihn tausendmal geübt, uns alle damit zum Wahnsinn getrieben und ihn dann doch stumpf abgelesen.«

»Umso besser. Heute ist der 8. Mai. Der Countdown läuft!«

14. KAPITEL

Montag, 11. Mai 1980

Arme zusammenführen, hochkommen, einatmen, Kopf ins Wasser und ausatmen, Arme gestreckt, gleiten, Arme wieder zusammen, mit dem Kopf hochkommen, einatmen, ausatmen, die Beine dabei nicht vergessen! Mir war kalt, die Schwimmbrille drückte, und an der unteren Ecke vom rechten Glas kam jedes Mal, wenn ich untertauchte, ein bisschen mehr Wasser rein. Das Becken erschien durch die Brille wie ein ausbetoniertes Riesengrab in Hellblau, auf dem schwarzen Strich tief unter mir lag etwas ekelig Braunes, das aber auch nur ein Heftpflaster sein konnte. Links war die Beckenwand, rechts spannte sich die Leine aus weiß-roten Plastikkugeln. *Wieder was gelernt. Das neue Godesbacher Erlebnisbad präsentiert sich 1980 noch als ein Freibad der miesesten Sorte.*

Nicht dass ich oft im *Aqua-Fun* gewesen war, eigentlich nur zu zwei peinlichen Geburtstagsfeiern, aber schöner war die zukünftige Anlage mit den Becken aus Metall, den vielen Rutschen und Sprungtürmen allemal. Im städtischen Freibad, in dem ich gerade schwamm, gab es nur ein Ein-Meter-Brett und jede Menge platt getretenen Rasen. Die Umkleiden, das Kassenhäuschen, die Becken, alles bestand aus großporigem Beton, von dem die ehemals weiße Farbe blätterte, als besonderer Bonus klebte ein Stück fieser Teppich auf jedem Startblock. Der war garantiert voller Fußpilzsporen.

Warum hatte ich mich bloß auf dieses abendliche Training eingelassen? Wegen Matti? Der Finne war echt süß, schwamm aber leider irgendwo auf einer der Bahnen. Weit weg von meiner. Ich dachte an Timo. Meine Arme und Beine verkrampften sich langsam, weil sie die Anstrengung nicht gewohnt waren.

Wie hielten die anderen das nur aus, dreimal die Woche? Wie hielt Timo das nur aus? Ich grinste den Betonboden an, richtig schwimmen lernen konnte ich nur hier, wo mir egal war, wie es aussah, wenn ich mit Dagmars grünem Schlabberanzug bekleidet durch das kalte Wasser pflügte. Hoffentlich konnte ich die pummelige Engländerin mitsamt ihren kupferroten Haaren in drei Wochen wirklich wieder aus dieser Zeit löschen. Nicht mit einem Mausklick, sondern mithilfe des kleinen Ührchens.

Oh Mann, wenn das mal gut ging … mein Schicksal würde sich an einem bestimmten Datum entscheiden, an dem ich eine alte Armbanduhr morgens früh aus dem Fenster schleuderte. Ich konnte nicht mehr weiterdenken, denn die Wand kam näher, gleich hatte ich auch diese Bahn geschafft. Anstatt die nächste Wende zu machen, klammerte ich mich mit einer Hand an die einen halben Meter unter dem Beckenrand liegende Überlaufrinne und japste nach Luft. Erstaunt stellte ich fest, dass es schön war, außer Atem zu sein. Ich zog an der Chlorbrille und kippte das Wasser aus. Neben mir machte eine Schwimmerin eine vorbildliche Wende und schoss mit einem langen Unterwasserzug davon.

Am Beckenrand stand Klaus, ein Polizeibeamter, der den *TuS Godesbach* in seiner Freizeit trainierte. Durch einen Wink seiner Hand bedeutete er mir, hinauszukommen.

Ich schwamm zur Treppe und stieg mit zittrigen Beinen aus dem Becken. Während ich auf ihn zuging, betastete ich meinen Kopf. Eines von den Mädchen hatte mir eine dünne Badekappe geliehen, sie ziepte ein bisschen an meinen Haaren im Nacken, aber wenigstens war mein Kopf jetzt fast so klein wie der von Audrey Hepburn.

Polizist Klaus belehrte mich: »Denk dran: die Arme nicht zu weit weg vom Körper und mit mehr Kraft zusammenführen, richtig reißen! Und dein Beinschlag ist immer noch verbesserungswürdig. Warum hältst du die Knie so zusammen? Du musst die Oberschenkel weiter öffnen.« Er setzte sich auf den Rasen und untermalte seine Erklärungen mit Bewegungen seiner Beine. Ein Frosch auf Landurlaub.

Michael Phelps schwimmt heutzutage aber anders, hätte ich beinahe gesagt. Und der ist mehrfacher Weltmeister und war viele Male Weltschwimmer des Jahres. Ich hatte unzählige Videos auf *YouTube* von ihm angeschaut, nur falls ich mit Timo mal in ein Fachgespräch geraten sollte. Aber Michael Phelps war vermutlich noch gar nicht geboren. »Okay … mache ich!«, versuchte ich seine Ausführungen abzukürzen.

»Noch drei Bahnen lockeres Ausschwimmen, das ist dann erst mal genug für dich heute!«

Ich nickte dankbar.

»Ach, und Charlotte …«

Ich drehte mich zu ihm.

»Das sieht alles schon ganz prima aus, deine Schultern sind kräftig, dein Kraularmschlag auch, in ein paar Wochen wird sich deine Technik verbessert haben und deine Kondition auch. Wäre schön, dich bei uns wiederzusehen!«

Sofort nahm ich die Schultern zurück und stellte mich aufrecht hin. Kräftig war ich, na bitte! Für irgendwas musste das ja gut sein.

Beim Ausschwimmen konnte ich das Wasser wieder genießen, Arme unter den Körper, Einatmen, Arme strecken, ins Wasser ausatmen, man konnte super dabei nachdenken. Bald würde ich es wagen können, Omi nach der Party zu fragen. Wann würden wir sie machen? Natürlich *nach* der Abi-Feier, die war in drei Wochen. Wenn Thorsten sich wegen des Briefes und des Satzes aus der Rede gut fühlen würde – und beim Abi-Ball diesmal kein klebriger Likör auf seinem Hemd gelandet war. Mist, die Rede. Was sollte ich Dagmar und der ganzen Stufe mit auf den Weg geben? Hatte ich überhaupt etwas zu sagen? *Darüber denke ich beim Training am Freitag nach,* entschied ich, denn dann wollte ich wieder mittrainieren, so viel stand fest.

Ich stieg aus dem Wasser, holte mein Handtuch und ging langsam zu den Umkleidekabinen. Marion wollte mich abholen, wahrscheinlich um einen Blick auf Matti zu erhaschen. Das hatte sie zwar nicht gesagt, doch ich wusste es. Ich war ganz allein im Umkleidetrakt und sprang unter der lauwarm tröpfelnden Dusche auf und ab. »Oh wie gemein, wie gemein kann Neunzehnhundertachtzig sein«, sang ich aus vollem Hals und ein unbändiges Gefühl der Freude breitete sich in mir aus. Ich wollte gar nicht herausfinden, warum.

Als ich endlich mit Anziehen und Föhnen fertig war, hatte der Rest des Teams mich längst eingeholt. In einer großen Gruppe verließen wir die Umkleidekabine und schlenderten über die Betonplatten auf den Ausgang zu. Ich verlangsamte meinen Schritt und warf ein Lächeln nach rechts und links. Diese Trainingshosen rundherum, die Kapuzenpullover, die karierten Blusen und kleinen Retro-Sporttaschen von *Adidas* dazu; stylischer ging es in einem Video von Jessie J auch nicht zu.

Doch keine Marion, die das Schauspiel hätte bewundern können, stand vor dem Schwimmbad, so oft ich mich auch umschaute.

Matti war direkt hinter mir. »Danke noch mal, das war zwar mega-anstrengend, aber hat schon viel gebracht«, sagte ich zu ihm. »Jetzt weißt du, was ein Mädchen nicht alles tut, um einen Jungen auf sich aufmerksam zu machen …« Mein Lachen klang verlegener, als ich beabsichtigt hatte. O Gott, meinen englischen Akzent hatte ich auch vergessen. Und er hatte es wohl gemerkt.

»Einen *englischen* Jungen.« Matti grinste kurz, schulterte seine Trainingstasche und ging zu seinem Fahrrad, aber ich registrierte, dass er Augenkontakt mit mir hielt. »Na dann tschüss!« Er schwang sich auf sein Rad und fuhr davon.

Ich nahm Dagmars Rad und ging ein paar Meter. Die Unruhe, die seit Jahren in meinen Adern gerauscht und in meinen Ohren gedröhnt hatte, von der ich gar nicht gewusst hatte, dass es sie gab, war mit einem Mal verschwunden. Ich würde Matti nicht auf *Facebook* stalken können und schon gar keine Freundschaftsanfrage stellen, aber das wollte ich auch gar nicht. Ein einfaches »Tschüss« und ein Zwei-Sekunden-Blick war viel schöner.

»Willkommen im *real life*«, flüsterte ich.

15. KAPITEL

14. Mai 1980

Real life *ist fürchterlich anstrengend!* Real life *ist obergeil!*

Bin schon über eine Woche hier und habe noch nie in meinem Leben so viel zu tun gehabt, die Tage vergehen einfach zu schnell! Ich komme hier nicht mal zum Futtern! Es gibt hier nur so 'ne alte Waage, aber die zeigt schon zwei Kilo weniger als unser digitales Hightech-Teil zu Hause in 2015. Yes! Morgens fahren wir in die Schule, nachmittags lerne ich mit Marion. Die schreiben gerade verdammt viele Arbeiten. Bio. Erdkunde. Geschichte. Wenn sie da auf eine Fünf abrutscht, ist sie geliefert! Als strenge Nachhilfelehrerin wähle ich den zu lernenden Stoff aus und frage sie ab. Sie trickst, gähnt, erfindet Ausreden. Manchmal habe ich das Gefühl, sie kapiert überhaupt nicht, worum es geht. Wenn ich nicht aufpasse, steht sie unten bei Opa in der Backstube, oder sie haut gleich ganz ab, angeblich zu Anne. Ob sie heimlich Matti trifft? Die Sache ist komisch. In der Schule, vor den anderen, schwärmt sie von ihm. Aber sie tut nichts, um ihn kennenzulernen. Benehme ich mich bei Timo etwa auch so blöd?

17. Mai

Abends gehen wir jetzt manchmal zum See oder treffen uns mit den anderen vor der kleinen Reinigung. Da sitzt oder steht immer jemand, den wir aus der Schule kennen. Laber-Winnetou oder Öko-Ralf, der dicke Ecki und Killerzahn. Marion klingelt dann Anne hinunter. Mein Gott, was können die alle diskutieren! Über die Lehrer, über Abrüstung, nukleare Waffen und Atommülllager. Gibt es eigentlich auch normale Menschen, die sich nur für Mode und Celebritys interessieren? Marion meinte, das wären die Typen mit den Aktenkoffern und den Boygroup-Haircuts und die Mädchen mit den pastellfarbenen Cashmere-Pullovern. Popper heißen die, aber sie würde solche Leute nicht kennen. Auf dem Raucherhof gibt es einige davon. Man muss wohl ordentlich Geld haben, um Popper zu sein. Wäre ich damals ein Popper gewesen? K. A. Bin auf jeden Fall total unpolitisch. Den Namen von diesem neu gewählten Bundespräsidenten habe ich noch nie gehört. Carstens oder so? Werde den googeln. Angeblich ist er mal Nazi gewesen, weil er seit 1934 Mitglied in der SA war. Winnetou will gegen ihn demonstrieren. Marion will gegen das Fischsterben demonstrieren, Anne will gegen all das und die Cruise-Missiles (k. A., ob die so geschrieben werden) demonstrieren. Jeder von ihnen scheint eine Meinung zu haben und darum beneide ich sie.

18. Mai

Heute wieder Training gehabt. Es ist seltsam. Ich freue mich nicht darauf, ich hasse es auch nicht, ich denke gar nicht mehr darüber nach. Ich geh einfach hin, schwimme mit und versuche, die Tipps umzusetzen, die Klaus mir gibt. Stumpf meine Bahnen zu ziehen, hilft, meinen Kopf zu ordnen, oder noch besser: ihn in einen völlig sinnentleerten Zustand zu versetzen. Einfach mega, wie man sich danach fühlt!

21. Mai

Dagmar kann's nicht lassen, sie schnüffelt dauernd hinter uns her. Ob sie gemerkt hat, dass wir an ihrer Schreibtischschublade waren? Vielleicht hatte sie ein Haar in ihrem Tagebuch versteckt und hat festgestellt, dass es nicht mehr da ist? Sie fragt dauernd so blöde Sachen. Z. B. an welchen Schulen denn die anderen Austauschschüler sind. Natürlich immer am Tisch, beim Essen, damit Omi und Opa das mitbekommen. Marion und ich mussten schon so viel erfinden, wir haben fast keinen Überblick mehr.

DDD ist auch die Einzige, die noch meinem Koffer hinterherzutrauern scheint. Tja, böse Fluggesellschaft, der ist wohl für immer weg! Hauptsache, sie findet die Uhr nicht! Wir wechseln fast jeden Tag das Versteck. Einmal hat sie uns fast dabei erwischt. Sie weiß nicht, was wir mit der Uhr vorhaben. Das macht sie wahnsinnig, man sieht das immer sofort an ihrem Gesicht. Zurzeit liegt das Ührchen in einer alten Babypuderdose. Da kommt sie nie drauf! Natürlich ist Dagmars Laune beschissen. Kein Wunder, wir haben den Brief ja noch nicht bei Thorsten eingeworfen. Aber Geduld, DDD, in neun Tagen ist schon der Abi-Ball! Rettung naht – und hot love for ever!

16. KAPITEL

22. Mai 1980

Und wieder ein Freitags-Schwimmtraining geschafft. An meinem vorletzten Freitag im Godesbach der 80er, na ja, zumindest nach meiner Zeitrechnung, also vorausgesetzt, dass meine Rückreise klappen würde …

Matti verabschiedete sich von den anderen und kam mit seinem Fahrrad zu mir herüber. »Wo musst du lang?«

Mein Herz fing an, schneller zu schlagen, doch ich klemmte meine Tasche, so ruhig es ging, auf den Gepäckträger und zeigte nach links. »Marion wollte mich eigentlich abholen. Ach guck, da kommt sie schon angefahren.«

»Hey! Wie war's?« Marion sprang ab.

»Gut«, sagte ich und schaute zwischen ihr und Matti hin und her. »Danke noch mal, dass du mich in den Verein gebracht hast. Mein Stil ist schon viel besser geworden«, sagte ich zu ihm.

Zu dritt schoben wir unsere Räder, mitten auf der Straße, Marion ging zwischen uns. Es war halb sieben und noch warm, die Sonne stand tief, alles leuchtete in einem kupfernen Licht. Es roch nach gemähtem Gras und in den Vorgärten, an denen wir vorbeikamen, zwitscherten die Amseln.

Matti und Marion sprachen über die Schule, den Hausmeister Hasenbein und irgendeinen Sportlehrer, den ich nicht kannte. *Matti und Marion*, sagte ich im Stillen vor mich hin, *hört sich gut an!* Ich sah schon die Herzen mit den Doppel-M's vor mir, mit denen Marion ihre Schreibtischunterlage vollkritzeln würde. Mein Magen knurrte laut, doch die beiden schienen es nicht gehört zu haben. Sie gingen einfach weiter. Wieder knurrte es. Der Goetheplatz, an dem das *Café Zimt* lag, war noch meilenweit entfernt.

»Mann, hab ich einen Hunger!«

Marion wühlte in ihrer ökigen Stoffumhängetasche. »Ich habe was dabei.« Sie reichte mir eine der grasgrünen runden Birnen, die sie von Omi Elsa bekommen hatte. Matti lachte los, als er mein Gesicht sah. Ich blieb stehen, knipste mit einer Hand den Stiel ab, biss hinein und kaute. »Knallhart!«, beschwerte ich mich mit vollem Mund.

»Aber die schmecken trotzdem gut, und sie machen die Zähne schön sauber, eben weil sie so hart sind.« Marion hörte sich an wie eine Ernährungsberaterin. »Wer will noch eine?«

»Gib her. Ich kriege eine Hühnerhaut, wenn ich Charles dabei zusehen muss und nicht selber kauen kann! Danke.«

Hühnerhaut. Matti nahm die Birne wie etwas besonders Kostbares in Empfang und ließ sein Fahrrad gegen einen Zaun kippen. Marion setzte sich auf ihren Gepäckträger, breitbeinig, die Ellenbogen auf den Sattel vor sich gestützt, und biss ebenfalls in eine Birne. So standen wir eine Runde herum und kauten. Ich warf Marion einen schnellen Blick zu: *Siehst du, so einfach geht das. Gestern hast du dir noch in die lila Latzhose gemacht, wenn ich nur seinen Namen erwähnte, heute hängst du mit ihm ab und ihr esst mal ganz cool Birnen zusammen.*

»Wenn du weiter so oft zum Trainieren kommst, kriegst du gute Konditiooon.« Mattis finnischer Singsang-Akzent klang wirklich extrem niedlich. Meinen eigenen englischen Akzent dagegen hatte ich irgendwie vergessen. Er lachte, während er das sagte, und schaute dann Marion in die Augen. »*Du* bist ja schon ziemlich sportlich, Mariooon …« Na wunderbar, endlich lief was zwischen den beiden. Ich grinste und klopfte übertrieben auf meinen Bauch. Es machte mir nichts aus, Matti wusste schließlich genau, wie pummelig ich war. Der Badeanzug kannte keine Tarnung.

Ein kleines Mädchen kam über die Platten des Bürgersteigs auf uns zu, die Plastikräder der Rollschuhe, die direkt unter ihren Schuhen befestigt waren, gaben schrappende Geräusche von sich. Kaum sechs oder sieben Jahre alt, ganz alleine unterwegs, kein Helm, keine Knieschoner oder Handschützer. Das war ganz schön gefährlich für die Kinder von damals. Drei Köpfe drehten sich mit ihr, als die Kleine nun in ein offen stehendes Gartentor einbog.

»Rollschuhfahren!«, rief Marion aus. »Oh, ich vermisse es, in diesem Sommer habe ich das noch gar nicht gemacht! Bin ich jetzt etwa schon zu groß dazu?« Sie seufzte laut. »Kannst du Rollschuh fahren?«, fragte sie und guckte kurz zu Matti rüber. Sehr kurz.

»*Rullaluistin* meinst du? Kann ich. Wir Finnen sind gut in fast allem. Auch ein Angeber zu sein, können wir!«

»Wie heißen die? *Rulla*… wie bitte?« Marion und ich mussten lachen.

»Morgen?«, fragte er.

»Klar!«, sagte Marion, doch ich schüttelte den Kopf.

»Morgen ist Samstag. Ich glaube, wir haben keine Zeit, Marion. Wir müssen im Café helfen. Je mehr wir helfen, desto eher kann ich Oma wegen der Party fragen. Wir haben schon so viele Leute eingeladen.«

»Mich auch.« Matti blinzelte mir zu. »Ach, kommst du auch zum Rollschuh fahren, Charly?«

»Ich heiße Charles, aber egal.« Ich spuckte den Rest des Kerngehäuses aus. »Ich glaube, ich kann das gar nicht.«

»Aber Schlittschuhfahren kannst du doch! In Finnland wir lieben alle Eishockey. Jeder Baby kann fahren.« Er ließ nicht locker.

»Ich aber nicht. War mir immer zu kalt in der Eishalle … Und wo überhaupt?«

»Hier? Die erfrischte Straße ist perfekt!« Da hatte er recht. Die erfrischte Straße war neu geteert.

»Du bekommst die Rollschuhe von Dagmar«, sagte Marion.

»Die kann man mit einer Schraube verstellen, bevor man sie unter die Schuhe macht. Also morgen? So gegen fünf?«

»Lädst du Jungen immer so schnell zum Rollschuhlaufen ein?« Matti versuchte nicht nur, charmant zu klingen, er war es.

»Jedes Mal!« Marion lächelte frech, sie wurde kein bisschen rot.

»Ich muss jetzt leider nach Hause.« Er schaute auf seine Uhr.

»Wir auch!« Marion wischte sich die Hände am Latz ihrer Hose ab. *In dieser Bollerhose sieht man ihre gute Figur gar nicht. Was für eine Verschwendung. Wenn ich so einen tollen Body hätte … ich würde nur abgeschnittene Hotpants tragen und hautenge T-Shirts*. Ich sah an mir hinunter. Plötzlich störte es mich, dass ich in Dagmars schwarzer Nylontrainingshose wie ein billiger Rapper aussah. Ein kräftiger billiger Rapper.

»Also, bis morgen?« Matti streifte mich mit einem beiläufigen Blick.

»Mal sehen. Wir schreiben am Montag Französisch. Mir ist das ja ziemlich egal, aber Marion muss am Wochenende unbedingt noch etwas für Madame Duponts letzte Attacke vor den Zeugnissen üben.«

»Mache ich doch! Habe ich heute auch schon …«

»Sonst darfst du nicht raus!« Matti drohte ihr mit dem Zeigefinger. »Sonst du bekommst… Stu-ben-ärrrrräst.« Er brach sich fast die Zunge, um dieses Wort herauszubekommen. Wir lachten, dann war er weg.

Marion stieg auf ihr Fahrrad, gemeinsam fuhren wir los. Niemand sagte etwas. »Ich wette, du wirst heute Nacht nicht schlafen können«, brach ich das Schweigen. »Der ist echt süß!«

»Ja.«

»Und wie er dieses ›Stu-ben-arrrrräst‹ ausgesprochen hat … Was benutzt der überhaupt für Wörter, das kenne ich ja noch nicht mal.«

Marion fuhr wortlos vor mir entlang. Was hatte die denn jetzt?

»Ich finde ihn toll! Der ist echt süß«, versuchte ich noch einmal.

»Mmmmh, sagtest du schon«, rief sie über die Schulter. »Warum sollte der jemand wie mich gut finden?«

»Das tut er aber nun mal! Ihr müsst euch einfach besser kennenlernen.«

»Aber zu gut soll er mich auch nicht finden. Ich hasse es, wenn mich jemand übertrieben anhimmelt.«

OMG. Würde ich meine Mutter je verstehen?

17. KAPITEL

23. Mai 1980

»Also, wann lernen wir heute?«, fragte ich Marion am nächsten Morgen beim Anziehen. Es war Samstag. Und Matti wollte mit uns Rollschuhlaufen gehen.

»Oh. Ich schätze mal, ich werde keine Zeit haben. Ich fahre nämlich weg.«

»Wie? Du fährst ...? Wohin?«

»Anne und ich hauen jetzt gleich ab!«

»Hä? Und was ist mit Matti? Und wissen die Großeltern davon?«

»Nein. Die Überraschung kommt gleich zum Frühstück.« Schon war sie durch die Tür.

»Aber ...« Vor Erstaunen und Ärger vergaß ich zu atmen.

Ich folgte ihr in die Küche. Gerade hatte ich mich auf der Eckbank niedergelassen, da platzte die Überraschung auch schon mit einem Rucksack auf dem Rücken und einer aufgerollten Isomatte unter dem Arm herein. Anne. Sie hatte ihre braunen Haare zu zwei Zöpfen geflochten, die sie wie ein kleines Schulmädchen aussehen ließen. Artig gab sie den Großeltern die Hand. »Es ist ein Notfall eingetreten. Für das Kinderfreizeitwochenende der Kolpingfamilie sind zwei Betreuerinnen ausgefallen. Die eine hat sich das Knie böse verdreht, auf der Wiese, beim Völkerballspielen. Und dann ist die zweite heute Nacht auch noch krank geworden. Pfeiffersches Drüsenfieber.«

Pfeiffersches Drüsenfieber? Das klang nach einer detailreichen Lüge!

»Die Gruppe ist schon seit gestern Abend in der Nähe von Rösrath, bei Köln. Ich fahre jetzt dorthin, versuche aber noch vorher, im Auftrag von Pastor Gildemeister zuverlässige Leute zum Mitfahren zu finden. Könnte Marion nicht vielleicht aushelfen?«

Ich hatte inzwischen weitergeatmet, traute aber meinen Ohren kaum, als Marion nun formvollendet herumdruckste: »Schade, sonst gern. Aber ich muss doch hier im Café helfen ...«

»Ja, ich weiß. Hach, zu dumm. Jetzt wird man die Kinder alle wieder nach Hause schicken müssen!« Annes Mienenspiel konnte einem die Tränen in die Augen treiben.

»Na, dann fahr doch da mal mit.« Omi tätschelte Marions Arm. »Ich schmier euch schnell ein paar Brote.«

»Danke, Frau Zimt, aber wir werden versorgt. Der Bulli fährt gleich um elf vor der Kirche ab. Da gibt es beim ersten Halt immer Rosinenweckchen für alle.«

Rosinenweckchen für alle ..., hätte ich beinah geschrien. *Ich denke, das ist eine Notsituation?! Ihr zwei lügt uns hier die Taschen voll. Und das, ohne rot zu werden!*

»Ich komme mit«, sagte ich. Man konnte die Wut in meiner Stimme recht gut hören. »Ich kann das ja wohl auch. *Kinder* betreuen!«

»Ach ja?« Dagmar ergriff das Wort. Was wollte *die* denn jetzt? »Vielleicht bist du ja selber aus einem Kinderheim ... abgehauen? Kleine unbedeutende Frage: Warum melden sich deine Eltern eigentlich nie bei dir? Hast du *jemals* mit ihnen gesprochen?«

»Na klar!«

»Wo? Wann?«

»Als du nicht da warst!« Ich tippte die Brötchenkrümel von der Tischdecke mit den Fingerspitzen auf.

»Habt ihr davon was mitbekommen?«, fragte Dagmar, ganz Chefanklägerin. Omi lächelte verwirrt und schüttelte den Kopf.

»Aber ich war dabei! Schon zwei Mal. Die rufen immer nachmittags an.« Marion zuckte mit den Achseln. »Wenn die Bilder trocknen.«

Wenn die Bilder trocknen. Was für ein Blödsinn! Aber danke, Marion. Du bist ja doch zu etwas zu gebrauchen.

»Die Dagmar macht sich immer so Sorgen um mich, Mutti! Aber meine Eltern finden es toll, dass ich das Leben in Deutschland von allen Seiten kennenlernen darf.« Am liebsten hätte ich DDD die Zunge rausgestreckt.

»Na, soll sie ruhig mitfahren.« Opa winkte ab und versenkte sich wieder in den *Godesbacher Anzeiger*.

»Also. Du brauchst einen Schlafsack. Ein Zelt. 'ne Isomatte ...«, zählte Anne ungerührt auf. »Habt ihr das überhaupt für zwei, Marion?«

Marion sprang auf. »Finden wir«, sagte sie, ohne mich anzuschauen, und rannte aus der Küche.

Nur gut, dass uns niemand zur Kirche begleitete, denn natürlich wartete kein Kleinbus davor. Anne und Marion marschierten ohne Weiteres daran vorbei, zum Bahnhof. Was in aller Welt hatten die vor? Noch hatte es keiner für nötig gehalten, mich aufzuklären. *Hallo? Geht's noch?*

Im Zug ließ meine zukünftige Mutter sich auf den erstbesten Sitz fallen und würdigte mich immer noch keines Blickes. »Rösrath, wir kommen!«, sagte sie und umarmte ihren Schlafsack, der zusammengeschnürt auf ihrem Schoß lag. Der Zug setzte sich langsam in Bewegung. Ich stand mitten im Abteil, die Hände in die Seiten gestützt, vor Wut fehlten mir die Worte.

»Also komm, jetzt flipp nicht gleich aus«, seufzte Marion theatralisch, wobei sie mich aber endlich anschaute.

Doch, genau das würde ich im nächsten Moment tun!

»Wir fahren zu einem Festival, es heißt *Umsonst und draußen* und findet auf einer Wiese statt«, erklärte sie. »Da spielen ein paar Bands, unter anderem auch *Franz K.*, die sind spitzenmäßig. Über zweitausend Besucher werden erwartet. Unter freiem Himmel. Das würden die uns nie erlauben.« *Die* waren die Großeltern.

»Sag mal, spinnt ihr?« Ich hätte gerne noch viel lauter geschrien. Wir waren alleine zu einem riesigen Konzert unterwegs. Deswegen also die Heimlichtuerei, das Geflüster und Getuschel zwischen Anne und Marion in den letzten Tagen.

»Nö. Wir spinnen nicht.« Marion sprang auf, warf den Schlafsack in die Gepäckablage, zog das Fenster herunter und lehnte sich hinaus. In den modernen Zügen, die ich kannte, ging das gar nicht mehr. »Hey, ich freu mich so tierisch!«, rief sie. »Endlich wieder ordentliche Mucke hören, endlich wieder baden gehen und im Zelt pennen.« Das galt Anne.

»Na ja, ob wir zum Schlafen kommen werden?« Anne warf ihre Schulmädchenzöpfe zurück und hielt mir eine Thermoskanne hin. »*Caro-Kaffee*? Wo wir dich doch vom Frühstück abgehalten haben?«

Ich kochte immer noch vor Wut, umso mehr, als ich sah, was Anne alles aus ihrem Rucksack zutage förderte. Belegte Brote, hart gekochte Eier, ein Salzfässchen und tatsächlich zwei Rosinenweckchen. Ich war definitiv *nicht* eingeplant.

»Und was ist mit Französisch? Mit Helfen im Café? Um die Party machen zu dürfen? Mit dem Abarbeiten der Liste, mit Matti und dem Rollschuhlaufen?« Ich verschränkte die Arme vor der Brust.

»Ich konnte dich nicht einweihen. Tut mir leid.« Marion kam mit dem Oberkörper zurück ins Abteil, schnappte sich eins der weichen Brötchen und biss herzhaft hinein.

»Ja, das habe ich gemerkt! Und ich find's scheiße von dir!«

»Ja, verstehen wir ja.« Anne war wie immer sehr diplomatisch. »Klappt aber bisher astrein. Mal muss ich bei Marion in der Kinder- und Jugendarbeit einspringen, mal sie bei mir.« Anne tätschelte mir die Schulter. »Nun setz dich erst mal!«

»Wir waren auch schon auf Anti-AKW-Demonstrationen. Weißt du noch, letzten Herbst in Bonn, Anne? Das war irre.« Was war AKW? Das würde ich im Jahr 2015 googeln müssen oder im Jahr 1980 bei Marion erfragen. Und mich gründlich blamieren. Ich ließ mich auf einen der Kunstledersitze fallen, immer noch stocksauer. Was sollte ich tun? Wieder zurückfahren? »Da reden wir aber noch drüber«, sagte ich streng. »Denn ich finde das wirklich voll daneben, Marion!« Mein Gott, ich hörte mich an wie meine eigene Mutter …

Zwei Stunden später standen wir an einem kleinen Abhang. Unter einem blauen Himmel mit kleinen Federwölkchen breitete sich das Festivalgelände vor uns aus, die ausgefransten Wiesen waren am Rand mit kleinen Zelten in allen Farben übersät und endeten dicht am Rhein. Eine dicke Schwade von Grillwürstchendunst hing über allem. Auf der Bühne standen einige Musiker herum. Die Musik war kümmerlich und brach immer wieder ab.

»Soundcheck«, sagte Marion. Die Zuschauer saßen im Gras, teilweise mit dem Rücken zur Bühne, strickten oder rauchten, andere schlenderten in Scharen vorbei. Um die innere Wiese zog sich ein Kreis aus Imbissbuden und Bierwagen. Mein Rucksack drückte schwer auf den Schultern. Von außen bestand er hauptsächlich aus verbogenen Stangen und dreckigem rotem Nylontuch. Tramperrucksack hatte Marion ihn genannt. Was sollten wir hier? Warum war ich überhaupt mitgefahren?

»Kommt, wir suchen uns einen guten Platz, und dann schauen wir, wer da ist!« Marion übernahm das Kommando.

Ein guter Platz? Hier sieht doch alles gleich schlimm aus.

Nach einigen Minuten ließ sie irgendwo zwischen den Zelten ihr Bündel auf das Gras fallen und behauptete: »Hier.«

»Und was ist daran jetzt … gut?« Doch ich machte es ihr nach und ließ das sperrige Bündel von meinem Rücken plumpsen.

»Gitarren!« Sie zeigte auf eine gammelige Gitarre, die aus einem offenen Zelteingang ragte. »Feuerstelle!« Ein paar leere Suppendosen lagen neben einem Kranz aus Steinen und verkohlten Zweigen.

»Toilettenwagen schön nah gelegen, aber nicht zu nah, um den Gestank erdulden zu müssen«, ergänzte Anne und ließ einen schmalen Sack auf den Boden fallen. Es klapperte laut. »Hier, widme dich schon mal deiner Luftmatratze!« Sie warf mir ein Bündel zu. Das Ding roch wie ein in Grünkohl gekochter Autoreifen. »Fantastisch«, brummte ich. Anne steckte Zeltstangen zusammen und sortierte Metallhaken im Gras. Marion zog verklebte Planen auseinander. Im Nu waren beide Zelte aufgebaut.

»Wir werden heute Nacht entscheiden, wer wo schläft.« Marion kicherte vor sich hin und knotete sich einen schmalen Gürtel um die Taille. Dann löste sie einen Träger ihrer Latzhose und ließ ihn herabhängen. Natürlich trug sie wieder keinen BH. In ihrem gebatikten Unterhemd sah man, wie wenig Busen sie vorzuweisen hatte. Besser gesagt, man sah *alles*. Wie auf den ersten Fotos von Kate Moss zu Beginn ihrer Karriere. Jetzt warf Marion den schmuddeligen Rucksack haarscharf an mir vorbei in das Zelt. Mir war schwindelig, denn die Luftmatratze wollte und wollte sich nicht füllen, obwohl ich schon minutenlang in das ekelig schmeckende Ventil gepustet hatte. »Klaut das keiner?«

»Da kannst du beruhigt sein«, behauptete Anne.

»Unser Schlaflager machen wir später«, rief Marion. »Kommst du?«

Schweigend stand ich auf und lief hinter ihnen her.

So viele Leute auf einem Haufen! Sie saßen überall auf dem Boden, auf den Bierbänken, auf den Boxen in der Sonne. Manche lagen auf ihren Schlafsäcken und drehten Zigaretten, einige tranken Bier aus Plastikbechern, andere hielten eine Bratwurst in der Hand.

»Hey … Test. Test«, sagte jemand ins Mikrofon. »Ja also … wir sind die *Beastlys* … Und … ja … das hier ist das, was wir so spielen.«

Die Musik setzte ein. Laut quietschende Gitarren, übersteuerte Boxen und der Knall einer Rückkopplung, der uns zusammenzucken ließ. Die *Beastlys* spielten halb zum Schlagzeuger gedreht, der sich hinter seinen Trommeln verschanzt hatte. Sie schauten nicht ins Publikum. Vermutlich schämten sie sich für den albernen Bandnamen und die dunkelgrünen Overalls, in denen sie steckten.

Marion schaute um sich. Ihre Augen waren überall. Wie ein Radar-Teleskop drehte sich ihr Kopf in alle Richtungen. Sie schien jede einzelne Person, die an uns vorbeikam, abzuscannen. Was suchte sie bloß?

»Die Band finde ich bescheuert!«, schrie sie über den Lärm. Obwohl ich immer noch entsetzt über diesen seltsamen, unangekündigten Ausflug war, konnte ich ein Grinsen nicht zurückhalten. Das war der erste vernünftige Satz, den sie heute gesprochen hatte.

Wir gingen weiter, bis wir zu einer Reihe mit Verkaufsständen kamen. Ketten, Ohrringe, Lederbänder, Anhänger aus gebranntem Ton, kopierte und zusammengetackerte Zeitungen gegen Atomkraft, bedruckte Stofftaschen und anderer Ökokram. Marion blieb lange an einem Stand stehen, um sich mit einem langhaarigen Typen zu unterhalten, der Lederschmuck herstellte. Ich tat währenddessen so, als ob mich der Stand der *Grünen Liste* nebenan interessierte. Anne war unterwegs, um etwas zu trinken zu holen. *Grüne Liste gegen Atomkraftwerke! Gorleben stoppen! AKW – nee!* Also hieß diese Abkürzung Atomkraftwerk. Wäre peinlich gewesen, danach zu fragen.

Marion kam mit drei ledernen Armbändern wieder. »Er heißt Heiner und er findet meine Augen toll. Eins hat er mir geschenkt!« Der Typ vom Stand winkte zu uns herüber. Na klar, sie sah echt hübsch aus, die Jungs standen auf sie.

Anne tauchte auf, sie hatte drei Plastikbecher mit Bier dabei. Ich nahm einen Schluck. Warm. Na toll. Marion legte uns die Armbänder um und quatschte noch ein bisschen über Heiner, wobei sie seinen Namen mindestens fünfmal in einem Satz unterbrachte. Nach dem dritten Schluck zog ich ein Resümee. Wir standen nachmittags auf einer Wiese in der Nähe von Köln und tranken Bier. Niemand wusste, wo wir waren. Wir waren minderjährig. Doch bevor ich Marion eine weitere Strafpredigt halten konnte, gerieten wir in eine Gruppe mit Fahnen und Bannern, die sich *Che-Guevara-Jugend Worringen* nannte. Marion und Anne wurden von zwei Jungen der Gruppe angequatscht und redeten sofort mit ihnen, als ob sie sich schon lange kannten. Mit mir redete niemand. Wütend starrte ich in mein lauwarmes Bier und trank es nach und nach aus. In einer Stunde würde Matti mit seinen Rollschuhen an der »erfrischt« geteerten Straße stehen. Und wir würden nicht erscheinen. Nicht mal anrufen konnte ich ihn, nicht mal eine SMS schreiben.

Marion lachte über die Witze von dem Typ neben ihr und schaute ihn mit ihren Rehaugen verzückt an. Matti war vergessen. Aber Heiner mit dem Lederschmuck anscheinend auch. Einer von den *Che-Guevaras* füllte meinen Becher mit einer Mischung aus Cola und Bier auf, die er in einer Plastiktüte mit sich trug, und erzählte von Kuba. Ich hörte ihm zu, beobachtete aber weiter Marion, die bereits einen Arm um die Schulter gelegt bekommen hatte. Aber nicht von dem Jungen von eben. Wieder ein anderer?

Ich schaute genauer hin. Ich mochte den Typ nicht. Er war schon älter und hatte einen gemeinen Mund mit viel zu schmalen Lippen. Sah Marion das denn nicht? Sah *Anne* das denn nicht? Aber die stand zwischen zwei Jungs und diskutierte in beide Richtungen. Ich nippte weiterhin an meinem Cola-Bier-Mix und lachte ab und zu höflich über Che Guevara neben mir, der eigentlich Tom hieß und mit seinen dunklen warmen Augen ganz hübsch war.

»Kommste mit aufs Klo?« Obwohl ich immer noch schlecht auf Marion zu sprechen war, ging ich mit. Im Toilettenwagen stank es ekelhaft und der Boden war überschwemmt. Mit was, wollte ich gar nicht wissen. »Ist doch spitzenmäßig hier, oder?«, fragte sie.

»Na ja. Du bist betrunken und der Typ neben dir ist irgendwie schleimig.«

»Ludger?«

»Wie alt ist der?«

»Keine Ahnung? Dreißig?« Sie kicherte, während sie aus dem Toilettenwagen wankte. Oha. Zu viel Bier. Wir mussten hier weg. Doch Marion wollte nicht, also blieb mir nichts anderes übrig, als in ihrer Nähe zu bleiben.

»Ich will *Franz Ka* sehen«, rief sie plötzlich und zog uns alle direkt vor zwei große Boxen, wo wir uns ins Gras setzten. *Franz K.* waren drei langhaarige Typen, die volle zwanzig Minuten lang behaupteten, sie hätten »Bock auf Rock«. Mir dröhnten die Ohren. Tom nahm meine Hand. Es wurde dunkel und roch nach Haschisch. Jemand brachte Pommes, die köstlichsten, die ich je gegessen hatte. Marion knutschte mit dem uralten Typ. *So what,* war ich ihre Mutter? Wie lange saßen wir hier schon herum? Mein Zeitgefühl war irgendwie abhandengekommen. Tom war dicht hinter mir, ich lehnte mich an seine Brust und leckte mir die Mayonnaise von den Lippen. Das Gras war feucht, aber die Luft sommerlich warm.

»Komm, wir fahren!« Marion gab eine verdächtig dicke Zigarette an Anne weiter und zog mich hoch.

Oh Mann, jetzt auch noch Joints, übertreibt's mal nicht.

»Nach Hause?«, fragte ich hoffnungsvoll und schaute mich um. Das Publikum war dichter geworden. Die schwarzen Köpfe der Zuhörer hoben sich gegen den dunkelblauen Abendhimmel ab. Überall glimmten orangefarbene Zigarettenpünktchen und leuchteten Feuerzeuge auf. »Nee, Süße.« Das war Ludger. Ich hasste es, wenn jemand mich »Süße« nannte.

»Nee. Nach Hause doch nicht!« Marions Stimme klang, als

ob sie sich konzentrieren müsste, die richtigen Worte samt all ihrer Buchstaben zu finden.

Auf dem Parkplatz quetschten wir uns zu acht in einen hellblauen Käfer, irgendjemand fuhr. Ich saß hinten auf Toms Schoß. Falls ich ihm zu schwer war, ließ er sich das zumindest nicht anmerken.

Der alte Typ saß mit Marion auf dem Vordersitz. Ludger. Was für beknackte Namen die alle hatten. Natürlich war niemand angeschnallt. Der Fahrer löschte plötzlich die Scheinwerfer, kuppelte die Gangschaltung aus und fuhr ein ganzes Stück ohne Licht. Was passierte, wenn man in der Vergangenheit starb? Dann war man tot. *Idiotin. Du hättest ja nicht mitfahren müssen.*

Endlich hielt er an. »Pscht! Haltet mal alle schön die Klappe. Habe keinen Bock, dafür ins Kittchen zu gehen.«

»Wofür?«

»Wirste schon sehen!« Marion sprang barfuß aus dem Auto und rannte auf den Maschendrahtzaun zu, der zwischen den Büschen vor uns zu sehen war. Hinter uns hielt ein weiteres Auto, allerdings mit voller Beleuchtung und laufendem Motor. Im Scheinwerferlicht erkannte ich, was hinter dem Zaun lag. Ein Freibad. Die Ersten kletterten an dem Drahtgitter hoch. War das da oben etwa Stacheldraht? Autotüren knallten, mindestens neun weitere Leute standen plötzlich auf dem Parkplatz. Wie hatten die alle in den kleinen Wagen gepasst?

»Komm, ich helfe dir, das bringt voll Jux!« Tom nahm meine Hand und zog mich in die Büsche, auf der anderen Seite hörte ich schon Wasserplatschen, unterdrücktes Gekreische und Gekicher. Wo war Marion? Wo Anne? Oh Gott, die waren wahrscheinlich schon drüben und vergnügten sich im Wasser. Tom packte mich an der Taille. Wollte er mich drei Meter hochstemmen oder wie? »Zieh die Schuhe aus«, rief eine Stimme, die wie Marions klang, »und setz die Füße in die Drahtschlaufen!«

Es tat an den Füßen weh, war aber gar nicht so schwer, wie es aussah. Und oben nicht das kleinste bisschen Stacheldraht. Dankbar, auf der anderen Seite angekommen und wieder auf dem Boden zu sein, schaute ich über die dunklen Wasserbecken, in denen es platschte und spritzte. Tom neben mir streifte seine Hose ab und sein T-Shirt über den Kopf. Ein Mädchen rannte so dicht an mir vorbei, dass ich den Windhauch spüren konnte. Sie hatte definitiv nichts an, auch unten nicht, und sprang in das Becken. »Jippiieh, wie kalt!«, kreischte sie, als sie wieder auftauchte. *Jippiieh?*

Was machten wir hier? Was, wenn die Polizei kam? Ich suchte das Dunkel nach Marion ab. Sie war nicht einmal sechzehn. Sie log, sie trank, sie rauchte. Und mir hielt sie im Jahr 2015 Vorträge über die gefährlichen Joints, die mittlerweile einen vielfach höheren THC-Gehalt als damals hätten, bla bla bla. Sachen, die man uns längst im Unterricht erzählt hatte. Daher wusste sie also so gut Bescheid, wegen der alten Zeiten …

Heute Nacht würde sie Ludger vom Vordersitz – oder Heiner oder einen anderen – mit ins Zelt schleppen, um mit ihm zu schlafen. *Baiser. Coucher. Faire l'amour.* Die Vokabeln hatte sie ja schon drauf. Die Französischarbeit, ihr Zeugnis und das Café, selbst Matti waren ihr in diesem Moment scheißegal. *Sie ist eben voll daneben. Manchmal ist sie aber auch verdammt cool. Ganz anders als zu Hause.* Seufzend verschränkte ich die Arme vor der Brust und setzte mich auf eine Bank. Ich sah Toms hübschen, schmalen Jungenhintern vor mir aufleuchten, bevor er sich mit einem Tarzanschrei über die Kante ins Becken fallen ließ.

So. Jetzt sitzt du hier wie eine Kindergärtnerin mit Burn-out, während alle anderen Spaß haben. Und was soll das? Du machst jetzt gefälligst mit, verdammt. Dann kannst du wenigstens irgendwann mal sagen: Nachts? Nackt im Schwimmbad? Klar habe ich das schon gemacht …

Ich zog mich aus. Ganz aus? Keiner war hier rasiert. Ich war es zumindest mal gewesen, hatte mittlerweile aber schon wieder lange Stoppeln vorzuweisen. Was würden die von mir denken? *Scheiß was drauf, Charlott'. Es ist dunkel und keiner kennt dich!* Ich streifte Marions Blümchen-Slip ab und sprang ins Wasser. Es war wirklich *Jippiieh-kalt*. Aber, wow! Was für ein wunderbares Gefühl, so unten-ohne-alles. Tom paddelte auf mich zu. Ich hoffte zumindest, dass er es war. »Stark, oder?« Er war es.

»Mega!«

Wir traten Wasser und kicherten uns keuchend an, dann konnte ich nicht anders und tauchte seinen dunklen Schopf unter. Er kam prustend hoch, rächte sich aber nicht. Ich stellte fest, dass ich es mochte, wenn Jungs ihre Stärke nicht beweisen mussten. Wir schwammen umher und beteuerten uns, wie unheimlich das schwarze Wasser war, dann kletterten wir an einer Leiter raus und standen plötzlich auf dem Ein-Meter-Brett. Er reichte mir die Hand.

OMG. Ich bin nackt. Ich halte Händchen mit einem ebenso nackten Jungen, von dem ich nur den Vornamen kenne. Ich werde da bei ihm jetzt nicht hingucken.

Wenige Meter vor uns hing Marion am Beckenrand, ich erkannte sie an ihren kurzen Haaren. Jemand kam auf sie zugeschwommen, die beiden Köpfe verschmolzen miteinander. Wahrscheinlich Ekel-Ludger. Ich bemühte mich, nicht hinzuschauen, sondern lenkte meinen Blick lieber nach oben, wo ein paar Leute gerade an der Absperrung vorbei auf den Drei-Meter-Turm kletterten. Die schwarzen Dreiecke ihrer Schambehaarung waren gut zu sehen. *Nein, ich will da bei Tom immer noch nicht hingucken, doch, ich will hingucken!* In diesem Moment sprangen wir. Hand in Hand.

Eine Weile hockten wir noch im Kinderbecken herum, aber auch dort war das Wasser nicht bedeutend wärmer. Als meine Hände ganz schrumpelig waren, gingen wir raus. »Du frierst ja.« Er gab mir sein T-Shirt zum Abtrocknen, wrang behutsam meine Haare aus und zog sich dann selber an.

Bevor ich mich umdrehte, küsste er mich zart von hinten auf den Hals. »Verzeihung, du bist ein irres Mädchen«, flüsterte er, »aber ich habe eine Freundin.« Als ich in mein Shirt schlüpfte, klebte es unangenehm an der noch feuchten Haut und meine Beine steckten in der klammen Gymnastikhose fest, die sich nicht hochziehen lassen wollte.

Kaum saßen wir wieder im Auto, da begann es zu regnen. Marion fing an, ein Lied zu singen, das mir vage bekannt vorkam. Beim Refrain fielen alle mit ein: »*Teacher! Leave us kids alone!*« Eine Flasche Apfelschnaps machte die Runde, Anne kicherte nur und gab die Flasche weiter, doch Marion trank in langen Zügen. Tom hielt mich mit seinen Armen umschlungen. Er roch lecker. Der Schnaps dagegen roch widerlich süß, auch ich verzichtete auf einen Schluck. Ich war jetzt müde und wollte nur noch auf meine schlappe Luftmatratze.

»Voll die Dröhnung«, sagte Marion, als wir uns durch die Menge des Festivals bahnten. Ludger hielt sie eng umschlungen. Meinte sie ihren Kopf? Den dichter werdenden Regen, den Schnaps oder die Musik? Die war immer noch Horror.

»Marion«, raunte ich ihr ins Ohr und versuchte, sie unter Ludgers Arm wegzuziehen, der sich dick wie eine Kobra um ihren Hals legte. »Was hast du mit diesem Typen vor? Nimm den bloß nicht mit ins Zelt ...«

»Hä? Wieso? Ist doch lustig bis jetzt!«

Ja, genau. Sehr lustig.

Viele der Leute saßen unter Plastikplanen im Schlamm, einige tanzten in nass glänzenden Regenjacken vor der Bühne. Tom hielt ein großes Stück durchweichte Pappe über unsere Köpfe und wollte mich zu seinem Zelt lotsen. »Bock auf Ravioli?« Ich lehnte dankend ab. Anne war mir egal, zusammen mit ihrem persönlichen Che Guevara war sie irgendwo abhandengekommen, aber Marion und ihren alten Sack durfte ich keinesfalls aus den Augen verlieren.

»Schade.« Tom zuckte mit den Schultern. »Dann also zu dir?« Wir stiefelten hinter Marion her, die sich kaum noch auf den Beinen halten konnte. Tom brachte mich zu meinem Zelt. Ludgers durchnässte Lederlatschen lagen bereits vor dem anderen Zelteingang. Gott, die hatte den tatsächlich mitgenommen ... Wir umarmten uns unter der Pappe. »Sehen wir uns zum Frühstück?«

»Ja, warum nicht?« Es war mir gerade alles egal.

»Also gebongt!«

Ich öffnete den Reisverschluss zu meiner windschiefen Behausung. Nebenan brummelte eine tiefe Männerstimme. Ich schlotterte am ganzen Körper und beeilte mich, ins Zelt zu kriechen. Wo war die kuschelige Trainingsjacke von Marion, die ich eingepackt hatte? Wo mein Schlafsack? Aufs Zähneputzen würde ich heute verzichten, zu müde. Ich robbte ins Dunkle, es platschte, schon nach wenigen Zentimetern stand ich mit beiden Händen und beiden Knien im Wasser. Mist! Der Regen hatte sich in meinem Zelt als riesige Lache breitgemacht. Luftmatratze, Schlafsack, Rucksack, alles war durchnässt. Von oben und von unten, auch sämtliche Klamotten. Ich hätte heulen können. Mir war kalt! Ich war nass! Ich wollte schlafen! Selbst die blöde Musik hätte mich nicht mehr gestört. Ich krabbelte auf allen vieren wieder zurück. Tom war natürlich weg. Ein paar Sekunden stand ich vor dem Nachbarzelt, auf das der Regen leise pladderte. Gebrummel, Lachen und Gequieke drangen durch die dünne Plane. *Oh shit.* Niemals würde ich da reingehen und um ein trockenes Plätzchen neben ihnen bitten.

Langsam trottete ich über den Platz. Auf der Bühne spielten sie Reggae. *No woman. No cry. – Doch woman. Und wenn das so weitergeht, gleich auch cry.* Die Klamotten klebten an mir, aus meinen Haarsträhnen tropfte es, selbst im Schwimmbad war ich nicht so nass gewesen wie jetzt. Sehnsüchtig schaute ich in die wenigen offen stehenden Zelte. In einigen lagen Taschenlampen. Der Regen fiel in endlosen dichten Fäden durch die Lichtkegel. Was hätte ich jetzt für trockene Socken und einen Tee gegeben! Aber ich hatte ja nicht mal ein paar Mark bei mir. Wo war das verdammte Zelt von Tom? Warum hatte ich nicht besser aufgepasst? Ich kehrte um, fand mit Mühe zurück.

Aus Marions Zelt hörte ich nun ein hohes betrunkenes Lachen. Oh Mann, Marion. Du bist echt voll daneben. Das Lachen brach ab.

»Nein. Nein …«

Ich horchte auf.

»Nein! Nicht! Hör auf! Bitte …!«

Zwang er sie etwa zu etwas, was sie nicht wollte? *Na überleg mal.* Nein! Nicht, hör auf, bitte …! *Was gibt es da für eine andere Deutung?*

»Marion?« Nichts, nur ein erstickter Laut. »Marion!«

Scheiße! Ich ließ mich auf die Knie fallen, mir flatterten plötzlich die Hände. Sie zitterten so, dass ich den Reisverschluss kaum aufbekam. Verdammt, wie ging das? Endlich konnte ich in das Zelt schauen. Er lag auf ihr, die Hose halb heruntergezogen, sein weißer Arsch leuchtete im Dunklen. Marion war kaum zu sehen, doch ich hörte sie weinen. Mein Herz klopfte, ich richtete mich auf und trat mit voller Kraft auf sein Bein, das dem Eingang am nächsten lag. Er jaulte auf. »Aua! Was is' los? Verpiss dich!«

»Verpiss *du* dich, aber sofort! Du blöder Freak!«, schrie ich, so laut ich konnte. Hörte uns jemand? In den Zelten rundherum blieb es ruhig, niemand kam uns zu Hilfe.

»Ihr Scheißweiber!« Er zog sich die Hosen hoch, kam rückwärts aus dem Zelt und richtete sich auf. Er war viel größer als ich. Ich ballte die Fäuste. Dieser fiese Mund! Ich hatte es doch gleich gewusst. »Wenn sie Nein sagt, meint sie Nein! Sie ist noch nicht mal sechzehn! Wir zeigen dich an, du Arsch!« In meiner Kehle hämmerte es, mein Herzschlag spielte verrückt. Ludger schnappte sich seine fiesen Lederlatschen und machte sich barfuß davon.

»Wichser!«, schrie ich ihm hinterher. Aus dem Zelt kam ein Schluchzen.

»Haltet da draußen mal die Klappe! Wir wollen schlafen!«, rief jemand.

Ja, danke für eure Hilfe, ihr blöden Ökos! Ich krabbelte hinein. Marion saß auf dem Zeltboden, den Kopf gesenkt. Ich umarmte sie, so gut es im Sitzen ging. »Was hat er mit dir …? Hat er …?«

»Nee, aber fast. Die Latzhose war im Weg …« Sie versuchte ein Lachen, doch ich konnte nicht mitlachen. Ich merkte, wie die Wut von heute Morgen wieder in mir hochstieg, aber diesmal mächtiger, so mächtig, wie ich sie noch nie zuvor gespürt hatte. »Super, Marion. Echt toll gemacht. Was, wenn ich nicht dazwischengeplatzt wäre?« Ich spürte, wie sie mit den Schultern zuckte. »Der war doch am Anfang ganz nett …«, schniefte sie leise.

»Der war *überhaupt* nicht nett! Aber du warst zu besoffen, um das zu bemerken.« Ich rückte von ihr ab. »Du bist wahllos. Ein Grinsen, ein Bier oder ein Lederarmband reicht da schon.«

»Ich verknall mich eben …«

»Verknallen?!« Meine Stimme überschlug sich. »So ein Quatsch!«, zischte ich, um unsere Nachbarn in den Zelten nebenan nicht noch mehr zu stören. »In diesen Arsch warst du doch noch nicht verknallt! Du bist weder verknallt noch verliebt, auch in Matti nicht, du weißt doch gar nicht, wie das geht. Du pendelst von einem zum anderen. Wer immer dir erzählt, dass du schöne Augen hast, auf den richtest du sofort deine Aufmerksamkeit, den nimmst du.« Ich war außer Atem vor Empörung, doch ich musste weiterreden: »Du bist nicht das kleinste bisschen überzeugt von dir, du setzt dich nie durch. Was ist mit deinen mega-geilen Erfindungen in der Backstube? Nichts! Wenn Opa nur ein bisschen brummt, gibst du sofort klein bei! Und Dagmar? Die schafft es immer wieder, dich zu verunsichern, indem sie dir einredet, du seist dumm!«

Meine Augen hatten sich an die Dunkelheit gewöhnt. Marion saß völlig zusammengesunken da. »Du bist aber nicht dumm, du bist klug und du bist toll. Jawohl, du bist toll! Und schön! Aber das müssen andere dir erzählen. Erst dann fühlst du dich gut und strahlst. Das hält allerdings nicht lange an, weil du es dir selbst nicht glaubst. Also muss der Nächste kommen. Und dich bestätigen.«

»Siehst du mich wirklich so?« Ihre Unterlippe bebte wie bei einem kleinen Kind.

»Ja. Du rennst da hinter etwas her, das eigentlich nur in dir drin sein kann! Und das solltest du langsam mal entdecken.« Es war nicht besonders lustig, so ehrlich zu sein. Es war furchtbar. Doch es fühlte sich richtiger an als alles, was ich bisher getan hatte. Ich war aber noch nicht fertig. »Und es ist echt furchtbar, dass dir das passiert ist, aber besonders viel Mitleid kann ich gerade nicht mit dir haben, sorry.«

»Charlotte?« Jetzt schluchzte sie wieder. »Bin ich in der Zukunft auch noch so?«

Da bist du völlig verkorkst. Und ich ahne jetzt so langsam, warum.

»Ach Marion. Frag lieber nicht. Sondern werd mal wach! Werd einfach wach!« Mit diesen Worten kroch ich aus dem Zelt. Obwohl meine Klamotten immer noch nass waren und ich schrecklich müde war, ertrug ich es einfach nicht, bei ihr zu bleiben. Ich hatte keine Lust mehr auf diesen ganzen Scheiß. Überhaupt keine Lust mehr.

»Mist, verdammter Mist!«, fluchte ich immer wieder vor mich hin.

Am Toilettenwagen lief ich in eine fröhliche Anne hinein.

»Bin wieder da!«, rief sie. »Na? Wo ist dein Macker hin? Spaß gehabt?«

»Geh bitte sofort zu Marion! Der geht's nicht gut!«

»Okay.« Anne eilte davon.

Ich stolperte über das Gelände. Die Wiese war zu einer einzigen Matschfläche geworden, in der meine Turnschuhe bis zum Knöchel versanken. Ob ich mich an einer der Würstchenbuden unterstellen und am Grill wärmen konnte? Aber die hatten längst zusammengepackt und auch die Musiker hörten in diesem Moment auf zu spielen. Ich lief wieder zwischen den Zelten umher. Die blaue Flamme eines Bunsenbrenners fauchte mich an. Jemand hatte eine geöffnete Konservendose daraufgestellt. Ravioli. Ein dunkler Schopf tauchte im Zelteingang auf.

»Tom!« Ich stürzte auf ihn zu und umarmte ihn.

»Es gibt doch nichts Köstlicheres als eine ordentliche Portion Ravioli im Magen«, nuschelte ich, als wir eng aneinandergekuschelt unter Toms herrlich trockenem Schlafsack auf seiner herrlich trockenen Isomatte lagen. Er hatte mir eine Trainingshose geliehen und einen Pullover, der gut nach ihm roch. Ich starrte auf die Zeltplane neben mir und lauschte auf den beständig trommelnden Regen.

»Was ist los? Du bist so anders als eben. So nachdenklich«, murmelte Tom in meinen Nacken. Ich seufzte. *Hätte ich bei Marion bleiben und ihr noch mehr ins Gewissen reden sollen? Hätte ich ihr erzählen sollen, wie ihr Leben in der Zukunft wirklich aussieht?*

»Mmmh. Hatte gerade Ärger mit meiner Mutter. Aber so richtig …«

»Ist die etwa hier? Oder hast du sie angerufen? Ich rufe nie an, ich sage immer, Telefonzelle war kaputt.«

»Gute Idee.« *Wenn sie sich ab morgen immer noch so bescheuert benimmt, werde ich es ihr sagen! Die ganze Wahrheit! Ohne irgend-*

welche Beschönigungen. Sie weiß ja nicht, was sie anrichtet, wenn sie weiterhin so bleibt, sie hat sich ja nicht deprimiert in der Backstube stehen sehen. Aber ich!

»Hör mal.« Er zog mich an sich. »Meine Freundin heißt Delphine, sie ist Französin und ich bin ihr immer treu gewesen.«

»Das ist echt toll von dir«, antwortete ich, doch an seinem Atem hörte ich, dass er bereits eingeschlafen war.

Am nächsten Morgen mischte sich der Lärm von draußen in meine Träume. Ich war wach – und war doch nicht wach. Ich wollte diesen Dämmerzustand nicht verlassen, denn einmal daraus aufgetaucht, würde ich mich wieder mit Marion und dem ganzen Zukunfts-Scheiß beschäftigen müssen. Ich wollte die zwei Arme, die mich die ganze Nacht gehalten hatten, noch ein paar Minuten länger genießen. Wollte der Gitarrenmusik nebenan weiter lauschen.

Ein paar Minuten später spürte ich, wie Tom leise aus dem Zelt schlüpfte, hörte, wie er Wasser auf dem Gasbrenner heiß machte und wie er Blechtassen aneinanderschlug und darin herumrührte. Der Geruch nach Kaffee drang in meine Nase. Es war richtig gewesen, von Marion abzuhauen. Ich hatte kein schlechtes Gewissen. Im Gegenteil. Ich wusste jetzt genau, was ich tun wollte. Sobald Anne gegangen war, würde ich ihr die Wahrheit sagen.

Als ich eine halbe Stunde später endlich aus dem Zelt kroch, saßen Toms Kumpel aus der Che-Guevara-Gruppe um ein qualmendes Feuerchen und feixten mich wissend an. Ich setzte mich auf eine leere Getränkekiste und streckte meine etwas steifen Beine in Richtung Feuer. Die Ärmel von Toms grob gestricktem hellgrauen Wollpullover fielen boy-friend-like und mega-hübsch über meine Hände, ich umklammerte damit meine Blechtasse mit der frisch angerührten Nescafébrühe und fühlte mich wie das gut aussehende junge Mädchen im *Telekom*-Spot. Tom grinste mich an, ich lächelte zurück und biss dankbar in das Käsebrötchen, das er mir reichte. Ich hob das Gesicht, schloss die Augen und genoss die Wärme der Sonnenstrahlen auf meiner Haut. Es war schön gewesen, die Nacht mit ihm zu verbringen. Wir mochten uns gerne. Nicht mehr und nicht weniger. Es war richtig gewesen, sich nur in den Armen zu halten. Wieso konnte nicht immer alles so einfach sein?

»*Morning!*«

Ich öffnete die Augen und schaute auf. Marion und Anne standen vor mir. Sie hielten sich an den Händen. Marion hatte geweint. Das sah man. »Ich will nach Hause. Und bitte sofort!«

18. KAPITEL
25. Mai 1980

In Französisch nahm ich mir Marions Klassenarbeitsheft und schob ihr hinter dem Rücken von Madame Dupont die linierten Blätter zu, auf die ich hätte schreiben sollen.

»Danke! Du bist so super zu mir!«

»Das mache ich nur, weil du dir absolut keine Fünf leisten kannst …«

Marion nickte und kritzelte *Charlotte Potter* auf das Blatt. »Ich werde ab jetzt nicht mehr so einen Scheiß machen.« So einen Scheiß bedeutete in diesem Falle, ein ganzes Wochenende auf einer Wiese in der Nähe von Köln zu verbringen, anstatt sich auf eine äußerst wichtige Klassenarbeit vorzubereiten.

»Und ich werde immer nach deiner Methode üben, mein Leben lang, versprochen!«

»Ich hoffe es.« *Ach Tom. War schön mit dir … Wenn du wüsstest, wie wir die Rückfahrt verbracht haben. In einem überfüllten Zug auf dem Gang. Wenn der Schaffner in die Nähe kam, haben wir unser Gepäck liegen lassen und uns auf die Toilette verdrückt. Wir mussten schwarzfahren, denn die verheulte Marion hatte das Geld für die Fahrkarten in unsere Armbänder angelegt. Also harrten wir eng zusammengepresst, mit zugehaltenen Nasen, verfilzten Haaren und ungeputzten Zähnen aus.*

Ich fuhr mit der Zunge über meine Zähne und freute mich über das glatte, saubere Gefühl. Ich würde Tom nicht wiedersehen, doch das Gefühl dieser Nacht würde ich nie vergessen. So und noch schöner würde es sich auch mit Timo anfühlen. Wenn nicht, wäre er eben nicht der Richtige für mich. Wohlig aufseufzend beantwortete ich die erste Frage nach Madame Thierys Hund im *conditionnel passé*.

»Astrein, dass du mir geholfen hast«, sagte Marion, als wir uns mit den anderen aus der Klasse drängten. »Und danke auch noch für die Mathearbeit!«

»Schon okay.« Ich grinste. Die Arbeit, die ich unter Marions Namen bei Dr. Hirschfelder abgeliefert hatte, war tatsächlich eine Zwei geworden. Charlotte Potter hatte dagegen wohl einen schlechten Tag erwischt. Ihre Bewertung prangte mit roter Tinte unter einem ziemlich leeren Blatt. Fünf. Plus. Immerhin.

»Hast du noch mehr Birnen dabei?« Ich streckte die Hand aus. Seit zwei Tagen war ich süchtig nach Vollkornbrot mit Butter und Salz. Dazu Obst. Einen Happen Brot, einen Happen Birne. Eine Möhre tat es auch. Alles, was es gerade gab. Das Mus, das dann in meinem Mund entstand, hatte so etwas Sättigendes, Süßes und doch Frisch-Gesundes an sich, dass ich mich fragte, wie ich je ohne diesen Geschmack hatte überleben können.

»Ich muss endlich lernen, wie man lernt«, sagte Marion, während sie in ihrem Jutesack nach Birnen suchte. »Kannst du mir das beibringen? Nur dann habe ich nach den Ferien ohne dich eine Chance.«

Ich nickte. »Na klar!«

Wir schlenderten an den Kunsträumen entlang. In einer Ecke stand Konrad. Der schon wieder. Irgendwie war dieser Idiot immer in meiner Nähe. Meistens glotzten er und seine Gang aggressiv in der Gegend herum und suchten Streit, doch heute waren sie mit interessanteren Dingen beschäftigt. Schien eine *BRAVO* da in ihrer Mitte zu sein. Als wir an ihnen vorbeikamen, meinte ich das Wort *Petting* zu hören. Alter! Wie zurückgeblieben konnte man sein?

Da war mir der dicke Ecki vor uns wesentlich sympathischer, der jede Stunde seine Schultasche suchte, weil einer von der Konrad-Truppe sie versteckte.

»Ich möchte jetzt unbedingt nach Frankreich auf diese Konditoren-Schule«, fuhr Marion fort und gab mir endlich eine Birne. »Und dafür muss ich gut Französisch sprechen! Und ich möchte später mal selber ausrechnen können, was ich im Café investieren muss und so ... Hörst du mir überhaupt zu?«

»Ja, *wiffer*«, sagte ich mit vollem Mund.

Marion kicherte und zeigte auf die endlose Wand aus braunen Ziegeln, an der wir vorbeigingen. »Ich befürchte, ich werde diesen Hallen wohl noch länger erhalten bleiben!«

Ich hörte auf zu kauen und blieb stehen. Marion auch. Unsere Augen versanken für einen Moment ineinander. Das Festival und der widerliche Zwischenfall mit Ludger war doch zu etwas nutze gewesen. Marion hatte es »gerafft«, wie man hier so sagte. Ich merkte, wie mir der Stolz oder was immer das war, die Tränen in die Augen trieb, als mich plötzlich jemand hart von hinten anrempelte: »Ey, ihr Spastis, wollt ihr hier festwachsen oder was?« *What the hell* ... Konrad! Ich drehte mich um. Er war mit seinem Gesicht ganz nah an meinem und nutzte die Nähe, um mir einen kurzen Stoß mit der Faust auf den Oberarm zu geben. Die anderen lachten. Der Tennisspieler, der Mitläufer, der Kofferträger. Ganz großartige Jungs. Ich war so erstaunt, dass mein Kiefer nach unten klappte. Noch bevor ich ein Wort herausbringen konnte, waren sie weg.

»Beachte die gar nicht, die sind doof«, meinte Marion bloß.

Doch ich starrte ihnen immer noch hinterher. Noch nie hatte mich jemand geschlagen oder so hart angefasst. Ich war Einzelkind, kein kleiner Bruder, keine große Schwester stand zu Hause zum Rangeln und Raufen parat. Was fiel diesem Muttersöhnchen eigentlich ein?

»Die Abi-Feier ist schon am Samstag«, versuchte Marion mich abzulenken. »Wir müssen unbedingt die Rede schreiben.«

»Stimmt«, antwortete ich und rieb mir die Schulter da, wo Konrads Faust mich getroffen hatte. Über diesen Typ würde ich noch nachdenken müssen. Später. »Was steht noch auf unserer

Liste?« Ich zog den Zettel aus meiner Jackentasche. »1. Marion muss besser in der Schule werden …«

»Den Punkt können wir doch schon streichen, oder?« Marion strahlte.

»2. DDD und D zusammenbringen. Okay, läuft langsam, aber stetig. 3. Brief an D schreiben … ist erledigt. Können wir auch streichen. 4. Abschicken!«

»Das übernehme ich. Kurz vorher, am Freitag, werfe ich ihn direkt in seinen Briefkasten.«

Als ich nach dem Training nach Hause kam, räumte Marion ihren mit Schulbüchern übersäten Schreibtisch auf. »Ich beeil mich«, sagte sie, »damit wir uns an die Rede setzen können.«

Mein Gott, sie ist wirklich wie umgewandelt! Deswegen gibt es jetzt auch noch eine Überraschung für sie. »Ach ü-bri-gens«, sang ich in einer kleinen Melodie, »ich habe Mattis Telefooon-num-mer.«

»Woher?«

»Na, von ihm. Ich habe mich tausendmal entschuldigt, dass wir Samstag nicht zum Rollschuhfahren aufgetaucht sind, und gesagt, dass ich ihn nicht hätte anrufen können.«

»Und da hat er dir gleich seine Nummer gegeben?«

»Ich habe die doch nur für dich organisiert. Magst du ihn denn nun, obwohl er dich nicht mit Komplimenten überschüttet?«

»Ja klar mag ich ihn! Ich könnte ihn die ganze Zeit anschauen. Hast du gesehen, was für tolle Augen er hat? So wahnsinnig blau.«

»Ich habe übrigens auch einen Freund, der ist Schwimmer, genau wie Matti, und er hat auch blaue Augen, bisschen dunkler vielleicht.« Ich seufzte, ich hatte in den letzten Tagen gar nicht mehr so oft an Timo gedacht, doch nun, wo wir über blaue Augen sprachen, sehnte ich mich umso heftiger nach ihm.

»Echt? Über den hast du noch gar nichts erzählt.«

»Na ja, ich wollte dich nicht kränken, denn er sieht natürlich viel besser aus als Matti!«

»Niemals!!« Mit einem lachenden Aufschrei stürzte Marion sich auf mich und warf mich um, sodass ich auf dem Bett landete. Obwohl sie so klein und zart war, hatte sie unheimlich viel Kraft in ihren Händen und Oberarmen und drückte meine Handgelenke eisern auf die Kissen.

»So etwas sagt keiner ungestraft! Auch – du – nicht!« Sie presste die Worte vor Anstrengung zwischen ihren zusammengebissenen Zähnen hervor.

»Lass mich hoch«, kicherte ich und strampelte wie wild mit den Beinen, dass es sie hin und her schüttelte. »Du fiese kleine Kuh mit deinem fiesen kleinen Matti!«

Sie schrie lachend auf und rüttelte an meinen Armen. »Sag nichts über ihn, sonst mache ich dich kalt!« Ich sah von unten in ihren aufgerissenen Mund, und es reizte mich, einen lustigen Kommentar über die zahlreichen Plomben in ihren Backenzähnen abzulassen, konnte aber vor Lachen nicht reden. Abermals versuchte ich mit aller Kraft, sie abzuwerfen, gemeinsam rollten wir kreischend vom Bett und landeten auf dem Flokati. Ich saß diesmal auf ihrem Bauch. Sofort packte ich ihre Handgelenke und presste meine Oberschenkel gegen ihre Rippen. »Hüa, mein Pferdchen!«

»Was ist denn mit euch los? Was schreit ihr hier mitten in der Nacht so rum? Habt ihr sie noch alle?« Dagmars Gesicht erschien an der Tür, ihre Haare strähnig, wie immer. Wir schauten sie stumm an, dann einander. »Schöne Haare, Dagmar. Gewaschen? Mitten in der Nacht?« Wütend knallte sie die Tür zu.

»Wir wollten doch nett zu ihr sein«, sagte Marion kichernd.

»Sorry, geht nicht immer.« Erneut brachen wir in geräuschvolles Lachen aus. Ich rollte von Marion herunter, sodass wir nun nebeneinander auf dem flauschigen Teppich lagen.

»Aua.« Sie rieb sich die Schulter.

»Jetzt stell dich nicht so an, du hast mir auch wehgetan, guck mal, wie rot die sind!« Ich zeigte mit schmerzverzerrtem Gesicht auf meine Handgelenke.

»Ach, du Arme!«
»*Bitch!*«
»Selber! Wie heißt er?«
»Wer?«
»Na deiner.«
»Timo.«
»Timo«, seufzte Marion. Ich musste an mich halten, um nicht wieder laut loszulachen. Es war wunderschön, sich mit Marion zu balgen und über Jungs zu reden.
»Ich finde Matti nett und ihr passt gut zueinander.«
Marion schaute weg, aber ich sah, dass sie ganz rot im Gesicht wurde. »Lass uns das mit der Rede erledigen, dann können wir uns weiter über unsere Schwimmer unterhalten«, bat sie. Sie stand auf und angelte nach den kopierten Blättern auf dem Tisch. »Ach du grüne Neune, wie sollen wir das alles ändern?«, sagte sie, nachdem sie ein paar Zeilen gelesen hatte.
»Das ist wirklich Horror bis jetzt«, stimmte ich zu. »Ich glaube, wir schreiben am besten alles neu! Mir ist beim Training was eingefallen. Frei nach dem Motto: Mache etwas aus deinem Leben, verliere deine Träume nicht.«
»Hört sich gut an! Aber leider nicht nach Dagmar … Warum lassen wir nicht alles so und du mogelst nur so ’n kleinen Entschuldigungssatz an Thorsten rein?«
»Marion!« Ich schaute ihr direkt in die Augen. »Wenn wir es so lassen, wird die Abi-Rede des Jahrgangs 1980 zum Gähnen langweilig. Sie ist doch sowieso nicht besonders beliebt, oder?«
»Nö. Typische Streberin eben, die nichts von den anderen wahrnimmt.«
»Aber wir brauchen Emotionen und Witz. Das muss voll der Knaller werden. Die müssen sie alle in diesem Moment, wenn sie da oben steht, lieben! Na ja, sagen wir, toll finden. Nur eine erfolgreiche Dagmar ist eine entspannte, selbstsichere Dagmar. Und bereit, das Date mit Thorsten zu wiederholen.«

»Okay, weg mit dem blöden Text!«, rief Marion und warf die Kopien in die Luft. »Ich schreibe, du diktierst!«

Sie setzte sich an die Schreibmaschine und spannte ein Blatt ein.

»Ich glaube, die ersten Sätze müssen wir übernehmen«, sagte ich. *»Liebe Eltern, sehr geehrte Lehrerinnen und Lehrer, meine Damen und Herren, liebe Freunde und Verwandte, liebe Jahrgangsstufe!* Falls wir Pech haben und sie auf die blöde Idee kommt, die Rede kurz vorher noch mal durchzugehen, sind wenigstens die Anfangssätze gleich ... Den hier also auch noch: *Mein Name ist Dagmar Zimt, und ich habe die Ehre, Ihnen heute, an diesem schönen 30. Mai, die Rede des Abitur-Jahrgangs 1980 zu halten.«*

Marion hackte mit zwei Fingern die Tasten auf das Papier und hielt dann inne. »Den Rest schreibe ich erst einmal auf Schmierpapier ins Unreine.« Perfekte kleine Sekretärin, Marion! Mit weit ausholenden Armen begann ich zu sprechen:

»Ich kann mich noch ganz genau daran erinnern, dass ich damals in der Elf gesagt habe: ›Diese Abi-Rede in der Dreizehn, die halte ich nie im Leben!‹ Nun gut, das hat jetzt nicht ganz so funktioniert ... Aber ich bin in den vergangenen Jahren viel sicherer geworden, was das Vortragen angeht. Einen Dank an Sie, liebe Frau Buntrock! Sogar an dir habe ich mich irgendwie vorbeigemogelt, Thorsten, und das tut mir leid! Sehr leid! Tja, das habe ich davon, nun stehe ich hier.«

»Moment, Moment, ich komm ja gar nicht so schnell mit. Du ratterst das so runter, als ob du alles schon lange im Kopf hast ...«

»Wenn man so Bahn um Bahn schwimmt, kommen einem die besten Ideen«, antwortete ich und textete gleich weiter: *»Da man zu einer Menge Menschen spricht und sich nicht zwingend blamieren möchte, wollte ich auf Nummer sicher gehen und habe mich noch mal umgehört und schlau gemacht, was man alles beachten sollte.«*

»Hast du wirklich?« Marion staunte mit offenem Mund.

»Nein, alles voll erfunden ... Wo war ich? Ach ja: *Einer mein-*

te zum Beispiel, ich sollte mit einem Zitat anfangen und mit einem weiteren die Rede beenden und im Teil dazwischen einfach zusehen, dass keiner einschläft. Deswegen kurz vorweg die Frage, schläft schon jemand? An dieser Stelle muss sie die Lacher abwarten, das müssen wir ihr handschriftlich reinschreiben!« Marion nickte beeindruckt.

»Ein anderer sagte zu mir, ich sollte Vergangenes reflektieren, analysieren, kritisieren beziehungsweise einfach etwas Melancholisches, Lustiges und Trauriges erzählen oder noch besser: ›Mach ein wenig Sport mit den Leuten ...‹ Wieder eine Pause, dann weiter: *Jetzt denken Sie wahrscheinlich: ›Was hat die da vorne mit uns nur vor?‹ Warten Sie es ab!«*

»Das ist gut, Charles, das kommt bestimmt besser an als das, was Dagmar sagen wollte.«

»Sie soll glühen vor Stolz! Dann wird alles easy. Auch ein zweites Date mit Dümpelmanns Thorsten!«

»Und die Verhütung? Diese Zäpfchen sind voll die Abtörner. Mein Gott, sollen wir ihnen auch noch Kondome hinlegen, Blütenblätter um ihr Bett streuen und Kerzen aufstellen?«

»Super Idee! Schreib es gleich auf unsere *to do list*: Kondome, Rosen und Kerzen kaufen!«

Ich zog den schon ziemlich verknitterten Zettel hervor und Marion notierte die Einkaufsliste gehorsam unter Punkt neun.

»Weiter: *Ein sehr lieber Mensch gab mir den Tipp, sprich über alles, nur nicht über zwanzig Minuten. Na, vielen Dank, Thorsten!* Hier soll sie wieder die Lacher abwarten.«

»Und schon haben wir Thorsten zweimal drin. Echt astrein!«

Ich nickte und fuhr fort: *»Aber am wichtigsten ist wohl immer der rote Faden in so einer Rede. Mit diesem Wissen und der perfekten Vorbereitung dürfte ja jetzt eigentlich gar nichts mehr schiefgehen.*

Hier also das Zitat: Träume nicht dein Leben, sondern lebe deine Träume. Und: Wenn deine Träume dir keine Angst machen, sind sie nicht groß genug!«

Dass diese Lebensweisheiten von ihrem Kühlschrank stammten, würde ich Marion nicht verraten.

»Eine Frage: Hat die Schule, diese Institution, der wir mindestens dreizehn Jahre lang ausgeliefert waren und die für sich selbst in Anspruch nimmt, die Menschen aufs Leben, aufs ›richtige Leben‹ vorzubereiten, uns darauf wirklich vor-bereitet?

Dieses System? Das doch mehr Löcher als jeder Schweizer Käse hat beziehungsweise mehr Lücken als die Abwehr von ... Was für ein Fußballverein ist zurzeit richtig schlecht, Marion?«

»Oh, ich weiß nicht. Müssen wir mal Vati fragen.«

»Wer trainiert eigentlich die Nationalmannschaft?«

»Jupp Derwall.«

»Nie gehört ...«

»Am Ende muss DDD sich auch bei allen bedanken, beim Hausmeister und so ...«

»Gute Idee!«

Wir schrieben noch ein bisschen und als wir nicht mehr weiterwussten, fiel mir Oscar Wilde ein. Auch mit dessen Lebensweisheiten war unser Kühlschrank bepflastert. Befolgt hatte Mama davon noch keine einzige ... Ich dachte angestrengt nach, aber in meinem Hirn tauchten nur Bruchstücke auf. »Ob nebenan im Lexikon was über Oscar Wilde steht und ein paar von seinen Sprüchen?«

»Der englische Schriftsteller? Ja klar. Ich hole den Band.« Marion lief los, ich schaute in der Zwischenzeit aus dem Fenster. Lief doch gut. Der Garten mit den vielen Bäumen würde mir fehlen.

»WETZ bis ZZ, da muss er drinstehen!« Marion ließ den schweren Band auf den Tisch fallen. Ich blätterte, doch bis auf eine Auflistung von Wildes Büchern war dort nur etwas über sein Leben aufgeschrieben. »Mist!«

»In deiner Plattform hätten wir das jetzt alles auf einen Schlag gefunden und ausgedruckt, stimmt's, Charlie? Wundert mich eigentlich, dass du nicht längst angefangen hast, dich darüber zu beklagen ...«

»Auch *du* wirst im Internet rumsurfen und sogar auf *Facebook* sein ... wart's ab. Nur noch zwanzig Jährchen!« Ich zuckte mit den Schultern. »Dann gehen wir morgen nach der Schule eben in die Bibliothek.« Man musste nur lang genug Bahnen schwimmen, dann lösten sich manche Probleme von selbst. Marion streckte sich auf ihrem Schlafsofa aus. »Ich stelle mir gerade vor, wie Dagmar die Rede einfach runterliest!« Wir lachten los.

»Hoffentlich, hoffentlich tut sie das auch!« Ich rang die Hände gen Himmel. »Wäre echt peinlich, wenn sie abbricht. Äh, sorry, Leute, aber das hier ist nicht mein Text!«

»›Äh, sorry, Leute‹ hört sich eher nach dir an. Aber wo du es gerade sagst, ich darf nicht vergessen, am Freitag bei Thorsten D. den Brief einzuwerfen. Dann hält sie am Samstag die Rede, heimst Unmengen Lob dafür ein und er lächelt sie stumm an. Also, ich meine, das schreit doch nach einer Vereinigung!«

»Marion!«

»Was?«

»So genau wollte ich es mir nun auch nicht vorstellen!«

»Wieso, wo doch so viel davon abhängt ...« Sie kicherte.

Ich nahm ein Blatt, zeichnete Thorsten mit Katze, Schlaghosen und riesigem Fragezeichen auf seinem Hemd und reichte es ihr hinüber.

»Oh Gott, das Hemd, das habe ich ja ganz vergessen«, murmelte Marion. »Meinst du, sie schüttet das Zeug immer noch auf ihn?«

»Wir sollten auf Nummer sicher gehen. Das Teil darf einfach nicht mehr in seinem Schrank hängen.«

»Und wie willst du das machen? Etwa in sein Kellerloch einbrechen?«

Ich zuckte mit den Schultern. »Keine Ahnung. Wäre aber eine Möglichkeit.«

»Vielleicht können wir Günter Netzer zum Hemden-Vernichter abrichten.«

Ich grinste und zeichnete eine Katze, die aus ihrer Seilbahngondel auf einen Haufen Stofffetzen hinabpinkelte. Doch wir hatten keine Zeit für dumme Witze, am Samstag war schon die Abi-Feier und eine Woche später sollte unsere Party stattfinden. Oh Gott, ich hatte Omi noch nicht mal gefragt …

»Also, lass uns alles noch mal durchgehen. Was haben wir bis jetzt?«

Am nächsten Tag war es sehr windig und der Himmel war grau. Wir brachten die Schule hinter uns und fuhren nach dem Mittagessen mit den Rädern zur Bücherei. Zucker trabte ohne Leine neben uns her. Dagmars Fahrrad lief wunderbar, selbst bei dem verdammten Gegenwind kam ich gut vorwärts. Ein Hoch auf die trainierte Oberschenkelmuskulatur!

An einer roten Ampel mussten wir warten. Ich dachte über die Party nach. Die meisten von den coolsten Jungs, die ich in der zehnten Stufe hatte entdecken können, hatte ich schon eingeladen. Die Geheimnistuerei funktionierte. Jeder von ihnen wusste bereits davon. Marion hatte anscheinend gerade dieselben Gedanken, denn sie fragte ohne Einleitung: »Soll ich alle aus meiner Klasse einladen?«

»Na ja, die langweiligen Jungs nicht, aber Mädchen werden immer schnell sauer und zickig, wenn sie zu Hause bleiben müssen, und das wäre schlecht für die Stimmung in der Klasse.«

»Also alle Mädchen?«

»Ja, aber keine Sorge, ein paar von den lahmen Heikes und Beates in ihren braven Blüschen werden keinen Schaden anrichten. Im Gegenteil, die können total nützlich sein. Wir stellen sie hinter den Getränketisch oder lassen sie Pizza backen, dann haben sie was zu tun.«

»Pizza backen? Mensch, Charles, was du dir immer ausdenkst! Wie kriegen wir das alles hin?«

»Keine Sorge. Das bekomme ich mit Omi schon geregelt. Ich werde sie fragen, ob wir an dem Abend, an dem sie ins Theater gehen, mit ein paar Freundinnen Pizza in der Backstube machen dürfen. Wo wir doch immer so schön geholfen haben. Mit sieben.«

»Was sieben?«

»Sieben Mädels. Hört sich doch wenig an, findest du nicht?«

Marion nickte stumm. Seit dem Vorfall auf dem Zeltplatz bemühte sie sich wirklich, alles zu befolgen, was ich vorschlug.

»Ob wir nun Pizza für sieben oder vielleicht siebenundzwanzig backen, ein bisschen Chaos wird am nächsten Morgen vertretbar sein. Mehr dürfen's aber echt nicht werden.« Ich lachte, doch Marions Gesichtszüge waren nicht gerade entspannt. »Aber so jemand wie der arme Willi? Was machen wir mit dem?«, fragte sie. Die Ampel zeigte immer noch Rot.

»Marion! Verwechsle unsere rauschende Party bitte nicht mit einer Mitleidsnummer! Es gibt nur ein Ziel …«

»Ich weiß doch! Dagmar und Dümpelmann sind unsere absoluten Hauptpersonen, alles andere ist Beiwerk!«

»Booah.« Ich stöhnte. »Und ich hoffe echt, dass alles so funktioniert, wie wir uns das vorstellen, und dass die sich nicht schon vorher beim Abi-Ball an die Kehle gehen … mit Schnaps auf Hemden schütten und so.«

»Das wäre Willis erste Fete!«

»Okay«, gab ich nach. *Man kann ja gegen dich sagen, was man will, Marion, aber manchmal bist du waaaahnsinnig sozial …* »Du lädst von den Jungs ein, wen du willst. Dann soll aber jeder was für die Pizza mitbringen, mach dir am besten 'ne Liste und teil jedem was zu. Du Schinken, du Salami, du Mozzarella.«

Marion zog ihre mega-breiten Augenbrauen hoch. »Motsawas…?«

Sag nicht, du kennst keinen Mozzarella. »Egal. Den Mädchen sagst du das auch. Die sind alle so wohlerzogen, die werden sich daran halten.«

»Was ist mit Konrad?«

»Der Arsch hat Claudia heute beim Brennball mit einem Ball extrahart abgetroffen. Hast du das mitbekommen? Er hat auf ihr Gesicht gezielt und er hat gesehen, dass ich es gesehen habe.«

»Und die schüchterne Referendarin hat er in Kunst mit seinen unverschämten Sprüchen mal wieder zum Weinen gebracht«, sagte Marion und nickte. »Konrad ist und bleibt ein Widerling. Aber wenn wir den nicht einladen …«

»Wird er zum Party-Crasher.«

»Party…?«

»Egal. Um den kümmere ich mich!«

Grün. Wir fuhren los, doch ich sah ihr zweifelndes Gesicht.

»Hey, das wird dufte!«, rief ich. »Ich habe allen coolen Jungs gesagt, sie dürften eine Begleitung mitbringen, einige It-Girls der Schule in ihren Collegeschuhen mit den Lederbömmelchen dran werden also auch dabei sein, um Glanz und Reichtum zu verstrahlen«, sagte ich.

»Woher nimmst du bloß den Mut, die ganzen Leute anzuquatschen?«, fragte Marion, während wir nebeneinanderfuhren.

Mut? Wenn sie wüsste, was ich im wirklichen Leben für ein Schisser bin. Ich überlegte ungefähr hundert Meter lang, bevor ich antwortete. »Es fühlt sich irgendwie an, als ob ich mein eigenes Double in einem Spiel wäre. Allerdings in einem lebenswichtigen Spiel! Und wenn ich mich während diesem Spiel auch manchmal absolut danebenbenehme: *So what?* Ich muss es fürs Café tun, für DDD, für dich und natürlich auch für mich selbst! Hauptsache, wir schaffen es! Und was ich auf andere dabei für einen Eindruck mache, ist völlig … völlig …«

»Ist dir völlig schnuppe!«

»Schnuppe. Geiles Wort!«

»Denn am 6. Juni wirst du in die Zukunft entschwinden!«

»Genau, und mein Profil wird wie in einem Computerspiel gelöscht. Das macht diese schwierige Aufgabe dann wieder unheimlich leicht!«

Vielleicht kann ich mir etwas von dieser Ist-mir-doch-egal-was-ihr-von-mir-denkt-Haltung nach 2015 rüberretten? Wäre schon geil …

»Hoffen wir, dass du am 6. Juni wirklich wieder zurückkommst!«, rief Marion zu mir herüber.

»Es *muss* einfach funktionieren! Oder hast du schon mal davon gehört, dass jemand für immer in der Vergangenheit bleibt? Also ich nicht!«

Wir leinten Zucker vor der Bücherei an, die ich im Jahr 2015 noch nie betreten hatte. Marion durchquerte zielstrebig die stickigen Räume, in denen die Wände vor lauter Stille und Staub gelb angelaufen waren. Doch dann stoppte sie mit quietschenden Sohlen auf dem Linoleumboden vor einem Regal und kurz darauf hielten wir das richtige Buch in den Händen. *Aphorismen* lautete der Titel, dahinter seitenweise kluge Aussprüche.

»Charles? Hast du mal überlegt, was danach passiert? DDD wird sauer sein und uns sofort verdächtigen … und *nur uns!*«

»Stimmt. Ich hoffe, sie wird nicht viel Zeit haben, sich über uns aufzuregen, weil an diesem Tag nämlich Thorsten wieder in ihr Leben tritt!«

19. KAPITEL
28. Mai, noch zwei Tage bis zum Abi-Ball

Und? Hast du Opa Heinrich überzeugen können?«, fragte ich Marion am Donnerstagnachmittag, als sie eingehüllt in den köstlichen Geruch nach Teig und Schokolade wieder in ihrem Zimmer auftauchte. Statt einer Antwort hielt sie mir die Hand über die Augen und steckte mir eine Schokoladenkugel in den Mund.

»Booah, wie geil schmeckt das denn?«, sagte ich, als ich wieder reden konnte.

»Schokotrüffel mit Pistazien- statt Mandelsplittern. Ich musste das unbedingt ausprobieren!«

»Ist dir gelungen!«

Ihre dunklen Augen wurden ganz groß, so sehr freute sie sich über das Lob. »Ich habe einfach mal festgelegt, dass wir die als *Pistaziengold* in den nächsten zwei Wochen anbieten. Sollten sie gut laufen, nehmen wir sie ins feste Angebot auf, das hat Vati mir versprechen müssen. Und im neuen Schuljahr sage ich den Eltern Bescheid, dass ich lernen muss und nicht mehr so oft helfen kann!«

Mein Blick verdunkelte sich.

»Nicht gut?« Marion zog ihre Augenbrauen besorgt zusammen. »Nicht gut«, gab sie sich selbst die Antwort.

»Früher! Am besten sofort. Dann kapiert Opa es wenigstens! Und Omi auch …«

»Oh Gott, ich bin irgendwie nervös. Das fühlt sich alles so anders als sonst an. Ob das mit der Rede hinhaut?«

»Bestimmt. Andererseits: Dümpelmanns neues Hemd hängt immer noch in seinem Schrank und wartet auf seine Persiko-Taufe. Wir müssen hin.«

»Und dann verwickeln wir ihn in ein Gespräch über Hemdfarben?«

»Genau!« Ich grinste. Doch ich war genauso nervös wie Marion.

»Ich muss jetzt noch mal runter. Tut mir leid.« Sie knickste entschuldigend. »Der Biskuit müsste gleich ausgekühlt sein.«

»Und dabei sagst du es ihm!«

Ich ging nach unten und suchte nach Zuckers Leine. Hatte Marion meinen letzten Satz noch gehört? Ich zog die Tür zur Backstube einen Spalt auf und lugte vorsichtig hindurch.

Opa Heinrich stand am Herd und schob eine Pfanne hin und her. Dem Geruch nach röstete er gerade gehackte Haselnüsse. Marion sah ich nicht, doch in der nächsten Sekunde sprang sie ins Bild. »Vaatiii?« Sie hielt die Hände auf den Rücken und drehte die Schultern hin und her wie ein verlegenes Kind. Ha, diese Haltung kannte ich nur zu gut von ihr …

»Ich werde bald nicht mehr so oft mit dir in der Backstube sein können«, sagte sie, »ich komme sonst nicht mit in der Schule.«

»Du wirst Konditorin, was brauchst du denn Abitur? *Eine* Schlaue haben wir doch schon in der Familie …« Opa rüttelte wütend an der Pfanne, wahrscheinlich aber nur, damit die Nüsse nicht anbrannten.

»Ähm, aber ich will mehr lernen, damit ich mich nicht dumm fühle. Denn wenn man sich dumm fühlt, macht man sich klein vor den anderen. Oder wird ein Riesen-Angeber, um seine Dummheit zu verstecken.«

Nun drehte Opa sich ganz zu ihr um. Ich sah kurz die Überraschung in dem Blick seiner wässrig blauen Augen. »Ist mein Fräulein Tochter auf einmal ein Psychiater, oder was?«

Ich grinste hinter meiner Tür und ballte vor Anspannung die Fäuste. Wie würde Marion reagieren?

»Nein, aber ich habe mir einen Satz von dir gemerkt, den du schon oft gesagt hast: ›Mehr als die Arbeit unserer Hände haben wir euch nicht zu bieten.‹«

Opa Heinrich zog die Pfanne vom Feuer, schüttete den Inhalt auf ein Blech und strich ihn mit einem Spatel rasch auseinander.

»Fast angebrannt durch die Quatscherei«, brummte er in seinen Schnauzer, der als dichte graue Bürste auf seiner Oberlippe prangte.

»Du weißt, ich liebe das Café und mir gefällt die Arbeit hier mit dir. Aber ich möchte so lange wie möglich zur Schule gehen und die Bildung kriegen, die ihr durch den Krieg ja damals nicht bekommen habt.«

»Bildung habe ich bekommen, aber was für eine …«

»Ja, ich weiß doch. Dein Vater hat sich bucklig gearbeitet, damit du auf die Oberrealschule konntest.«

»Eben! Er war Bergmann, hat sein Leben lang unter Tage verbracht. Er wollte, dass aus mir etwas Besseres wurde. Aber da hatte er die Rechnung ohne den Hitler gemacht. Ich war ja damals, 1937, in der Unterprima.«

»Ich kenne die Geschichten, Vati!« Marion zog ihre Papiermütze ab, drehte ihm den Rücken zu und machte sich daran, die Backstube verlassen. Dieses Gespräch war fehlgeschlagen, man sah es deutlich auf ihrem Gesicht.

»Damit wir schneller der Wehrmacht zur Verfügung standen, haben sie uns alle schon in der zwölften Klasse den Abschluss machen lassen …«

»Ja-ha!« Wow, sie klang echt genervt. »Gott sei Dank gibt es heute keinen Hitler mehr und keinen Krieg.«

»Nur einen Vater, der die Begabung seiner Tochter nicht wirklich sieht, oder was wolltest du sagen?«

Marion hielt inne, drehte sich wieder um und grinste ihn an. »So hätte ich das niemals ausgedrückt.«

»Wir reden ein andermal darüber!«

»Okay.« Marion ging zur Tür, ihre Augen weiteten sich, als sie mein Gesicht im Türspalt sah.

»Paris!«, formte ich mit den Lippen und zeichnete mit meinen Zeigefingern, so gut es ging, die Silhouette des Eiffelturms. Marion drehte sich wieder um. »Übrigens. Ich will nach Paris, auf eine Konditorschule!«

»Was?«

»Ich möchte andere Sachen lernen. Was Neues! Anderes!«

»Aha. Nun gut. Ich denk darüber nach«, brummte er, während er cremig helle Schokoladenmasse in einen dreieckigen Sack aus weißem Tuch füllte.

»Das ist echt wichtig für mich!«

»Ich denk darüber nach.«

Marion jauchzte auf und umarmte ihn. »Vati! Danke! Weißt du, diese Schule heißt Ecole Gerardine …«

Schnell griff ich nach der Leine und machte, dass ich mit Zucker aus der Haustür kam.

Wir gingen zum Schloss hoch, denn ich war neugierig darauf, wie meine Schule vor fünfunddreißig Jahren ausgesehen hatte, als sie noch eine Klinik für … Menschen mit psychischen Problemen war. So würde man das vermutlich im Jahr 2015 politisch korrekt ausdrücken.

Nach einer guten halben Stunde waren wir endlich oben. Die gelben Mauern und vergitterten Fenster des Schlosses erhoben sich unverändert vor uns. Doch wir kamen nicht hinein, der Innenhof war mit den massiven Gittertoren verschlossen, die im heutigen Internat immer offen standen. Mehrere Schilder waren an der Wand angebracht.

Edstein-Klinik
Beschützende Werkstatt
Außenstelle Mädchenheim
Und darunter, kaum noch lesbar:
Nervenheilanstalt Schloß Edstein

Krass. Alles unter einem Dach, im guten alten *Edstone* … oder in dem, was mal das gute alte *Edstone* werden würde. Meine Schule.

Den Park hinter dem Schloss gab es natürlich bereits. Einige Leute saßen auf den Bänken in der späten Nachmittagssonne, ein paar Pfleger in weißen Klamotten waren auch unterwegs. Machten die Pause oder passten die auf die Insassen auf? Und wo waren die Mädchen aus dem Heim? Hinter Gittern?

Ich schämte mich sofort für meine Gedanken und leinte Zucker an. Die meisten Patienten schienen auch nicht wirklich verrückt zu sein, manche sahen völlig normal aus und fuhren selbstständig in Rollstühlen herum, bei einigen sah ich, dass sie das Down-Syndrom hatten. Marion hatte ziemlich übertrieben mit den »Irren aus Schloss Edstein« … Hatte sich irgendwer aus Godesbach hier oben eigentlich mal genauer umgeschaut?

Wir schlenderten weiter, die Vögel zwitscherten vor sich hin und die Bäume warfen lange Schatten auf die Kieswege. »Wie schade, dass ich dir meine blöde Schule nicht von innen zeigen kann, Zucker!«

Wir kamen an einer Reihe von Buchsbäumchen vorbei. Und dann musste ich wohl irgendeine Schranke passiert haben, denn plötzlich war mir, als wäre ich wieder ins Jahr 2015 versetzt. Vor mir saß Jörn van Elster, das Genie aus unserer Klasse. Er saß dort zwischen der dritten und vierten Bank im Rollstuhl. »Als ob …«, sagte ich leise und streckte den Kopf vor, um besser sehen zu können. Er war es! Die gleiche verkrampfte, verdrehte Körperhaltung, die gleiche Nerdbrille, die gleichen braunen Locken. Jörns Gehirn war bei der Geburt geschädigt worden, sodass seine Muskeln ihm nicht gehorchten und manchmal unkontrolliert zuckten, was er hasste. Dennoch hatte er Humor, nervte uns gehörig mit seinem Fachwissen und war in allen Fächern der Beste. Als ich näher kam, wurde aus 2015 wieder 1980 und aus Jörn van Elster nur ein junger Mann, der ihm ähnlich sah.

Bei ihm saß ein Junge. So dicht, dass ihre Knie sich fast berührten. Sie hielten runde Kartenhalter in den Händen, wie kleine Kinder sie manchmal benutzten. Der Mann im Rollstuhl lachte und schäumte etwas dabei. Das kannte ich von Jörn auch. Der Junge wischte ihm kurz mit einem Tuch über den Mund und zog eine Karte von ihm. Der Junge war Konrad! Was machte *der* denn hier? Er hatte mich gesehen.

»Hi«, sagte ich und hob locker die Hand. Konrad sagte nichts, starrte mich nur an. Die Augen ganz weit. Ich ging vorbei. Auch gut, ich würde schon noch herausfinden, warum er hier oben vorgab, ein netter Mensch zu sein, und mit behinderten Leuten Karten spielte. Immer noch spürte ich seinen erschrockenen Blick in meinem Rücken. Ich seufzte und zählte bis fünf, dann hörte ich schnelle Schritte hinter mir. Langsam drehte ich mich um.

»Hi«, sagte ich noch einmal.

»Äh, ja.« Er schaute zwischen mir und Zucker hin und her, der sich nach ein paar Sekunden auf den Boden legte, als wolle er sagen, okay, das hier wird länger dauern. Konrads Blick wurde ernst.

»Ich hoffe, du kannst die Klappe halten!«

»Wieso?«, antwortete ich. »Darf niemand wissen, dass du mit einem jungen Mann, der zufällig Cerebralparetiker ist, am Donnerstagnachmittag im Park Karten spielst?« Er glotzte mich überrascht an. Ich schaute ihm in die braungrünen Augen. *Was für Wimpern dieser Kerl hat, beneidenswert.*

»Du kennst das?«

»Ja«, sagte ich einfach. »Willst du uns nicht vorstellen?«

»Nee, lass mal.« Er winkte ab und schaute kurz zurück. Der junge Mann saß bewegungslos in seinem Rollstuhl. »Mein Bruder. Der ist hier oben im Heim.«

Hatte Marion mir nicht etwas von Konrad, dem Einzelkind, erzählt? Der Bruder wurde wahrscheinlich schon zeit seines Lebens versteckt. »Na, dann pass auf, dass er dich nicht abzockt«, sagte ich leichthin. »*Ciao ciao,* bis morgen.«

»Äh, ja. Tschau.«

Zucker stand wie auf Kommando auf, wir gingen langsam davon. Doch dann kam uns jemand entgegen und dieser Jemand war so bedeutend, dass ich schleunigst kehrtmachen musste und nun wieder auf Konrad zurannte. Zucker lief aus Solidarität mit. Ich liebte diesen Hund!

»Konrad! Kannst du mir einen Gefallen tun?«, sagte ich ein bisschen außer Atem. »Ach, hallo erst mal!« Ich winkte seinem Bruder einen Gruß zu. »Ich bin Charlotte.« Von Jörn wusste ich, wie beschissen es sich anfühlte, wie ein Gegenstand behandelt zu werden. »Die Leute sehen nur den Rollstuhl. Den oder eine Mülltonne grüßt man ja auch nicht«, hatte er erklärt.

»Geht gleich weiter, Ansgar«, sagte Konrad und holte wieder den Lappen hervor. »Was is'n mit *dir* los?« Das galt mir.

»Diesen Typen, der da gleich vorbeikommt, den muss ich unbedingt ansprechen. Und du … kannst du bitte was zu ihm sagen? Einen Satz nur. So was wie: Alter, das Hemd geht gar nicht! Verstehst du?«

»Hä?«

Ich wiederholte den Satz noch einmal langsamer. »Alter – das – Hemd – geht – gar – nicht!«

»Und warum? Hast du etwa was mit dem?«

»So ein Quatsch! … Nee, ist 'ne Wette. Bitte!«

»Und wie viel kriegst du, wenn du gewinnst? Das heißt, wie viel Prozent bekomme ich?«

»Mehr, als du denkst! Mach's einfach! Achtung … er kommt.« Thorsten näherte sich mit schleppenden Schritten. Er trug eine Art Aufnahmegerät von der Größe eines Arztkoffers vor dem Bauch und gigantisch große Kopfhörer über den Ohren. Das Orange seines Hemdes leuchtete wie die langsam tiefer sinkende Sonne.

»Hallo, Thorsten«, rief ich und sprang in sein Blickfeld. Er blieb wortlos stehen und nahm die Kopfhörer ab. »Na? Was machst du hier?«, fragte ich.

Er schaute von einem zum anderen, nur vor Ansgar im Rollstuhl wandte er verlegen den Blick ab. »Also … ich bin mit den Vögeln beschäftigt. Ich nehme ihre spezifischen Stimmen auf.«

»Das klingt interessant!«

»Ich bin mit Vögeln beschäftigt«, rief Ansgar mit kehliger Stimme und wedelte mit seinem Kartenhalter, dass die Karten umherflogen. Konrad grinste und hob sie auf.

»Wegen der Party melde ich mich noch bei dir«, sagte ich. »Aber übermorgen ist ja erst mal die Abi-Feier und abends der Ball. Gehst du hin?«

»Ja, ich denke doch.« Thorsten drehte mit Hingabe an einem Tonregler. *Los, der Satz,* signalisierte ich Konrad mit den Augen. Jetzt! Doch Konrad grinste mich nur an. *Einmal Arschloch, immer Arschloch,* dachte ich. *Wenn du jetzt nicht sofort was sagst, wirst du das schwer bereuen, Konrad! Aber so was von!*

»Ey, dein Hemd ist ja nicht so der Bringer, Alter! Bescheuerte Farbe.« *Na also, geht doch.*

»Ach komm, das ist doch … na ja, die Farbe ist halt … Geschmacksache.« Ich lächelte Thorsten an. Neunzig Prozent der Informationen bezog der Mensch aus dem Klang der Stimme, hatte ich mal gelesen. Meine Worte waren zwar nett und beschwichtigend gewesen, meine Stimme hatte aber unmissverständlich *Ja, das Hemd sieht leider beschissen aus* gesagt.

»Dagmar würde mich jetzt schlagen, wenn sie wüsste, dass ich dir das erzähle; aber ich glaube, sie findet es stark, dass du bei der Party auflegst.« Mist, ich stotterte und meinen englischen Akzent hatte ich auch wieder vergessen. Oder warum starrte Konrad mich noch immer so an? »Sonst ist sie so alleine zwischen uns kleinen Teenies.«

»Okay?« Thorsten suchte die umliegenden Bäume offenbar

schon wieder nach Singvögeln ab. »Ich zwitscher dann mal ab!« Er lachte. »Ich muss gleich ins Schloss. Hab da so 'ne Stelle als Nachtportier.«

»Echt? In dem alten Gemäuer?« Ich war beeindruckt. Prompt sah ich Thorsten mit einem großen Schlüsselbund durch einen riesigen Mädchenschlafsaal gehen, auf unzähligen Betten lagen rauchende Mädchen in Miniröcken herum, die ihn gelangweilt anglotzten.

»Ist warm und trocken. Und bisschen langweilig.«

Mädchenschlafsaal und Miniröcke, geht's noch, Charlotte? »Okay. Du hast zu tun. Grüß Günter Netzer von mir!« Gut, der Witz war alt, aber ich konnte ihn mir einfach nicht verkneifen. Ich freute mich an Konrads verwirrtem Blick.

20. KAPITEL
Samstag, der große Tag!

Ich hörte Marion auf der oberen Etage pfeifen. »Das ist der *River-Kwai-Marsch,* den kann ich auch, wenn ich aufgeregt bin«, hatte sie behauptet. Ich kannte den Marsch nur als nervige Melodie für eine Magenbitterwerbung. Als ich hinaufkam, stand sie schon hibbelig am Ende der Treppe: »Wo bleibst du denn?«

»Wo ist sie?«, fragte ich genauso leise statt einer Antwort.

»Seit zwei Minuten im Bad!«

»Worauf wartest du dann noch?«

»Vati ist gerade eben erst nach unten.«

Beide trugen wir noch unsere Schlafklamotten. Während Marion vor der Badezimmertür Wache hielt, zog ich den Schnellhefter mit Dagmars Rede aus der dünnen Damenaktentasche, die schon im Flur an der Wand lehnte, und verglich sie schnell mit unseren Seiten. An manchen Stellen hatte DDD sich Zeichen mit blauem Kugelschreiber gemacht, hier und da stand ein säuberlich gemaltes »Pause!« am Rand.

Aus einem Sammelsurium von Rotstiften, Bleistiften und Kugelschreibern, das ich in dem kleinen Flurtischchen versteckt hatte, zog ich einen ebenfalls blauen Kugelschreiber. Auch ich schrieb *»Pause!«* in den neuen Text und *»Applaus abwarten!«* oder *»Lacher abwarten!«*.

Geschafft. In dem Moment, als die Klospülung rauschte, legte ich die drei Seiten schnell zusammen und tauschte sie gegen Dagmars Rede aus.

Als ich die Mappe wieder zurück in die Tasche schieben wollte, sträubte sie sich, ich versuchte es noch mal, einige der Blätter rutschten hervor. Mist. Meine Hände zitterten plötzlich, nur mit Mühe bekam ich die losen Seiten wieder in die Mappe hinein. Schon drehte sich der Schlüssel im Schloss. Verdammt, ich hatte das Ding noch in der Hand und Dagmars ursprüngliche Rede lag aufgefächert auf dem Teppichboden vor meinen Füßen. Marion ließ Dagmar die Klinke runterdrücken, hielt aber dagegen. DDD musste denken, sie hätte nicht richtig aufgeschlossen.

In Marions Augen stand Panik. *Ja Mensch, ich will ja, geht aber nicht!* Mir brach der Schweiß aus. Verdammt! Wenn sie uns jetzt hier erwischte ... Der Schlüssel drehte sich vor und zurück. »Was ist das denn für ein Mist!«, hörten wir Dagmar hinter der Tür. Endlich schaffte ich es, die Mappe wieder zurück in die hässliche Aktentasche zu stopfen. So leise wie möglich klaubte ich die Blätter vom Boden und huschte die Treppe hinunter.

»Bist du endlich mal fertig? Ich warte hier schon seit Stunden!«

Marions Stimme klang empört.

»Ich flippe noch aus, dieser blöde Schlüssel ...« Den Rest von DDDs Antwort hörte ich nicht mehr, als ich auf die Eckbank und an den Frühstückstisch schlüpfte.

Heute war nun endlich der große Tag! An der Tür zum Café klebte seit ein paar Tagen ein Zettel mit dem Hinweis: *Liebe Gäste, am Samstag, den 30. Mai bleibt unser Café wegen einer Familienfeier geschlossen.*

Heute würde sich herausstellen, ob Thorsten Dagmars Entschuldigungsbrief akzeptierte. Ob die Rede sie wenigstens etwas beliebter bei ihren Mitschülern machen würde, ob sie auf dem Abi-Ball mit Thorsten tanzte, anstatt ihm Persiko über das Hemd zu schütten ...

»Warum seid ihr denn noch im Schlafanzug?« Auch Omi Elsa schien nervös. Sie verdonnerte Marion zu einer ordentlich gebügelten weißen Bluse und einer kratzigen Stoffhose. Und mit einem Seitenblick auf mich: »Also heute keine Latzhosen bitte!« *Als ob ich jemals freiwillig eine getragen hätte.* Sie selbst trug ein schickes Doris-Day-Kostüm in Taubenblau und war extra beim Friseur gewesen, kein Härchen bewegte sich in der steifen Helm-Frisur auf ihrem Kopf.

»*Mission impossible* läuft ja bestens an …«, raunte ich Marion zu. Sie gab mir den gestreckten Daumen und flüsterte ein etwas zittriges »*I like*« zurück.

Die Stimmung erreichte ihren Höhepunkt, als Dagmar in die Küche gelaufen kam. »Ich habe abgenommen! Die Hose sitzt total locker! Ich brauche einen Gürtel.«

Marion hob den Kopf: »Na, das ist doch schon mal super!!« Es klang erstaunt, regelrecht begeistert. Dagmars Kopf ruckte in ihre Richtung und nahm sie wie eine gereizte Viper ins Visier.

»Habe ich dich um deine Meinung gefragt?«

»Na, na, Kinder, Kinder, jetzt mal langsam«, beschwichtigte Omi.

»Wieso denn ›Kinder, Kinder‹? Ich hab nichts gemacht, Dagmar hat angefangen«, beschwerte Marion sich, aber niemand hörte auf sie.

»Das verstehe ich nicht, obwohl die Frau Mattuschke den Umfang genau gemessen hat, war die Hose neulich noch zu eng …«, wunderte sich meine Großmutter.

»Ja, Mutti, und jetzt rutscht sie! Guck doch!«

Wir beugten uns vor, um besser sehen zu können. Dagmar hob anklagend die weiße Schlabberbluse hoch und präsentierte uns den lockeren Hosenbund. »Dünner zu sein, stärkt ihr Selbstbewusstsein, was meinst du?«, fragte ich Marion leise.

»Die tuscheln wieder«, kreischte Dagmar und zeigte auf uns.

»Was ist denn hier los? Kann man sich an diesem bedeutenden Tag nicht mal in Ruhe rasieren?« Opa Heinrich kam in die Küche und tupfte sich Reste von Rasierschaum von den glatt rasierten Wangen. Sein Schnurrbart war natürlich unangetastet.

»Dagmar hat seltsamerweise …«, setzte Marion an, doch diesmal schickte ich ihr rechtzeitig meinen warnenden Blick.

»Wir ziehen uns lieber auch mal an«, sagte ich laut und stand auf. »So richtig feierlich!«

Marion lief mit gesenktem Blick aus der Küche. Doch in unserem Zimmer prustete sie los und lachte, bis ihr die Tränen kamen. »Das kommt alles nur, weil ich so nervös bin …«

»Jetzt ist es genug«, ermahnte ich sie, »schlüpf in deine schicke Bügelfaltenhose. Der schwierigste Teil der Operation steht uns noch bevor! Ich mag mir nicht vorstellen, was passiert, wenn sie ihre Rede abbricht … Die springt uns von der Bühne ins Gesicht!« Wir fuhren mit den Rädern zur Schule. Es war ein superschöner Tag, das Grün der Bäume knallte uns in die Augen, Hausmeister Hasenbein hatte den Schulhof gefegt, sogar die schwarz-rot-goldene Fahne hing am Mast.

»Mir ist schlecht«, murmelte Marion.

»Mir auch«, antwortete ich. In der Scheibe der breiten Eingangstür sah ich allerdings viel besser aus, als ich mich innerlich fühlte. Omi Elsa hatte mir in aller Eile noch ein Paar Schuhe herausgekramt, supercoole Sandalen mit breiten schwarzen Riemen und Plateausohlen aus Kork. Ich war zehn Zentimeter größer und wirkte in der schwarzen Gymnastikhose und dem schwarzen T-Shirt, das ich von Dagmar für diesen Tag »geborgt« hatte, wunderbar schlank. Durch das Schwimmtraining, das Fahrradfahren, aber vor allem wohl durch die Abwesenheit von *McDonald's* war mein Bauch tatsächlich ziemlich zusammengeschmolzen. Das Allerbeste aber war der orangerote Blazer, den ich darüber trug. Er war eine Nuance dunkler als die Farbe meines Haares und stammte aus Omis Kleiderschrank. »Ein Geschenk von einer Kundin. Natürlich bereits getragen. Habe ich nie angezogen. Dieser samtige Stoff. Und erst dieses Karottenrot! Das beißt sich doch mit meinem Haar! Haben die Leute denn keine Augen im Kopf?«

»Der ist aber wirklich super!« Die Farbe, der Schnitt und die militärischen Schulterklappen gefielen mir auf Anhieb, ich wollte ihn unbedingt anziehen und schauen, ob er mir passte.

»Die Farbe beißt sich aber noch viel mehr mit *deinem* Haar«, hatte Omi eingewandt.

»Das ist ja gerade das Schöne!« Da es schon so spät war, hatte sie mich und den Blazer unter strengen Blicken gehen lassen. Ein paar Minuten später zwängten wir uns in der Aula in eine der vorderen Stuhlreihen zu Anne und Claudia, deren Brüder beide das Abitur gerade so geschafft hatten.

»Perfekt«, sagte ich leise, »von hier aus können wir DDD und D wunderbar beobachten.« Ich zeigte auf die Stuhlreihen, die rechts und links der Bühne quer zum Publikum standen und die mit *Reserviert*-Schildern geschmückt waren.

Marion nickte: »Rechts die Abiturienten, links der hochverehrte Lehrkörper. Oder andersrum.«

»Willst du nicht gucken, ob Matti hier irgendwo sitzt?«

»Nein. Tut mir leid, bin echt zu aufgeregt.«

Ich schüttelte den Kopf. Also *ich* hätte gern geguckt.

Die Bühne war mit zwei großen Bodenvasen und ein paar mickrigen Gladiolen geschmückt, in der Mitte stand ein Rednerpult. Um uns herum flüsterte und brabbelte es. Drei Reihen hinter uns entdeckte ich Eckis Lockenkopf und den grünen Pullunder von Willi. »Lass mich noch mal eben raus«, bat ich Marion.

»Wieso, was willst du denn?«

»Ich organisiere uns noch Verstärkung.«

Ich lief nach hinten zu Ecki und Willi, die neben ihren herausgeputzten Eltern saßen. Also musste ich flüstern: »*Morning!* Könnt ihr mir tun einen Gefallen?« Mein Akzent war mir in letzter Sekunde noch eingefallen. Aus der vorderen Reihe drehten sich Öko-Ralf und Laber-Volker zu mir um, unter deren Würde es offenbar war, neben ihren Erziehungsberechtigten zu sitzen.

»Wenn ihr Marion und mich hört klatschen, klatscht ihr einfach auch, *all right?* Und weitersagen. Alle *people* von die 10A machen heute mal richtig mit!« Sie nickten.

»Hey, ist das jetzt nur Randale oder mehr so 'ne richtig politische Aktion?«, wisperte Volker verschwörerisch.

»Politisch. *Totally political.* Aber bei die Rede von die Abiturienten. Von Marions Schwester!« Da erst bemerkte ich Konrad neben Öko-Ralf. »Hey, du hier?«

»Ach, stimmt ja, du hast doch gar keine Geschwister«, wunderte sich nun auch Öko-Ralf. »Da würde ich ja lieber den Samstagmorgen verpennen!«

Konrad winkte ab. Er schaute mich nicht an. »Besser, als im Laden bei meinem Alten helfen zu müssen!« Er hatte ein Hemd an, das bis zum letzten Knopf geschlossen war, darüber eine enge Lederjacke. *Mensch Konrad, fünfunddreißig Jahre noch und du bist mit dem Outfit der Hipster schlechthin!*

Ich ging zurück. Marion rollte das Programmheft in ihren Händen und ließ es in den nächsten Minuten dreimal runterfallen. »Gott sei Dank kommt Dagmar gleich als Erste dran. Da hat sie nicht so viel Zeit, in ihrer Rede herumzulesen!«

Auch bei mir stieg die Anspannung. »Wahnsinn. In meinem Bauch kribbelt es, als ob *ich* da gleich hochmüsste, um zu sprechen«, sagte ich leise zu ihr.

»Kein Wunder«, erwiderte sie, »immerhin ist die Rede ja größtenteils von dir!«

Ich hielt meinen Zeigefinger vor den Mund. »Ich bin gespannt, was sie macht! Ob sie wirklich einfach weiterliest oder die Rede abbricht?«

»Ich kann nur hoffen, sie liest es stur zu Ende, als ob es ihr Text wäre.«

»Pscht!«, zischelte es vor und hinter uns, denn nun kam das Orchester herein und bezog seinen Posten vor der Bühne. Es wurde still. Zu den dramatischen Klängen von *Freude, schöner*

Götterfunken marschierten die Abiturienten und Abiturientinnen ein. Ich kicherte leise durch die Nase, als ich die schlecht sitzenden Jacketts der Jungs und die wadenlangen, wild geblümten Röcke der Mädchen erblickte. Manche trugen Schlips oder Fliege, manche kamen lässig im Jeansanzug. Ich grinste. Mode war echt nur für die zu ertragen, die gerade darinsteckten. Ob irgendwer von denen später tatsächlich sagen würde: Mann, was haben wir damals in unseren hochgezogenen Hosen geil ausgesehen? Und wie würde es bei uns sein? Würden die stylishen Mädchen aus meiner Klasse vor Scham erröten, wenn sie Jahre später alte Fotos anschauten?

Die Abiturienten setzten sich nach rechts, auf ihre reservierten Plätze. Ich entdeckte Thorsten in der zweiten Reihe ganz außen. Seinem Gesicht nach zu urteilen, hatte er den Brief noch nicht gelesen. Er sah verkniffen aus, als ob mindestens zwei Keile in seiner Hose fehlten. Dagmar dagegen saß vorne links, direkt an der Bühne. Sie kaute an ihren Fingernägeln, obwohl es da wirklich nicht mehr viel zu holen gab.

Nach dem ersten Grußwort des Direktors wurde sie auch schon angekündigt! »Die Laudatorin des Abitur-Jahrgangs 1980. Dagmar Zimt!« Marion rutschte auf ihrem Sitz nach vorne, ich konnte hören, wie sie den Atem anhielt. Dagmar erklomm die Bühne und stellte sich hinter das Pult. Ihre Nervosität war offenbar verflogen, denn sie schaute stolz ins Publikum und besaß sogar die Ruhe, das Mikrofon auf ihre Höhe einzustellen.

»Alle Achtung, Dagmar, du bist ein Profi …«, murmelte ich. Marion griff nach meiner Hand, ihre war eiskalt.

»Liebe Eltern, sehr geehrte Lehrerinnen und Lehrer, meine Damen und Herren, liebe Freunde und Verwandte, liebe Jahrgangsstufe! Mein Name ist Dagmar Zimt, und ich habe die Ehre, Ihnen heute, an diesem schönen 30. Mai, die Rede des Abitur-Jahrgangs 1980 zu halten.«

»Das kennen wir ja schon«, murmelte ich mit zusammengepressten Zähnen. Sie las laut und deutlich, fast ohne Betonung, jetzt gleich musste meine Änderung kommen: »Ich kann mich noch ganz genau daran erinnern, dass ich damals in der Elf gesagt habe …?« Hier stutzte DDD. Marion verschränkte ihre Finger mit meinen und presste sie so fest, dass ich beinah aufschrie. Dagmar zog ihre Oberlippe hoch und brachte ihren Kopf näher an das Blatt, als ob sie die Buchstaben nicht erkennen könne. Das Publikum blieb ruhig. Los DDD, weiter!

»Äh … mmja«, ihre Lippen machten einen schmatzenden Laut, den das Mikrofon volltönend übertrug. Dann Stille. Die ersten kicherten. Marion zog ihre Finger aus meinen und versenkte ihre Stirn in den flachen Händen: »Ogottogottogott!«

Dagmar, brich jetzt nicht ab! Tu uns das nicht an. Und dir auch nicht!

»Diese Abi-Rede …«, setzte DDD von Neuem an, aber ihre Stimme wurde immer leiser. »… die halte ich nie im Leben …« Jetzt dachte sie bestimmt: Hey, was ist das hier? Es sieht zwar so aus, ist aber auf keinen Fall mein Text! Gut sichtbar für alle Welt stieg das Blut in ihre Wangen. Doch das Flüstern wirkte wie ein rhetorischer Trick, die Zuhörer lauschten gebannt, als sie fortfuhr: »Nun gut, das hat jetzt nicht ganz so funktioniert …« Das Publikum lachte, es lachte tatsächlich laut auf. Einige klatschten.

»Aber ich bin in den vergangenen Jahren viel sicherer geworden, was das Vortragen angeht, einen Dank an Sie, liebe Frau Bunt-rock!«, brachte DDD stockend hervor. »Plötzlich wollte ich diese Rede unbedingt halten.« Ihre Stimme klang ganz und gar nicht danach. »Sogar an dir habe ich mich deswegen irgendwie vorbeigemogelt, Thorsten, und das tut mir leid! Sehr leid!« Sie lächelte ins Publikum, doch man sah, wie verwirrt sie war. »Tja, das habe ich davon, nun stehe ich hier.« Wieder lachten alle. Ich stieß Marion an. Die starrte aber nur hoch zu Dagmar und schüttelte leise den Kopf.

»Da man zu einer Menge Menschen spricht und sich nicht zwingend blamieren möchte, wollte ich auf Nummer sicher gehen und habe mich noch mal umgehört und schlau gemacht, was man alles beachten sollte.« Sie las – und sie las gut! Wir hielten uns wieder an den Händen. Yes! Jetzt hatte sie es.

»Einer meinte zum Beispiel, ich sollte mit einem Zitat anfangen und mit einem weiteren die Rede beenden und im Teil dazwischen einfach zusehen, dass keiner einschläft. Deswegen kurz vorweg die Frage, schläft schon jemand?« Dagmar wartete die nächsten Lacher brav ab. Zwischendurch presste sie ihre Lippen nervös zusammen. Doch nur wer sie sehr gut kannte, konnte sehen, dass irgendetwas nicht in Ordnung mit ihr war.

»Ein anderer sagte zu mir, ich sollte Vergangenes reflektieren, analysieren, kritisieren beziehungsweise einfach etwas Melancholisches, Lustiges und Trauriges erzählen oder noch besser: ›Mach ein wenig Sport mit den Leuten …‹ Sie hielt auch diese Pause ein, die ich ihr an den Rand geschrieben hatte. »Jetzt denken Sie wahrscheinlich: Was hat die da vorne mit uns nur vor? Warten Sie es ab!« Pause.

»Ein sehr lieber Mensch gab mir den Tipp, sprich über alles, nur nicht über zwanzig Minuten. Na, vielen Dank, Thorsten!« Viele Lacher.

»Aber am wichtigsten ist wohl immer der rote Faden in so einer Rede. Mit diesem Wissen und der perfekten Vorbereitung dürfte ja jetzt eigentlich gar nichts mehr schiefgehen. Hier also das erste Zitat, und ach, was soll's, ich hänge das Schlusszitat lieber gleich dran: ›Träume nicht dein Leben, sondern lebe deine Träume!‹ Und: ›Wenn deine Träume dir keine Angst machen, sind sie nicht groß genug!‹

Eine Frage: Hat die Schule, diese Institution, der wir mindestens dreizehn Jahre lang ausgeliefert waren und die für sich selbst in Anspruch nimmt, die Menschen aufs Leben, aufs ›richtige Leben‹ vorzubereiten, uns darauf wirklich vorbereitet??

Dieses System? Das doch mehr Löcher als jeder Schweizer Käse hat beziehungsweise mehr Lücken als die Abwehr von Schalke 04?«

Ein leichtes Raunen ging durch den Saal.

»Der Weg ist das Ziel – und ein Ziel sollte jeder haben. Das haben wir verstanden. Doch wie sieht das eigentlich für jeden Einzelnen von uns aus? Haben Sie, verehrte Lehrer und Lehrerinnen, mir in den letzten neun Jahren am Schiller-Gymnasium beigebracht, meinen ganz persönlichen Weg zu finden? Ich glaube nicht! Ich bin der Überzeugung, Visionen sind wichtiger, als das Volumen eines Oktaeders zu berechnen. Auch wenn unser Physiklehrer Herr Dunkel dagegen schwer protestieren würde, wenn man ihn um seine Meinung fragte. Tun wir aber heute nicht!«

Ich sah, wie Dr. Junge mit Dr. Hirschfelder tuschelte. Auch der Rest des Lehrerblocks links vom Publikum wurde unruhig.

»Es kommt nämlich nicht darauf an, wer du bist, sondern wer du sein willst! Wenn ihr, liebe Mit-Abiturienten, das aus eurer Schulzeit mitnehmen könnt, dann gratuliere ich euch!«

Ich klatschte wie wild los, Marion neben mir auch, Claudia und Anne und die 10A folgten uns. In Windeseile verbreitete sich der Applaus. Dagmar machte eine Pause, bis der letzte Klatscher verklungen war, und nickte lächelnd. Ihre Wangen glühten jetzt, die Augen leuchteten. Flüssig las sie meine Abrechnung mit dem Schulsystem ab, als hätte sie nie etwas anderes getan. Sie schien es wirklich zu genießen. Dann bremste sie ab: »So, keine Angst, ich komme langsam zum Ende. Und das möchte ich mit einem weiteren Zitat, diesmal von Oscar Wilde.« Sie sprach es deutsch aus, Will-de, wie peinlich, doch die Zuhörer würden ihr verzeihen, wusste ich.

»›Die meisten Menschen sind nicht sie selbst. Ihre Gedanken sind die Meinungen anderer, ihr Leben Nachahmungen, ihre Leidenschaften nur Zitate.‹

Passen wir auf, dass es uns, mit unserem Reifezeugnis in der Hand, nicht so ergeht! Lasst uns starten mit einer eigenen Meinung, mit unseren eigenen Ideen, mit unser Leidenschaft für das, wofür wir brennen.«

»Jawoll!«, rief jemand, der Stimme nach ein Schüler. Das mit dem Brennen hatte ich aus Mamas letzter Cosmopolitan.

»Lasst uns Visionen haben!« Pause und Gejohle aus den Reihen der Abiturienten.

»Also gut – in ein paar Minuten kriegt jeder von uns sein Zeugnis in die Hand gedrückt und wird in die Freiheit entlassen. Ich bin unheimlich froh, dass ich einer Generation angehöre, die mehr Möglichkeiten hat als jede andere Generation vor ihr. Unsere Welt ist nicht mehr nur Godesbach und Umgebung oder Deutschland oder gar Europa, nein, unsere Welt ist heute die ganze Welt. Es ist ziemlich schön zu sehen, wie viele von uns entweder schon ein Jahr im Ausland verbracht haben oder jetzt dazu aufbrechen. Wo sind wir in ein paar Jahren? Das kann heutzutage niemand mehr sagen, es kann überall auf der Welt sein und irgendwann wird man jederzeit und in Sekundenbruchteilen miteinander kommunizieren können. Ich weiß es genau! Das ist gewaltig und bietet Chancen für ewige und wichtige Freundschaften, die wir hier geschlossen haben und heute auch ganz besonders feiern wollen.

Abschließend möchte ich mich noch bedanken:

Bei allen Eltern, die so verrückt waren, ihre Kinder auf diese Schule zu schicken.«

Ein paar Leute lachten. Eltern vermutlich.

»Unserem Hausmeister Herrn Hasenbein, der es nicht leicht mit uns hatte; sämtlichen Lehrern, die wir ziemlich häufig in die Verzweiflung getrieben haben; allen Menschen, die unseren Jahrgang, wo sie nur konnten, unterstützt haben; und zu guter Letzt möchte ich mich noch bei der besten Jahrgangsstufe der Welt bedanken. Ihr seid die Besten! Es war dufte mit euch!«

Donnernder Applaus erhob sich, Marion schaute mich mit glänzenden Augen an. »Das hat sie richtig gut gemacht!« Wir klatschten wie besessen. »Trotzdem, sie wird sich auf uns stürzen, sobald sie Zeit dazu findet!«

»*Oh shit*, ja.« Marion hörte auf zu klatschen und ließ sich tiefer in ihren Sitz sinken. »Wir gucken lieber gar nicht rüber zu ihr.«

»Hey, das *shit* hast du von mir!« Ich lachte nervös. »Denk dran, was wir besprochen haben: Wenn sie uns beschuldigt, nicht direkt reagieren, sondern ihr einfach Komplimente machen.«

»Ich werd's versuchen.«

In der nächsten Stunde hätte ich einiges für mein Handy, die *Spotify*-Playlist und die dazugehörigen Kopfhörer gegeben, die sich so wunderbar unter meinen Haaren verstecken ließen. So aber musste ich den langweiligen Reden und Grußworten notgedrungen folgen.

Doch irgendwann war es so weit. Auf der Bühne holte jeder der zweiundachtzig Abiturienten sein Zeugnis ab, was auch wieder endlos dauerte, dann spielte das Schulorchester noch einmal und dann war endlich Schluss. Wir standen auf und ließen uns durch die Menge treiben. Ich sah Omi und Opa mit vor Ehrfurcht gesenkten Köpfen neben dem Direktor stehen. Er schüttelte ihnen die Hand, als ob er ihnen sein Beileid aussprach.

»Wo ist Dagmar? Sollte sie nicht bei den Eltern sein? Ich kann sie nicht finden.« Marions Augen irrten umher.

»Dort oben!« Ich zeigte auf die Bühne, wo ihr hellbrauner Cordanzug zwischen einigen Blumenkleidern und Jeansjacken zu sehen war. »Da steht sie und lässt sich feiern!«

»Früher hätte ich gekotzt bei dem Anblick.« Marion machte eine Geste, als ob sie sich übergeben müsste. »Aber jetzt weiß ich, dass das wichtig für sie ist. Wenn sie echte Anerkennung bekommt, dann wird sie auch netter zu uns! Schau mal, die meisten, die ihr gratulieren, sind aus ihrer Stufe. Die fanden das mit der Freundschaft wahrscheinlich genauso überraschend wie sie selbst.«

»Und hallo?« Ich rüttelte an ihrer Schulter. »Wer steht da vorne und starrt sie an? Im *weißen* Hemd!«

»Thorsten D.! Na, super! Ob er ihr vergeben hat und sie heute noch anlachen wird?«

»Na klar, guck mal, er geht zur Treppe, er will auf die Bühne zu ihr!«

Doch kaum stand Thorsten auf der ersten Stufe, zögerte er. Er schwankte leicht, dann kehrte er um und war sogleich in der Menschenmenge verschwunden.

»Oh. Sieht doch nicht danach aus …«

»Mist!«, murmelte ich. »Wir müssen die beiden weiter im Auge behalten.«

»Die Zukunft zu verändern, ist verdammt anstrengend …«, seufzte Marion.

»Absolut. Sagte Dagmar nicht noch was von Sekt und Schnittchen?«

Wir kicherten und schoben uns in die Pausenhalle, ich sah Gabriele Buntrocks blasse Lippen und leuchtende Augen auf mich zukommen und machte automatisch einen Schlenker nach rechts. Ihren Unterricht hatte ich schon mehrfach genießen dürfen, doch einer wissenschaftlichen Analyse der Rede war ich jetzt nicht gewachsen. Gott sei Dank entdeckte ich in diesem Moment Matti, ich stieß Marion an. »Jetzt zeig mir, dass du ihn ansprechen kannst, Miss Obercool.«

»Ach Charles. Ich möchte ja, aber ich kann nicht.« Sie legte ihren Kopf für einen kurzen Moment auf meine Schulter. Es fühlte sich schön an. Wie bei einer echten Freundin. »Du bist toll! Du bist wunderbar«, redete ich auf sie ein. »Und du brauchst niemanden, der dir das sagt, nur dich selbst. Denk dran.«

»Hej!« Matti drängelte sich zu uns durch.

Hej hieß »Hallo« auf Finnisch. Nicht gerade weltbewegend anders als auf Deutsch, doch ich antwortete ebenso. »Hej! Alles klar?«

»Hallo«, piepste Marion.

»Eigentlich wärst du doch lieber trainieren gegangen statt zu dieser Schreckensfeier hier und traust dich nicht, es zuzugeben ...«, sagte ich.

»Stimmt. Ich war auch ganz herumgerissen. Gibt es aber kein Training heute.« Matti grinste sein kleines finnisches Grinsen. »Kommst du Montag?«

»Na klar.« Ich lächelte ihn an

»Vergiss vor lauter Training mal unsere Party nicht«, mischte Marion sich ein. »Nächsten Samstag im *Café Zimt.*«

Super, Marion! Ich schaute lächelnd zwischen den beiden hin und her. So musste eine Mutter sich fühlen, deren schüchternes Kind auf dem Spielplatz endlich ein anderes Kind zum Spielen auffordert.

»Klar. Konnte ich nie vergessen!« Mattis Augen versanken in den ihren. *Na siehst du!* Ich spürte, wie Marion sich unter seinem Blick aufrichtete. Mein Lächeln begann, in meinen Mundwinkeln wehzutun, erst recht, als ich sah, wie Dagmar sich in diesem Moment zu uns durchdrängte. Zunächst bedachte sie mich mit einem bitterbösen Blick, switchte dann aber zu Marion. »Ich habe mit euch zu sprechen! Allein!«

Marion löste ihre Augen von Matti: »Dagmar! Glückwunsch zur Rede!«

»Hör mir auf mit Glückwunsch!«

»Ich frage mich gerade, wie sehr ich den Moment genießen und feiern würde, wenn ich so eine irre Ansprache gehalten hätte ...?« Marion wiegte gespielt nachdenklich den Kopf.

»Vielleicht würde ich sie mit meiner Lieblingslehrerin Gaby interpretieren, anstatt mich aufzuregen«, kam ich ihr zu Hilfe.

»Feiern! Ich feier *euch* gleich was ...« Sie packte uns beide am Handgelenk und zog uns einen Meter weg.

»Also Samstag«, hörte ich Mattis Stimme hinter mir.

»He! Stopp! Ich fühle mich gemobbt«, protestierte ich mit dem albernen Spruch aus meinem Streitschlichter-Kurs, doch Dagmar legte schon los: »Was sollte das? Das wart ihr doch! Ihr zwei … ihr, ihr …« Offenbar fiel ihr nichts ein. »Meine Schwester, die Versagerin, und ihre komische Freundin haben meine Rede ausgetauscht! Ha!« Ihr Lachen hörte sich bitter an.

Wir schauten uns in die Augen und brachten ein sehr authentisch klingendes, einstimmiges »Hääh?« hervor.

»Ihr habt das geschrieben!!« Jetzt brüllte Dagmar fast. Marion zuckte nur mit den Schultern. »Aber die Rede war astrein! Alle fanden sie toll.«

»Darauf könnten wir eigentlich ein Sektchen trinken, oder nicht?«, fragte ich Dagmar.

»Du!« Dagmar fuchtelte mit ihrem Zeigefinger vor meinen Augen herum. »Dich kriege ich auch noch dran! Und was sollte das mit dieser Vision, die angeblich wichtiger ist als die Berechnung eines Oktaeders? Ich glaube es ja nicht, dass ich so einen Schwachsinn vorgelesen habe …!«

»Dagmar! Großartig!« Gabriele Buntrock rauschte heran und umfasste Dagmars Cordanzug-Schultern. »Ich bin be-geis-tert! Du hast den eigentlichen Sinn des ganzen Systems auf den Punkt gebracht. Visionen! Genau die braucht es doch in einer sozialen Gesellschaft!«

»Meinst du wirklich, Gabriele …?«

Ich lachte Dagmar ins Gesicht und überließ sie der sozialen Gesellschaft der Buntrock. »Komm, wir betrinken uns …«, sagte ich aus Spaß und zog Marion mit mir, doch ein richtiges Lachen wollte mir nicht gelingen. »DDD macht mir echt Schiss, wenn sie so wütend ist!«

»Och, Schiss habe ich eigentlich keinen mehr vor ihr, seitdem … na ja, seitdem ich ihr Tagebuch gelesen habe«, sagte Marion, die Augen voller Mitgefühl. »Ich sehe sie nicht mehr nur als fiese

Schwester, sondern manchmal als kleines Mädchen, das auch nur geliebt werden will, das sich auch nur verlieben möchte ...«

»Trotzdem schade, dass wir sie nicht einweihen können. Sie denkt immer noch, wir wären ihre schlimmsten Feindinnen ...«

»Ganz offenbar hat Thorsten sie noch nicht angelacht, sonst wäre sie viel entspannter.« Marion seufzte.

»Komm, wir suchen ihn und geben ihm einen kleinen Schubs in ihre Richtung.« Wir schnappten uns zwei halb volle Sektgläser, gossen zur Tarnung mit Orangensaft auf und schoben uns durch das Gedränge. Überall stieß man mit uns an. Wir hörten stolz zu, wenn Dagmars echt starke Rede erwähnt wurde, doch Thorsten sahen wir nicht. Wir waren gerade an der Hausmeisterkabine, als mich Marion am Arm zog. »Guck da jetzt nicht rüber! Da vorne steht DDD mit Dr. Junge.«

Natürlich guckte ich nach drei Sekunden doch hinüber und sah, wie Dagmar direkt mit dem Finger auf mich zeigte und redete und redete. Verpetzte die mich da etwa gerade beim Direktor? Mist. Dem sollte ich heute am besten nicht mehr in die Arme laufen. Dafür lief uns jemand in die Arme: Herr Dr. Hirschfelder. Auch er hatte ein Sektglas in der Hand und strahlte: »Na, wenn das mal nicht mein Lieblings-Mathe-Duo ist!« Ich lächelte schwach. Die wunderbare Ironie des Dr. Hirschfelder. Auch Marion sah aus, als würde sie im Moment gerne auf jede Aufmerksamkeit verzichten. Der Direktor hatte mich immer noch im Visier. Schon machte er Anstalten, sich in unsere Richtung zu bewegen, als ihm unsere Klassenlehrerin Frau Kleeberg in die Quere kam. Er überragte sie um einen halben Meter und musste sich zu ihr hinunterbeugen.

»Mist, die fragt er jetzt wahrscheinlich nach dir«, raunte Marion mir zu.

»Ich weiß ja nicht, ich weiß ja nicht, aber irgendwas ist da im Team England schiefgelaufen bei der Klassenarbeit ... « Der gute Dr. Hirschfelder hörte sich schon nicht mehr ganz nüchtern an.

»Ja, *shit happens*«, antwortete ich zerstreut, weil die große Gestalt des Direktors jetzt durch die Menge auf uns zukam.

»Ich glaube, ihr habt die Gehirne getauscht!« Hirschfelder seufzte.

»Wir sind Zwillinge im Geiste, da kann das schon mal vorkommen …« Ich schaute in seine blanken Mäuseaugen. »Herr *Doktor* Hirschfelder, falls der Herr *Doktor* Junge sich gleich nach mir erkundigen sollte, sagen Sie ihm bitte, dass ich am Montag in sein Büro komme und alles erklären werde. Falls er sich *nicht* erkundigen sollte, sagen Sie bitte nichts. Aber jetzt müssen wir weg!« Hand in Hand, wie das doppelte Lottchen, zogen wir ab.

21. KAPITEL

immer noch Samstag, der 30. Mai

»Tschüss, viel Spaaa-haass!«, sangen Marion und ich ein paar Stunden später im Chor, als sich das Trio im Licht des lauen Frühsommerabends vom Café entfernte. Omi Elsa hatte ihr Kostüm gegen einen langen violetten Rock getauscht, Opa trug Anzug mit leerem Arm, wie schon an diesem Morgen, und auch Dagmar steckte noch in ihrem schicken braunen Cord-Outfit. Wenn man genau hinsah, konnte man den Keil an ihrem Hinterteil unter der Bluse hervorlugen sehen.

»Es war geschickt von dir, Mutti gerade heute um Erlaubnis zu fragen!«

Ich nickte. »Wir haben abgewaschen und bleiben heute brav zu Hause. Da können wir doch nächsten Samstag mit unseren Freundinnen eine kleine Pizza-Party veranstalten? Schlag ein!« Das mit dem Highfive hatte Marion noch nicht so raus. Doch sie hielt artig die Hand hin, wenn ich sie darum bat.

»Und was machen wir jetzt?«, fragte sie.

»Jetzt können wir nur noch beten, dass Thorsten Dagmars Entschuldigungsbrief akzeptiert hat, er sie heute Abend wie ein Bekloppter anstrahlt und dass sein weißes Hemd sie nicht provoziert!« Ich sandte meinen Blick in die dichten hellgrünen Blätter des großen Ahornbaums, unter dem die drei gerade entlanggingen. In vierundzwanzig Jahren würden Omi und Opa Heinrich ziemlich genau an dieser Stelle getötet werden. Oh Gott. Was sollte ich denn noch alles verhindern? Ich schluckte. War das Punkt zehn auf der *to do list*?

»Wir könnten uns irgendwie anschleichen«, schlug Marion vor, »und sie durch die Fenster der Pausenhalle beobachten.«

»Und wenn sie uns erwischt? Nein, wir können zwar helfen, aber dieses erste, miese Erlebnis müssen sie schon alleine in etwas Besseres umwandeln. Spätestens auf unserer Party muss ihnen das gelingen.« Wieder sandte ich ein kurzes Stoßgebet zum Himmel.

»Dann komm mit«, sagte Marion. »Ich will dir was zeigen!«

Marion nahm mich mit in den Garten und öffnete den Holzschuppen. Zwischen alten Fahrrädern und einem Rasenmäher war ein rotes Mofa eingeklemmt. »Hilf mir mal.« Wir schoben die Räder beiseite und zerrten das Gefährt hervor. »Kannst du fahren?«

»Na sicher! Ist zwar Dagmars, aber die benutzt es kaum und sie ist ja auch nicht da ...« Marion zog ihre Jacke aus und klemmte sie unter den Gepäckträger. »Hier, kleines Polster für deinen Popo.«

Sie trat das Pedal zweimal runter und schon sprang das Ding an. Mit röhrendem Motor kurvte sie unter den Birnenbäumen herum, bis blaue Abgaswolken in der Luft hingen. Ich lief ihr hinterher.

»Mach das Törchen auf!«, befahl sie. Eine Minute später fuhren wir durch die grün wogenden Gerstenfelder. Ich umklammerte ihre Taille mit beiden Armen und atmete die köstlich riechende Luft ein.

»Wir fahren aber nicht zum See!«, rief Marion. Es war mir egal, wo wir hinfuhren. 1980 gefiel mir gerade mega-gut. Aber so was von!

Unter den Bäumen merkte ich, dass es recht schnell dunkel wurde. Was hatte sie vor? Zwischen den hohen Stämmen tauchte jetzt etwas Weißes auf, ein weißes großes Ei, das auf der Seite lag, mit einem blauen Streifen. Ein Wohnwagen auf einer kleinen grasbewachsenen Lichtung. Mitten im Wald.

Marion hielt an und stellte den Motor ab.

»Hier haben sie gewohnt. *Mes amis, les Français.*«

Ich stieg mit zittrigen Knien von meinem Gepäckträger. »Deine französischen Freunde? Woher kanntest du die?«

»Bin Anfang Mai hier vorbeigekommen und habe sie entdeckt.« Marion grinste verlegen. »Daher stammte auch der Knutschfleck.«

»Aha. Und dein nicht jugendfreier Wortschatz ...«

»Mmmh.«

Sie klang irgendwie schuldbewusst. Mir fiel plötzlich etwas ein. »Und entstand hier etwa auch deine Erfahrung mit den schäumenden Verhütungszäpfchen?«

An der Art, wie sie mit den Schultern zuckte, wusste ich, dass die Antwort Ja lautete.

»Oh Mann, Marion. Dein erstes Mal? In so 'nem alten Ei hier ... War es wenigstens romantisch?« Die Frage hätte ich mir sparen können. Ich schüttelte den Kopf. »Was ist mit Auf-den-Richtigen-Warten, damit es schön wird?«

»Keine Ahnung. Ich wollte das mit dem Jungfrausein nur irgendwie hinter mich bringen ... Dieses ganze Gerede darüber.«

Sie tat mir so leid in diesem Augenblick. Ich hätte heulen können.

»Aber ich mach das nicht mehr. Echt nicht! Ich habe verstanden, was du mir neulich gesagt hast. Und ich finde, dass ich schon viel selbstbewusster geworden bin!«

»Na, gratuliere! Das ist echt toll.«

»Und ich freu mich so, dass Matti zur Party kommt, ich glaube, ich weiß jetzt, wie das ist, wenn man richtig verliebt ist!«

Ich hatte meine Zweifel, doch mit ihren blitzenden Augen und dem lachenden Mund sah sie tatsächlich gerade sehr überzeugt von sich aus. »Hey, was ist das ...?« Sie bückte sich und zog eine Flasche aus dem langen Gras, von dem der Wohnwagen umwuchert war. »Na schau mal, Rotwein! Noch aus ihrem Vorrat. Danke, François! *Merci*, Remi *et* Pierre!«

»Wie sollen wir die aufkriegen? Wir haben keinen Korkenzieher!«

»François machte das immer mit einem Holzlöffel … vielleicht liegt der hier auch noch rum.«

»François. War das der …?«

»Mmmh.« Sie trat an die Feuerstelle und suchte sie gründlich ab, bis sie tatsächlich einen alten Holzstiel in der Hand hielt. Innerhalb einer Minute hatte sie die Metallkapsel abgepult und den Korken geschickt in die Flasche gedrückt. Sie goss ein wenig Wein in die Feuerstelle und roch dann an der Flaschenöffnung.

»Scheint in Ordnung zu sein! Trinken wir auf meine Verwandlung!«

Marion setzte die Flasche an und für eine ganze Weile nicht ab. Dann bot sie sie mir an. »Auf dass ich es endlich kapiert habe!«

Na ja, warum nicht.

Eine halbe Stunde später fuhren wir triumphierend in den Schulhof ein. »Was ein bisschen Rotwein ausmacht! Vorhin hast du noch gesagt, wir dürfen hier auf keinen Fall vorbei, um das Schicksal nicht zu beeinflussen …«

Marion drehte eine weitere Runde. Dann noch eine. Sie hatte recht, es war mir egal gewesen, wo wir hinfuhren, Hauptsache, wir konnten zusammen auf dem Mofa herumeiern, doch langsam bekam ich wieder einen klaren Kopf. Die Tür ging auf, man hörte Musik, Walzer oder so, und ein paar Leute in schwarzen Anzügen kamen heraus. Dr. Lange, Dr. Hirschfelder. Sie schauten zu uns herüber.

»Fahr sofort raus, *oh shit,* fahr zum Tor raus!« Mit meinen Händen an ihrer Taille versuchte ich, Marion zu lenken. Als wir endlich am Fahrradständer anhielten, war ich wieder nüchtern.

»Wir tragen keine Helme, wir haben Wein getrunken, wir

haben hinten kein Licht und du hast wahrscheinlich keinen Führerschein«, sagte ich, während wir abstiegen.

»Bistu meine Mutter, oderwas?« Marion lachte über ihr ganzes Gesicht.

»Wir haben mindestens sechs Gesetze des Straßenverkehrs missachtet!«

»Ach komm, liebste Charlott'! Wo wir schon mal hier sind, können wir doch wenigstens kurz gucken, oder? Komm, wir sind ganz artige Mädchen.« Marion nahm meine Hand und zog mich wieder in Richtung Schulhof. Artige Mädchen. Das hörte sich nach 50er-Jahre-Film an. Unter dem ersten Baum hielt ich sie zurück. »Zu gefährlich, Marion«, sagte ich leise. »Außerdem sind das da vorne nur Lehrer …«

»Dann stehen die Schüler garantiert bei den Musikräumen. Da gibt's eine Tür nach draußen.«

Wir gingen im Schutze der Dunkelheit an den Gebäuden vorbei, bis wir zum rückwärtigen Musiktrakt kamen. Marions Prognose war falsch gewesen, hier stand niemand. Vielleicht war die Tür sogar abgeschlossen? Marion wollte nachschauen gehen, doch ich hielt sie zurück, denn in diesem Moment kamen zwei Jungs nach draußen. Abiturienten. Klar zu erkennen an den schrecklichen Anzügen, in denen sie steckten. »Lass rüberwachsen«, sagte der eine und der andere holte mit einer weiten Bewegung etwas aus der Innentasche seines Anzugs hervor. Auch aus der Entfernung konnte ich sehen, dass es sich um einen Joint handelte. Die Jungs zündeten das Ding in aller Seelenruhe an.

»Boah, ziehen die sich hier einen durch!«, stieß ich hervor. »1980 nimmt anscheinend jeder Drogen …«

»Wie? Ist doch nur 'n bisschen Gras.«

»In 2015 nicht mehr. Da ist das alles genmanipuliert. Viele, die das rauchen, entwickeln Psychosen, drehen völlig durch.«

»Echt? Aber dann ist das ja total gefährlich!«

»Siehst du! Und rate mal, wer mir das immer predigt? Du!«

»Pscht! Da kommt noch einer!« Marion hielt mich am Arm fest.

Jemand kam durch die Tür gestolpert. Er hatte den Kopf zwischen die Schultern gezogen. Seine langen Arme umschlangen seinen zuckenden Oberkörper, es schüttelte ihn, als ob er schluchzte. Marion stieß mich kichernd an. »Ts ts ts. Was Drogen und Alkohol bei jungen Menschen anrichten können.«

Doch ich schüttelte nur den Kopf. Fuck, das war Thorsten! Unser Thorsten Dümpelmann. Jetzt ließ er sich mit den Knien auf den Zement fallen und krümmte sich. Mein Gott, er weinte! Marion schlug die Hand vor den Mund, denn auch sie hatte erkannt, wer hier vor uns zu Boden gegangen war. »Das schafft nur sie«, raunte sie hinter der Hand. »Das schafft nur Dagmar!«

In diesem Moment öffnete er die Arme und warf mit geschlossenen Augen und verzerrtem Mund den Kopf in den Nacken, wie ein Fußballspieler nach einem grandiosen Tor. Auf seiner weißen Hemdbrust blühte ein großer oranger Fleck.

»Oh shit!«, stöhnte ich. Alles war umsonst gewesen! Alles war vorbei! Thorsten würde keine Musik auf unserer Party auflegen und keinesfalls mit DDD den Gang in ihr Zimmer antreten. Voller Rachegedanken, wie er diese weitere Schmach hinter sich lassen konnte, würde er zeitlebens versuchen, sie fertigzumachen. Weil sie ihn in einer sehr intimen Situation ausgelacht und nun auch noch vor hundert Leuten mit zuckrigem Likör überschüttet hatte.

»Alter, was ist los?«, fragte einer der beiden. »Willste auch?«

»Nee, der hat schon!«, sagte der andere. Denn nun sahen wir es auch und hörten es: Thorsten riss den Mund auf und lachte, dass alles an ihm bebte. Er gröhlte, er japste gellend, wie eine Robbe, die ich mal im Zoo gesehen hatte. Die Jungs starrten ihn an, Rauch quoll dem einen aus den Nasenlöchern, dann platzten auch sie los. Ich riss mich zusammen, wollte unser Versteck unter den Bäumen nicht verraten. Doch als ich ein unterdrücktes Wimmern neben mir hörte und in Marions Gesicht schaute, war es um mich geschehen. Wir kicherten los, wurden immer lauter, wir prusteten, wir schrien unser Gelächter hinaus und taumelten aus dem Schatten der Bäume hervor. Wir lachten und lachten. Die Jungs schlugen sich auf die Oberschenkel … Marion sank zu Thorsten aufs Pflaster und hielt seine Handgelenke fest, um einen besseren Blick auf den orangen Fleck zu haben. »Meine Schwester …?«, keuchte sie.

»Deine Schwester …«, antwortete Thorsten, sobald er Luft dazu hatte. »… ist der absolute Heuler.«

22. KAPITEL

Mittwoch, Anfang Juni 1980

Lass uns noch mal alles durchgehen«, sagte ich vom Bett aus zu Marion, die sich schon unter ihrer Decke verkrochen hatte. »Haben wir alles für die Party? Es sind nur noch drei Tage.« Ich stützte mich auf meinen Ellbogen. »Also, Punkt eins der Liste hat erfolgreich gezündet. Unser Pärchen des Jahres ist mehr als scharf aufeinander.«

»Aaargh«, stöhnte Marion von drüben. »Hör auf, ich mag da gar nicht dran denken!«

»Wieso? Besser kann es doch nicht losgehen. Er, begnadeter Tüftler und Vogelfreund, schlägt sich vor Entzücken über die Persiko-Blume auf seinem Hemd die Knie auf. Sie, umjubelte Rednerin, grinst am nächsten Morgen beim Mittagessen über beide Bulldoggenbäckchen und hüllt sich in Schweigen.«

»Und die Eltern haben von alldem *nichts* mitbekommen. Das ist doch kaum zu glauben!«

»Siehst du, das kommt noch dazu: Sie halten es geheim! Noch ein Zeichen, dass da was läuft!« Ich schlug mit der flachen Hand auf meine Decke. »Also weiter: Der Zeitplan für die Party steht. Um sieben müssen Opa und Omi spätestens aus dem Haus, um pünktlich im Theater zu sein. Ab halb acht werden die ersten Gäste kommen. Das heißt, wir müssen alles gut vorbereiten, um den Laden so schnell wie möglich partytauglich zu machen.«

»Genau. Bis zehn machen wir Musik, dann ist auch kaum mehr jemand da, denn die meisten müssen spätestens um halb elf zu Hause sein.« Marion seufzte. »Was für ein Mist! Viel zu früh. Wie lange darfst du denn immer so ausgehen? Bestimmt bis eins oder so …«

»Nein. Keine Chance.« *Tja, keine Ahnung. Ich bin noch nie auf einer Party eingeladen gewesen.* »Bis elf. Leider nur.«

»Meine Schuld?«, fragte sie, und für ihren bedauernden Blick, den sie mir jetzt quer über den Flokati schickte, hätte ich sie umarmen können. Ich verneinte mit einem Kopfschütteln. *Wenn sie wüsste, was für eine totale Außenseiterin ich in meiner bekloppten Eliteschule bin …*

»Dein Vater?«

Ich erstarrte.

»Oder etwa DDD?«

Das wurde zu gefährlich, das spürte auch Marion. »Okay. Ich frag nicht weiter. Fest steht: Auf dieser Party muss zwischen DDD und unserem Lieblings-Thorsten wieder die Liebe erblühen! Aber richtig! Und wenn ich sie eigenhändig mit meinem Bademantelgürtel aneinanderfesseln und in Dagmars Zimmer einsperren muss!«

Ich stieß die Luft aus. »Ich hoffe, wir können das eleganter lösen. Aber was immer auch nötig ist: Ich helfe dir dabei!«

»Bis zwölf, wenn Mutti und Vati nach ihrem *Abend mit Kulturprogramm* wieder zu Hause sind, haben wir locker alles aufgeräumt.«

»Garantiert! Und jetzt zu den Getränken. Du bist sicher, dass du das Geld aus deiner Spardose stiften willst?«

»Die fünfzig Mark? Klar. Wir müssen morgen eine Kiste Cola, eine mit *Lift*, eine mit Bier kaufen. Die stellen wir erst mal in den Schuppen.«

»Ähem. Bier? Unbedingt! Aber wir sind noch nicht sechzehn. Die geben uns doch nichts«, widersprach ich. »Oder willst du DDD bitten?«

»Nö, nicht nötig. Wenn ich behaupte, das sei für meinen Vater, bekomme ich glatt auch noch 'ne Flasche Rum zu der Cola.«

»Ist ja krass. Was ist mit dem Jugendschutzgesetz? Kein Alkohol an Minderjährige? Das steht doch überall an den Kassen.«

»Echt? *Heute* noch nicht …«, sagte Marion nur.

Ich warf mich zurück in mein Kissen und starrte an die Zimmerdecke. Das waren also die beginnenden 80er … Alkohol, Zigaretten, Joints. Kein Problem, da dranzukommen. Und unsere Eltern, die uns mit Verboten gängelten, machten fröhlich mit. Unfassbar.

»Haben wir jetzt alle eingeladen?«, fragte ich Marion. »Und wissen alle Bescheid, was sie mitbringen sollen?«

»Fast. Ich geh morgen noch mal die Liste durch. Killerzahn habe ich übrigens auch schon gefragt. Der kann fertigen Hefeteig aus einer Pizzeria mitbringen.«

»Super! So langsam wird mir dieser Killerzahn sympathisch, der wird später bestimmt mal Event-Manager, bei den *connections*, die er heute schon hat. Er soll in der Pizzeria auch gleich nach Mozzarella fragen! Vielleicht gibt's den ja da zu kaufen, wenn schon nicht im Supermarkt.« Ich stützte mich seitlich auf meinen Ellbogen: »Und was ziehen wir an? Zu unserer eigenen Party?«

»Nichts Besonderes«, kam es von drüben. »Also ich fühl mich in dem Zeug am wohlsten …« Marion wies auf den Kleiderhaufen neben ihrem Bett. Die grüne Latzhose mal wieder, in der sie wie ein schmächtiger Gärtnerlehrling aussah.

»Nee! *No way!*« Ich schüttelte den Kopf, schaute dann auf meine Klamotten, die immerhin ordentlich auf dem Schreibtischstuhl lagen. Seit Tagen trug ich abwechselnd eins der für Marion viel zu großen weißen T-Shirts aus ihrem Kleiderschrank, dazu die Gymnastikhose oder am Nachmittag zum Training Dagmars Trainingshose. Langsam reichte es. »Du ziehst dein heißes schweinchenrosa Kleid an!«

»Asche-der-Rosen!«

»Und hohe Schuhe!«

»Hohe Schuhe habe ich nicht! Und sag nicht immer ›heiß‹, das ist frauenfeindlich!«

»Warum das denn? Männer können doch auch heiß sein!«

»Nein!« Marion schlug mit einer Hand auf ihre Bettdecke.

»Doch, Frau ›Ich-bin-aber-emanzipiert‹!«

»Bei denen ist das was anderes. Und hohe Absätze sind übrigens auch frauenfeindlich!«

Oh Mann, bist du anstrengend. »Gut, dann eben flache.« Der Trick war, Marion erst mit vielen Ansprüchen zu überfordern und dann einen Rückzieher zu machen, schon stimmte sie einem der »leichteren« Punkte zu. »Aber dafür ist das Kleid Pflicht!«

»Oh Gott, bist du als Tochter später auch so furchtbar?«

»Schlimmer!«

Am nächsten Morgen kontrollierte Marion in einer Freistunde ihre Namensliste und hakte die Zutaten ab, die jeder mitbringen sollte. »Luigi macht extra für uns kleine Teiglinge, die brauchen wir dann nur noch auszuwalzen«, erklärte Killerzahn und grinste über die ganze Breite seines Mundes. »Und das komische Zeug, was du wolltest, haben sie auch.«

»Mozzarella.«

»Ich kenne Mozzarella«, mischte der dicke Ecki sich ein und rückte nahe an Marion heran. »Das ist ein weißer Schwabbelkäse, der in ekelig trübem Wasser schwimmt.«

»Na großartig, Ecki! Jetzt werde ich morgen auf der Party mit großem Appetit unsere Pizza essen können!!« Marion schüttelte sich, doch sie stieß ihm dabei lachend in die Seite.

»Was ist eigentlich mit Konrad? Ist der eingeladen?«, fragte Killerzahn leise.

»*Little* Konräd-schen und seine Träger von die Koffer? Ja, die werde ich noch einladen, *I guess*«, antwortete ich laut. Marion verdrehte die Augen.

»Keine Angst, die werden sich benehmen«, sagte ich leise.

»Pfff, wie willst du *das* denn erreichen?«

»Ich weiß, wie man mit solchen Ottos umgeht. Und seine Mitläufer sind sowieso harmlos.«
In der nächsten Stunde hatten wir wieder frei.

»I really don't understand«, sagte ich, »wieso ist das so? Wir haben ja kaum mehr Unterricht und sobald eine Lehrer sagt, dass die Zensuren bereits stehen in seine kleine roten Büchlein, schreit die ganze Klasse ›*Spiele!*‹.« Immer dieser englische Akzent. Ich ging mir selber auf die Nerven. Doch die Klasse erwartete das nun mal von mir.

»Ja und? Ist doch prima«, sagte Marion und malte kleine geflügelte Torten auf ihre Liste. Auf jeder Torte stand in winzigen Buchstaben *Café Zimt*.

»Na ja, vielleicht weil ihr habt für die Schule dreizehn Jahre Zeit ... Bei uns geht die Schuljahr zu Ende, indem die Lehrer uns schon auf den Stoff der nächsten Klasse vorbereiten, wir schreiben bis zu die letzte Minute Klassenarbeiten, halten Referate, gehen in eine Museum oder schleppen uns mit die Müllzangen über das Gelände. Wenn wir haben Pech, schrubben wir die Tribüne von die Sportanlage.«

»Vielleicht liegt das daran, dass du auf ein Internat gehst. Die Dolly auf Burg Möwenfels hatte auch nie Freistunden«, sagte Claudia.

»Ich wohne aber nicht im Internat«, erklärte ich, »ich bin eine Externe, gehe da nur zur Schule. Und *who the fuck is Dolly?*«

»Ach, das sind so Mädchenbücher, die Claudia auswendig kennt ...«, spottete Anne, »aber es gibt doch bald Sommerferien, da macht keiner mehr was.«

»Die Arbeiten sind fast alle geschrieben, die Zensuren stehen fest«, rief Marion.

»Genau, Feierabend für dieses Jahr! Bisschen labern noch, für eine gute Zensur im Mündlichen, und schon sind wir wieder mit wenig Arbeitsaufwand locker durchgekommen. So kann es bleiben!« Anne streckte die Faust in die Luft.

»Für mich war es diesmal verdammt knapp!« Marion wedelte mit den Händen durch die Luft und beugte sich zu mir herüber. »Ohne dich müsste ich die Klasse bestimmt wiederholen«, flüsterte sie in mein Ohr.

Ich nickte, denn mit den beiden Fünfen aus den Klassenarbeiten, die ich auf mich genommen hatte, wäre ihre Versetzung kaum denkbar gewesen. Mit zwei Fingern hielt ich mir leicht die Nase zu und beugte mich über das Pult. »Nein, es sah wirklich nicht gut aus für die junge Deutsche aus Godesbach«, ahmte ich den Ton eines Sportreporters nach. »Da hätte sie von Anbeginn mehr Willenskraft zeigen sollen! Doch dann, kurz vor Spielende, geschah das unfassbare Wunder: Auch in Französisch konnte Marion Zimt das Ruder noch einmal mit einer soliden Zwei herumreißen!«

Alle um uns herum schauten mich erwartungsvoll an. »Mach weiter«, bat Claudia.

Ich stand auf: »Trainerin Madame Dupont zeigte sich nach dem Spiel hocherfreut. Charlotte Potter allerdings, der diesjährige Zuwachs aus London, enttäuschte auf der ganzen Linie. *Sie* hatte keinen Durchblick, machte viele Fehler und war von vornherein chancenlos in diesem Spiel! Und damit gebe ich zurück ins Studio!« Alle lachten los, jetzt war auch der Rest der Klasse auf meine Darbietung aufmerksam geworden.

»Woher kannst du das?« Claudias Mund stand offen. »Wenn du so sprichst, hast du gar keinen Akzent.«

»Mein Dad hört immer deutsche Sportsendungen. Im Radio! Ja, wir haben auch Radio in England. Ich liebe das!«

»Mach noch mal die Dupont nach!«, rief Killerzahn.

»*Oh no*, muss das sein?«

»Jaaa!«, riefen einige aus der Klasse.

»*Ma Chère*, ihr lernt ja wahrscheinlisch gar kein Fronssösisch bei eusch, in le Grande Britonny«, imitierte ich den Akzent der Französischlehrerin.

»Und dann und dann …!« Killerzahns Stimme überschlug sich. Die Klasse grölte bereits über meine Antwort, die ich Madame Dupont gegeben hatte und jetzt noch einmal wiederholte: »Nein, das was isch kann, abe isch mir nachts unter der Bettdecke beigebracht'e.«

»Die hat nicht mal gemerkt, dass du sie vergackeierst!«, jubelte Ecki mit seiner hohen Stimme.

»Nope«, sagte ich.

»Vielleischt bist du als Engländerin einfach nischt begabt für unsere Sprach'«, sangen jetzt alle im Chor.

Ich lachte. Auch Konrad lachte. Sein dunkles Haar war seit gestern ultrakurz. In der Klasse war allgemein bekannt, dass seine Mutter ihn einmal im Monat zu einem Friseurbesuch zwang.

Ich hörte auf zu lachen und schämte mich ein bisschen. Ich würde es nie zugeben, aber was Marion als »ekelhaften Bundeswehr-Schnitt« bezeichnete, fand ich eigentlich ziemlich gelungen. Wenn er nicht dauernd Leute verpetzen, Schwächere schikanieren oder Sachen wegnehmen würde, kurz, wenn er nicht so ein Arsch wäre, könnte man ihn schon fast als hübsch bezeichnen. Er hatte schöne weiße Zähne und sein freigelegtes, ponyloses Gesicht sah aus, als könnte er niemandem etwas Böses antun. Auch war die Liste seiner fiesen Taten in den letzten Tagen nicht länger geworden, zumindest hatte ich nichts dergleichen beobachtet.

Und neulich im Park der Klinik hatte er sich ja nun wirklich richtig nett um seinen Bruder gekümmert …

Konrad bemerkte, dass ich ihn musterte. Er grinste, viel selbstsicherer als oben am Schloss. Meine Mundwinkel blieben dort, wo sie waren. Unten. *Ich beobachte dich*, hieß das. *Besser, du benimmst dich in meiner Gegenwart.* Dann wandte ich mich mit einem kleinen verächtlichen Lächeln ab, das er natürlich mitbekommen sollte. Mann, was war ich für eine coole Socke!

Ich lachte unhörbar in mich hinein. Was aus diesem hübschen Fiesling wohl werden würde? Wie schade, dass ich nicht kurz in der Zukunft anrufen konnte oder für zwei Minuten meinen Laptop zur Hand hatte. Oh, ich würde sie alle googeln, wenn ich wieder zurück war! Charlotte Zimt *back to the future*, mit einem neuen Hobby: stalken ... Ich stieß Marion mit dem Ellbogen an.

»Wie heißt Konrad eigentlich mit Nachnamen?«

»Der? Heyse. Warum? Seine Eltern haben in Kirchbröhl ein Möbelgeschäft, das wird er mal erben. Streng katholisch, einziger Sohn, verstehst du?«

»*Möbel Heyse!* Ach so! *Der* ist das ...« Vor Schreck hielt ich die Luft an. Vor ein paar Monaten erst war Mama morgens vom Frühstück aufgesprungen und hatte mir ganz aufgewühlt eine Nachricht aus der Zeitung vorgelesen. Ein Typ aus ihrer ehemaligen Klasse, der hochgeschätzte, innovative Unternehmer Heyse, war mit seinem Segelflugzeug über der Ostsee abgestürzt. Er hinterließ eine Frau und zwei Kinder. Als das Möbelhaus geschlossen wurde, hatte Dagmar beim Sonderverkauf günstige neue Regale für das Café abstauben wollen, doch Mama hatte sich geweigert. »Niemals!«, hatte sie geschrien. Sie war regelrecht ausgerastet. Dagmar hatte ihre hässlichen Regale dann irgendwo anders gekauft.

Wieder starrte ich ihn an. Konrad Heyse. Fünfunddreißig Jahre hatte er noch. Das hörte sich zunächst viel an, doch richtig schön war es bestimmt nicht, mit fünfzig zu sterben und zwei Kinder zu hinterlassen. Kannte ich die vielleicht? Die gingen bestimmt aufs *Schiller*, wie ihr Daddy früher. Die Schule, auf die ich auch so bald wie möglich wechseln wollte, sofern ich jemals wieder in meiner Zeit ankommen würde und über mich selbst bestimmen konnte.

Konrads Augen irrten unruhig über mein Gesicht, dann verfingen sich unsere Blicke. *Tja, tut mir echt leid, was dir passieren wird,* sagte ich unhörbar zu ihm.

So schlimm?, fragte er. Was soll ich tun?

Auf mich hören, aber das wirst du nicht.

Wenn du die richtigen Worte findest …

Du wirst dennoch nicht hören.

Er hielt es nicht mehr aus, wandte den Blick ab, bedeckte sogar einen Moment lang die Augen. Irgendetwas war geschehen. Ich fühlte mich plötzlich erschöpft. Hatte er wirklich meine Gedanken lesen können? Und ich seine?

Ich schaute mich um. Viele von unseren Mitschülern saßen inzwischen auf den Bänken und ließen die Beine in der Luft baumeln. Willi spielte wieder lautlos Klavier, Silvia und die lange Anja malten das zehnte Käsekästchen an die Tafel.

Bis auf den Sonderfall Konrad ist die Klasse doch ganz cool. Bald bin ich weg, hoffentlich, aber den einen oder anderen von diesem Haufen werde ich nicht so schnell vergessen.

Konrad ließ mir allerdings schon an diesem Tag keine Chance, ihn zu vergessen. Als ich als Letzte aus der Klasse kam, sah ich, wie ein Lehrer zwei kleine Jungs zusammenstauchte, die irgendetwas angestellt hatten. Der Typ war komisch, auch im Sommer trug er einen langen blauen Mantel. Konrad lehnte an der Wand. Als er mich bemerkte, mischte er sich ein. »Brüllen Sie die Kleinen mal nicht so an! Oder gehört das zu Ihrem pädagogischen Auftrag? Die zwei haben doch nur mit 'ner Milchtüte Fußball gespielt.« Der blaue Mantel ließ die Jungs laufen, brabbelte noch was vor sich hin, verschwand dann auch.

»Konrad. Nicht schlecht …« Doch er guckte mich nur feindselig an. »Sag mal, was sollte das eben? Du weißt, was ich meine.«

Angriff war in diesem Moment die beste Verteidigung: »Hey, wir machen am Samstag eine Party bei Marion im *Café Zimt*. Komm doch auch.«

»Ha. Du weißt nicht, was du tust. Ich bin als Partyschreck bekannt, schon mal was von mir gehört?«

»Nö. Und der Partyschreck schockt mich auch nicht, denn der soll ja auch ein hervorragender Kartenspieler sein …«

Er sah mich kopfschüttelnd an, sagte aber nichts mehr.

23. KAPITEL

Donnerstagnachmittag, Anfang Juni

»Guck mal, mit dem Pony sieht das doch bescheuert aus.«

»Stimmt.«

»Du bist echt gemein!«

»Wieso? Du hast doch selbst gesagt, dass das bescheuert aussieht!«

Donnerstagnachmittag. Noch achtundvierzig Stunden … Wir standen vor dem Spiegelschrank im grünen Badezimmer und probierten unser Styling für den Party-Abend, sorry, den *Feten*-Abend, aus.

Marion hatte keinen Plan vom Schminken, denn Omi Elsa benutzte nicht einmal Lippenstift. Und auch Dagmar war kein Vorbild, sie besaß nichts, womit Marion hätte üben können. Neben Nagelscheren, *Leukoplast*-Rollen und einem abgenagten *Labello* lag nur ein Döschen mit grausiger Abdeckpaste im Schrank, die Dagmar auf ihre Stirnpickel schmierte. Sie roch streng nach Schwefel und war für die hellhäutige Dagmar mindestens drei Töne zu dunkel. Steinzeit 1980.

Ich hatte zehn D-Mark vom Getränkegeld abzweigen müssen, um in der Kosmetikabteilung eines Drogeriemarktes die Grundausrüstung zu erstehen. Kajalstift, Rouge, leider nur in klebriger Cremeform vorhanden, Wimperntusche, metallicgrüner Lidschatten. Der passte für uns beide. Lipgloss war offenbar für Godesbach noch nicht erfunden worden und Lippenstifte gab es nur in Hellrosa, Knallrot oder Dunkelbraun. Ich hatte mich für Knallrot entschieden und zu guter Letzt noch nach einer Pinzette gegriffen, denn auch die fehlte in meinem zukünftigen Zuhause ganz offensichtlich.

»Ich schneide den jetzt ab!«

Bevor ich Einspruch erheben konnte, griff Marion zur Nagelschere und die ersten kurzen Haarsträhnen fielen ins Waschbecken.

»Jetzt ist da aber eine Lücke. Oder du musst rechts auch noch kürzer werden ...«

»Ach du grüne Neune!«

Ich kicherte, den Ausspruch brachte Mama auch heute noch manchmal. Dann klang sie immer so mega-spießig, dass es schon wieder lustig war. Sie schnippelte noch ein bisschen weiter, hörte dann auf. Mit weit aufgerissenen Augen stand sie vor dem Spiegel. »Was habe ich getan?« Sie schmiss die Nagelschere ins Waschbecken zu den dunklen Haaren. »Mein schöner Pony!«

»Ach, bisschen Gel rein, dann geht das schon!«, sagte ich. Doch Marion sah aus, als würde sie gleich anfangen zu heulen.

Ich durchsuchte den Spiegelschrank; kein Gel, kein Wachs, nur eine uralt aussehende Spraydose mit Trockenshampoo und *Brisk*, Opas Schnurrbart-Frisiercreme. Die wollte ich Marion nun wirklich nicht antun. Ich klappte die Spiegeltüren auf und wieder zu. Aha! Was war damit: Haarspray. *3-Wetter-Taft.* Ich nahm einen Kamm, zog mit einiger Mühe einen Seitenscheitel in Marions Haar, dann legte ich die verbliebenen kurzen Strähnen in ihrer Stirn so zurecht, dass sie eine leichte Kurve bildeten. »Augen zu!«, kommandierte ich, schirmte mit einer Hand vor ihrer Stirn ihre Augen ab und sprühte los. Hielt perfekt! »Richtig süß!«

Marion öffnete die Augen und guckte in den Spiegel. »Wie Audrey in dem Film *Ein Herz und eine Krone*«, hauchte sie.

»Jetzt müssen wir nur noch etwas gegen deine Mono-Braue tun. Komm, setz dich hier auf den Badewannenrand, der hat die richtige Höhe.« Ich griff zur Pinzette und begann, das Gestrüpp zwischen Marions Augen zu lichten. Doch schon nach dem ersten Zupfen schrie sie auf.

»Aua, mein Gott, das tut höllisch weh!« Sie versenkte ihren

Kopf zwischen den Knien und rieb sich die Stelle, als ob ich eine Axt hineingetrieben hätte.

»Gib deinen Kopf wieder her. Ich ziehe die Haut ja schon stramm, so schlimm ist das gar nicht. Das hält jeder aus!«

»Erst verschnippel ich mir die Frisur und dann quälst du mich auch noch!« Doch sie tauchte wieder auf und hielt mir ihr Gesicht hin.

»Ich mache nur einen Menschen aus dir. Du hast einen richtigen Urwald zwischen dem, was irgendwann mal schön geformte Augenbrauen werden könnten.«

»Hört sich an, als wäre ich ein Gorilla! Au!«

»Es tut mir leid. Gewöhn dich lieber dran.« Ich streifte die ausgerissenen Härchen von der Pinzette an meinem Handrücken ab, schon bildeten sie dort ein dunkles Stoppel-Feld.

Marion atmete zwischen zusammengebissenen Zähnen laut ein.

»Höre ich da einen Seufzer der Erleichterung?« Keine Antwort. »Wenn du stillhältst, bin ich ganz schnell fertig! Komm, lenk dich ab, erzähl mir von …« *Von wem? Matti? François aus dem Wohnwagen? Von dem Arsch Ludger auf dem Open-Air-Festival? Wohl kaum.* »Vom Mann deiner Träume!«

»Ich kann nicht an den Mann meiner Träume denken, wenn mir jede deiner Rupf-Attacken bis in die Zehenspitzen wehtut! Da werde ich aggressiv auf alle Männer der Welt!«

»Also dann lenke *ich* dich ab. Ich habe neulich Konrad auf dem Flur vor unserer Klasse bei etwas beobachtet.« Von unserem Treffen oben am Schloss hatte ich ihr nichts erzählt. Warum, wusste ich selber nicht so genau. »Rate mal, was er gemacht hat!«

»Jemanden verhauen.«

»Nein! Im Gegenteil: Er hat zwei kleine Jungs gegen einen Lehrer verteidigt. Den, der immer in dem langen blauen Mantel rumläuft!«

»Ah! Mantel-Wissmann. Der hat sich mal in einer Höhle verirrt und wäre fast erfroren, seitdem trägt er das Ding. Auch im Hochsommer. Erzähl! Was hat Konrad gemacht?«

In ein paar kurzen Sätzen erzählte ich es ihr. »Irgendwie war das ziemlich cool von ihm.«

»Autsch!« Wieder zog Marion die Luft zwischen den Zähnen ein. »Soso, der Konrad! Ist doch klar, dass der das nur wegen dir gemacht hat ... Na? Charles? Nicht dass ich da was merke!«

»Pass lieber auf, was du sagst, sonst zupfe ich immer weiter ... bis zu deinen Achselhöhlen!« Kleine blutige Pünktchen tauchten hier und da auf der Haut auf. Da es keine *Kleenex*-Tücher gab, tupfte ich sie mit einem Stück Klopapier ab und wechselte das Thema. »Unsere Outfits für Samstag stehen, Getränke sind im Schuppen, die Klasse weiß, was sie mitbringen soll. DJ Thorsten ist gebrieft und fährt mit seinem Equipment los, sobald sich Omi und Opa auf den Weg ins Theater machen.«

»Geschickt abgelenkt, Charles!«

Ich beachtete diesen Zwischenruf nicht. »Ich muss Thorsten dann sofort zu Hause anrufen. Und wehe, er rührt sich weg von seinem Festnetz-Telefon, ich meine, seinem *Fernsprechgerät* ...«

Marion schloss die Augen, kein Mucks kam mehr von ihr.

»Ist auch gleich vorbei«, sagte ich alle paar Minuten.

»Wow!«, entschlüpfte es ihr, als ich sie endlich vor den Badezimmerspiegel treten ließ. »Wo ist ...?«

»Weg!«, sagte ich.

Sie ging näher an den Spiegel heran. »Ich sehe total anders aus! Und dazu diese Frisur!«

»Ich habe nur ein bisschen Unkraut gejätet. Und ich finde die Form genau richtig für dein kleines Gesicht! Wenn die Rötung abklingt, wird man noch besser sehen, wie viel Platz da auf einmal ist.«

»Aber wenn ich dauernd zupfe, wachsen die immer stärker.

Das habe ich mal gelesen.« Sie strich mit den Fingerspitzen über die gerötete Haut unter ihren Brauen.

»Wo hast du das gelesen? In der *Hörzu?*« Ich lachte. »Nee, hab mal keine Angst. Das ist nur beim Rasieren so. Und außerdem: Stärker nachwachsen als bisher geht sowieso nicht, glaub mir!« Eigentlich super, wenn man nichts von Beautyblogs und Next Topmodels wusste. Was für einen Stress wir uns in 2015 damit machten. Völlig daneben. Aber so was von …

24. KAPITEL

Samstag, 3. Juni. Der Party-Abend!

Schließt dann ab«, kam es von Opa Heinrich.

»Ja, machen wir«, rief Marion.

»Um elf, wenn längst alle wieder gegangen sind«, fügte ich leise hinzu, sodass nur Marion es hörte.

»Kommt schön spät wieder«, sagte sie kichernd. Wie zwei japanische Winkekatzen winkten wir ihnen hinterher.

»Und du, Dagmar ...« Omi Elsa hatte sich noch mal umgedreht. »Du schaust ein bisschen nach dem Rechten.«

»Jaja«, rief sie. Doch wir hörten, wie sie leise »Vergiss es!« murmelte. Ihr Blick auf uns eine einzige Drohung. »Als ob ich bei dem Babytheater hier den Aufpasser spiele ...« Sie ging hinein.

»Oh Gott, hast du gesehen, wie die geguckt hat?«

»Als ob sie ihre Tage hat und gleich vor lauter Bauchschmerzen und schlechter Laune irgendwas kaputt macht«, sagte ich. »Anscheinend hat Thorsten ihr nicht gesagt, dass er heute unser DJ ist.«

»Sie darf heute nicht ihre Tage haben! Oje, hätten wir das auch noch checken müssen? Sie muss mit dem Dümpelmännchen den Spaß ihres Lebens haben! Aber dafür werden wir schon sorgen. Wann verschönern wir ihr Zimmer?«

»Möglichst spät. Kurz bevor sie mit ihm hochgeht.«

»Oh Gott. Ich hoffe, sie tun's! Und dass es diesmal richtig schön wird!« Marion kicherte nervös. »Hätte nie gedacht, dass ich mir das mal für Dagmar wünsche ...«

»Hey, du siehst gut aus, Baby!«, sagte ich, um sie zu beruhigen.

»Danke!« Marion hatte sich nun doch von mir zu dem verwaschenen Männer-Nachthemd in Hellrosa drängen lassen, das ihre Beine so wunderbar zur Geltung brachte. Der dünne weiße Schal, den sie sich dazu noch um die Taille gebunden hatte, machte es noch ein bisschen kürzer. An den Füßen trug sie cremefarbene Tennisschuhe, wie es sie auch heute noch von *Honeystore* gab.

Ich selbst hatte mich für eine weiße Konditorjacke mit schwarzer Doppelknopfreihe entschieden, die mit einer kurz abgeschnittenen alten Jeans von Dagmar zu einem wahrhaft stylishen Outfit mutiert war. Meine Beine waren inzwischen leicht gebräunt und durch das Schwimmen und das ewige Radfahren alles andere als puddingmäßig! Die ersten drei Knöpfe hatte ich offen gelassen, von der Jacke, nicht von der Hose. Wenn ich meine roten Haare später unter Opas Pepita-Hütchen stopfte, das oben auf der Garderobe thronte, sähe ich zusammen mit den alten Turnschuhen aus wie eine jüngere Version von Jan Delay. Nur mit Brüsten. Und hübscher.

»Und nun?« Marion rieb sich die Hände und schaute sich im Café um.

»Als Allererstes muss ich Thorsten anrufen und ihm sagen, dass er losfahren kann. Und du kannst schon mal alle Möbel beiseiterücken.«

Marion nickte gewissenhaft und begann, den ersten Tisch an die Wand des Cafés zu schieben, an der es keine Sitzbänke gab.

»Und aus diesen entzückenden barocken Sesselchen aus dem Eingangsbereich machen wir eine chillige Lounge. In der man entspannt herumsitzen kann ...«, übersetzte ich, bevor Marion über ein weiteres unverständliches Wort in meinem Sprachgebrauch motzen konnte.

Ich lief nach nebenan in die Backstube, holte den zerknüllten Zettel mit Thorstens Nummer aus meiner Hosentasche und wählte. Mittlerweile liebte ich nicht nur das schnarrende Geräusch, das die Wählscheibe verursachte, sondern auch ihre Langsamkeit.

»Unser Dümpelmann ist auf dem Weg«, berichtete ich Marion, als ich zurückkam, und schaute mich auf der großen Fläche um, die durch das Wegrücken der Möbel entstanden war. »Lass uns die Schaufenster zuhängen und den Tresen abräumen!«

»Ich weiß nicht. Das mit den Schaufenstern finde ich gut, aber den Tresen müssen wir später dann ja komplett wieder aufbauen.« Marion schaute über die vielen Pralinentütchen, die schwere Kasse und die zwei großen gläsernen Bonbonnieren auf der Verkaufstheke.

»Das schaffen wir schon. Wenn alle mithelfen und wir früh genug anfangen, ist das kein Problem!«

»Wenn's schiefgeht, werde ich sowieso alles auf dich schieben. Ich konnte nichts dafür, Herr Wachtmeister …«

»… das Mädchen aus England hat mich dazu gezwungen, die coolste Party meines Lebens zu geben!«

»Ach, du bist blöd!«

»Und zum Augenbrauenzupfen und diesem ultrakurzen Kleid hat sie mich auch genötigt«, konnte ich mir nicht verkneifen. Jetzt lächelte Marion. Sie sah so wunderschön aus, dass es mir tief in meinem Inneren regelrecht wehtat. Ich wollte, dass sie glücklich war, verdammt, richtig glücklich! Ich wollte das Café. Ich wollte ein anderes Leben. Eines, in dem es ihr supergut ging und mir auch und – damit sie uns nicht auf immer und ewig tyrannisierte und alles vermieste – natürlich auch DDD.

»Ach, echt? Ist es wirklich zu kurz? Matti findet das bestimmt zu kurz.« Marion zog den Saum des Nachthemds ein Stück tiefer Richtung Knie.

»Quatsch, lass das bloß so! Du und ich, wir sind sowieso die Geilsten!« Ich reckte die Hand, Marion hatte dazugelernt und klatschte gehorsam ab.

Du und ich? Wer würden wir sein in der Zukunft? Alles hing vom heutigen Abend ab. Wenn heute alles richtig liefe, würde die Gegenwart in 2015 anders sein. Besser. Und cooler als vorher. Auch ich. Ich verdrängte die Gedanken an mein altes Leben, krempelte die Ärmel hoch und fing an.

Eine halbe Stunde später war alles perfekt. Die Fenster waren mit großen roten Tischdecken verhängt, die Marion in einer Kammer hinter der Backstube entdeckt hatte, und der frei geräumte Tresen gab ein geniales Pult für DJ Dümpelmann ab.

»Das ist wirklich die Härte! Ich hätte nie gedacht, dass wir unser altes Café so dufte herrichten können«, rief Marion. »Ich bin so gespannt, wie viele kommen.«

Ich prustete los, es war wunderbar, Marion so begeistert und voller Tatendrang zu sehen, auch wenn ihre Ausdrucksweise einfach nur schräg war. Ich setzte mir Opas Hut auf. Da kam Thorsten auch schon mit einem klobigen Plattenspieler und einem Haufen Kabel zur offenen Tür herein. »Hab noch 'n Kumpel mitgebracht. Das ist Knut.« Ein Typ, genauso schlaksig und langhaarig wie er, trabte mit einem zweiten Gerät hinter ihm her.

Knut … So heißen doch nur Eisbären.

»Hey! Super, dass ihr da seid, die Musik kommt hierhin«, sagte ich und zeigte hinter unsere Kuchentheke, die Marion mit einer weiteren roten Tischdecke abgehängt hatte. Knut starrte auf das, was zwischen den offenen Knöpfen der Konditorjacke von meinem Körper sichtbar war, er strauchelte einen Moment, fing sich aber wieder. Es gelang ihm sogar, kurz in mein Gesicht zu schauen. »Der Hut ist der Knaller«, brachte er hervor.

»Hast du das gesehen?«, raunte ich Marion zu. »Beinahe hätte der sich mitsamt seinem *hightech turntable* voll hingelegt!«

»Das ist dein Dekolleté, Charles! Um heute Abend Unfälle zu vermeiden, solltest du vielleicht lieber die Knöpfe schließen. Wie es sich bei dieser schicken Berufsbekleidungsjacke übrigens auch gehört!« Sie kicherte.

»Ha«, ich lachte laut auf, »ein paar offene Knöpfe schaffen es, ihn über seine eigenen Füße stolpern zu lassen? Männer leben ja echt gefährlich!«

»Vorsicht, sie kommen wieder.«

Die beiden kamen mit einer großen Box herein, die sie zu zweit schleppen mussten, so schwer war sie. Was Thorsten wohl für einen Musikgeschmack hatte? Ich wollte unbedingt einen Blick auf die sogenannten Langspielplatten werfen, die einige Minuten später von Kumpel Knut in einer Kiste hereingetragen wurden.

»Darf ich?« Ich blätterte mich durch die Plattencover der Box. Einige waren groß, die standen hinten, doch die meisten waren klein. »Ist auf denen hier immer nur ein Lied drauf? Oder ist auf der Rückseite auch noch was?« Ich hob eine der kleinen, dünnen Papierhüllen hoch.

»Na klar, das sind doch Singles!«, sagte Knut. »Ein Song auf der A-Seite, einer auf der B-Seite.« *Aha. Danke für die Info.*

Cool and the Gang, die kannte ich sogar, wie auch *Queen*, John Travolta, *Status Quo, Boney M.* Wie cool war das denn? Alles alte Freunde, die es auch in meiner Oldie-Playlist auf *Spotify* gab.

»Charles!« Marion tauchte hinter mir auf, ihre Stimme klang panisch. »Was machen wir, wenn Dagmar sich nicht sehen lässt? Und was machen wir, wenn alle erst ganz spät kommen oder gar nicht?«

»Oh Mann, Marion, *chill* mal! Guck, was ich entdeckt habe …« Ich hielt ein perverses Cover hoch, auf dem sich eine Frau Honig in den Mund laufen ließ. Doch Marion hatte keinen Blick dafür.

»Jaja, schön. Mir ist nur gerade auch noch aufgefallen, dass wir die Teller vergessen haben und die Servietten. Von Messern und Gabeln mal ganz zu schweigen!«

In diesem Moment tauchte Dagmar im Türrahmen zur Backstube auf und verschränkte gebieterisch ihre Arme vor der Brust. »Was gibt das hier, wenn's fertig ist? Was habt ihr mit dem Tresen gemacht?! Wenn Mutti das sieht …!«

Wir sprangen auf, gingen langsam auf sie zu wie auf ein scheues Tier, das man nicht verschrecken durfte. Wenn Mutti das sieht ... DDD würde uns glatt verpetzen, so wie sie das schon in der Schule versucht hatte, wenn nicht ... *shit,* wo steckte er denn ...?

Aber da tauchte er schon mit einem Verlängerungskabel unter dem Tresen auf. Marion und ich warfen uns einen erleichterten Blick zu. »Dagmar! Darf ich vorstellen, unser Discjockey für den heutigen Abend: Thorsten. Aber ihr kennt euch ja!«

Dagmar wurde rot. Richtig rot! Er hatte es ihr offenbar nicht erzählt, dass er an diesem Abend im *Café Zimt* Musik auflegen würde. Doch er lachte. Strahlte sie an. Da war es doch: das Lachen aus dem Brief! Was für ein wunderbarer Beginn einer wunderbaren Freundschaft. Und mehr. Viel mehr! Ich konnte die Augen nicht abwenden, am liebsten hätte ich mich an die beiden gekettet, um sicherzustellen, dass alles auch weiterhin funktionierte an diesem Abend. Doch in diesem Moment drang Marions Stimme wieder in mein Ohr: »Charles, guck mal, wer da draußen gerade die Räder abschließt. Heike, Beate und Petra. Viel zu früh! Das ist mal wieder typisch für die.«

Notgedrungen überließ ich Dagmar und Thorsten vorerst ihrem Schicksal und legte Marion einen Arm um die Schulter. »Ist doch super. Mit diesen *desperate housewives* an unserer Seite brauchen wir uns um nichts mehr zu kümmern. Die schicken wir gleich wieder los, die sollen Pappteller und Servietten kaufen.«

»Wo denn?« Marion machte sich sanft los. »Es ist schon nach sechs!«

Oh nee, ne? Daran, dass die Läden im Jahr 1980 am helllichten Tage schlossen, hatte ich mich immer noch nicht gewöhnt. Und nun?

»Lass mich das machen!« Ich setzte ein Lächeln auf und ging hinaus, um die drei Mädchen unter dem Ahornbaum zu begrüßen: »Hey, schön, dass ihr da seid! Ihr seht ... toll aus!«

Um euch als Sekretärinnen in einem Seniorenheim zu bewerben, fügte ich im Stillen hinzu. Helle, bis zum Hals zugeknöpfte Blüschen mit kurzen Ärmeln, brave Bundfaltenhosen und Klein-Mädchen-Sandalen. Heike hatte sich zu einer poppigen Kette aus blauen Perlen durchgerungen und bei Beate glitzerten sogar winzige Ohrstecker zwischen den feldmausbraunen Haaren hervor, die aber wegen ihres schwarzen Brillengestells kaum auffielen.

»Wir haben nur gerade ein Riesenproblem«, flüsterte ich verschwörerisch. »Wir haben keine Teller für unsere Pizza!«

»Ach, siehst du mal …« Die drei fingen wie verrückt an zu lachen. »Meine Mutter hat mich gezwungen, diese Sachen hier mitzunehmen.« Heike reichte mir eine braune Papiertüte, die bis oben hin mit Papptellern und Serviettenbündeln vollgestopft war.

»Wow! Genial! Deine Mutter ist unsere Rettung! Marion dachte, wir brauchen vielleicht noch Gabeln, aber wir essen mit der Hand!«

»Au ja, mit der Hand«, jubelte Beate und trippelte auf der Stelle, als ob sie dringend auf die Toilette müsste.

»Wir haben uns schon überlegt, wer die Vorbereitungen für das Pizzabacken am besten hinbekommen könnte, und da seid ihr uns sofort eingefallen, stimmt's?«, fragte ich Marion, die in diesem Augenblick hinauskam. Falls sie überrascht war, ließ sie es sich zumindest nicht anmerken: »Genau! Das ist ja ein toller Zufall, dass ausgerechnet ihr jetzt schon da seid!«

»Mensch, wie siehst du denn aus? Hast du irgendwas mit deinen Augen gemacht? Die sind heute so …«, sagte Heike. »Und deine Haare … total irre!«

Bevor die drei weitere Bemerkungen machen konnten, führte Marion sie in das Café. Ich lief mit der Tüte hinter ihnen her. *Total irre. Definitiv.*

Auf dem, was an diesem Abend hoffentlich noch als Tanzfläche genutzt würde, blieben Heike, Beate und Petra mit hochgezogenen Schultern stehen und schauten um sich wie Kinder auf einer Geburtstagsparty, die nicht wussten, wohin mit sich und ihren Geschenken. Doch Marion trieb sie weiter nach hinten, um ihnen in der Backstube die Öfen zu erklären. Die Lautsprecher jaulten grässlich auf, dann setzte das erste Lied ein: *Daddy Cool* von *Boney M.* Ich gab Thorsten unter seinem Kopfhörer den Like-Daumen. Dagmar stand immer noch neben ihm. Wunderbar, genauso sollte es auch vorerst bleiben!

Killerzahn und Ecki kamen mit den Tüten aus der Pizzeria herein und wurden von mir zu Beate und Co. in die Backstube geschickt. Draußen setzte die Dämmerung ein. Ich beobachtete, wie die nächste Truppe von ihren Fahrrädern stieg und das Café zögernd betrat. Es begann tatsächlich, voller zu werden, doch dann fiel mir auf, dass niemand etwas zu trinken in der Hand hatte.

Ich rückte meinen Hut auf dem dicken Knoten meiner Locken zurecht und rief: »Wer kann mir mal mit den Getränkekästen helfen?« Schon hefteten sich vier männliche Freiwillige an meine Fersen und begleiteten mich zum Schuppen, wo Marion und ich die Kisten mit Cola und einer Limonade namens *Lift* versteckt hatten. Die Bierflaschen standen in vier Eimern mit Eis. Daran hatten wir zumindest gedacht.

Wir kamen zurück, stellten Kisten und Eimer auf den Boden an die freie Wand, aber die Stimmung war unverändert. Ein paar Mädchen drückten sich an den Wänden herum und aßen Flips aus einer Tüte, die sie offenbar selber mitgebracht hatten. Ich brachte zwei eiskalte Bier zum DJ-Pult. Mein Gott, DDD hatte ihre dünnen aschblonden Haare mit der Rundbürste in eine Außenwelle gezwungen und sogar etwas von unserem Lidschatten aufgelegt. »DJs müssen bei Laune gehalten werden«, sagte ich und drückte ihr beide Flaschen in die Hände. Okay, aber nun verfazz dich, sagte ihr Blick. *Nichts lieber als das, liebste Tante!*

Zwei Jungs aus unserer Klasse kickten einen Plastikaschenbecher über die Tanzfläche, auf dem *Marlboro* stand. Was für eine traurige Veranstaltung. Mit einem Blick konnte ich feststellen, dass Matti noch nicht da war, und auch die Jungs aus der Elften ließen auf sich warten. Die Coolsten kamen ja eh immer zuletzt oder gar nicht, das war anscheinend auch 1980 schon so. Der Rest der Gäste hatte sich zu den braven Pizzabäckerinnen verkrümelt.

In diesem Moment kam Marion zu mir gelaufen: »Wo sind denn Anne und Claudia? Und auch Matti ist immer noch nicht da! Er kommt nicht! Wetten, er kommt nicht!« Sie folgte meinem Blick auf die kleine Armbanduhr, die ich heute ausnahmsweise einmal am Handgelenk trug. Vielleicht würde sie uns ja Glück bringen. Denn Glück brauchten wir. Sieben Uhr zweiundfünfzig. Und niemand da, der auch nur einigermaßen spannend aussah ... da konnte auch Donna Summer mit ihrem *Love-to-Love-you-Baby*-Stöhnen nichts mehr ausrichten.

»Verdammt. Haben wir irgendwas falsch gemacht?«, rief Marion in mein Ohr.

»Nein! Auf keinen Fall. Läuft doch gut an für die beiden!«

Ich zeigte mit dem Kopf auf Thorsten und Dagmar, die hinter dem Tresen ein sehr ernstes Fachgespräch miteinander zu führen schienen. Beide hielten sich sehr gerade, hatten die Arme verschränkt und brüllten sich abwechselnd etwas ins Ohr.

»Wenn die Leute wegbleiben, dann habe *ich* irgendwas falsch gemacht! Sorry!«

»Ist doch egal, Charles. Ist trotzdem schön.« Marion schnippte einen Flipskrümel vom Tisch. »Hauptsache, unser Pärchen kommt sich heute da oben in Dagmars Zimmer näher!«

»Stimmt. Das ist das Wichtigste. Trotzdem ist das bis jetzt eine Stimmung, die zu einem Kirchenchor-Wochenende passt und nicht zu 'ner coolen Party.«

»Meine Güte, ja.«

Sieben Uhr und dreiundfünfzig Minuten. »*Afri-Cola* gefällig? Komm, wir trinken uns einen Koffein-Rausch an«, seufzte ich gerade, als die Musik auf einmal von dröhnendem Gelächter aus der Backstube übertönt wurde. Ich packte Marions Hand und lief mit ihr am DJ-Pult vorbei in Richtung Geschrei, das jetzt auch noch von rhythmischem Klatschen begleitet wurde.

In dem lang gestreckten Raum ging es zu wie in einer überfüllten Disco. Es standen mindestens fünfzehn Leute herum, die klatschten, lachten und »Be-a-te! Be-a-te« und »Pe-tra! Pe-tra« riefen. Mein Mund stand offen, als wir uns durch die Umstehenden schoben, bis wir schließlich an der großen Arbeitsplatte standen. Auf drei Backblechen war der Teig schon ausgerollt. Jeder der Anwesenden hatte offenbar an seinen Beitrag für den Pizzabelag gedacht und ihn brav abgeliefert, denn ringsum lagen Päckchen mit Salami- und Schinkenscheiben, ich sah eine offene Dose Mais, eine große Schüssel mit Tomatensoße, weiße Mozzarella-Kugeln, mehrere Zwiebeln und einen Behälter mit geraspeltem Käse. Doch was war mit den drei Bäckerinnen los?

Beate lief blind wie ein Maulwurf von der einen Seite des Raumes zur anderen, eine Portion Tomatensoße rann an den riesigen Gläsern ihrer Nerd-Brille herab, die dazu noch mit klebrigem Pizzateig verschmiert war. Direkt neben einem Klumpen Teig stand eine lachende Heike, deren Haar über und über mit Mehl bestäubt war. Sie musste laut niesen, was zu »Hei-ke! Hei-ke«-Rufen in der umstehenden Menge führte und sie anstiftete, die erschrockene Petra mit kirschgroßen Teigklümpchen zu befeuern. Applaus kam auf, als Petra Heike eine weitere Handvoll Mehl entgegenschleuderte und anschließend auch das Publikum damit bewarf.

»Ich fasse es nicht!«, rief ich Marion ins Ohr. Sie stimmte mir mit einem stummen Kopfnicken zu. Die drei langweiligsten

Mädchen überhaupt hatten es geschafft, unsere Party in Gang zu bringen. Die Musik draußen brach ab, die Mädchen fassten sich an den Schultern und zogen als Dreier-Polonaise vor den Öfen entlang, die sich brummend aufheizten. »Hey, und was ist mit der Pizza? Ich habe Kohldampf«, rief Killerzahn, doch dann legte er seine Hände auf Beates Schultern.

»Blau, blau, blau blüht der Enzian«, stimmte jemand grölend an. Alle fielen ein, nur ich musste passen. Ich wusste zwar, wer Heino war, kannte aber seine Texte nicht auswendig. Zwei fremde Hände packten mich rechts und links neben meinem Hals, rissen mich mit, ich suchte Marions Schultern und krallte mich an ihnen fest. Dicht aneinandergedrängt bewegten wir uns mit kleinen Schrittchen auf die Tür zu. Dort entstand ein kleiner Stau, weil jetzt auch die Neuankömmlinge sehen wollten, was in der Backstube los war. Über den Köpfen der anderen konnte ich Öko-Ralf, Matti und tatsächlich die drei Jungs vom See erspähen. Die Schlange drängte sie zurück, wir wandten uns in vielen kleinen Kurven aus der Backstube auf die Tanzfläche. Thorsten sah seine Chance, er ließ *You are the one that I want* auf uns niederdröhnen, das coole Lied aus dem uralten Film *Grease*, den ich vor Kurzem auf *Kabel2* gesehen hatte. Der Titel war wie für Marion geschrieben, sie brach vor mir aus der Polonaise aus, umarmte Matti stürmisch und reihte sich mit ihm wieder vor mir ein. Ich musste meine Arme ganz schön strecken, um an seine starken Schwimmerschultern ranzukommen. Nach einigen Runden über den glatten Boden, bei denen wir den Refrain mitgrölten – *»Huh huh huuuuuh, Honey!«* –, gab es kein Halten mehr, die Schlange löste sich auf und alle tanzten wild durcheinander. Ich warf einen Blick zur Verkaufstheke. Dagmar trug einen Kopfhörer, der ihr die Außenwelle zerdrückte, und schielte glücklich zu ihrem DJ hinüber. Dort war also alles in Ordnung! Marion hatte ihre Arme um Mattis Hals geschlungen und ließ sich von ihm im Takt nach rechts und links

schleudern. *Na bitte. Auch hier alles bestens, die Suche hat für Marion nun wohl ein Ende.*

Ich kämpfte mich durch das Gewühle, sah, wie Ecki versuchte, Beate die Tomatensoße von der Brille zu lecken, wie Heike von Ralf mutig an den Hüften gepackt wurde und wie ein paar der älteren Jungs, die am Rand standen, Bierflaschen aus weißen Plastiktüten holten, mit Feuerzeugen öffneten und sich damit auch gleich ein paar Zigaretten anzündeten. Wenn im *Café Zimt* das Rauchen verboten wäre, hätten wir jetzt ein Problem, dachte ich, und atmete den Qualm ein. Ich ging näher zur Eingangstür. Immer neue Gäste kamen herein, legten ihre Sachen auf den ledernen Bänken ab und schauten sich neugierig um.

»Hey, Charles, dufte Fete!«

»Echt stark.«

»Die Härte hier! Echt jetzt!«

»Danke! *Have fun!*«, antwortete ich jedes Mal grinsend.

Niemand saß, die Tanzfläche war jetzt dicht umstellt, die Eimer mit dem Bier waren schon ziemlich leer, jemand hatte sie mit Colaflaschen aufgefüllt. Die Pizza-Crew aus der Küche war schwer beschäftigt, denn Killerzahn übte mit ihnen *Staying alive* aus *Saturday Night Fever* ein. Da, wo John Travolta sich vorher so schön die Manschetten zurechtzupft … Ecki entpuppte sich dabei als überraschend wendig und gelenkig, er riss den Arm mit Eleganz nach oben und drückte das Becken zur Seite. Wenn er einen weißen Anzug tragen würde, hätte er als übergewichtiges John-Travolta-Double durchgehen können.

Die Menge jubelte, es roch nach Schweiß, Zigarettenrauch, nach gemähtem Gras und Sommer, außerdem konnte ich ganz eindeutig den Geruch von frisch gebackener Pizza in der Luft erschnuppern. Offensichtlich lief die Produktion nebenan in der Backstube weiter. Silvia und Anja benahmen sich wie die perfekten Gastgeber, sie hantierten mit Schüsseln und Bechern, die sie vermutlich irgendwo in den Schränken gefunden hatten, füllten sie mit Chips und Salzstangeln, die unsere Gäste mitgebracht hatten, und verteilten sie auf den Tischen. Ich hätte sie abknutschen können! Genial. Für mich gab es nichts mehr zu tun, außer mir in der Küche ein Stück Pizza zu holen, denn ich hatte Hunger.

Da zupfte mich jemand am Arm. Ich drehte mich um und musste lächeln. Der arme Willi gab mir die Hand und holte mit der anderen eine kleines Päckchen Erdnüsse hinter seinem Rücken hervor. Für diesen Abend hatte er einen besonders grünen seiner grünen Pullunder gewählt. »Danke für die Einladung und viele Grüße von meinen Eltern an Herrn und Frau Zimt!«, rief er in mein Ohr.

»Danke, Willi! Herr und Frau Zimt sind jetzt leider gar nicht hier. Aber super, dass *du* gekommen bist. Deine Jacke kannst du da auf den Garderobenständer oder auf eine der Bänke schmeißen. Ich bin gerade auf dem Weg in die Backstube, die Pizza müsste fertig sein, komm doch gleich mit!«

»Mir gefällt dein Hut! Aber ist denn schon wieder Karneval?« Er machte seltsam glucksende Laute über seinen mutigen Scherz.

»Bei mir schon!«

Wir kämpften uns durch die Menge zu einem kurzen Kontroll-Abstecher an den Musik-Tresen. Die Kopfhörer waren Dagmar um den Hals gerutscht. Sogar bei ihr sah das cool aus. Sie beobachtete Thorsten, der eine Platte aus der Hülle gleiten ließ, mit Schwung auf den freien Plattenteller legte und einen der Reglerknöpfe nach oben schob. Nie im Leben hätte ich gedacht, dass ihr Pausbacken-Gesicht so hingerissen leuchten könnte und dadurch eine derartige Freude in mir auslösen würde. *Daddy Cool* von *Boney M.* dröhnte durch den Raum, wie am Anfang des Abends. Annabell, die Barbie des *Schiller-Gymnasiums,* trug zur Feier des Tages hellrosa *Burlington*-Kniestrümpfe und einen Faltenrock. Sie strich sich beim Tanzen unablässig ihre langen blonden Strähnen aus dem Gesicht, obwohl sie sofort wieder an ihren alten Platz zurückfielen. Hinter ihr erblickte ich Marion, die gerade von Matti herumgewirbelt wurde und dabei lachend ihren Kopf zurückwarf. Mann, sah sie hübsch aus! Und kein bisschen eingeschüchtert oder deprimäßig wie später einmal. Das Leben war schön! Jetzt! Und es würde auch in Zukunft schön sein!

»Richtig geile Musik gab es Anfang der 80er«, brüllte ich Willi ins Ohr. »Die ist ja heute noch mega-cool!«

Er nickte. »Wo kommst du her?«

»Aus einer anderen Zeit«, rief ich. Wenn mich einer verstand, dann Willi. Und richtig, er nickte: »Ich beschäftige mich viel mit Quantenphysik. Man hat ja kürzlich herausgefunden, dass sich die sogenannten Quantenwellen nicht nur *räumlich* ausbreiten, sondern auch *zeitlich.*«

»Wirklich?« Mittlerweile standen wir vor den Toiletten im Flur. Hier war es etwas ruhiger.

»Ja! Sie breiten sich nicht nur im Raum aus, sondern auch in der Zeit. Es gibt also Quantenwellen, die von der Vergangenheit in die Zukunft laufen, sogenannte *normale* Quantenwellen.«

»Siehst du! Meine Rede.«

»Es gibt überdies Energiewellen, *konjugierte, komplexe* Wellen, die sich von der Zukunft in die Vergangenheit ausbreiten. Das scheint doch recht erstaunlich. Und dennoch ist es so.«

»Wow, Willi. Aus welchem Jahr kommst *du* denn? Oder soll ich eher fragen, aus welcher Galaxie?« Willi lachte und erzählte mir noch ein paar höchst interessante Einzelheiten über *Angebotswellen* und *Echowellen,* die ich nicht verstand.

»Ich weiß. Aber das bleibt unser Geheimnis!« Ich legte einen Finger auf den Mund und zog ihn hinter mir her in die Backstube. Dort hatten Anne und Claudia in bodenlangen weißen Konditoren-Schürzen die Herrschaft über die Öfen übernommen. Sie kommandierten die Käseraspler und die Teigausroller, holten die fertigen Bleche aus den Öfen und teilten sie mit einem großen Messer in viereckige Stücke. »Ihr seid genial, Anne und du!«, rief ich Claudia ins Ohr und bekam von ihr dafür ein Stück Pizza auf einen Pappteller geklatscht. Mmmh. Thunfisch und Salami, so wie ich es mochte.

»Willi! Willi, komm her, wir brauchen dich! Du hast eine Brille, die dich schützt, die anderen heulen alle schon ...!« Es wurde gelacht, Zwiebeltränen abgewischt und rumgealbert. Ich ließ Willi und die Quantenphysik in der Obhut der beiden Mädchen zurück.

Kauend ging ich wieder ins Café. Jemand hatte alle Lampen ausgemacht. Nur noch ein Lämpchen am DJ-Pult und das bisschen Licht, das durch die Tür hereinfiel, erhellte den Raum. Ging da bei DDD und Thorsten schon was? Ich brachte mich unauffällig in Beobachterposition. Diese Mission war zu wichtig, als dass wir irgendetwas dem Zufall überlassen konnten. Aber hallo! DDD ließ Thorsten von ihrem Pizzastück abbeißen. Der Käse zog Fäden, einer hing an seinem Mund herunter. *Leck ihn ab Dagmar, trau dich!*

Wenn doch Timo jetzt da wäre ... irgendwas in meinem Brustkorb zog sich zusammen, so schrecklich sehnte ich mich plötzlich nach ihm. War das mein Herz? Wir würden miteinander über Trainingseinheiten reden können und zusammen tanzen, wie Marion das immer noch mit Matti tat, und vielleicht sogar ... Moment mal, da knutschten ja sogar schon die Ersten. Eng umschlungen saßen zwei Pärchen auf den roten Lederbänken. Hatte ich die überhaupt eingeladen? Wahrscheinlich. Und jetzt legte Thorsten auch noch etwas Langsames auf. »*Nights in White Satin*«, kam es mit samtener Stimme aus den Lautsprechern. Kannte ich nicht, war aber so schön schnulzig, dass ich Gänsehaut auf meinen Armen spürte. Alle Tänzer standen still. Marion schaute sich kichernd um, entdeckte mich und zuckte mit den Schultern. *Los!* Sagte ich mit meinen Augen. *Ran!* Sie drehte sich wieder zu Matti und legte ihm die Hände auf die Schultern, er fasste sie um die Taille. Das war wohl ein klarer Fall von »Blues tanzen«, wie Marion es mir erklärt hatte.

Ach, die beiden waren so toll zusammen, wie sie da so langsam auf der Stelle traten. Wenn das für Marion nicht die allerbeste Party ihres Lebens war …!

Doch noch wichtiger war, dass dies auch für DDD zutraf. Sofort rannte ich durch den Flur ins Treppenhaus und die Stufen hoch. Ich musste mich beeilen, Phase zwei des Abends war erreicht. Ich holte eine Plastiktüte aus Marions Kleiderschrank und weiter ging es nach oben in den zweiten Stock. Ohne Licht zu machen, verteilte ich Teelichter in Dagmars Zimmer. Zwei auf die Fensterbank, eines auf den Nachtisch, ein weiteres auf den Schreibtisch. Sie standen in leeren Marmeladengläsern, darauf hatte Marion bestanden. So konnte wirklich nichts passieren. Ich zerrupfte die beiden Rosenblüten, die wir heute Nachmittag aus Omas Vorgarten geklaut hatten, und verstreute die roten Blütenblätter hastig um das Bett herum. Zu übertrieben für DDD? Ach was, ein bisschen Atmosphäre konnte nicht schaden. Meine Finger zitterten, als ich die Streichholzschachtel hervorholte und die Kerzen anzündete. Nach und nach wurde der Raum in goldenes Licht getaucht. Ich bekam wieder eine Gänsehaut, so wunderschön sah es aus!

Erst in diesem Moment holte ich meinen letzten Trumpf aus der Plastiktüte. Eine flache Schokoladenschachtel, geschmückt mit einem Foto von fünf süßen Kätzchen, die mich aus ihren blauen Augen voller Unschuld anschauten. *Feinste Katzenzungen* stand quer über ihren Köpfen. Behutsam legte ich den taktvollsten Kondomtresor der Welt auf den Nachttisch.

Wieder im Café, schnappte ich mir Knut, der an der Tanzfläche stand und an einer Bierflasche nuckelte. »Kannst du deinen

Kumpel mal ablösen? Ich glaube, der muss dringend was anderes erledigen. Aber lass die Musik so schön langsam. Damit der Gute eine Chance zum Bluestanzen hat!« Ich blinzelte auf eine zweideutige Art, die ich bei anderen hasste. Doch ich konnte das Risiko nicht eingehen, dass Knut mich nicht verstand.

»Klaro!«

»Oder sag ihm einfach, Dagmar wolle ihm schon den ganzen Abend ihre *Fischertechnik* zeigen.« Ich sah, wie er abzog, Thorsten beiseitenahm und sich nach einem kurzen Wortwechsel die Kopfhörer aufstülpte. Kein Mann der großen Worte, dieser Knut.

Thorsten legte Dagmar kurz die Hand auf die Schulter und führte sie in die Backstube. *Läuft gut für dich, Thorsten …*

Sie waren auf dem Weg! Jetzt konnte ich nichts mehr tun außer die Daumen drücken. Ich schaute mich um, auch einige andere Paare hatten sich bereits gefunden. Der Rest der Tänzer verzog sich an den Rand. Doch warum starrte Matti mich über Marions Schulter hinweg wie ein trauriger Dackel an? Ich winkte ihm zu. *Sei gefälligst happy, dass du das tollste Mädchen mit der hübschesten Frisur, den wundervollsten Rehaugen und den besten Beinen abgekommen hast!*

Ich vermisste Timo immer noch. Als kleinen Trost steckte ich mir das letzte Stück Pizza quer in den Mund. Es schmeckte köstlich. Gerade hatte ich beschlossen, mir ein kleines Bierchen zu gönnen, als ich Konrad an der Tür stehen sah. Er hatte die Daumen in den Taschen seiner Jeans verhakt und starrte mich an wie der Bösewicht aus dem Film, den man völlig vergessen hatte, doch nun war er da. *Was ist los? Warum macht dieser Typ dich so nervös? Es ist doch nur Konrad. Der fiese Konrad. Der mit dem Segelflieger abstürzen wird. Der ein netter Bruder sein kann. Den du trotzdem meistens doof findest. Und den du aus irgendwelchen Gründen auch noch eingeladen hast. Gut gemacht, Charles …*

25. KAPITEL

Party-Abend, zweiter Teil

Mein Körper wollte weg, möglichst schnell und möglichst weit, schon lief er rückwärts durch die Menge, bis Konrad nicht mehr zu sehen war. Ich hau ja nicht wegen Konrad ab, sagte mein Körper zu meinem Kopf, ich will nur mal kurz nachsehen, was Zucker macht, der arme Hund ist im Hausflur auf seiner eigenen Matte angeleint! Jaja, sagte mein Kopf nur. Er kannte meinen gefühlsgesteuerten Körper einfach zu gut.

Dabei stimmte das mit Zucker sogar. Die Tür zur Backstube stand zwar auf, damit er sich nicht völlig ausgeschlossen fühlte, aber all die vielen Leute und der Krach machten ihm vielleicht Angst. Ich angelte mir im Vorbeigehen das letzte Bier aus dem Eimer, lief an den Toiletten vorbei und lugte in den Hausflur. Doch ich hatte mir unnötig Sorgen gemacht, es wachte schon jemand bei ihm. Auf der zweituntersten Stufe der Treppe saßen die schöne Annabell und Winnetou-Volker verdächtig eng beieinander. Zucker lag vor ihnen auf seiner Matte und klopfte mit dem Schwanz auf den Boden, als er mich sah.

»Wir passen auf, dass niemand ihm Pizza gibt. Nur ordentlich Torte! Das ist schließlich ein Café-Hund, oder?« Volker lachte und warf seine langen dunklen Haare zurück, während Annabell ihrerseits ihre blonden Haare zurückschleuderte, ihn dabei aber nicht aus den Augen ließ. Ihr eierlikörgelber Pullover passte gut zu den rosa Kniestrümpfen und war mindestens aus Cashmere.

»Finde ich toll von euch!« Ich grinste und streichelte dem braven Café-Hund über den Kopf. »Kannst du die aufmachen?« Volker hebelte mit einem Feuerzeug den Kronkorken meiner Bierflasche auf und gab sie mir zurück. Hinter mir betrat ein weiteres Pärchen das Treppenhaus. Das Dreier-D und das Einer-D hatten sich in der Backstube mit weiterer Pizza versorgt, Dagmar tat, als ob sie mich nicht sähe. Thorsten grinste glückselig vor sich hin. »Gute Musik übrigens«, sagte ich zu ihm, doch er hörte mich nicht. Volker und Annabell rutschten zur Seite, die beiden verschwanden nach oben. *Yes!*, jubelte ich innerlich. *Die Fischertechnik. Immer gut für eine heiße Nummer.*

Ich bedankte mich bei Volker, überließ die beiden ihrer Haarwerfe-Kunst und schlüpfte aus der Haustür. Draußen lehnte ich mich an die Wand, nahm einen großen Schluck Bier und rülpste kurz darauf recht ordentlich. Hier stand ich, auf meiner eigenen Party! Oder besser gesagt, der Party, die ich mit meiner fünfzehnjährigen Mutter für meine achtzehnjährige Tante gab. Die gleich hoffentlich das Richtige mit DJ Dümpelmann anstellte. Meine Mission war so gut wie erfüllt! Ich prostete mir mit dem Bier zu. Mein erstes richtiges Party-Bier. Und das Schönste: Meine eigene Mutter erlaubte es mir! Ich kicherte und rülpste noch einmal herrlich tief.

»Charles!«

Wow. Er wusste meinen Namen – und jetzt auch, wie laut ich rülpsen konnte. Er stand auf den hellen Steinplatten, die von der Straße bis zu Haustür führten, und versperrte mir den Weg.

Ich versuchte, seinen empörten Ton nachzuahmen: »Konrad!«

»Rennst du weg vor mir?«

»Ja klar! Wollte meinen Auftritt beim Rülps-Contest nicht verpassen … äh, Rülps-Wettbewerb. Läuft ganz gut bei mir.«

»Kannst du auch mal ernst sein?«

»Was ist los? Wo sind deine Jungs, hast du die gar nicht mitgebracht heute?« Schon war ich dicht an der Hauswand an ihm vorbeigetänzelt, doch Konrad lief hinter mir her. »Doch, die sind auch alle da! Aber ich will deinen Hut!« Er war neben mir und griff danach, doch ich tauchte geschickt unter ihm weg. »Hallo? Hat deine Mudda nie die Wörter *bitte* und *danke* erwähnt? Könntest du mir bitte mal deinen Hut leihen, heißt das!«

»Meine Mudda? Ich denke, du kommst aus England.«

Shit. Vergessen.

»Manchmal bist du echt komisch!«

»Und du bist echt unverschämt.« Wir gingen an Omis Rosenstöcken vorbei. »Außerdem hast du keine Ahnung, wie Mädchen denken oder wie man sie behandelt.«

»Aha!«

»Du bist fies, du bist brutal, meistens jedenfalls, und ich finde dich ehrlich gesagt ziemlich scheiße.« Ich schaute ihm direkt in die Augen. »Meistens jedenfalls«, wiederholte ich.

»Das finden viele!«

»Du bist keine Spur von charmant – und auch noch stolz drauf.« Wir waren unter dem Ahorn angekommen, ich wandte mich zur offen stehenden Tür des Cafés. Die laute Musik schien niemanden zu stören, die Nachbarhäuser standen weiter weg und die Metzgerei gab es ja noch nicht.

»Und weißt du, was ich vorne auf deiner Stirn lesen kann? Zu Hause habe ich nicht viel zu melden, steht da.«

Er zuckte mit den Schultern, aber an seinem Gesichtsausdruck konnte ich sehen, dass es kein Scheiß-egal-Zucken, sondern ein Ich-weiß-Zucken war. Mir gefiel das. Irgendwie. Mir gefiel der ganze Konrad, irgendwie, obwohl ich ihn gleichzeitig blöd fand, stellte ich entsetzt fest. Er war nur ein kleiner Junge, der nicht wusste, was er tun sollte, um seine Bewunderung für ein Mädchen auszudrücken, außer ihm auf den Arm zu boxen. Und er sah verdammt gut aus. Aber das würde ich ihm natürlich nie verraten. »Meine Mutti schickt mich alle vier Wochen zum Friseur, obwohl ich das nicht will, steht da auch noch.« Jetzt wollte ich ihn richtig provozieren, doch er trat nur von einem Fuß auf den anderen. »Aber mir gefallen die kurzen Haare bei dir. Und wie du mit deinem Bruder Karten gespielt hast, das war einfach ...« Ich zögerte. Sollte ich ihm ein mädchenhaftes süß schenken? »Einfach schön.«

Er schaute auf, lächelte. »Bin immer froh, Ansgar zu sehen. Die Wochenenden sind sonst der Horror. Morgens muss ich im Geschäft die Drecksarbeit machen und am Nachmittag nimmt mein Vater sich dann meine Hefte vor. Meine Hefte und ...«

».... und dich!«

»Ja. So sieht's aus.« Er schaute zur Seite.

»Nur weil dein Vater so ein Arschloch ist, musst du doch nicht *auch* eins werden!«

»Mann, Charles! Du bist so anders als die Mädchen, die ich kenne. Und ich glaube, du kannst Hypnose oder so was ...«

»Ich kann tanzen, *let's go!*« Ich lief hinein und bahnte mir meinen Weg durch die vielen Leute direkt auf die Tanzfläche. Jetzt bloß nicht gucken, ob er mir hinterherkam. Bei den Typen funktioniert das ja immer noch so steinzeitmäßig mit Jagdtrieb und dem ganzen Blödsinn. Auch das hatte ich aus der *Cosmopolitan*. Ich drückte Anja meine Bierflasche in die Hand und begann, mich nach der Musik zu bewegen. Knut hatte wieder ein etwas schnelleres Lied aufgelegt, wenn ich es richtig verstand, sang die Dame etwas von *»Can't take my eyes off you«*. Es passte hervorragend, um meinen Tanz aus der Mädchentoilette zu wiederholen, der Marion so imponiert hatte.

Ich ließ meine Hüfte kreisen, winkelte die Ellenbogen an, ballte meine Fäuste vor der Brust und ließ sie im Takt vor und zurück federn. Schon bildete sich ein Kreis um mich, jemand riss mir den Hut vom Kopf, der Knoten löste sich und meine roten Locken fielen mir wie ein Vorhang vors Gesicht. Ich warf sie zurück und schaute mich um. *Konrad, wie kannst du es wagen ...?*

Doch es war Killerzahn, der nun mit meinem Hut auf dem Kopf völlig losgelöst um mich herumtanzte. Ich drohte ihm mit gespielter Empörung mit den Fäusten, dann vergab ich ihm mit einem Lächeln. Aus den Augenwinkeln sah ich, dass Konrad mir gefolgt war und mich wieder anstarrte. Offenbar echt ein Fall von »*Can't take my eyes off you*«. Marion stand klatschend neben ihm unter den Zuschauern, ihre Augen wanderten zwischen Konrad und mir hin und her. Claudia und Anne kamen in den Kreis getanzt und versuchten, meine Bewegungen nachzuahmen. Sie lachten sich kaputt, während sie wild, aber leider völlig unrhythmisch mit Hüften und Armen wackelten. Claudia presste die Knie zusammen und sank auf den Boden, wahrscheinlich um sich nicht vor Lachen in die Hose zu machen. Marion reichte ihr die Hand und zog sie wieder hoch.

Immer mehr Leute stellten sich hinter mir auf und ich eröffnete unseren kleinen Workshop, indem ich ihnen ein paar einfache Breakdance-Schritte zeigte, die sie sofort übernahmen.

Wie oft hatte ich die Videos auf *YouTube* gesehen und ganz allein in meinem Zimmer vor dem Spiegel geübt. Und nun stand ich in unserem Café und führte eine ganze Horde kichernder Tänzer und Tänzerinnen an, das war doch einfach unglaublich!

Wir sprangen auf der Tanzfläche herum, nach einiger Zeit klappten die ersten *moves* schon bei einigen meiner Schüler ganz gut, doch nach drei weiteren Liedern war ich ziemlich außer Atem. DJ Knut hatte ein Einsehen und spielte etwas Langsames. Die Akkorde einer E-Gitarre heulten auf. Wunderschön. Ich würde E-Gitarre lernen, wenn ich wieder zurück war! Noch zwei Tage und eine Nacht, dann wäre der Morgen des 6.6. da. Sofort spürte ich ein nervöses Ziehen in der Bauchgegend. Was, wenn es nicht klappen würde?

Darüber konnte ich mir später Gedanken machen. Jetzt musste ich erst mal Anja mit meinem Bier suchen, der Thunfisch auf der Pizza und das Tanzen hatten mir Durst gemacht. Und dann würde ich mit Marion einen kurzen Abstecher vor Dagmars

Zimmertür machen. Mal nach dem Rechten sehen und hören, ob da wieder unmäßig gelacht wurde …

Plötzlich stand Konrad vor mir, nahm meine Hände, legte sie sich um den Hals und umarmte kein bisschen schüchtern meine trotz Schwimmtraining und Fahrradfahren immer noch leicht gepolsterte Taille. Hallo, was sollte das denn? Im ersten Moment war ich zu überrascht, um ihn abzuwehren. Mein Brustkorb hob und senkte sich immer noch schnell und ich schnaufte vor mich hin. Dann, als wir uns schon zweimal langsam im Kreis gedreht hatten, fing ich an zu grinsen. Hier stand ich, verschwitzt und glücklich, und tanzte fast ohne Abstand mit dem für seine Fiesigkeit berüchtigten Konrad Heyse aus Marions Klasse. Unglaublich. Der Sänger konnte es auch kaum fassen, verzweifelt beklagte er, dass er immer noch den Blues hätte.

Ich schaute Konrad von unten in die Augen. *So, und was jetzt?*, fragte ich unhörbar. Zack. Jemand stülpte mir von hinten meinen Hut wieder auf den Kopf. Danke, Killerzahn! Mein Tanzpartner hielt mich fester, als ob er fürchtete, ich könne abhauen, unsere Blicke klebten unverändert aneinander. *Machst du jetzt einen auf Romantiker?*, setzte ich den unhörbaren Dialog zwischen uns fort.

Nee. Aber du machst wieder dieses gruselige Ding mit der Gedankenübertragung, antworteten seine Augen. Da kriege ich Angst.

Ich brach unsere Zwiesprache ab und führte meinen Mund dichter an Konrads Ohr, damit er mich verstehen konnte. »Musst du aber nicht haben!«

»Ich habe zwar keine Ahnung, wer *du* bist, aber seit oben im Park weißt du ja, dass ich nicht der Obermacker bin, für den mich alle halten …«, nuschelte er zurück. Sein Atem kitzelte mich an meinem Hals und bescherte mir die dritte Gänsehaut des Abends. »Obermacker?« Ich unterdrückte ein Kichern. Ein richtiges Dagmar-Wort. »Im Park? Nö. Für mich bist und bleibst du einer.«

Er lachte und presste mich einen Moment lang noch enger an sich.

»Hey, entschuldige mal! Alles in Ordnung bei dir, Charles?« Matti hatte seine Hand auf Konrads Schulter gelegt und ihn kräftig von mir weggedrückt. »Wenn der Typ dich nervt …«

»Hey, Sportsfreund! Pfoten weg.« Mit einer ruppigen Bewegung hatte Konrad Mattis Hand abgeschüttelt. »Sie tanzt freiwillig mit mir, siehst du das nicht?«

»Ist das wahr?« Matti schaute mich ungläubig an.

»Ja, ist okay, Matti. Trotzdem danke!« Wo war Marion? Hatte sie sich Sorgen um mich gemacht und Matti geschickt?

»Ich dachte ja nur!«

»Denk nicht so viel!«, rief Konrad über die Musik hinweg. Ich war sicher, er wollte noch etwas ganz anderes sagen und hielt sich nur meinetwegen zurück. Matti warf mir einen langen Blick zu, verschwand dann aber zwischen den Tanzenden.

So, wo waren wir stehen geblieben?, fragte ich Konrad mit lachenden Augen, doch er schien den mündlichen Weg durch mein Ohr zu bevorzugen: »Ich find dich *guuut!* Seitdem du in unsere Klasse gekommen bist.«

Ich stellte mich auf die Zehenspitzen, um sein Ohr zu erreichen: »Und wenn du jemanden *guuut* findest, haust du erst mal zu?«

»Nee, ich wusste nur nicht, was ich sagen sollte …«

»Dann überleg dir beim nächsten Mal vorher etwas, und zwar was Charmantes!«

Seine schönen Augen schauten bittend auf mich, es war wundervoll, so im Takt gewiegt zu werden, er war so groß und roch gut. Ich wollte mich einfach an seine Brust werfen und mir einbilden, er wäre Timo. Oha, das war jetzt gar nicht mehr so cool. Ich nahm den Kopf hoch und bemerkte das Ührchen an meinem Handgelenk, das immer noch auf seiner Schulter lag. Vielleicht sollte die Rettung von Konrad meine letzte Mission sein, bevor ich am Dienstagmorgen um sechs Minuten nach sechs mithilfe der Uhr zurückreisen würde. Verstohlen schaute ich nach der Uhrzeit. Schon halb zehn! »Wann musst du nach Hause?«

»Gar nicht, wir pennen heute alle bei Dirk. Bei dem sind die Eltern nicht da, und die denken wiederum, Dirk übernachtet bei mir.«

»Wow. Der gute alte Trick. Was musstest du machen, bevor dich dein Vater gehen ließ?«

»Hey, woher weißt du das?«

»Eltern stellen immer gerne Bedingungen … das ist heute auch noch so, äh, bei uns in England.«

»Ich habe jetzt noch Rückenschmerzen vom Aufbauen dieser bescheuerten Jugendzimmer-Schrankwand …«

Wir tanzten eine Zeit lang schweigend weiter.

»Charles?« Er kam mit seinem Mund ganz nah an mein Ohr. Das bedeutete wieder Gänsehautalarm. »Willst du mit mir gehen?«

»Mmmmh … wohin jetzt genau?«

»Oh, echt jetzt, Charles! War das wieder nicht charmant genug?«

Ach so, »gehen« hieß wahrscheinlich »zusammen sein«. *Oh Gott, ich fasse es nicht! Da fragt mich mal einer, ob ich mit ihm zusammen sein will, und dann ist es ausgerechnet so jemand wie Konrad! Was soll ich ihm bloß antworten und warum drückt er sich so umständlich aus?*

»Nee, Konrad. Nicht wenn du dich so benimmst!«

»Ich kann mich ändern, ehrlich!«

»Das wäre auch nötig. Aber so was von! *Anyway* … ich muss wieder zurück nach England, schon vergessen?«

»Trotzdem! Ich kann doch fliegen oder die Fähre nehmen.«

Schon verstanden, einer wie er ließ sich nicht einfach von ein paar Hundert Kilometern Distanz abhalten. Und der Tunnel war ja bestimmt noch nicht gebaut.

»Ich werde dir später die Antwort und noch etwas anderes geben, aber jetzt muss ich eine Ansage machen, bevor ich es vergesse, sorry!« Seine Augen leuchteten hoffnungsvoll auf. *Leider nicht die Art von Antwort, die du dir wünschst,* schoss es mir durch den Kopf und ich hoffte, dass er diesmal meine Gedanken nicht lesen konnte. Schnell löste ich mich aus seinen Armen und ging zu Knuts Pult. Auf dem Weg dorthin fand ich Marion im Gedränge. Ich packte ihre Hand und zog sie mit mir. »Es ist halb zehn, ich wollte gerade etwas ansagen. Aber vorher müssen wir nach oben.«

Marion nickte, dann schlug sie sich mit der Hand vor den Mund. »Ach du liebes Lottchen, wir haben die Kerzen und die Rosen vergessen!«

»Und die Kondome auch ... du liebes Lottchen!«

Ihre Augen wurden noch schreckensweiter. »Nein«, beruhigte ich sie. »Ist schon alles verteilt. Du warst ja beschäftigt!«

Sie lachte verlegen. »Alles okay?«, fragte sie, während wir die Treppe hinaufliefen. »Warst das wirklich *du,* die da gerade mit Konrad Blues getanzt hat?«

»Ja.«

»Mit dem Idioten? Nur weil er Mantel-Wissmann Widerworte gegeben hat?«

»Musste sein. War ein erster Rettungsversuch. Erklär ich dir später.«

Wir brachten uns vor Dagmars Tür in Position. Marion schaute durch das Schlüsselloch. »Ich sehe nichts, aber die Kerzen brennen noch.« Dann presste sie ein Ohr gegen die Tür und lauschte mit geschlossenen Augen.

»Nichts?«, flüsterte ich. »Kein Lach-Flash?«

Sie schüttelte den Kopf. »Und sie reden auch nicht ...« Mit einem zufriedenen Grinsen auf den Gesichtern schlichen wir die Stufen wieder hinab und schlossen die Wohnungstür behutsam hinter uns.

Unten angekommen, schoben wir uns bis zu der Musik durch.

»Hast du ein Mikro?«, rief ich in Knuts langes Haar, auf der Höhe, wo ich sein Ohr vermutete.

»Nee!«

»Dann mach gleich mal 'ne Pause bitte!« Ich schaute mich suchend um und zog das barocke Sesselchen heran, das sich bis hier hinten verirrt hatte. Ich streifte mir die Schuhe von den Füßen und stellte mich auf die Sitzfläche. Die Musik setzte aus, immer noch herrschte lautes Gelächter und Gerede, das Café war voll. Ich sah, wie Öko-Ralf Heike zärtlich im Nacken packte und mit Pizza fütterte, wie zwei ältere Mädchen sich gegenseitig Zigaretten ansteckten und wie ein Typ mit einem Motorradhelm auf dem Kopf vorne an der Tür mit großem Hallo begrüßt wurde. Ich legte meine Hände als Trichter vor den Mund, doch bevor ich lautstark um Ruhe bitten konnte, hörte ich etwas Metallenes dreimal gegen ein Glas klingen, als wolle jemand bei einer Hochzeit eine Rede halten. Unter mir sah ich Anne, die mit einer Gabel gegen eine dünne Teetasse aus dem Café klopfte. Sofort wurde es still. Ich räusperte mich. Knut drehte sein kleines Lämpchen so, dass ich von unten angeleuchtet wurde und vermutlich aussah wie Frankenstein in Hotpants.

»Äh, hallo! Ich freue mich, dass ihr alle zu Marions Party gekommen seid«, sagte ich laut.

»Wo is' Marion?«, fragte jemand.

»Ma-ri-on! Ma-ri-on!«, rief ein Sprechchor. Ich schaute unter mich, doch sie stand nicht mehr neben dem Sessel. Ich fand sie zwischen all den Leuten, bei Matti, und lockte sie wie die böse Hexe aus dem Märchen mit dem Finger. Erst schüttelte sie den Kopf, doch als die Rufe nicht aufhörten, zog sie die Tennisschuhe aus und kletterte auf den Sessel. Eng aneinandergepresst, der Arm der einen um die Taille der anderen, standen wir nun auf der wackeligen Fläche.

»Hallo!« Sie winkte in die Menge.

»Ich weiß nicht, wann die meisten von euch abgeholt werden«, setzte ich meine kleine Ansprache fort, »doch bis um elf müssen wir alles wieder aufgeräumt haben! Jetzt ist es halb zehn. Knut, unser genialer DJ, wird also noch eine gute halbe Stunde lang Musik machen, vielen Dank an dieser Stelle auch an ihn!« Beifall brandete auf.

»Den anderen DJ vermisst wohl keiner«, sagte Marion in mein Ohr.

»Der macht woanders Musik …«, antwortete ich, schaute einen Moment lang an die Decke und wackelte mit den Augenbrauen. Marion grinste.

»Und wer dann noch zum Helfen bleiben kann, bekommt ’n kaltes Stück Pizza mit nach Hause«, rief ich. Die Masse johlte. »Aber wer heute gar nicht nach Hause muss … wenn hier wieder alles sauber ist, treffen wir uns später am See!« Ein Raunen ging durch den Raum.

»Is’ ja irre!«, hörte ich.

»Kannst du mir einen Schlafsack leihen?«, schrie Claudia Beate zu, deren Brillengläser übrigens wieder tomatensoßenfrei waren.

»Das erlauben meine Eltern nie!«, rief Anja.

Musik!, bedeutete ich Knut mit einer Hand. Er drehte den Regler hoch, aber noch nicht ganz laut. *Saturday Night Fever* von den *Bee Gees.* Marion klammerte sich immer noch an mich. »Echt? Wollen wir wirklich noch zum See?«, fragte sie nah an meinem Ohr.

»Klar. Und Matti nehmen wir mit. Das wird obercool!«

»Und Vati und Mutti?«

»Die werden wir fragen. Wenn sie deine Wünsche gar nicht kennen, können sie dir ja wohl kaum was erlauben, oder?« *Toller Ratschlag, Charlotte. Weiß Mama etwa von dir und deinen Wünschen? Na eben. Sie weiß nichts. Absolut nichts.*

»Oh, Charles, du weißt echt immer, was richtig für mich ist!«

»Kein Versteckspiel mehr!«, bekräftigte ich. Das galt für diesen Moment, aber auch für mich selbst in der Zukunft!

Statt einer Antwort ruderte Marion mit dem linken Arm, um auf der kleinen Sitzfläche des Sessels nicht das Gleichgewicht zu verlieren.

Ich schaute unauffällig auf das Ührchen, doch Marion hatte es bemerkt. »Hast du Angst, dass es nicht funktioniert: das mit dem Zurückreisen?«

»Ja. Schon. Aber komm, jetzt geben wir noch eine halbe Stunde Gas!«

»Genau. Ich will jetzt nur noch tanzen …« Marion kletterte vom Sessel.

»Also habt Spaß!«, rief ich noch in die Menge.

»Ja, aber nicht hier!«, antwortete eine durchdringende Stimme von der Tür, und ich sah, wie Marion in der Bewegung erstarrte. »Hier ist nämlich Schluss!«

26. KAPITEL

Party-Abend, später

Ein Lungenriss. Wie bekam man auf der Bühne einen Lungenriss? Der Sänger vom Godesbacher Stadttheater hatte es geschafft, indem er am Ende des ersten Aktes zu laut sang und dadurch Opas und Omis *Abend mit Kulturprogramm* stark verkürzte. Nach ihrem obligatorischen Gläschen Wein in der *Marktschenke* hatten sie sich volle zwei Stunden früher als geplant auf den Weg nach Hause gemacht.

»Um dann dieses Durcheinander da unten vorzufinden!«, brüllte Opa im Treppenhaus, durch das wir wie zwei Verurteilte in die Wohnung geführt wurden. Der Raum des Cafés hatte sich nach Opas Auftritt in Windeseile geleert, ein Gewusel kleiner Mäuse, die über die Tanzfläche zurück in ihre Löcher flohen.

»Heinrich, nicht so laut. Sonst handelst du dir am Ende auch noch so was ein …« Omi schüttelte den Kopf und sah uns von oben bis unten an. »Ja, ist es denn die Möglichkeit?«, seufzte sie schon zum vierten Mal und knipste ihre Handtasche auf und wieder zu. Fast tat sie mir leid.

Dagmar und Thorsten kamen uns an der Wohnungstür entgegen. Ich musterte sie sehr genau. Schauten sie einander an? War die Haut um ihre Lippen herum aufgeschubbert vom Knutschen?

»Und wer sind *Sie*, junger Mann?«

»Dümpelmann! Thorsten Dümpelmann. Ich bin hier für die Musik zuständig.« Thorsten errötete, brachte aber eine Verbeugung zustande, bevor er DDD einen verstohlenen Blick zuwarf und nach unten verschwand. Ich stieß Marion an. Eindeutig!

»Dagmar kann nichts dafür, dass so viele Leute gekommen sind«, sagte ich schnell, »die hat die ganze Zeit aufgepasst! Ehrlich.«

Dagmar starrte zwei feindselige Sekunden lang in meine Augen. War das ihr Dank für die Katzenzungenschachtel?

»Vati! Ich wollt ja noch …« , setzte Dagmar an, doch ihre Beteuerungen gingen unbeachtet in den Vorwürfen der Großeltern unter. *Wir* waren die Schuldigen. *Marion* war die Schuldige.

»Tut mir leid.« Marion hatte nur diese drei Wörter zu Omi gesprochen und danach nur noch zu allem Ja gesagt. Ja, wir würden alles sofort aufräumen. Ja, es wäre unvernünftig gewesen, so viele »Halbstarke« überhaupt hineinzulassen. (Opa Heinrich sprach tatsächlich von »Halbstarken«.) Ja, es würde nie wieder vorkommen.

»Jetzt aber dalli! Und lasst den Hund raus!«

Wir verzogen uns nach unten. Dagmar holte uns auf dem Treppenabsatz ein. »Vati muss sich jetzt sofort hinlegen, so sehr hat er sich aufgeregt!«

»Wir haben es mitbekommen, Dagmar. Danke«, fauchte Marion. Wir liefen weiter die Treppe hinab. Zucker spürte die Stimmung, er kniff den Schwanz ein, um seine Solidarität mit uns zu bekunden.

»Was habt ihr euch nur dabei gedacht? Und was sollte das mit meinem Zimmer? Ich glaube, ihr habt sie nicht mehr alle …« Sie konnte nicht lockerlassen. Ich drehte mich um. »Thorsten hat super Musik gemacht. Viel besser als Knut. Das mit den Übergängen und so, das hat er voll drauf.«

Wir ließen Zucker zur Haustür hinaus und gingen durch den kleinen Flur in das Café.

»Dagmar hat gerade gelächelt. Für eine Zehntelsekunde nur, doch ich habe es gesehen!«

»Dann ist wenigstens diese Sache erfolgreich gelaufen …«

Marions Stimme brach ab. Das Café war leer. Die Anlage war schon abgebaut, nur eine einsame Plattenkiste stand noch mitten im Raum zwischen leeren Flaschen, Servietten, zertretenen Chips und einem wilden Muster aus Zigarettenstummeln auf dem Boden.

»Mist, die sind alle weg …«, murmelte sie.

»Thorsten und Knut beladen wahrscheinlich das Auto.«

»Weg. Weg. Weg.« Sie klang wie eine hängende CD. »Und? Müssen wir jetzt für den Rest unseres Lebens weiterhin so stinkefreundlich zu Dagmar sein?«

»Marion. Stopp. Stopp mal!« Ich schaute mich um, doch Dagmar war uns nicht gefolgt. »Warum haben wir die Party gemacht? Warum?«, zischte ich leise und stützte meine Hände in die Hüften. »*Café Dümpelmann*? Drei Filialen und eine Außenterrasse mitten auf dem Markt? Drohende Übernahme? Schon vergessen?«

Marion presste die Lippen zusammen.

»Na also! Da lohnen sich doch so 'n kleiner Anschiss und so 'n bisschen Aufräumen.«

Marion nickte, ihre Stimme klang dennoch trotzig: »Nur weil Dagmar und Dümpelmann es miteinander getan haben, haben wir den Lauf des Schicksals also jetzt verändert, oder was?«

»Aber ja!«

»Zum Positiven?«

Ich zuckte mit den Schultern. »Das hoffe ich. Hast du gesehen? Dagmars Augen haben noch nie so geleuchtet, seit ich sie kenne.«

»Die leuchten schon recht oft. Aus Boshaftigkeit.«

Ich stieß laut die Luft aus. »Du weißt, wie ich das meine. Aber sicher sein können wir natürlich nicht.«

Vielleicht hatte ich schon zu viel manipuliert, vielleicht hatte ich die Zukunft schon derart verändert, dass ich selbst nicht mehr darin vorkam. Doch was sollte ich tun? Einfach mittendrin aufhören? Ich packte Marion am Arm: »Bevor ich die Uhr werfe, schreibe ich dir genau auf, wann du meinen Vater triffst!«

»Jaja.« Marion kickte einen Kronkorken über den Boden. »Was das wohl für einer ist ...«

»Ein toller Typ. Du, die Torten-Künstlerin, er, der ... Du wirst schon sehen!«

Sie schaute sich um, ihr hübsches Audrey-Hepburn-Gesicht immer noch lang gezogen, die Mundwinkel hingen nach unten. »Mutti wird runterkommen zur Kontrolle. Wenn wir das mal schaffen. Das wird bestimmt Mitternacht ...«

Da hörten wir plötzlich Stimmengemurmel und die Tür zur Backstube öffnete sich. Killerzahn erschien, er zog einen Müllsack hinter sich her und nach draußen. Er blinzelte uns zu und zeigte alle seine vierundsiebzig Zähne. Wir gingen hinein. Beate und die Brave-Mädchen-Crew schrubbten die Öfen von innen und außen. Anja wischte die Arbeitsflächen sauber, Winnetou fegte gerade letzte Teig- und Mehlreste auf dem Boden zusammen. Ecki stand am Spülbecken und wusch Backbleche und Schneidebretter ab.

»Wo sollen die leeren Getränkekisten hin?« Konrad erschien in der Tür. *Doch noch alle da!* Ich grinste Marion an, die schon wieder etwas Farbe im Gesicht hatte.

»In den Schuppen, im Garten!«

»Wenn du uns sagst, wie die Tische stehen müssen, erledigen wir das auch.« Konrads Kofferträger drängten sich hinter ihm in die Türöffnung.

»Moment, vorher müssen wir dort fegen und wischen! Komm, Volker!« Annabell warf ihr blondes *Barbie*-Haar zurück und stolzierte mit einem Wischmopp an uns vorbei.

»Das glaub ich ja nicht.« Marion schaute ihr hinterher.

»Komm, lass uns lieber mitmachen, anstatt hier so blöde rumzustehen«, sagte ich.

»Kante auf Kante und einmal zusammenfalten!«

Marion zog nervös an der roten Tischdecke, die sich zwischen unseren Händen spannte.

»Sie wird uns das schon erlauben.« Ich gab Marion die schmale Seite der Tischdecke in die Hand, griff nach dem herunterhängenden Ende, zog es stramm und reichte es ihr.

»Heute Abend noch? Bist du vom Wahnsinn umjubelt?«

»Warum nicht? Wenn Omi gleich bei ihrem Kontrollgang merkt, wie klasse es hier wieder aussieht. Keine Heimlichtuerei mehr, haben wir gesagt! Wir sagen einfach, dass wir noch zum See möchten.«

»Wenn du meinst«, sagte Marion schwach.

»Erst wenn sie es uns verbietet, hauen wir heimlich ab.« Ich grinste sie an. Marion sah mir prüfend in die Augen, bevor sie die letzte Decke auf den Stapel legte. »Bist du mit mir … also, mit mir als Mutter … sind wir ehrlich miteinander?«

»Ja klar. Immer.« Ich hielt die Luft an und strich die Decke glatt, bis es nicht mehr glatter ging. *Immer? Die Hälfte von »Immer« würde schon reichen.* Ich räusperte mich. »Sehen aus wie frisch gewaschen und gebügelt …«

»Und der Rest ist auch fertig!« Marion hatte ihre gute Laune wiedergefunden und auch ich nickte zufrieden. Der Boden glänzte noch feucht, die Tische und Stühle standen wieder dort, wo sie hingehörten, die barocken Sesselchen reihten sich in richtiger Formation um die beiden ovalen Tische im Eingangsbereich.

Annabell hatte den Wischmopp an Matti weitergegeben, der das letzte Stück Boden im Flur aufwischte, bevor er in der Gästetoilette verschwand. »Da drin ist ja alles schon sauber, wer war *das* denn?«, fragte er, als er wieder herauskam.

»Das waren wir!« Anne und Claudia pfiffen wunderbar falsch, während sie saubere Aschenbecher auf den Tischchen verteilten.

»Wir fahren dann mal …« Thorsten und Knut schlurften auf uns zu.

»Thorsten! War super! Knut, genial! Echt stark, dass ihr dabei wart.« Ich ballte die Fäuste vor Begeisterung wie ein amerikanischer Motivations-Coach, bis die beiden sich vor Verlegenheit wanden. »Ich hoffe, es hat euch auch ein bisschen Spaß gemacht.« Sie nickten stumm. »Und? Was sagt Dagmar noch so?«, fragte ich beiläufig. Eigentlich egal, Hauptsache, dass Dümpelmann-Imperium war an diesem Abend abgewendet worden!

»Ja, die … die ist echt … Also … Alle Wetter!« Thorsten strich über seinen stoppeligen Hals.

»Ja, nicht?« Ich grinste voller Stolz. Doch was meinte er mit »Alle Wetter«?

»Jungedi!« Er wandte sich an Knut. »Die hat jeden Baukasten seit dem *V50* im Regal. Auch den neusten, den *Statik 1*. Das ist schon erstaunlich.«

»Also habt ihr *Fischertechnik* gespielt …« Knut lachte.

»Nein. Nicht nur.«

»Sach' mal, was habt ihr denn gemacht?« Knut ließ nicht locker.

»Wir haben uns kennengelernt.«

»Dass sie uns das erlaubt hat! Ich kann das gar nicht glauben!« Marion stand vor dem Kleiderschrank und zog sich einen dicken Wollpullover über ihr kurzes Kleid.

»Tja. Ich sag ja: Fragen schadet nicht! Habt ihr übrigens geknutscht?«

»Wer? Nee.«

»Warum nicht?«

»Ach, so weit waren wir noch nicht.« Sie stieg in eine Jeans. »Aber wenn ich daran denke, dass Anne und Claudia mit ihm in dieser Minute alleine zum Kleinen See laufen, fühle ich so ganz fiese Blitze in meinem Magen.«

»Ach Marion, der findet dich doch auch toll, der hat den ganzen Abend nur mit dir verbracht.«

»Ja, aber er wollte immer dahin, wo du auch warst.«

»Hä? Echt? Ist mir gar nicht aufgefallen.« Doch ich musste an den komischen Blick denken, den er mir über Marions Kopf hinweg zugeworfen hatte.

»Haben wir's denn jetzt mal langsam?«, versuchte ich sie abzulenken. »Was willst du denn noch anziehen? Dann kann Matti dich ja nicht mehr wärmen, wenn du dich anpummelst wie ein Eskimo!«

»Anpummelst! Was 'n das für 'n Ausdruck?«

»Hast *du* immer zu mir gesagt, als ich klein war!« Ich öffnete das Armband der Uhr und legte sie wieder in die Babypuderdose, die ich tief hinten in der Schreibtischschublade versteckte. Nicht dass meine Zeitmaschine am See noch im Sand verloren ging oder ins Wasser fiel!

»Ach Charles. Das ist immer noch komisch, dass du das alles schon weißt und ich noch nicht ... Bald bist du weg. Du wirst mir echt fehlen!«

»Wir sehen uns ja in fünfunddreißig Jahren wieder!«

Wir lächelten uns an.

»Den Morgen des 6.6.2015, den musst du dir merken. Stell dir vor, ich komm zurück und erinnere mich an nichts ...«

27. KAPITEL
Party-Abend, noch später

Draußen war es stockdunkel, kein Mond schien, doch für eine Nacht Anfang Juni war es recht warm. Ich versenkte den Haustürschlüssel in der Latzhose, zu der ich mich überwunden hatte. Die Decken und der Proviantkorb, den ich mittags schon gepackt hatte, waren schnell aus dem Schuppen geholt. Wir verließen den Garten durch das Törchen und machten uns auf den Weg. »Was ist da drin?«, fragte Marion.

»Streichhölzer, Klopapier, Wasser und ein paar kleine Überraschungen für dich!«

»Ich liebe Überraschungen!«

»Ach, was du nicht sagst …« Ich hatte Marions Lieblingsbonbons gekauft, saure Zitronendrops, und *Big Red*, ihr Lieblingskaugummi, das so streng nach Zimt schmeckte, dass es einem die Zunge hochrollte. Und da es keine Marshmallows gab, die ich eigentlich über dem Feuer hatte rösten wollen, hatte ich kurzerhand ein paar von Omis Kartoffeln in Alufolie eingepackt, um sie zu backen. Das machten die Kinder in den alten Abenteuerfilmen doch immer so gerne. Es würde eine meiner letzten, unvergesslichen Nächte in den 80ern werden.

Der Himmel war tiefschwarz. Die Sterne blinkten nur vereinzelt, aber umso klarer auf uns herab. »Was für ein super Gefühl, hier so entlangzugehen«, sagte ich zu Marion. »Warum ist man nicht öfter draußen um diese Zeit?«

»Vati hat früher manchmal Nachtwanderungen mit uns unternommen. Das war immer schön!«

Ein kleiner Stich fuhr mir zwischen die Rippen. Warum hatte ich keinen Vater, der Nachtwanderungen mit mir machte?

Das Getreide wiegte sich leise. Es raschelte ab und an darin, wahrscheinlich Feldmäuse, sonst hörten wir nur unsere Schritte und Zuckers Pfoten. Die Autobahn, deren permanentes Rauschen sonst durch meine Tage und Nächte zog, war noch nicht gebaut.

»Manchmal gehen die aberwitzigsten Unternehmungen gut, ohne dass man groß darum bittet«, sagte Marion leise. »Dann frage ich mich immer, ob ich in diesem Moment vielleicht eine Glücksration aufgebraucht habe, die mir später im Leben fehlt.«

»Das kenne ich«, antwortete ich. »Nämlich dann, wenn man es wirklich braucht. Wenn einem der Bus vor der Nase wegfährt und man deswegen zu spät zum Nachmittagsunterricht kommt ...«

»Wenn das Blech mit den Mürbeteigkeksen runterfällt und alle, aber wirklich alle zerbrechen ...«

»Wenn einem das Handy runterfällt und das Display in tausend Stücke springt.«

»Ja, genau!«

Ich musste lachen. Als ob Marion wüsste, wie es war, wenn einem das Handy runterflog. Aber egal. Sie wusste es nicht und wusste es doch. Sie verstand mich einfach.

Als wir das kleine Wäldchen durchquerten, sahen wir schon den Feuerschein und hörten Musik. Jemand hatte ein paar kurze Fichtenstämme auf den Strand gerollt und zu einem Kreis gelegt. In der Mitte brannte ein Feuer. Dort saßen sie alle, vom Schein der Flammen orangefarben angeleuchtet: Anne und Claudia, Matti mit Gitarre, Killerzahn und Ecki, der offenbar auch reichlich Proviant dabeihatte. Und Winnetou. Natürlich neben Barbie. Und da war auch Konrad mit seinem treuesten Diener Aktenkoffer. Wer weiß, wo ihm die anderen verloren gegangen waren. Beide hielten eine Flasche Bier in der Hand.

Ich spürte, wie Marion hin und her schaute, weil die Plätze

neben Matti schon von Claudia und Anne belegt waren. Doch Matti wusste Rat. »He, jetzt wird's eng!« Er stand auf und setzte sich mit der Gitarre auf den freien Stamm gegenüber. Marion strahlte und saß blitzschnell neben ihm. Zucker ließ sich neben ihr im Sand nieder. »Dann kuschel ich mich mal hier dazwischen, schön angewärmt«, sagte ich, setzte den Korb ab und zwängte mich zwischen Anne und Claudia auf Mattis alten Platz. Matti schaute zu Marion, zupfte ein bisschen auf den Saiten herum und begann mit den ersten Klängen eines Songs, den ich nicht gleich erkannte. Dann fing Claudia an zu singen. *»Somewhere over the rainbow, way up high …«* Es klang so rein und gleichzeitig so verletzlich unter der riesigen Schwärze des Himmels, dass mir der Hals ganz eng wurde. Wenn es mir in drei Tagen tatsächlich gelingen würde, wieder zurück in mein eigenes Leben zu kommen, was konnte ich dort tun, um solche Abende zu erleben? Um so viel draußen zu sein? Meinen Körper so zu mögen? So wenig über Klamotten zu reden, sondern einfach das auszuwählen, was ich mochte? Was konnte ich tun, um nie mehr unwichtigen Kram zu posten? Und vor allen Dingen: um solche Freunde im *real life*, zum Anfassen und Treffen, zu haben? *Real life.* Der englische Ausdruck kam mir plötzlich nicht mehr treffend vor. Das wahre Leben. Ganz einfach.

Ich starrte hinauf in den dunklen Himmel. In was für eine Zukunft würde ich zurückkehren? Wie groß würde das Ausmaß der Veränderung sein? Vielleicht stände mein Bett an einer anderen Stelle. Und Mama würde ihr Haar vielleicht anders tragen und auch selbst ganz anders sein. Vielleicht wäre meine Zukunft sogar so toll, dass es gar keinen Grund gab, überhaupt die Uhr zu schmeißen? Hä? Das war jetzt zu verwirrend. Derselbe Himmel und dasselbe Universum wären es auf jeden Fall. Dieser Gedanke hatte etwas Tröstliches.

Anne summte mit und lehnte ihre Schulter an meine. »Kann ja doch singen, unsere Claudi«, sagte sie leise. Ich nickte. Und

Matti spielte wirklich gut. Konrad knibbelte am Etikett seiner Bierflasche und starrte in die Flammen. Ecki bot uns Schokoriegel an, die er in seiner Hand zu einem Strauß aufgefächert hatte. Ich lächelte und lehnte dankend ab. *Keine Schokolade heute, das Leben schmeckt mir gerade süß genug! Hey, den Spruch könnte man glatt auf* Facebook *posten …* Meine Güte, da war er wieder, der unwichtige Kram, wie lange hatte ich nicht mehr an *Facebook* gedacht!? Bestimmt zwei Wochen.

Ich probierte endlich eine *Lift*, die Killerzahn für mich aus dem See geholt hatte. Sie war eiskalt und schmeckte besser als *Fanta*. Ungefähr so wie das heutige Lemonsoda. Wir redeten ein bisschen über die Party und über unsere Eltern, die sich mit den unbeholfensten Lügen leicht täuschen ließen. Anne und Claudia erzählten, wie sie sich per Telefon zu Hause abgemeldet hatten. Sie übernachteten heute angeblich bei Anja.

»Auf meinem Flokati wäre auch noch Platz. Wir müssen nur irgendwie ins Zimmer kommen, ohne dass uns jemand hört«, sagte Marion.

Ich trank die restliche *Lift* in einem Zug aus. Das Feuer knisterte. Ein paar Funken sprangen in den Sand vor meinen Füßen und verglühten dort. Die Zeit stand still. Irgendwann merkte ich, dass ich die Limonade dringend wieder loswerden musste.

»Zucker, kommst du mit in die Büsche?«

Er sprang auf, wir schlugen uns in die Dunkelheit. Vorsicht, nicht in irgendwelche Brennnesseln hocken und nicht auf die Hosenbeine pinkeln, wäre schade um die schöne gelbe Latzhose! Am Feuer sangen sie gerade *Yesterday* von den Beatles. Ich blieb noch eine Weile hocken, um diesen Moment auch richtig auszukosten, dann erhob ich mich, zog die Hose wieder hoch und ging mit meinem Wachhund durch die Büsche zurück. Kaum hatte ich wieder sandigen Boden erreicht, kam Konrad mir entgegen.

»Gibst du mir jetzt die Antwort?«

»Äh … worauf noch mal?«

Ich sah den dunklen Umriss seines Kopfes, der sich jetzt hin und her bewegte. »Du bist echt irre.« Zucker trollte sich ans Lagerfeuer. Er spürte, wann er störte.

»Ach, das mit dem Gehen.« Wir stapften über den grasbewachsenen Strand und schlenderten am Wassersaum entlang. »Ich werde bald wieder in England sein, vielleicht bleibe ich auch nicht dort, das steht alles noch nicht fest. Außer eines.« Ich machte eine schön lange Pause: »Das wird nix werden mit uns, auch keine Mails, ich meine: keine Brieffreundschaft, gar nichts. Ich sag es lieber gleich. Tut mir leid.«

Konrad strich sich mit der flachen Hand über die kurzen Haare. »Okay.« Er kam mit dem Gesicht ganz nah an meins. Der Schein des Feuers reichte knapp bis zum Wasser. Ich sah den Ausdruck in seinen Augen. Ein kleiner Junge, dem man die neue *Playstation* weggenommen hatte. Hmm, in diesem Fall wohl eher den neuen Kassettenrekorder.

»Ach, na gut, ich erzähle dir, was mit mir los ist«, sagte ich.

Er seufzte erleichtert. Und lächelte neugierig.

»Siehst du«, sagte ich, »so kommst du schon viel charmanter und sympathischer rüber als noch vorgestern …«

»Wer bist du? Irgendwie kommst du mir bekannt vor, aber dann auch wieder nicht …«

»Vielleicht ein Déjà-vu?«

»Gibt es so etwas? Und kann man miteinander reden, so von Gehirn zu Gehirn?«

»War das bei uns so?« Mein Ton war gespielt erstaunt.

»Das weißt du ganz genau!«

»Und darum werde ich ja auch bald operiert. Zu viel Chaos in meinem Kopf. Nee, Spaß. Nur eine Sache wollte ich dir noch sagen und frag mich nicht, was das soll: Keine Flugzeuge! Also irgendwo hinfliegen geht schon, aber nicht selber fliegen! Am besten, du lernst es gar nicht erst!«

Konrad schaute mich verstört an. »Mein Vater hat einen Flugschein.«

»*Oh shit,* dass heißt, du wirst es lernen … klar heißt es das.«

»Wenn du es nicht willst …«

»Denk einfach dran, wenn es so weit ist. *Das Mädchen mit den roten Haaren damals, das hat mich gewarnt.*«

Vom Feuer hörte man Ecki und sein japsendes Lachen und immer noch die Beatles, diesmal *Let it be*. *Danke für die Unterstützung, mit der du so wirkungsvoll meine Worte untermalst, Matti.*

»Bist du eine Wahrsagerin oder so was?«

»Ich fürchte, ja.«

»Das Mädchen mit den roten Haaren damals, das hat mich gewarnt …«, wiederholte er leise. »Mensch, Charles. Was machst du mit mir?« Seine Stimme war rau, er kam noch näher mit seinem Gesicht, ich roch das Bier in seinem Atem und befürchtete schon, er würde versuchen, mich zu küssen, doch er entfernte sich wieder. Gleichzeitig wünschte ich mir, er würde mich noch einmal so festhalten wie vorhin, beim Tanzen. Das hatte sich so gut angefühlt, besser als die beste Fantasie mit Timo. Auf einmal war sein Mund wieder ganz nah an meinen Lippen, ich merkte, wie sich in meinem Brustkorb ein Kribbeln ausbreitete. Ich war überrascht, ängstlich und neugierig zugleich. Ich spielte mit ihm, wich mit einer winzigen Bewegung aus, ließ ihn wieder näher kommen. Er wurde mutiger, sanft landeten seine Lippen auf meinen. Automatisch öffnete mein Mund sich für ihn. Noch nie hatte mich ein Junge geküsst, aber ich merkte gleich, dass er es sehr gut konnte. Er schmeckte nur ein bisschen nach Bier und selbst das war irgendwie lecker. Unsere Zungen verstanden sich gut … denn sie machten, was sie wollten. Stopp! Moment mal. Meine Zunge hielt inne. Das war nicht richtig, ich gehörte nicht hierher, sondern zu Timo. Der sollte mich küssen. Aber das hier war wunderschön. Konrad zog mich dichter an sich, auf einmal die sanfteste Person der Welt. Ich machte weiter, probierte was

Neues mit den Lippen. Es konnte ja nicht schaden, ein bisschen für Timo zu üben. Und dann setzten meine Gedanken aus und ich dachte an gar nichts mehr. Mein Kopf gab Ruhe, mein Körper wollte nur noch küssen. Irgendwann lösten wir uns voneinander.

»Hey, das war spitze!«

Oje, Konrad, springst du jetzt gleich hoch wie dieser kleine Fernsehmoderator in der Quizsendung? Ich nickte und wischte mir heimlich mit dem Handrücken über den Mund. Als Übungskandidat genial, aber Timo war mir doch lieber!

»Ey, du wolltest mir noch was geben!« Konrad nahm meine Hand.

»Das war's schon. Der Tipp mit dem Fliegen. Der Ratschlag.«

»Ach so. Na ja.« Konrad ließ mich sofort wieder los und kratzte sich am Kopf. »Ich glaub, ich muss erst mal noch ein Bier haben!« Er drehte sich um und lief auf das Feuer zu.

Na toll, ich hatte ihn vor dem Flugzeugabsturz gerettet, ihn aber dafür zum Alkoholiker gemacht, super, Charlotte! Ich ging weiter am Wassersaum entlang. Ich brauchte Ruhe, um zu überlegen. Der Ast einer jungen Kiefer schlug mir ins Gesicht, als ich den Strand verließ und den felsigen Hügel hinaufkletterte. Kleine Steinplatten brachen unter meinen Füßen weg, während ich nur mühsam vorwärtskam. Ich setzte mich auf einen kalten Stein, der wie ein Hocker flach aus dem Boden ragte. An dieser Stelle müsste sich fünfunddreißig Jahre später das Außengelände der Kartbahn befinden. Oder doch schon der Parkplatz vom Baumarkt?

Leiser Gesang wehte zu mit herüber. Warum hatte man den schönen See und das Wäldchen plattgemacht und einfach zubetoniert? Wieder kreisten meine Gedanken um die Zukunft. Hatten wir geschafft, was wir uns vorgenommen hatten? Thorsten war eigentlich ziemlich nett. Selbst Dagmar hatte irgendwo, tief in sich drin, etwas, was man gut finden konnte. Manchmal musste man einfach genauer hinschauen.

»Charles?«

Oje, Konrad wollte bestimmt eine weitere Trainingseinheit im Küssen einlegen. Ich hörte feste Schritte und hinunterkollernde Steine, wollte aber nicht, dass er sich zu mir setzte, also erhob ich mich und tastete mich über den steinigen Untergrund wieder hinab.

Unten erwartete mich nicht Konrad, sondern Matti. Schnell schaute ich zu den anderen. Marion saß jetzt zwischen Ecki und Claudia, die sich wild gestikulierend mit Killerzahn unterhielt. Wahrscheinlich darüber, wie schrecklich Atomkraft doch sei und dass man dagegen protestieren müsse. Ach ja, und über die Rolle der emanzipierten Frau natürlich auch.

»Charles«, hörte ich seine Stimme direkt vor mir.

»Ja?« Wieso war er zu mir gekommen?

»Ich wollte dir nur sagen, dass deine Fete wirklich toll war«, begann er, er sprach das »o« von »toll« so unnachahmlich aus, guckte mich dabei aber so intensiv an, dass ich einen kleinen Schritt zurück machte. Er stand sowieso viel zu dicht vor mir.

»Es war nicht nur meine Fete, sondern vor allem Marions«, berichtigte ich ihn. Matti lachte, als ob ich einen Witz gemacht hätte. Da ich nicht wusste, welchen, lächelte ich nur.

»Du bist irgendwie anders«, seine Stimme war nur mehr ein Flüstern. *Na super, das hat Konrad mir vor dem Café auch schon gesagt. Was soll das hier eigentlich werden, warum sitzt du nicht bei Marion?* Hinter seinem Rücken guckte ich sehnsüchtig zum Feuer.

Alle lachten, während Ecki eine kleine Tanzaufführung gab. Seine Bewegungen waren schnell, sein Gesichtsausdruck lässig. Marion lächelte gezwungen und blickte dann zum See herüber. Sie wirkte nervös. *Keine Angst, ich werde ganz sicher nicht mit Matti im Kiefernwäldchen verschwinden, das ist deiner,* versuchte ich ihr per Telepathie mitzuteilen. Was bei Konrad klappte, müsste mit ihr doch noch besser gehen. Aber sie gab mir kein

Zeichen, sondern kniete sich neben Zucker und wühlte in dem Proviantkorb, also wandte ich mich erneut Matti zu.

»Na ja, so besonders bin ich jetzt auch nicht«, wiedersprach ich ihm leichthin. »Wollen wir nicht wieder ans Feuer gehen? Wird langsam kalt.« Das stimmte sogar. »Ach ja, und danke, dass ich zu eurem Training kommen durfte, in England werde ich auf jeden Fall weiterschwimmen!« Oder in der Zukunft, dachte ich. Auf Mattis Gesicht breitete sich das wunderbare Grinsen aus, das ich so gut kannte.

Wie oft hatte er mich und Marion vom Training nach Hause begleitet? Unser lustiges Gequatsche auf dem Rückweg, das Abhängen an der Reinigung. All das und auch er selbst würden mir ganz sicher fehlen.

»Ah, come on, give me a hug!« Ich breitete die Arme aus und umarmte ihn spontan. Er hielt mich mit seinen Schwimmerarmen fest. Ich wollte mich von ihm lösen, doch er ließ mich nicht los. *Hallo? Was soll das?*

»Das heißt, du gehst bald wieder?«, fragte er nun leise.

»Ja«, antwortete ich. Leider war meine Stimme nicht so energisch wie beabsichtigt.

»Das ist sehr schade. Ich habe dich nämlich wirklich gern, Charly«, flüsterte Matti mit warmem Atem in mein Ohr. Was? Warum säuselte der hier so eng umschlungen mit mir rum? Wir waren doch nur Freunde, oder?

»Und Marion?«, fragte ich hoffnungsvoll. Er wollte mir ja wohl nicht erzählen, dass sie ihm völlig egal war. Sie durfte ihm einfach nicht völlig egal sein! Matti seufzte. Langsam drehte er sich mit mir auf der Stelle, als ob wir Blues tanzten, sodass ich schließlich mit dem Rücken zum See stand.

»Marion ist nett …« Verdammt, das klang nach einem großen »Aber«.

»Also magst du sie!«, unterbrach ich ihn schnell und hielt ihn an den Schultern fest.

Ich hatte es aufgegeben, mich gegen die viel zu enge Umarmung zu wehren, dies war ein ernstes Gespräch, das sah doch wohl jeder.

»Ja, Charly.« Matti schob mich leicht von sich weg und schaute mir tief in die Augen. »Aber *dich* mag ich noch viel mehr.« Mit diesen Worten zog er mich wieder sehr selbstsicher an sich und küsste mich. Schon wieder war da ein Mund auf meinem, auch er roch gut, anders als Konrad, aber auf jeden Fall lecker ... Nein! Ich brauchte eine Sekunde, um zu reagieren, das konnte doch wohl nur ein dummer Scherz sein. Ruhig drückte ich ihn von mir weg, um ihm ins Gesicht schauen zu können. *Was soll das, Matti?! Du sollst Marion küssen,* sagte ich mit meinen Augen. Matti schaute mich so komisch an. Was hatte er vor? Hatte Marion uns etwa ... ich blickte nach links, mitten in ihr Gesicht, mitten in weit aufgerissene Augen und einen vor Entsetzen geöffneten Mund.

Sie stand nur ein paar Meter von uns entfernt, wahrscheinlich hatte sie uns hier zusammen stehen sehen und den Mut gehabt, herüberzukommen. Sie hatte also alles genau gesehen. Verdammt!

Es ist nicht so, wie du denkst, Marion! Dieser unmögliche Satz kam in Filmen auch immer vor. Ihr Blick ging zwischen mir und Matti hin und her. Ich konnte nicht genau sehen, ob in ihren Augen Tränen hochstiegen, doch wie ihr Herz unter dem dicken Pullover langsam zerbrach, das hätte jeder Blinde erkennen können.

Ich öffnete den Mund, der unmögliche Satz lief als Endlosschleife in meinem Hirn, doch ich wusste nicht, was ich sonst sagen sollte. Sie stolperte zurück, drehte sich um und rannte in das kleine Wäldchen hinein. Zucker sprang vom Feuer auf und stürzte ihr hinterher.

Auch die anderen waren nun auf uns aufmerksam geworden. Claudia und Anne standen auf, verwundert darüber, was wohl geschehen war. Dann schauten sie mich fragend an.

»Das war auch nicht gerade charmant!«, rief Konrad. Endlich konnte er das neue Adjektiv benutzen, das er an diesem Abend von mir gelernt hatte.

Ich drehte mich wieder zu Matti. Ich wollte ihn anschreien, beleidigen oder wenigstens richtig heftig schubsen. Doch ich konnte nichts von alledem tun. Also wandte ich meinen Blick von ihm ab und lief hinter Marion her.

Ich rannte. Rannte durch den Wald und die Felder. Zwischendurch musste ich gehen. Meine *Konditiooon* hatte ihre Grenzen – Schwimmtraining hin oder her. Sofort fiel mir Matti wieder ein. Was für ein Mist! Ich dachte an Konrad. Was für ein Chaos!

Ich sah sie vor der verschlossenen Haustür, ein dunkel zusammengesunkenes, kleines Häufchen, das bitterlich weinte. »Marion«, ich kniete mich hin, umarmte sie und fing plötzlich auch an zu weinen. Ich hatte sie enttäuscht, hatte sie nicht glücklich, sondern total traurig gemacht. Nach einer Weile taten mir die Knie und die Schultern weh, ich war verdammt müde und meine Tränen hinterließen einen salzigen Film auf meinen Wangen. Ich gab meine unbequeme Haltung auf, wischte mir die Nässe vom Gesicht und zog beherzt die Nase hoch.

»Komm, wir gehen rein«, ich fingerte nach dem Haustürschlüssel in meiner Hosentasche. Sie hielt den Kopf noch immer gesenkt, hatte ihre Hände in den Ärmeln des Pullovers vergraben und rührte sich nicht.

»Soll ich dir was aus der Zukunft verraten? Komm, ich verrate dir was, ausnahmsweise mal!« Jetzt schaute sie tatsächlich auf. »Mir ist einer der Kühlschrank-Sprüche eingefallen, zwar nicht von Oscar Wilde, aber immerhin. Den hast du mal sehr cool gefunden, sonst hättest du ihn ja nicht aufgehängt: *Warum haben fast alle Männer ein reines Gewissen?* Na? *Weil es unbenutzt ist.*«

Marion schlug die Augen nieder.

»He! Der hat dich immerhin mal zum Lachen gebracht!«

Ohne dass uns jemand bemerkte, gelangten wir in unser Zimmer, doch an Marions Blick sah ich, dass sie mir noch nicht verziehen hatte.

Bis wir im Bett lagen, hatte ich ihr an die fünfzigmal beschrieben, was genau zwischen Matti und mir am See passiert war. Und auch vom Bett aus erklärte ich immer wieder, dass ich nichts von seinem Interesse für mich geahnt hätte. Dass es von mir nicht gewollt war. Dass ich ihn ganz sicher von mir weggeschubst hätte, wenn er es noch mal probiert hätte. Dass ich ihn gar nicht so toll fand. Doch, ganz nett, das schon, aber eben nicht toll. Dass ich nichts dafür konnte. Dass es mir leid-, leid-, leid-, verdammt noch mal leidtat. Aber Marion gelang es einfach nicht, ihre Tränen zu stoppen. »Er hat sich in *dich* verliebt. Nicht in mich!«

»Ja, sorry, ich hab's echt nicht gemerkt, tut mir leid.«

»Die ganze Zeit war der nur hinter *dir* her …!«

»Verstehe ich nicht. Wollte ich nicht. Das musst du mir glauben, Marion.«

Ich setzte mich auf. Seit über vier Wochen schlug ich mich jetzt durch das Jahr 1980. Immer bemüht, alles zum Besseren zu verändern. Aber was hatte ich wirklich erreicht? Hatte ich nicht alles noch schlimmer gemacht als zuvor? Marion war unglücklich wie nie, weil ich auf ihrer ersten echten, kaum aufgeblühten Liebe herumgetrampelt war. Den Großeltern hatte ich Ärger ins Haus geholt, denn der Direktor der Schule würde bei ihnen nachforschen, so viel war sicher. Und vor ihrem Tod durch den runterkrachenden Ast würde ich sie auch nicht bewahren können, wenn mir nicht noch eine phänomenale Lösung einfiel. Was war mit Dagmar und ihrem Dümpelmann? Das wenigstens dümpelte nicht, sondern preschte im Turbogang vorwärts. »Mehr kannst du da im Moment nicht tun«, flüsterte ich vor mich hin, sodass Zucker die Ohren spitzte.

Ich schwang meine Beine aus dem Bett, ging zu Marion hinüber und gab ihr einen kleinen wortlosen Kuss auf die Stirn. In meinem Bett zog ich die Decke über mich und schloss die Augen. Ich hatte so viel falsch gemacht … aber einiges auch richtig. Das Ergebnis würde ich erst in der Zukunft sehen.

»Jetzt steht mal auf, was ist denn das hier für ein Schlendrian?«, schrie eine bekannte Stimme in mein Ohr und die Decke wurde mir weggerissen. Ich schlug erschrocken die Augen auf. Es war taghell. Neben mir hörte ich Marions empörten Schrei. »Heeeh!« Schon knallte Dagmar die Tür wieder zu.

»Was ist denn mit der los?«

»Die spinnt völlig … die sollte doch wohl etwas entspannter sein«, sagte Marion, streckte sich und rollte sich dann wieder wohlig seufzend unter der Decke zusammen. »Mann, aber unsere Fete war super!«

Ich traute meinen Ohren nicht! »Ja, schon. Aber …« Ich zählte heimlich. Drei, zwei, eins …

»Oh neeeiiin!!« Es war ihr wieder eingefallen.

»Marion …?« Erneut erklärte ich, entschuldigte mich, wiederholte die Sätze vom vorherigen Abend. Meine Stimme war heiser und in meinem Hals kratzte es. Zu viel Party. Zu viel kalte Nachtluft. Wort für Wort gab ich Marion unseren Dialog wieder: Und dann hat er gesagt … und dann habe ich gesagt … und dann hat er … Trotzdem fühlte ich mich so mies wie nie zuvor. Gerade als ich meine eigenen Entschuldigungen nicht mehr ertragen konnte, hörte Marion endlich auf zu weinen.

»Charles. Kommst du mal?«

Ich ging an ihr Bettsofa und setzte mich zu ihr. Sie nahm meine Hand und drückte sie. »Ich bin echt traurig, aber ich glaube dir! Das war Mattis Fehler. Nicht deiner. Du bist nämlich ’ne tolle Freundin. Deine Freundinnen finden das bestimmt auch.«

Ich wollte den Kopf schütteln, doch ich sagte nur »Danke«.

Ich, die Spezialistin, die keine einzige richtige Freundin hatte, keine Anne, nicht mal männliche Freunde wie Killerzahn. Bei dem Festival, nachts im Zelt, war ich so stolz auf meine Ehrlichkeit gewesen. Doch was war jetzt? Ich spielte der jungen Marion etwas vor. Ich spielte der alten Marion (wie sich das anhörte ...), also meiner Mutter, etwas vor. Weil ich ihr nie sagte, wie es mir wirklich ging. Was ich wirklich dachte. Und damit spielte ich auch mir selbst etwas vor. Mein ganzes Leben schon.

Auf einmal wurde Marions Gesicht ernst und ihre Augen schmal. »Was ich dich allerdings immer schon mal fragen wollte ...«

»Du weißt, dass ich dir nicht alles aus der Zukunft sagen darf«, unterbrach ich sie.

Doch sie grinste nur, griff nach etwas und schwenkte es über ihrem Kopf. »... warum nimmst du mein altes Matheheft mit ins Bett?«

»Oh, gib das her, da sind nur Omis Rezepte drin!«

»Ach so«, sie ließ das Heft fallen. Schnell stand ich auf, ging zu meinem Bett und stopfte es tief unter das Kopfkissen. Ich musste einen anderen Platz dafür finden. Unbedingt.

»Ach, jetzt geht es mir schon viel besser!« Marion setzte sich auf. »Ich werde heute noch mit den Eltern reden. Ich freue mich schon beinahe, mit ihnen zu streiten. Über Geld und mein Sparbuch und all diese Sachen!« Sie reckte ihre Arme gegen die Zimmerdecke: *»Monsieur Gerardine, je vien à Paris,* isch komme nach Pari!«

28. KAPITEL

Sonntag, 4. Juni 1980

Beim Mittagessen, das etwas stiller als sonst verlief, bei dem wir aber Gott sei Dank von Vorwürfen verschont blieben, stand Marion während des Nachtisches auf und sagte: »Mutti, Vati. Wenn ihr heute euren Spaziergang macht, komme ich mit. Ich möchte euch etwas fragen.«

Wow. Ich zog die Augenbrauen hoch und zeigte Marion den hochgereckten Daumen. Guter Zeitpunkt, klare Ansage.

»Hat sie nicht Hausarrest?« Dagmar kratzte mit dem Löffel auf ihrem abgegessenen Dessert-Tellerchen herum. Opa Heinrich räusperte sich und sah Omi an. »Da müssen wir noch drüber sprechen …«

»Genau. Und zwar auf dem Spaziergang! Du darfst leider nicht mitkommen, Dagmar. Wie reden sowieso nur über *meine* Sachen. *Meine* Pläne. *Meine* Zukunft. Das verstehst du sicher.«

Dagmars Oberlippe kräuselte sich gefährlich Richtung Nase. Oha, hier würde es gleich abgehen.

»Ich gehe mal mit dem Hund«, sagte ich schnell und schob meinen unberührten Schokoladenpudding zu Dagmar hinüber, »ich glaube, der muss dringend raus!« *Und ich auch,* fügte ich unhörbar hinzu, während ich in eine Jacke von Marion schlüpfte. Ich ging in ihr Zimmer, holte das Matheheft unter dem Kissen hervor und legte es … wohin nur? Unter die Matratze! Da würde Marion es nicht noch mal zufällig finden.

»… sei jetzt mal ruhig, Dagmar, und lass mich zu Ende reden!«, hörte ich aus dem Esszimmer. *Sehr gut, Marion, gib's ihnen!* Schnell sprang ich die Treppe hinunter und trat vor die Tür.

Es war merklich kühler geworden, doch die Luft tat gut. Ich lief hinter Zucker her, ohne ihn bei Fuß zu führen. Meine Gedanken waren bei Marion. Ob sie es endlich schaffte, sich gegen Dagmar durchzusetzen? Und ob es ihr gelang, den Großeltern ihre Wünsche klarzumachen? Wenn nicht jetzt, wann dann? Ich presste beide Daumen zusammen. *Just do it,* Marion!

Ich folgte Zucker durch einen von Hecken gesäumten Weg und ließ den Abend noch einmal vor meinen Augen ablaufen. Es war eine großartige Fete gewesen, bis zu dem Zeitpunkt … Wieder sah ich Matti vor mir, der versuchte, mich zu küssen. Warum war das so schiefgegangen? Obwohl ich mich das erste Mal in meinem Leben ganz normal benommen hatte. Ich hatte Matti für Marion ansprechen wollen und es einfach getan. Ich hatte richtig schwimmen lernen wollen, ich war geschwommen, ich hatte Jungs angesprochen, mit ihnen geredet und gelacht. Hatte mir Birnen und weiße Mäuse und rassistische Negerküsse aus einer Tüte mit ihnen geteilt.

Ich hatte die Party für Dagmar und Marion gegeben … *okay, auch für mich ein bisschen …* und die Party war der Hammer gewesen.

Es reicht also völlig, sich normal zu benehmen. Entweder sie finden dich toll, wie du bist, und verlieben sich oder eben nicht. Das macht dich nicht weniger toll, aber du wirst am Ende nicht geküsst. Ich seufzte und hielt nach Zucker Ausschau.

Nach einer Stunde kehrten wir zurück. Ich traf die Schwestern in der Küche. Dagmar saß am Tisch vor einer Tasse Hagebuttentee, Marion stand vor dem Küchenschrank und aß im Stehen ein hart gekochtes Ei, auf das sie ab und zu wie in Zeitlupe einen Stoß Salz aus dem Streuer gab. Sie schwiegen sich an und auch mir brachte niemand ein freundliches *Hallo!* oder sonst etwas entgegen. Und was war mit Marions Augen, die sahen ganz rot aus. Hatte sie etwa schon wieder geweint?

Diplomatie war noch nie meine Stärke und ich versuchte es auch gar nicht erst. »Was ist passiert, Marion? Warum isst du eine Stunde nach Omis köstlichen Rouladen schon wieder hart gekochte Eier?«

Aber nicht Marion antwortete, sondern Dagmar: »Sehr witzig, Mädchen aus England! Du bist aufgeflogen, der Direktor war eben hier, stell dir vor, Herr Dr. Junge persönlich! An einem Sonntag!« Sie schnappte nach Luft. »Der wollte wissen, wer du bist und woher du wirklich kommst! Und das interessiert auch *mich* ganz besonders.«

Ich zuckte mit den Schultern. Das konnte ich ihr nun wirklich nicht erklären. »Wo sind Mutti und Vati?«, fragte ich Marion stattdessen.

»Die sind spazieren, wie jeden Sonntagmittag, bevor sie das Café aufmachen«, keifte Dagmar. »Und Dr. Junge kommt wieder, verlass dich drauf!«

»Aber wegen Dr. Junge weint Marion doch nicht, oder?« Ich wandte mich an Marion. »Wolltest du nicht mit den Groß... äh, mit ihnen gehen und ihnen noch mal das mit der *École* erklären?«

»Mmmh. Wollte ich.« Marion schaute mich nicht an. Was war hier vorgefallen?

»Tja, war wohl nur ein Strohfeuer, diese angeblich so tollen Zukunftspläne ...« Dagmar zuckte mit den Achseln und rekelte sich dann mit einem genießerischen Ausdruck auf dem Gesicht. Na klar, sie dachte an Thorsten und den vergangenen Abend. Wir hatten alles dafür getan, um sie glücklich zu machen. Doch leider blieb sie eine blöde Kuh. Ich schnalzte genervt mit der Zunge. Einmal blöde Kuh, immer blöde Kuh. Doch plötzlich wusste ich, was ich tun musste.

»Marion, ich muss dir mal was zeigen!« Ungeduldig schnappte ich nach ihrer Hand. Sie ließ sich wie ein störrisches Pony hinausführen. In ihrem Zimmer schloss ich die Tür sorgsam hinter uns.

»Was ist los? Warum bist du nicht mit deinen Eltern unterwegs? Mir ist etwas eingefallen«, flüsterte ich, ohne ihre Antwort abzuwarten. »Wir können uns nicht nur auf die Dümpelmann-Nummer verlassen. Wir müssen DDD auch bestärken in dem, was sie kann.« Ich sprach noch leiser. Dagmar durfte mich auf keinen Fall hören. »Und das wird nicht das Jurastudium sein.«

»Die ändert sich doch nicht, auch wenn du jetzt plötzlich stinkefreundlich zu ihr bist«, sagte Marion. »Im Gegenteil, sie wird misstrauisch«, fuhr sie mit Grabesstimme fort.

»Sie muss etwas anderes studieren«, wiederholte ich. »Schon vergessen? Punkt acht auf unserer Liste.«

»Willst du ihr wirklich vorschreiben, was sie studieren soll?«

Warum hatte sie geweint? Ich dachte, das mit Matti wäre verziehen gewesen. Ich zögerte, doch dann sagte ich: »Ja, genau das habe ich vor. Dagmar wollte nie Rechtsanwältin werden, das war eher Opa Heinrichs Idee von Erfolg. Darum ist das auch nicht gut gegangen und sie sitzt in der Zukunft als Sachbearbeiterin in dieser Rechtsabteilung und lässt ihren Frust an anderen Leuten ab …«

»Echt?« Marion erwachte aus ihrer Traurigkeit. »Sie ist keine Rechtsanwältin? Notarin? Richterin?«

»Nö.«

»Oh! Das also *auch* nicht …«

Abwartend schaute ich ihren abgehackten Bewegungen zu, mit denen sie über das Bettlaken strich, auf dem sie saß. »Und was schlägst du ihr stattdessen vor?«, fragte sie schließlich.

»Keine Ahnung. Was kann sie denn?«

»Rumkommandieren.«

»Stimmt.« Ich runzelte die Stirn.

»Wir könnten ihr eine Karriere als Diktator vorschlagen oder vielleicht ist bei der Mafia noch eine Stelle als oberster Mafioso frei …«

Ich lachte. Manchmal, wenn man es nicht erwartete, war Marion richtig witzig. »Sie braucht nur einen kleinen Anstoß, einen Mut- Macher, dann wird sie es wissen«, sagte ich. »Denn um sich in Hamburg, München oder den USA wohlzufühlen, muss sie nicht unbedingt super-erfolgreich sein, sie muss nur eines sein: glücklich!«

»Glücklich? Wie willst du das bei *der* denn erreichen? Vergiss nicht, sie ist nicht irgendwer. Sie ist *Dagmar* …«

Aber ich hörte nicht auf Marion. »Glaub mir, das ist die Lösung: Erst wenn sie glücklich ist, wird sie niemals zurückkommen!«

Ohne ein weiteres Wort lief ich nach oben in Dagmars Zimmer und blickte mich um. *Was könnte ich ihr vorschlagen? Womit sollte sie den Rest ihres Lebens verbringen? Denk nach, versetz dich in sie hinein. Immerhin bist du mit ihr verwandt, ein paar Gene dürften also übereinstimmen. Fünfundzwanzig Prozent oder so … Na los, du bist jetzt Dagmar, also was magst du? Wo kannst du dich austoben? In welchem Job ist der Ton etwas rauer, wo kannst du jemanden anraunzen, der das nicht gleich persönlich nimmt?*

Vom Regal schaute das Riesenrad zu mir herunter. Ich zog den Schreibtischstuhl heran, Gott sei Dank war ich groß genug, meine Fingerspitzen reichten gerade bis zum Sockel. Vorsichtig holte ich es herunter und ließ die Gondeln einmal im Kreis drehen. Dann stellte ich das Rad auf den Boden und kletterte noch einmal auf den Stuhl. Die Golden Gate Bridge, im Maßstab eins zu einer Million oder wie viel auch immer. Die stand in San Francisco, California.

Zieh doch mit Dümpelmann nach San Francisco, DDD. Da brauchen sie vielleicht auch Seilbahnen für Katzen, da ist das Wetter schön und du wärst weit weg. Beinahe brach die Konstruktion auseinander, als ich sie von unten an den Brückenpfeilern ergriff, so lang war sie. Architektin, Ingenieurin, Bauleiterin, Bauarbeiter, Männerdomäne … die Begriffe zogen durch meinen Kopf und formten sich zu Bildern. Stahlbeton, Schutzhelme,

Gummistiefel, orangene Warnwesten, aufgeweichter Boden, rückwärtsfahrende Zementmischer mit hupenden Warnblinkern, harte Männer, raue Hände, Konstruktionspläne, die im Wind über der Bucht von San Francisco flatterten. Dazwischen Dagmar. Mit dem gelben Helm sah sie sogar ganz gut aus.

Ich trug die Brücke in die Küche und stellte sie vor Dagmar auf den Tisch. Doch die grunzte nur, schaute nicht mal auf. Ich wartete.

Schließlich siegte ihre schlechte Laune: »Warum schleppst du das alte Ding hier an?« Sie verzog verächtlich ihren Mund. »Was für einen Unsinn hast du jetzt wieder vor?«

Mann, etwas mehr Dankbarkeit für gestern wäre echt dufte, DDD! »So etwas solltest du bauen, Dagmar! Du hast es drauf.«

»Ich könnte mit meinem Abi-Durchschnitt *alles* machen!«

»Ja, eben, du hast alle Möglichkeiten der Welt! Aber nur das hier wird dir richtig Spaß machen, wetten?«

Pfff. Sie blies die Wangen auf. Doch ich konnte sehen, wie es in ihrem Kopf zu arbeiten begann. Versonnen strich sie mit dem Zeigefinger über die Golden Gate Bridge. »Allein sieben Grundplatten habe ich da drin verbaut … Und mehrere Kästen: den *Statik1,* den *V50* und zweimal den *V100.*«

Der erste Samen war eingepflanzt, fing an zu keimen, das reichte schon. Die Tür ging auf, Marion kam herein. Sie biss sich nervös auf der Unterlippe herum und runzelte die Stirn. »Jetzt guck nicht so, Marion.«

»Morgen ist wieder Schule …« Was für eine Trauerstimme. Klar, sie machte sich Sorgen, wie es wäre, Matti wieder zu begegnen.

»Tja. Schwänzen ist nicht!« Das war Dagmar.

»Nee, kann ich mir ja gar nicht leisten!« Marion hatte plötzlich einen beißenden Ton in der Stimme und einen Ausdruck im Gesicht, den ich absolut nicht deuten konnte.

Sie ging hinaus. Warum war sie so böse auf mich?

»Echt ’ne coole Brücke«, murmelte ich noch mal als unterschwellige Erinnerung für Dagmar und ging Marion hinterher.

»Ich glaube, er wird sich entschuldigen bei dir!« Kaum war ich im Zimmer, redete ich drauflos. Ich mochte es nicht, wenn Marion so war. Irgendwas hatte sie.

»Was macht dich da so sicher?«, fragte Marion. Ihre Finger trommelten unruhig auf die Schreibtischplatte, auf der sie halb saß.

»Ich weiß einiges, schon vergessen? Und jetzt verrate ich dir noch etwas aus der Zukunft, obwohl ich es nicht tun sollte!« Ich blieb mitten im Zimmer stehen und flüsterte: »Wir haben eine Frau als Bundeskanzlerin, ein Schwarzer ist Präsident der USA und du wirst eine erfolgreiche Konditorin. Und zwar ziemlich bald.«

Okay, der letzte Punkt war gelogen. Aber der Grundstein dafür war bereits gelegt, und hatte die Gewissheit, dass etwas Bestimmtes geschehen würde, nicht schon so manches Mal für genau das Ergebnis gesorgt?

Marion lächelte mit einer Hälfte ihres Mundes und ich war glücklich. Ungefähr eine halbe Sekunde lang. Denn plötzlich fing sie an zu schreien. »Du bist ’ne blöde Lügnerin und der gemeinste Mensch, den ich kenne, weißt du das?«

»Bitte?«

»Ich habe den Schrott hier gelesen. Alles!!« Sie knallte etwas auf den Schreibtisch. Ich riss die Augen auf. Das Matheheft. Fuck auch!

»Mama ist unglücklich. Und planlos. Und männerlos!« Ihre Stimme kippte über: *»Bei uns ist es leer und traurig,* hast du geschrieben, und ich hocke angeblich jeden Tag allein unten in der Backstube und sortiere Topflappen und Plastikzeug aus China. Du hast mich angelogen. Die ganze Zeit!« Sie feuerte das Heft neben mich auf den Teppich, warf sich auf ihr Bettsofa und drückte ihr Gesicht in das Kissen. »Und ich habe keinen

Freund«, kam es erstickt hervor. »Und dein Vater ist ein unfähiger französischer Assi-Typ. Ich weiß nicht mal, was das ist. Aber es hört sich furchtbar an.« Jetzt weinte sie. Oh nein, das waren meine Sätze. Aus dem verdammten Heft. Warum hatte ich es nicht besser versteckt oder längst zerrissen und weggeworfen?

»Es ist …« Ich brach ab. Was sollte ich sagen? Etwa: Es ist nicht so, wie es sich anhört? Nein, es war genau so, wie ich es beschrieben hatte. »Es wird aber doch ganz anders …«, setzte ich an.

»Ich habe dir vertraut, Charles!«

Sie hatte recht, ich schämte mich fürchterlich. »Ja aber …« Noch ein paar Mal versuchte ich, sie von einer rosigen Zukunft zu überzeugen, doch sie wollte nichts davon hören. Ja, sie hielt sich sogar die Ohren zu und kroch wieder unter das Kissen. Am Ende schlich ich mich aus dem Zimmer und ging nach unten ins Café. Kännchen spülen.

Als ich wieder nach oben kam, war Marion aufgestanden. Sie schaute mich aus ihren verweinten Augen mit einer Gleichgültigkeit an, die mir wie ein schmerzhafter Stich zwischen den Rippen direkt in mein Herz fuhr. Erst dann bemerkte ich den schmuddeligen Tramper-Rucksack auf dem Boden, in dessen Öffnung sie ein Kleidungsstück nach dem anderen warf.

»Was soll das jetzt?« Ich hörte mich an wie meine eigene Mutter.

»Ich hau ab. Bringt ja sowieso alles nichts!«

»Doch! Bringt alles was! Du weißt doch selbst, ich konnte dir nicht …«

»Du hast mich angelogen«, unterbrach sie mich. »Mehr muss ich nicht wissen.«

»Und wo willst du jetzt hin?«

»Nach Montpellier. François hat mir seine Adresse gegeben.«

»Nee jetzt …?« Ich schaute sie ungläubig an.

»Doch. Warum nicht? Da geht ein Zug um zehn nach sechs. Das schaffe ich noch.«

»Aber was ist mit der Konditorschule in Paris?«

»Das wird doch sowieso nichts. Das weißt du doch besser als ich!«

»Ja, aber wir haben doch alles dafür getan, *damit* es sich ändert! Also spinn jetzt nicht rum, und vergiss den Quatsch, den ich geschrieben habe! Glaubst du denn an gar nichts mehr?«

»François hat einen Bruder. Der verkauft Sachen auf dem Markt. Haushaltswaren. Bei dem könnte ich arbeiten, hat er gesagt.«

»Nein! Mach das nicht! Haushaltswaren!! Das ist doch total hirnrissig!«

»Ist doch mein Leben, oder? Das versaue ich mir, wann ich will.«

Sie nahm den Rucksack auf die Schultern, ging zur Tür und sah zu mir zurück. »Vielleicht kann ich dir wenigstens ein Mal vertrauen und mich darauf verlassen, dass du's den Eltern nicht sofort sagst.«

Mir blieb der Mund offen stehen. Wie krass und gemein war *das* denn? Das hörte sich ja glatt so an, als ob ich sie die ganze Zeit hintergangen, belogen und betrogen hätte. »Marion …«

»Sag ihnen nach einer Weile, ich rufe aus Montpellier mal an. Die sollen sich keine Sorgen machen.«

Ich zeichnete. Ich zeichnete so gut wie nie. Thema war Marion. Marion, eins zu eins, wunderhübsch, mit ihrer neuen Audrey-Hepburn-Frisur und den großen Kulleraugen, hinter einem Verkaufstresen, über dem in geschwungenen Lettern *Patisserie* zu lesen war. Ein paar schlaksige Franzosen, erkennbar an den schwarzen Mützen, standen Schlange davor. Marion mit verschränkten Armen und erhobenem Kinn vor einer Horde Konditoren in einer großen Versuchsküche. Marion vor einem Ofen, aus dem Teig quoll. Ein brüllender Mann ging neben ihr mitsamt seiner hohen Konditormütze in die Luft. Marion, die vor dem Eiffelturm Torten stemmte und vor einem typischen Straßencafé mit Baguettes jonglierte.

Auf dem nächsten Blatt zeichnete ich mich. Mehrmals. Jedes Bild umrahmte ich und schrieb ein Wort hinein, das ich unterstrich:

1. *Alltag*. Zu sehen war eine Charles, allein vor dem Computer.

2. *Hobbys*. Charles mit dicken Backen kauend und krümelnd, ein Berg von Croissants vor sich.

3. *Comic-Blog*. Ein paar kleine Zeichnungen, brutal durchgestrichen mit einem dicken Kreuz.

4. *Freunde*. Darunter eine Charles, die in einen leeren Raum guckt.

5. *Liebe*. Noch eine Charles, die in einen leeren Raum guckt.

Das war meine Zukunft, bevor ich herkam. Doch meine zukünftige Zukunft sieht anders aus, schrieb ich darunter. *Und auch deine wird komplett anders werden, als sie war. Und darum wird sie besser.* O Gott. War das auch nur ansatzweise verständlich, was ich hier auf die Schnelle hinkritzelte? Ich hatte keine Zeit, darüber nachzudenken.

Und nicht vergessen: Im Mai 1999 unbedingt jeden Tag auf die Maiwoche gehen, schrieb ich, stopfte dann alles in einen großen Briefumschlag, klebte ihn zu und rannte die Treppe hinunter. Zucker fing mich an der Haustür ab und begleitete mich. »Ach, Zucker«, rief ich vom Fahrrad zu ihm hinab, »gut, dass du nicht weißt, wie beschissen gerade alles ist. Sie will weg. Und ich? Muss vielleicht für immer hierbleiben.«

Wenn man ordentlich in die Pedalen trat, brauchte man zum Bahnhof ungefähr drei Minuten. Ich schmiss das Fahrrad an einen Zaun, es blieb auf wundersame Weise stehen, rannte in die Eingangshalle und weiter bis zu den Gleisen. Da stand der Zug

Richtung Aachen, das musste er sein. Die Türen waren noch offen, einige Fenster auch.

»Marion!«, rief ich immer wieder. »Marion!« Der Zug war endlos. Es war mir total egal, was die Leute von mir dachten, von der Verrückten, die mit einem Hund am Zug entlanglief und einen Namen schrie. Da sah ich sie plötzlich, sie lehnte sich aus einem der Fenster. Bei einem modernen *Intercity* hätte ich schlechte Karten gehabt.

Marion verdrehte bei meinem Anblick die Augen. Sie sah einsam und unglücklich und wütend aus. Alles zugleich. Ich schaute durch die Scheibe in das Abteil. Es war leer.

»Hier! Für dich.« Ich reichte ihr den Briefumschlag.

»Danke.« Sie machte ihn nicht auf, sagte nur: »Viel Glück beim Zurückspringen!«

Es tat so weh, ich konnte sie nicht mehr anschauen, sondern ging einfach weg. Da, wo mal meine Liebe für sie gewesen war, war jetzt ein Krater, ein schmerzender Krater voll zähem schwarzem Zeug, das mich nicht atmen ließ. Um nicht zu weinen, zählte ich die Sekunden oder die Schritte, egal. Fünfzehn, sechzehn, dann kam der Pfiff. Der Zug setzte sich hinter mir in Bewegung. Ich schaute nicht zurück. Weiteratmen, das zähe Zeug wegatmen. Ich trottete in die Bahnhofshalle und setzte mich auf eine Bank. Zucker hechelte neben mir. Auf einem uralten Plakat an der Wand war ein kleiner Junge auf Krücken abgebildet. *Kinderlähmung ist grausam – Schluckimpfung ist süß.* Ich schloss die Augen. In Filmen klingelte in diesen Momenten immer das Handy oder der Zug fuhr weg und man sah die Person, die eigentlich abreisen wollte, hinter dem Winkenden stehen. Lächelnd. Mit dem Koffer in der Hand.

Ich wartete. Kein Klingeln, keine Schritte. Nur eine Träne, die auf den Boden vor mir tropfte. Es war meine eigene. Die erste von vielen. Ich hatte meine Mutter in die falsche Zukunft fahren lassen.

29. KAPITEL

Sonntagabend, 4. Juni 1980

Sie kam nicht zurück. Sie war wirklich weg. Und bei mir lag es jetzt zu erklären, warum sie nicht da war. Möglichst ganz unbefangen. Ich brachte kaum mehr als eines von Omas Schnittchen hinunter und spießte, ohne recht zu merken, was ich tat, immer mehr grüne Salatblätter auf die Gabel, aß sie aber nicht. Alles war normal. Alles war fast so wie immer. »Marion lässt sich entschuldigen. Sie bleibt heute Abend bei Anne.«

»An einem Sonntagabend?« Opa Heinrich bohrte sein Messer kraftvoll in eine Schüssel mit fürchterlich riechendem Zwiebelmett.

»Habt ihr euch gestritten?« Dagmar klang uninteressiert, ihre Augen klebten an dem Stückchen Wohnzimmerwand, wo das Telefon hing. Offenbar erwartete sie einen Anruf von Thorsten.

»Nein, nein.«

Ich musste Anne unbedingt anrufen, um sie einzuweihen. Dass Marion heute Nacht nicht nach Hause kam, würden wir zusammen noch hinbekommen, doch spätestens morgen nach der Schule würden die Fragen der Großeltern drängender werden. Was, wenn man mich verhörte, wenn man wissen wollte, ob ich etwas mit ihrem Verschwinden zu tun hatte? Hatte ich. Definitiv. Was, wenn man mich womöglich einsperrte? Ich musste am Dienstagmorgen, in weniger als sechsunddreißig Stunden, die Uhr aus meinem Fenster werfen. Wie sollte das gehen, wenn ich irgendwo in einem Kellerverließ saß …

»Kommt dieser Thorsten jetzt öfter?« Omi hielt für Opa die Schüssel mit dem Mett fest, die sich sonst unter seinem Messer immer weiter drehen würde.

»Vielleicht.« Dagmar wetzte auf ihrem Stuhl hin und her.

»Was macht der Vater?« Dank Omi hatte Opa den Kampf endlich gewonnen und strich den Mettberg zufrieden auf seinem Brot flach.

»Er ist vor zwei Jahren gestorben. Aber Thorsten darf jetzt sein Auto haben!«

»Na, so ein Auto kostet aber auch, Benzin und Unterhalt.«

»Er arbeitet ja. Als Nachtportier, oben im Schloss.«

»Ach Gottchen, bei den Verrückten? Ist das nicht gefährlich?« Omi öffnete ein Sonntagsbier für ihren Mann.

»Nein. Der sitzt doch da nur rum. Übrigens, Dr. Junge war heute da! Er wollte euch sprechen. Wegen der da.« Dagmar zeigte mit dem Kinn auf mich. »Irgendetwas stimmt mit ihr nicht. Von der Schule in England, von der sie angeblich kommt, hat Dr. Junge noch nie etwas gehört, hat er gesagt.«

»Schön, dass du so um mein Wohl besorgt bist! Aber ich werde am Montag alles regeln, Dagmar.« *Und kümmer dich um deinen eigenen Scheiß, verdammt!*

»Wieso, was ist das denn für eine Schule in England?« Opas wässrig blaue Augen fixierten mich interessiert.

»Also.« Ich seufzte lächelnd. »*Meine* Schule in London, das *Hogwarts-Gymnasium*« – warum nicht bei einer bewährten Sache bleiben – »hatte mich zum Austausch eigentlich in einem Gymnasium in Köln-Porz angemeldet. Dort waren aber irrtümlicherweise schon zu viele Schülerinnen von uns, sodass sie mich hier nach Godesbach schicken mussten …, es aber versäumt haben, das rückzumelden … ach, das ist kompliziert, aber grob gesehen in Ordnung …« Ich wagte es, Opas einzelne Hand zu tätscheln.

»Grob gesehen!«, fauchte Dagmar.

»Ja, die bürokratischen Mühlen mahlen langsam in der Europäischen Wirtschaftsgemeinschaft«, sagte Opa Heinrich nur und wandte seine Aufmerksamkeit erneut seinem Zwiebelmettbrot zu.

»Aber das verstehe ich nicht …« *Oh, kann jemand sie bitte zum Schweigen bringen, zur Not mit Gewalt!*

Das Telefon klingelte. Dagmar sprang auf. *Du vielleicht, Thorsten?* An ihren Augen erkannte ich, dass mein Wunsch erhört worden war. Dagmar schob die Schiebetüren zusammen und wir hörten nur noch leises Gebrabbel von ihr.

Ich hätte Marion nicht fahren lassen dürfen, dachte ich zum hundertsten Mal. *Sie hat mich hängen lassen, sie hat mich einfach alleine gelassen. Wo sie jetzt wohl ist? Würde ich ihr eine SMS schreiben, wenn ich könnte? Nein! Ja? Ja!*

Ich war gerade oben im Zimmer, als es an der Haustür klingelte. »Ja!«, rief ich und stürzte hinaus. Zucker sprang auf und folgte mir. Vermutlich spürte er, dass sie es war. *Sie ist es, sie ist es!* Ich riss die Haustür auf, bereit, sie anzuschnauzen, sie zu umarmen, zu lachen und zu weinen …

Es war *nicht* Marion. Alles andere war plötzlich egal.

»Guten Abend.«

»Hallo.« Langsam wurde mir bewusst, dass die Person direkt vor mir Dr. Junge war, der Direktor des *Schiller-Gymnasiums*. Dagmar hatte wirklich gute Arbeit geleistet.

»Da sind Sie ja schon wieder …« Ich lächelte ihn an.

»Ich habe zwar nicht viel Zeit, aber ich möchte schon wissen, was an meiner Schule vorgeht.«

Ich nickte und zeigte hinter mich in den leeren Hausflur. »Ich würde die netten Leute hier, die mich aufgenommen haben, ungerne beunruhigen. Außerdem sehen sie gerade den *Tatort*. Und übermorgen bin ich sowieso weg. Versprochen.« Jetzt würde er etwas erwidern, von *habe meine Vorschriften, so geht das nicht, internationale Nachforschungen, Schulamt, Meldepflicht …* Doch er sagte gar nichts. Er stand nur einfach riesengroß im Türrahmen und schaute auf mich herunter.

»Was unterrichten Sie eigentlich, Dr. Junge?« Alle Menschen

hören gerne ihren Namen, hatte ich in Mamas Psycho-Zeitschrift gelesen, die immer neben der Badewanne auf dem Hocker lag.

»Physik. Mathematik. Werte und Normen.«

»Schöne Kombination. Da wo ich herkomme, beschäftigen wir uns viel mit Quantenphysik.«

»Ach?« Sein Ach roch nach Wein. Dr. Junge vom *Schiller-Gymnasium* hatte eine Fahne. Vielleicht durfte er das an einem Sonntagabend um halb neun auch, vielleicht war er gar nicht offiziell unterwegs. Ich erklärte ihm, was ich von Willis Ausführungen im Kopf behalten hatte. Das mit den konjugierten, komplexen Wellen. Und noch bisschen esoterischen Kram drum herum, auch aus Mamas Zeitschrift. »Man kann also sagen, ich bin eine Echowelle aus der Zukunft, die auf eine Angebotswelle aus der Vergangenheit trifft. Und was entsteht als Produkt der beiden Wellen?«

»Ähm, da bin ich jetzt überfragt.«

»Eine sogenannte Ereigniswahrscheinlichkeit! Gute Nacht, Dr. Junge.« Ich schloss die Haustür halb. »Sagen Sie den Kollegen, dass mein Fall noch nicht mal den üblichen Papierkram hinter sich herziehen wird. Das europäische Austauschprogramm wird vorerst eingestellt.«

Auf dem ersten Treppenabsatz brach ich neben Zucker zusammen. Wir saßen eine Zeit lang schweigend beieinander, da klingelte es erneut an der Tür. »Was denn jetzt noch, Dr. Junge?«, murmelte ich. Natürlich ließ sich einer wie er nicht einfach mit ein bisschen Quantenphysik nach Hause schicken. Ich seufzte. Jetzt würde das Theater mit den Großeltern losgehen. Doch vor der Tür stand … Marion! Die Hände auf dem Rücken verschränkt wie ein kleines Kind, das ausgeschimpft wird, und mit ihrem typischen Blick aus riesengroßen Rehaugen.

»Na, du kleine Versagerin?«, flüsterte sie.

Ich liebte sie dafür. Ich liebte sie über alles! Und das sagte ich ihr.

30. KAPITEL

5. Juni 1980

Montag, mein letzter Abend. Meine Abreise war angeblich in den frühen Morgenstunden, der Bus würde um fünf Uhr zur Fähre nach Calais losfahren. »Ihr müsst nicht extra aufstehen«, hatte ich den Großeltern gesagt. Ich bedankte mich bei Opa Heinrich für die schöne Zeit und drückte Omi nach dem Abendessen noch einmal fest für die vielen tollen Rezepte, die ich in eine Kladde übertragen und ganz hinten im Küchenschrank versteckt hatte. Mit ein bisschen Glück würde ich sie in der Zukunft irgendwo in einem Regal in unserer Küche oder vielleicht im Keller finden.

Zum letzten Mal abtrocknen, zum letzten Mal zusammen die *Tagesschau* sehen. Der Papst würde im Herbst nach Deutschland kommen, der amerikanische Präsident Jimmy Carter wollte noch einmal gewählt werden, und in einem kleinen Kaff namens Gorleben, wo Atommüll gelagert werden sollte, waren die Demonstranten von Wasserwerfern umzingelt worden.

Danach gingen wir sofort nach oben. Marion stellte den Wecker auf fünf Uhr dreißig. So hätten wir noch eine halbe Stunde, um alles vorzubereiten. Ansonsten gab es nicht mehr viel zu tun, doch wir waren so aufgeregt, dass wir in einem fort redeten. In aller Ausführlichkeit kauten wir noch mal alles durch, was wir zusammen erlebt hatten: meine Ankunft, die ersten Tage in der Schule, das Schummeln bei den Arbeiten, Günter Netzer in seiner Seilbahn, das Redenschreiben, die Abi-Feier, unsere Mofafahrt, die Geschichte mit Matti, die Geschichte mit Konrad, die Party. Nur das Open-Air-Festival sparten wir aus.

»Und denk daran, mich gegen Keuchhusten zu impfen!«, ermahnte ich Marion zum zehnten Mal.

»Sobald du geboren bist!«

Das Plakat im Bahnhof, das mit den Krücken und der Schluckimpfung, hatte mich darauf gebracht. Wenn ich gegen Keuchhusten geimpft war, würde ich ihn auch nicht bekommen. Dann würde ich nicht wegen der andauernden Hustenattacken, an denen ich fast zu ersticken drohte, ins Krankenhaus gefahren werden müssen, zu dem die Großeltern und meine Mutter damals im Sturm aufgebrochen waren. Es würde an diesem Tag keine Autofahrt stattfinden, der Ast würde vielleicht dennoch runterbrechen, doch niemanden töten.

»Das vergesse ich garantiert nicht …«, murmelte Marion, während sie sich daran machte, die Uhr hervorzuholen. Zunächst wusste ich nicht, was sie meinte, erst als sie die Sätze ständig wiederholte, drangen ihre Worte in mein Hirn und ergaben einen Sinn: »Sie ist nicht da! Charles!! Die Uhr ist nicht da!«

»Was? Kann nicht sein, die ist doch …«

»Wann hast du sie da hineingelegt?«

»Ich?«

»Du! Du hattest sie zuletzt bei der Party an.«

»Richtig! Und habe sie extra abgemacht, bevor wir zum See gingen. Als wir uns umgezogen haben, weißt du nicht mehr? Da habe ich sie wieder in die Babypuderdose getan und ganz tief hinten in der Schublade vergraben.«

»Bist du sicher?« Marion wühlte in der Schublade herum, schüttete den gesamten Inhalt schließlich mit einem hektischen Schwung auf den Teppich. Wir suchten überall. Auch unter dem Schreibtisch und dahinter. Nichts. Keine hellblaue Puderdose. Keine Uhr!

»Das gibt es nicht!«

»Fest steht also nur, dass niemand von uns sie nach diesem Abend in der Hand gehabt hat.«

»Bleibt nur eine Möglichkeit …«

»Dagmar!«, schrien wir im Chor.

»Du musst sie dir wiederholen!«, sagte ich.

»Ich? Warum ich? Warum nicht du? Ohne die Uhr steckst du für immer hier fest!«

»Weil Dagmar nicht einfach etwas wegnehmen kann, was dir gehört. Völlig egal, ob sie drei Jahre älter, schöner, schlauer oder sonst was ist!«

»Schöner!« Marion machte ein abfälliges Geräusch. »Schlauer! Ha! Sie wird nicht mal Rechtsanwältin.«

»Eben. Du musst sofort zu ihr gehen und sie zwingen, die Uhr herauszugeben.«

»Mit Gewalt?«

»Gewalt ist keine Lösung, sagen die bei uns in der Schule immer … Was natürlich Quatsch ist!«

»Kann ich das denn schaffen?«, fragte sie leise.

Ich schaute sie nur an und versuchte, sie mit einem Blick voller positiver Gedanken zu überzeugen. »Na klar«, sagte ich, als meine Augen schon tränten, »und ich werde in der Zwischenzeit ihr Zimmer durchsuchen.«

»Während ich mit ihr streite, na dufte!«

»Los jetzt, wir haben nur noch ein paar Stunden!«

Wir klopften an Dagmars Zimmertür. Keine Antwort.

»Verdammt! Warum sind wir nicht eher drauf gekommen, das mit der Uhr zu checken?«, flüsterte ich.

»Ich hatte wohl zu viel anderen Blödsinn im Kopf …«

»Stimmt.«

Marion stieß mich in die Seite und öffnete dann die Tür. Dagmar saß auf ihrem Bett und starrte versunken auf die Katzenzungenschachtel in ihrem Schoß. Dann erblickte sie uns. »Heeh, was wollt ihr zwei Verrückten denn hier?«

»Dagmar, du hast die Uhr aus meinem Schreibtisch genommen, wir brauchen die, gib sie her! Bitte!«

Dagmar verschränkte die Arme vor dem Körper. »Mache ich. Wenn ihr mir sagt, wofür ihr sie braucht.«

»Das geht dich nichts an.«

»Siehst du, da irrst du dich eben!«

Ich schaute mich um, das Riesenrad stand wieder auf dem Regal, die Golden Gate Bridge hatte sie auf ihrem Schreibtisch stehen lassen. Ein gutes Zeichen, wie ich fand. Einer plötzlichen Eingebung folgend, zog ich einen Stuhl vor das Regal und kletterte hinauf.

»Heeh! Was wird das?« Dagmar stand auf. Aus den Augenwinkeln sah ich, wie Marion sich vor sie stellte. Die Uhr war bestimmt in einer der Riesenrad-Gondeln, da war ich mir sicher, ich hatte am Vortag nur nicht darauf geachtet. Schon zerrte Dagmar an meinem Bein, um mich vom Stuhl zu holen, doch zu spät. Ich kippte das Riesenrad um, die Gondeln drehten sich, das Ührchen fiel auf den Teppich. Mein Zeittransporter! Schon stürzten Dagmar und Marion sich gleichzeitig darauf und wälzten sich über den Boden.

»Lass mich!«, kreischte Dagmar.

»Es ist meine Uhr!«

»Was für einen Mist stellt ihr damit an? Ich habe euch beobachtet – ihr habt sie im Gras gesucht und dann abends aus dem Fenster geschmissen. Irgendwas habt ihr doch vor!« Dagmar lag nun auf Marion. »Los! Sag!«

»Dagmar, bitte, wir brauchen diese Uhr«, stöhnte Marion unter der Last ihrer Schwester. Ich biss die Zähne zusammen. *Okay, sie hat unter der stämmigen Dagmar keine Chance, aber ich werde mich nur im äußersten Notfall einmischen. Das hier muss sie alleine erledigen.*

»Eure albernen Spielchen sind mir so was von egal!« Dagmar richtete sich auf, kam wieder auf die Füße, hielt nun die Uhr hoch und ließ sie an zwei Fingern provokant über Marions Kopf baumeln.

»Na, umso besser. Dann gib sie her!« Auch Marion stand wieder.

Dagmar reagierte nicht. Die Uhr hing oben in weiter Ferne in der Luft. Marion war zu klein. Ich sah, wie sich drei Zuschauer in den Türrahmen drängten, Opa, Omi, Zucker. »Kinder, Kinder, was ist denn hier los?«, setzte Omi an. Keine ihrer Töchter reagierte. Plötzlich machte Marion einen Schritt auf ihre Schwester zu, holte dabei blitzschnell aus und schlug ihr mit der flachen Hand ins Gesicht, gar nicht besonders kräftig, doch es klatschte recht laut. Dagmar war so überrascht, dass sie den Arm ein paar Zentimeter sinken ließ. Genau darauf hatte Marion es abgesehen: Sie sprang hoch und riss mit einer knappen Geste die Uhr an sich.

»Die gehört mir! Mach so einen Scheiß nie wieder!« Damit ging sie ruhig auf die Tür zu. Ich war begeistert, das Publikum anscheinend auch; es machte ihr ohne ein Wort Platz und ließ sie durch.

»Also, was sind das denn für Sitten!« Omi war die Erste, die sich wieder fing.

»Da brat mir doch einer 'nen Storch!« Opa schüttelte den Kopf. »Unsere Marion!« Seine Stimme hatte definitiv etwas Bewunderndes. »Komm, Elsa, lass uns wieder runtergehen!«

»Aber mit Marion rede ich noch, so ungeschoren kommt das Fräulein mir nicht davon ... wo kämen wir denn da hin, wenn jeder hier in diesem Hause gleich zuschlagen würde ...?« Omi wurde von ihrem Mann davongezogen, ihre Stimmen entfernten sich. Dagmar hielt sich immer noch die Wange. Fast tat sie mir leid.

»Ist echt 'ne wichtige Sache für Marion, das mit der Uhr. Coole Brücke übrigens!«

In diesem Moment klingelte es an der Haustür. Besuch? So spät? Wir hörten, wie der Summer gedrückt wurde. Stimmen drangen zu uns in den zweiten Stock. Neugierig machte ich mich auf den Weg nach unten.

»Ah, da ist sie ja!« Omi zeigte auf mich. Zwei Leute mit dünnen grauen Mänteln standen plötzlich in unserem Flur. Ein Mann, eine Frau. Kauften wahrscheinlich in derselben Klamottenabteilung ein.

»Charlotte Potter?«

Marion kam aus ihrem Zimmer und stellte sich dicht neben mich an die Treppe. Opa schaute grimmig von einem zum anderen und stützte die Hand in die Hüfte.

»Bist du das?«, fragte der Typ noch mal. Ich nickte.

»Wir kommen vom Jugendamt und haben Grund zu der Annahme, dass du von zu Hause ausgerissen bist. Wir müssen deine Identität klären. Wenn du bitte deine Sachen zusammenpackst und dann mit uns kommst!« Die Frau schaute mich über ihre Brille an. Sie hatte graue Haare und müde Augen.

»Nein, das ist ein Missverständnis. Charlotte ist doch nicht abgehauen. Das ist ein Schüleraustausch. Ihre Eltern rufen hier ganz oft an!«, rief Marion und hielt meinen Arm fest.

Ich lächelte. »Genau.«

»Wir haben weiterhin Grund zu der Annahme, dass es sich hier um die Verschleierung einer Straftat handelt.«

Verschleierung? Was für ein blödes Beamtendeutsch.

»Was für eine Straftat?« Marion schrie beinah und baute sich vor dem Typ auf, doch der beachtete sie nicht, sondern sprach weiter zu Opa Heinrich.

»Eventuell eine Entführung. Oder können Sie die Identität des Mädchens anhand von einem Personalausweis nachweisen? Dann zeigen Sie ihn mir bitte!«

Omi rang die Hände. »Wir dachten, sie fährt morgen früh wieder nach Hause. Mit dem Bus auf die Fähre. Charles? Hast du das nicht erzählt?« Ich nickte. *Richtig. Morgen früh wollte ich wieder nach Hause. Aber so was von …*

»Entführung? Was für ein Quatsch!« Das war Opa. »Was ist das überhaupt für eine Methode, hier abends um neun hereinzuplatzen. Hätte das nicht Zeit bis morgen gehabt?«

»Ich wusste ja schon immer, dass da was faul ist.« Wie auf ein Kommando drehten Marion und ich die Köpfe. Dagmar stand ein paar Stufen über uns. »Sie kam hier ohne Gepäck an. Ohne eigene Kleidung. Irgendwie verwahrlost. Und benahm sich merkwürdig.« *Verwahrlost, hallo?*

»Nun ja, von der Schule kam eine Anzeige. Das Schulamt ist nach einigen Nachforschungen ziemlich ratlos ... Niemand hat dort je Papiere von ihr gesehen.« Die Frau sah aus, als ob sie ihre Berufswahl schwer bereute. »Und wenn so ein Fall einmal gemeldet ist, ist er aktenkundig, dann müssen wir dem nachgehen.«

»Korrekt«, sagte der männliche Staubmantel. »Wir müssen die Eltern ausfindig machen, da sie sorgeberechtigt sind. Da gibt es keinen Aufschub. Sie muss mit uns kommen.«

»Ach, hören Sie doch auf! Ein fünfzehnjähriges Mädchen!«

»Eben drum! Und Sie ...«, beinahe pikste er mit dem Finger in Opas Brust, »... Sie hätten dem auch ganz anders nachgehen müssen.«

Dagmar seufzte triumphierend auf und verzog sich wieder nach oben.

Ich konnte kaum mehr atmen, dafür fing mein Herz an, wie wild zu klopfen, gleich würde ich umkippen. Marion trat einen Schritt zurück, ich spürte, wie sie mir das Ührchen in die Hand schob. »Ich lasse nicht zu, dass Sie sie mitnehmen«, rief sie. Wie mutig sie war!

»Bitte behindern Sie uns nicht, wir tun nur unsere Arbeit!«, sagte die Frau. »Unten wartet ein Polizeiwagen, falls es Probleme geben sollte.«

»Wo bringen Sie sie hin?«, bollerte Opa.

»Für heute Nacht erst einmal ins Mädchenheim, morgen befragen wir sie und sehen dann weiter.«

»Ins Mädchenheim? Aber sie hat es doch gut hier bei uns.« Omi schaute ungläubig.

»Fluchtgefahr. Unbegleitete Minderjährige müssen nach dem Jugendwohlfahrtsgesetz in staatliche Obhut genommen werden. Bis alles Weitere geklärt ist.«

»Welcher Paragraf besagt das?« Marion sah aus, als ob sie den Mann am liebsten beißen würde. Doch sie bekam keine Antwort und dann ging alles ganz schnell. Ich durfte eine Jacke und meine Zahnbürste holen. In unserem Zimmer umarmten wir uns.

»Was soll ich tun?«, fragte ich panisch.

»Versuch nicht, abzuhauen. Ich hol dich da raus!«, flüsterte sie in mein Ohr. Ich streichelte Zucker. Wahrscheinlich zum letzten Mal. Mein Blick fiel auf das alte Matheheft. »Vergiss, was da drin steht! Zerreiß es am besten!«

Erst als wir den Berg hochfuhren, kapierte ich, wohin es ging. Außenstelle Mädchenheim! Die war im *Edstone*. Wenn ich nicht so verzweifelt gewesen wäre, hätte ich darüber lachen können. Jetzt kam ich doch noch zu der Ehre, durch das große Gittertor zu gehen. Es wurde extra für mich aufgeschlossen. Doch leider nicht von Thorsten. Wo war der, wenn man ihn brauchte?

Innen im Schloss war es kalt, es roch ekelhaft nach Blumenkohl und irgendwie auch nach Toiletten. Die Gänge hatten sie mit Linoleum ausgelegt, alle drei Meter hing eine traurige Glühbirne von der Decke, die alles in ein trübes Licht tauchte. Wo waren die gigantischen Kronleuchter, die Marmorbüsten und Gemälde aus unserem Internat? Hatten die alles in den Keller geräumt? Ich presste die Zähne zusammen, während ich hinter dem weiblichen Staubmantel herlief und nach einem Fluchtweg Ausschau hielt. Versuch nicht, abzuhauen!, hatte Marion gesagt. Und: Ich hol dich da raus. Verdammt! Auch wenn sie herausfand, wo ich war, ich hatte ihr noch nicht mal erzählt, dass Thorsten hier einen Job hatte. Von Dagmar würde sie es nicht erfahren. So viel stand fest.

Meine Kehle schnürte sich zusammen. Vielleicht würde ich tatsächlich in einem großen Schlafsaal mit lauter Mädchen pennen müssen, die mich beklauten. Was hatte ich, das man mir wegnehmen konnte? Marions kuschelige Trainingsjacke. Und das Ührchen. Fuck.

Doch meine Angst war unnötig. Die Frau vom Jugendamt brachte mich in den zweiten Stock, ging durch eine blinde Glastür, die den Flur vom Treppenhaus abtrennte, und schloss die erste Tür rechts auf. Krass. Mein altes Klassenzimmer! In diesem Saal hatte ich im siebten und achten Schuljahr schon Hunderte von Stunden abgesessen. Jetzt war er allerdings leer. Keine Tafel, keine Tische oder Stühle. Nur zwei schmale Betten standen einsam an den Wänden.

»So, dann erst einmal Gute Nacht. Morgen frühstückst du hier im Heim und dann hole ich dich ab.«

»Und wenn ich auf die Toilette muss?«

Sie wies mit dem Kopf hinaus auf den Gang und zuckte mit den Schultern. »Ich habe mir das auch nicht ausgesucht, glaube mir. Morgen sieht die Welt schon wieder anders aus.« Mit diesen Worten verließ sie den Raum und schloss die Tür leise hinter sich.

Ich schaute an die meterhohe Decke und tastete in meiner Hosentasche nach der Uhr. Sie war noch da. Ich band sie mir um mein Handgelenk. In ein paar Stunden musste ich zurückspringen. Pünktlich um sechs Minuten nach sechs. Ich stellte mich an eines der Fenster. Von außen vergittert, im zweiten Stock! Vor wem hatten die Angst? Vor fliegenden Autos? Öffnen ließ es sich auch nicht, der Griff war nämlich abgeschraubt. Ich kontrollierte die anderen Fenster. Fehlanzeige. Ich ging hinaus auf den Flur. Weiter hinten war eine Tür zu einem einsamen Mädchenklo. Das und auch die komische Glasscheibentür gab es in unserer Schule nicht mehr. Ich ging zur Tür und drückte die Klinke runter. Zu! Die Jugendamtsfrau hatte mich eingeschlossen! »Hallo! Das können Sie doch nicht machen!« Keine Reaktion. »Hallo!« Ich rüttelte wie besessen an der Tür, schlug mit der Faust dagegen und wartete, dass jemand kam. Die Minuten vergingen. Stille. Das konnte doch alles nicht wahr sein!

Ich ging in den Klassenraum zurück, setzte mich auf die graue Möbelpackerdecke des linken Bettes und versuchte nachzudenken. Was für eine Katastrophe! Wie sollte Marion es schaffen, mich aus diesen dicken Kerkermauern zu befreien? Selbst wenn sie mit einem fliegenden Auto ausgerüstet wäre, gäbe es noch ein kleines Problem. Sie müsste nämlich auch die Gitterstäbe samt Fenster aus der Wand brechen. Ich stand auf und wanderte im Raum umher. Ob es möglich wäre, die Uhr hier drinnen zu werfen? Genug Platz gab es ja. Angenommen, es funktionierte. Wo würde ich dann landen? Nackt, in meinem alten Klassenzimmer? Die Möglichkeit schien mir plötzlich recht verlockend. Jedenfalls besser, als für immer im Jahr 1980 zu bleiben.

Um zehn Uhr weinte ich eine Runde. Um elf tigerte ich über den Flur und schrie die Wände an. Es hallte beeindruckend. Doch sonst tat sich nichts. Um zwölf saß ich auf dem Boden, den Rücken an die Glastür gelehnt. Um eins rollte ich mich verzweifelt unter der kratzigen Decke auf der Matratze zusammen.

»Ich will nach Hause zurück, ich will, dass alles so wie früher ist, aber viel besser, und ich möchte meine Mama wiederhaben, aber bitte glücklich! Ohne sie ist mein Leben schrecklich leer!«, wisperte ich. Dies war ein sehr verwirrender Wunsch mit vielen »Aber« und natürlich passierte nichts.

Irgendwann fuhr ich hoch. Da war ein Geräusch gewesen! Ich schaute auf die Uhr. Zehn Minuten nach zwei. Jemand war da draußen, an der Glastür. Ich setzte mich auf. Die Tür zum Klassenraum hatte ich offen stehen lassen, jemand stand in dem helleren Rechteck der Öffnung. Ein dunkler Schatten ... es war ... eine Frau, ein Mädchen. Dagmar!

»Äh ... du jetzt?«

Ich stand auf und ging ihr entgegen. Meine Beine waren ziemlich wackelig. In dem Licht, das über den Flur hereinfiel, konnte ich ihr Gesicht nicht richtig sehen. Doch ich merkte, wie sie mich anstarrte.

»Wo ist Marion?«

»Steht unten Schmiere!«

»Wo ist Thorsten?«

»Spielt mit dem Nachtwächter vom Mädchenheim Poker. Und hat uns den da rausgeschmuggelt ...« Sie zeigte auf einen einzelnen Schlüssel in ihrer Hand.

»Ich dachte, *Thorsten* ist der Nachtwächter vom Mädchenheim?«

»Nein, der sitzt sonst in seinem Kabuff in der Psychiatrie. Was er jetzt tut, könnte ihn seinen Job kosten.«

Sie sah mich an. Hob die Arme, ließ sie wieder sinken. Für ein paar Sekunden sagte keiner von uns etwas.

»Es tut mir leid, dass ich dich verraten habe! Ich weiß jetzt alles, Charlotte.«

Wow, sie nannte mich das erste Mal Charlotte!

»Marion hat mich in deinem Tagebuch lesen lassen. Es ist der Wahnsinn!« Wieder hob sie die Arme. Wollte sie etwa ...? Tatsächlich. Sie machte einen Schritt auf mich zu und umarmte mich ein halbe Sekunde lang. »Jetzt komm! Schnell!« Sie nahm meine Hand und gemeinsam rannten wir aus dem Raum.

31. KAPITEL
6. Juni, kurz nach sechs

Ich wache auf, weil meine Hand von einer warmen, nassen Zunge abgeleckt wird. Ich lasse meine Augen zu und schnuppere. Schokoladenduft vom Feinsten, wie jeden Tag. Ein Wunder, dass ich ihn überhaupt noch wahrnehme.

Ich seufze laut auf, schaue auf den Wecker und weiß, ich werde nicht mehr einschlafen können. Heute ist der 6. Juni. Ich seufze noch einmal. Ein Glücks-Seufzer, voller Kribbeligkeit. Heute treten wir mit der Band auf, oben im *Edstone,* und ich werde Timo sehen. Besser, Timo wird *mich* sehen. An der Gitarre und am Mikro, denn ich singe auch. Nicht so gut wie Mia, unsere Sängerin, aber als zweite Stimme doch okay …

Ein kleiner Jemand leckt immer noch meine Hand ab. Ich öffne langsam die Augen und setze mich auf. Bónbon sieht mich mit großen Augen an und wedelt zur Begrüßung heftig mit dem Schwanz.

Von gegenüber an der Wand lacht mir Rihanna mit ihren kurzen roten Haaren und ebenso roten Lippen entgegen. Ich werfe die Bettdecke von mir und öffne den Kleiderschrank. So wie der Himmel über dem Kirschbaum aussieht, wird es heute wieder warm. Ich entscheide mich für meine abgeschnittene Lieblingsjeans und das coole kurzärmelige T-Shirt von *Desigual*.

Das kleine Lämpchen meines Laptops blinkt verführerisch vom Schreibtisch zu mir rüber, ich habe ihn gestern wohl nicht richtig ausgestellt. Doch ich habe keine Lust, jetzt auf meine *Facebook*-Seite zu gehen, ich suche lieber meine Noten zusammen, packe die E-Gitarre in ihre Hülle und ziehe mich an.

»Na los, du Verrückter!«, sage ich zu dem jungen Beagle, der sofort durch die Tür stürzt. »Putzen wir uns die Zähne und dann machen wir Frühstück für die anderen.«

In der Küche decke ich den Tisch. Stelle Butter und Marmelade auf den Tisch und *Nutella*. Ich setze Wasser für Tee auf und stelle fest, dass unser Brot fast alle ist. »Komm mit, Bónbon!«, rufe ich und springe die Treppe hinab.

Vor der Backstube bedeute ich Bónbon, Platz zu machen. Nach einigem Zögern gehorcht sie und wird dafür von mir gelobt.

Mama steht mit dem Rücken zu mir und zählt Tabletts mit vielen bunten Macarons und Cupcakes durch. Als sie mich bemerkt, schaut sie auf und lächelt mich an.

»Morgen, mein Schatz! Na, du bist ja schon wach? Heute ist der 6. Juni!« Sie schaut mich fragend an. Fast prüfend. Habe ich irgendwas vergessen? Ihren Geburtstag? Aber der ist doch erst im August … »Und?« Immer noch dieser Blick. »Siehst du, wie wunder-wunderbar alles geworden ist?«

Was meint sie nur? Ach, vermutlich die Cupcakes … »Klar. Die sehen gut aus, super bunt, wie immer. Für eine Hochzeit?«

»Kindergeburtstag.«

Ich weiß, dass Mama ihren Job liebt, obwohl sie echt immer viel zu tun hat. Das Café läuft super, doch seit einigen Jahren verschickt sie ihre knallbunten Pralinen und Törtchen auch über einen Online-Shop im Internet. In allen großen Zeitschriften sind schon Artikel über »Madame Zimt, die Tortenbäckerin« erschienen. In der *Elle*, der *Brigitte*, der *Weddingstyle* und wie sie alle heißen. Seitdem das mit den Zeitschriften losgegangen ist, hat sie zwei Konditorinnen einstellen müssen. Ich knibbele an einem kleinen Etikett, das sich auf die Arbeitsplatte verirrt hat. *Madame Zimt* steht darauf, als Symbol flattert eine kleine geflügelte Torte über den Buchstaben. Das Logo hat Mama selbst entworfen, als sie so alt war wie ich, hat sie mir erzählt. Ein

Gefühl von Stolz überflutet mich, schnell drücke ich ihr ein Küsschen auf die Wange.

»Hey, wofür war das denn?«

»Hast du verdient«, nuschele ich und hole ein dunkles Brot aus einer der Stiegen. Ich merke, wie ihr Blick immer noch an mir klebt, das macht sie manchmal, aber an diesem Morgen übertreibt sie es.

»Bin ich besonders schön heute oder warum guckst du so?«

»Ja. Besonders schön!« Sie zieht die Augenbrauen hoch und plinkert ganz schnell mit ihren Lidern. Ich lache, sage: »Frühstück ist gleich fertig«, und laufe mit Brot und Bónbon nach oben.

»Hej Charly, ist alles okay bei dich, gute Nacht gehabt?« Den finnischen Akzent wird Pentti nie loswerden. Mein Finnisch ist besser als sein Deutsch, aber das ist auch kein Wunder. Seitdem ich ungefähr vier bin, ist er Mamas Freund. Und weil er kein Deutsch konnte, hat er immer nur Finnisch mit mir gesprochen.

»*Alles okay bei mich, danke!*« Ich schlüpfe auf die dunkle Eckbank, während er mir Tee in eine feine Porzellantasse eingießt.

Mama kommt herein. »In Salt Lake City regnet es seit Tagen. Dagmar hat schon ganz früh angerufen. Sie kommt im August, wenn sie an der Uni Semesterferien hat.«

»Wann fahren wir da mal wieder hin?«

Dagmar unterrichtet an der Uni Ingenieurswesen, irgendwas mit Brücken. Sie lebt mit Onkel Thorsten im zehnten Stock in einer wahnsinnig tollen Wohnung mit Blick auf die Berge. Onkel Thorsten macht auch irgendwas mit Brücken. Drüben in Amerika brauchen sie anscheinend viele davon.

»Ich weiß es nicht. Und du fährst doch in der ersten Woche der Sommerferien zu Alain.«

Ich nicke und freue mich auf das Atelier meines Vaters, auf die wilde Küstenlandschaft der Bretagne und auf seine dürre

Freundin Elodie, die hammermäßig Tango tanzen kann und versprochen hat, es mir dieses Mal beizubringen. Alain ist ein ziemlicher Chaot, doch ich mag die beiden.

Die Tür geht auf, ich hebe den Kopf.

»Warum seid ihr denn alle schon wach? Sonst bin ich doch immer der Erste!«

»Ich glaub' s ja nicht!« Ich springe auf und stoße dabei an den Tisch, sodass die Teetasse auf der Untertasse klirrt. »Wer ist *das* denn?«

»Mama ... die Charly ...«

»Ja ...? Ach, Charly, warum steht deine Gitarre schon wieder mitten im Flur? Omi und Opa kommen gleich. Nicht dass die darüber stolpern. Habt ihr heute Bandprobe?«

Ich rolle mit den Augen. »Nein? Wir spielen heute Abend bloß zufällig oben im *Edstone* und müssen nach der Schule zum Soundcheck?« Ich lasse mich wieder auf meinen Platz fallen. Warum vergessen Mütter immer alles, was wichtig ist? Erinnern sich aber dafür an jeden unangenehmen Kram?

»Aber ist schon okay, wenn ihr ausnahmsweise mal nicht kommt ...« Heute Abend brauche ich keine mitwippende Mutter vor der Bühne, sondern freie Bahn.

»Mama, die Charly ärgert mich wieder!«

Ich ziehe dem Kleinen, der auf den freien Platz auf der Eckbank neben mir geschlüpft ist, die Kapuze seines blauen Pullovers tief ins Gesicht. Er hat Mamas dunkle Haare und eine knuffige kleine Kartoffelnase im Gesicht.

»Moment, ich habe nicht verstanden ... Du bist ...?«

»Charlotte, lass deinen Bruder in Ruhe!«

»Aha, und wie heißt der, der angeblich mein Bruder ist?«

»Ha, verrate ich dir nicht, den Namen durfte Papa aussuchen. Sag es ihr nicht, Papa, sag es ihr nicht!«, ruft er auf Finnisch und rutscht kichernd unter den Tisch.

»Und welcher Name ist dir eingefallen?«, frage ich Pentti, ebenfalls auf Finnisch, und lache, weil der kleine Junge unter dem Tisch genervt die Augen verdreht und seine Arme verschränkt.

»Ach menno! Mir macht das Spiel keinen Spaß mehr.«

»Ist gut jetzt, Valo«, sagt Pentti. »Komm rauf und setz dich wieder hin.«

Wie nach einem Geistesblitz schlage ich mir mit der flachen Hand gegen die Stirn. »Ach, jaaaa ... du bist Valo!«

»Siehste, jetzt kannst du dich wieder erinnern!« Der Kleine lacht und krabbelt neben mich auf die Bank. »Und nach den Ferien komme ich in die Schule!«

»Echt? So bald schon? Cool!«

»Und wenn du mit der Grundschule fertig bist, kommst du aufs *Schiller*, so wie ich.«

Ich halte meine Hand hoch, er klatscht sie ab, doch bevor unsere Hände voneinander abprallen, halte ich seine kleine warme Kinderpfote mit meinen Fingern einen Moment lang fest und drücke sie. Er drückt zurück. Ich finde ihn süß. Obwohl er manchmal auch nervt.

»Morgen haben wir das Spiel, Mama, da musst du kommen!« Valo hopst mit seinem kleinen Hintern aufgeregt auf der Bank herum.

»Ich versuche es. Aber an diesem Wochenende habe ich eine Hochzeit und muss ganz viel backen, vielleicht komme ich später dazu, Papa bringt dich hin!«

»Oder Charly schaut zu?«

»Klar, ich muss doch sehen, wie du spielst!«

Er strahlt. »Bald bin ich nicht mehr bei den Bambini, sondern in der F-Jugend!«

»Hast du mal diesen Lehrer von die Schlagzeug angerufen?«, fragt Pentti auf Deutsch und streicht Mama über den Arm. Sowieso berührt er sie dauernd.

»Ja, Schlagzeug!« Valo nimmt mein Messer und trommelt mit ihm und seinem Müslilöffel einen Rhythmus auf das Tischtuch. Klingt gar nicht schlecht.

»Und wer hat dir das beigebracht?«

»Na du!« Wir klatschen uns ab. Valo hat gerade seine Abklatsch-Phase.

»Schlagzeuglehrerin, ja? He, nein! Pentti!« Mama springt auf. »Nimm Bónbon den Schuh weg, wo hat sie den wieder her? Ich habe doch alle Schuhe versteckt!« Doch Valo ist schneller als Pentti, er springt von der Bank und jagt Bónbon hinterher, die bei Mamas Aufschrei mit dem Turnschuh im Maul Reißaus genommen hat.

»Also, den Lehrer habe ich erreicht, wollte ich sagen.« Mama lacht und setzt sich wieder. »Die Probestunde ist am Montagnachmittag um halb fünf, schaffst du das?«

»Ich denke das schon. Wir wechseln gerade die Holzbohlen von eine riesige Terrasse aus. Der Lukas ist so ein Tier, der nimmt das gleich als Bodybuilding!«

»Besser als dein letzter Lehrling, der hatte doch immer was am Rücken.«

»War eben auch schon so alte Mann wie ich.«

»Hey, was soll ich denn da sagen? Ich bin älter als du!«

»Du wird nie alt sein!« Er beugt sich vor und küsst sie auf den Mund.

Iiihhrgs. Eltern. Ich schaue diskret beiseite und denke darüber nach, ob ich Timo heute Abend küssen werde. Mein erster Freund könnte Timo heißen. Mein erster Freund wird Timo heißen! Ich grinse und höre Valo dabei zu, wie er Bónbon eine Lektion erteilt. Das Hündchen sitzt gesittet vor ihm und hört sich das strenge *Nein!* meines kleinen Bruders und seine ausführlicheren Erklärungen mit freudig wedelndem Schwanz an. »Mama? Ich denke schon die ganze Zeit über etwas nach.«

»Ja … So, Valo, und jetzt machst du dich mal langsam für den

Kindergarten fertig. Zieh dir einen anderen Pulli an, deiner ist vorne ganz bekleckert und viel zu warm!« Sie schaut mich an. »Was hast du gesagt, Maus?«

»Äh, wie hieß eigentlich dein erster Freund?«

»Na, du stellst heute Morgen aber auch Fragen. Matti hieß der. Der ist Sportlehrer geworden, wohnt in Köln, hat 'ne nette Frau und zwei Kinder ... Ich habe ihn ewig nicht gesehen.«

»Ein Finne?«

»Oh ja ... Matti!« Ihre Stimme klingt jetzt eine Spur sehnsüchtiger, schnell schaue ich zu Pentti.

»Kenellä on kerran ollut suomalainen mies, haluaa aina suomalaisen miehen!«, sagt der bloß und winkt lässig ab. *Hattest du einmal einen Finnen, willst du immer einen Finnen.* Sogar Mama versteht das und wir lachen.

»Und eine Sache möchte ich auch noch wissen. Wie bist du eigentlich auf meinen Namen gekommen?«

»Ach Charlotte, was ist denn mit dir los? Habe ich dir das nicht schon erzählt ...?«

»Nein, gar nicht ...«

»Na ja, ich kannte mal dieses englische Mädchen«, sagt Mama, »sie war nur kurz bei uns, als ich in deinem Alter war. Ich habe ganz viel vergessen aus dieser Zeit, doch ihren Namen fand ich toll.« Wieder schaut sie ganz verträumt vor sich hin. Ich gehe zu ihr und umarme sie:

»Ich liebe es, wenn du so guckst, Mama!«

»Na, dann kann das Leben ja weitergehen«, sagt sie, drückt mich ganz fest und lacht mit ihren großen Rehaugen.

Susane Colasanti

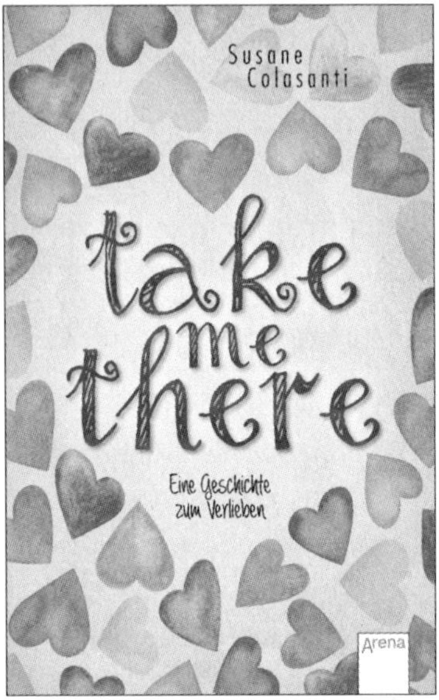

Take me there

Eine Geschichte zum Verlieben

Rhiannons Leben könnte kaum ätzender sein, nachdem Steve sie verlassen hat. Aber das Schlimmste ist: Sie will ihn zurück! Nicole kann sich auf keine neue Beziehung einlassen, weil ihr Exfreund noch immer in ihrem Kopf herumspukt. Und James heimlicher Schwarm scheint offensichtlich kein Interesse an ihm zu haben. Doch am Ende finden die drei die Liebe, auf die sie so lange gewartet haben.

Arena

Auch als E-Book erhältlich

328 Seiten • Arena Taschenbuch
ISBN 978-3-401-50902-0
www.arena-verlag.de

Stefanie Gerstenberger / Marta Martin

Summer Switch

Und plötzlich bin ich du!

Bei der schlanken Felicia und der rastazöpfigen Catta ist es Krieg auf den ersten Blick. Schon am ersten Ferientag am Hotelpool auf Elba geraten die beiden aneinander. Und dann passiert es: Durch einen magischen Switch finden sich die beiden am nächsten Morgen im Körper der jeweils anderen wieder! Die coole Catta liegt im Bett von Felicia, in einem schmalen Körper und mit einem Kleiderschrank voll langweiliger Klamotten. Die brave Hotelierstochter Felicia hingegen erwacht im klapprigen VW-Bus von Cattas Familie. Der Horror! Wenn doch bloß Cattas Bruder Jacques nicht so süß wäre ... Felicia und Catta brauchen nun ausgerechnet ihre allerbeste Feindin als Verbündete, um wieder sie selbst zu werden und diesen verfluchten Sommer irgendwie zu überstehen.

Arena

Auch als E-Book erhältlich

376 Seiten • Gebunden
ISBN 978-3-401-60324-7
www.arena-verlag.de

Stefanie Gerstenberger / Marta Martin

Muffins & Marzipan

Vom großen Glück auf den zweiten Blick

Ella will das große Glück. Da passiert es: Sie wird für eine Hauptrolle bei einem Kinofilm gecastet! Dabei bekommt sie Unterstützung von unerwarteter Seite. Familienhund Ewan spricht plötzlich mit ihr! Er hilft Ella mit trockenen Kommentaren durch den Alltag am Set und bewahrt sie vor peinlichen Szenen mit Jeremy, in den sie sich verliebt hat. Doch was beim Dreh gelingt, führt noch lange nicht zum Happy End. Denn seit ihr Vater gestorben ist, wünscht sich Ella nichts sehnlicher, als mit ihrer Mutter wieder eine Familie zu sein. Dazu muss sie erst das Rätsel um den Tod ihres Vaters lösen und ihre Mutter dazu bringen, nicht mehr an ihrer Tochter vorbei zu sehen – damit Ella endlich die Hauptrolle in ihrem eigenen Leben spielt.